Relazione Mortale

LIBRI DI LUCINDA BRANT

— I gialli di Alec Halsey —
FIDANZAMENTO MORTALE
RELAZIONE MORTALE
PERICOLO MORTALE
CONGIUNTI MORTALI

— La saga della famiglia Roxton —
NOBILE SATIRO
MATRIMONIO DI MEZZANOTTE
DUCHESSA D'AUTUNNO
DIABOLICO DAIR
LADY MARY
IL FIGLIO DEL SATIRO
ETERNAMENTE VOSTRO
CON ETERNO AFFETTO

— Serie Salt Hendon —
LA SPOSA DI SALT HENDON
IL RITORNO DI SALT HENDON

Lucinda Brant scrive romanzi e mistery ambientati nell'era georgiana, famosi per la loro arguzia, l'atmosfera drammatica e il lieto fine. Ha una laurea in storia e scienze politiche ottenuta all'Australian National Universiry e una specializzazione post-laurea in scienza dell'educazione della Bond University, che le ha anche assegnato la medaglia Frank Surman.

Nobile Satiro, il suo primo romanzo, ha ottenuto il premio Random House/Woman's Day Romantic Fiction di 10.000 $ ed è stato per due volte finalista del Romance Writers' of Australia Romantic Book of the Year.

Tutti i suoi libri hanno ottenuto riconoscimenti e premi e sono diventati bestseller mondiali.

Lucinda vive in quella che chiama 'la sua tana di scrittrice' le cui pareti sono ricoperte da libri che coprono tutti gli aspetti del diciottesimo secolo, collezionati in oltre 40 anni… il suo paradiso. È felice quando i lettori la contattano (e risponderà!).

lucindabrant@gmail.com	|	lucindabrant.com
pinterest.com/lucindabrant	|	twitter.com/lucindabrant
facebook.com/lucindabrantbooks	|	youtube.com/lucindabrantauthor

MIRELLA BANFI

Quando non sto leggendo, passo il tempo libero traducendo i libri che mi sono piaciuti, per dare anche ad altri la possibilità di leggerli in italiano. I vostri commenti sono importanti, mandatemi un messaggio a:

mirella.banfi@gmail.com

Relazione Mortale

UN GIALLO STORICO GEORGIANO
I GIALLI DI ALEC HALSEY, SECONDO VOLUME

Lucinda Brant

TRADUZIONE DI MIRELLA BANFI

A Sprigleaf Book
Pubblicata da Sprigleaf Pty Ltd

Eccetto brevi citazioni incluse in articoli o recensioni, nessuna parte di questo libro può essere riprodotta in forma elettronica o a stampa senza la preventiva autorizzazione dell'editore. Questa è un'opera di fantasia; i nomi, i personaggi, i luoghi e gli avvenimenti sono il prodotto della fantasia dell'autore e sono usati in modo fittizio.

per

Pete

UNO

LONDRA, AUTUNNO 1763

Alec Halsey aveva accettato l'invito a cena di sir Charles Weir, presumendo di essere l'unico ospite. Ora invece, nel salotto dell'uomo politico, circondato da una dozzina di facce sconosciute, si trovò nel bel mezzo di una cena politica di partito. Gli altri ospiti erano tutti in qualche modo collegati al governo, riuniti per festeggiare il quinto anniversario dell'elezione di sir Charles al parlamento, non diplomatici del Ministero degli Esteri, come Alec. L'ospite d'onore, il duca di Cleveley, due volte primo Ministro del Tesoro e attuale Segretario degli Esteri, doveva ancora scendere tra loro e Alec supponeva fosse questo il motivo per cui la porta a due battenti della sala da pranzo rimaneva chiusa.

Bicchiere di vino in mano, Alec si avvicinò a una finestra che guardava su Arlington Street e voltò la schiena alla sala affollata e rumorosa. Detestava le riunioni di questo tipo. Troppo intime. In una folla senza volto, si poteva restare anonimi e godersi la serata. Qui tutti conoscevano la storia della sua famiglia, avevano divorato sui giornali londinesi ogni scandaloso dettaglio delle macabre circostanze dell'omicidio del fratello con cui era stato in rotta. Nonostante il chiaro verdetto del medico legale, era Alec che la società biasimava per la morte del fratello, condannando così l'appena nominato marchese Halsey a una vita di sospetti.

Perché era tornato in città? Avrebbe dovuto restare nel Kent, dove aveva passato i sette mesi successivi alla morte del fratello, a rimettere in piedi la tenuta di famiglia. Avrebbe dovuto essere intento a visitare i suoi mezzadri e provvedere ai loro bisogni, non perdere tempo a mantenere i contatti con obesi e supponenti uomini politici e i loro sicofanti, che evitavano accuratamente di guardarlo negli occhi. C'era tanto da fare e da imparare su quell'eredità che non aveva voluto, e sapeva a malapena da dove cominciare.

Sorseggiò il vino e fissò una portantina, che si era fermata sui gradini della casa di città di Horace Walpole, rimuginando sul fato. Aveva passato la maggior parte della sua vita da adulto ai margini della buona società, come diplomatico sul continente, a parlare lingue straniere. La morte prematura del fratello aveva cambiato per sempre la sua vita ordinata. Desiderava davvero gestire la tenuta e occupare il suo seggio alla Camera dei Lord? Sapeva così poco di entrambe le cose, che un incarico invernale a San Pietroburgo gli sembrava più attraente. Che cosa si supponeva che facesse con un marchesato che non aveva assolutamente desiderato e che i suoi pari ritenevano non meritasse? Eppure, era stato obbligato ad accettare con buona grazia il titolo appena creato. Come se passare dal titolo di famiglia di conte di Delvin a marchese Halsey potesse in qualche modo miracolosamente cancellare dalla memoria della buona società il suo collegamento con un fratello assassinato, che lo aveva odiato con una passione che sfiorava la pazzia. A suo vedere, buttargli addosso un marchesato gli aveva considerevolmente complicato la vita e aveva solamente accresciuto i sospetti.

Forse poteva chiedere una seconda missione a Costantinopoli?

Fu distolto dalle sue riflessioni dalla menzione del suo nome, in una conversazione sussurrata sopra la sua spalla sinistra. Origliare il resto fu inevitabile.

«Non so perché Weir *lo* abbia invitato» si lagnò una debole voce maschile. «Non è uno di noi. E quando si considera che cosa ha fatto al povero Ned... Beh!»

«Sir Charles ha i suoi motivi per tutto» rifletté la sua compagna. «Mi chiedo...»

«Ovviamente Charles non riesce a vedere le cose le vediamo come noi, milady.»

«È piuttosto attraente, in un modo un po' spigoloso. Lungo naso ossuto e grandi...»

«*Cosa*? Niente cipria e un po' di pizzo lo rendono *attraente*?»

«... profondi occhi azzurri» finì lady Cobham, con un sorrisetto, valutando Alec, dalle gambe muscolose ai riccioli neri come il carbone.

«Siete cieca! Si potrebbe tranquillamente prenderlo per un *sauvage américain*.»

«Sì, quella vecchia voce sul fatto…»

«Voce?»

«… che il suo vero padre fosse un lacchè negro di cui si era incapricciata lady Delvin gli è rimasta appiccicata, no?»

«Gli è rimasta appiccicata, Caroline, perché quel diavolo scuro è un-un *mezzosangue*. Basta guardarlo, per capirlo!»

La donna fece un lungo sospiro. «Sì, basta guardarlo. Dicono che sia virile come un selvaggio…»

Ci fu un grugnito sdegnato. «Siete pronta per Bedlam, Caroline! Mio Dio! Quell'uomo è rozzo, incivile e irrispettoso! Al duca non piacerà vederlo qui stasera, nemmeno un po'.»

«Oserei dire che a vostro padre non piacerà, George, ma dato il protrarsi del lutto del duca per la duchessa, dubito che a Cleveley interesserà chi ha invitato a cena sir Charles. I selvaggi possono avere gli occhi azzurri?»

«Siate ragionevole, Caroline» Lord George Stanton infilò i suoi menti nella cravatta e disse con gravità: «Papà sta pensando di abbandonare il suo ruolo di capo del partito.»

La signora rimase senza fiato. «Non potete essere serio. L'ha detto per scherzo!»

«Il duca, mia cara lady Cobham, non *scherza mai*, e nemmeno io. E non pensiate che il dolore di mio padre lo abbia reso cieco al mondo. Certamente avrà a che dire con Weir, per la sua mancanza di decenza per aver invitato un uomo che tutti sanno aver ucciso il suo stesso fra…»

«Oh, guardate, è finalmente arrivato» esclamò lady Cobham. Fece una risatina nervosa agitando il ventaglio, quando Alec la fissò direttamente. Ma quando lord George si voltò verso la porta, abbassò il ventaglio di avorio intagliato, per evidenziare il seno spinto in alto dal corsetto, prima di voltarsi ad ammirare un ritratto a figura intera tra le due finestre. «Mi chiedo se sia un Reynolds…» Rimuginò, senza rivolgersi a nessuno in particolare, con un'occhiata furtiva di aperto invito ad Alec.

Un trambusto alla porta fece voltare tutti da quella parte. Il duca di Cleveley era arrivato. La diceva lunga sulla formidabile influenza politica e sociale dell'uomo, che la sua mera entrata avesse zittito tutti nella stanza. Fu subito circondato dai fedeli del partito, tutti che volevano essere notati, e Alec ebbe la soddisfazione di vedere il *grand'uomo* ignorare il suo figliastro, lord George Stanton, per rivolgersi a un ecclesiastico con il colletto e i polsini lisi. Almeno, il duca non aveva intenzione di permettere all'arroganza di averla vinta sul senno, pensò con un sorriso beffardo.

Il pasto in sé non fu il penoso rituale che Alec si era aspettato. Tra le dodici portate ci furono parecchie discussioni politiche e diversi discorsi improvvisati, che lodavano i cinque anni di sir Charles come membro del Parlamento per l'orribile distretto elettorale di Bratton Dene. E poiché Alec era seduto tra lo sciatto ecclesiastico, che lo ignorò, preferendo conversare con il gentiluomo alla sua destra, e sir Charles, che era seduto a capotavola, cominciò a sentirsi più a suo agio. E con l'andirivieni dei due camerieri che offrivano le varie portate, ebbe l'agio di osservare gli altri ospiti.

Il duca di Cleveley era seduto direttamente davanti a lui e sembrava molto annoiato. Sua Grazia disse ben poco durante tutte le discussioni, piluccò appena dai molti piatti che gli mettevano davanti e continuò a bere senza sosta, anche se questo non sembrava in alcun modo diminuire il suo acume politico. Alec osservò che, ogniqualvolta il duca si stancava della conversazione, giocherellava con la tabacchiera e l'interlocutore la prendeva come l'indicazione che poteva abbassare la guardia ma, appena lo faceva, il grand'uomo interveniva con qualche critica caustica che faceva immediatamente ripiombare i commensali in un turbine di contro-argomentazioni. Alec non sarebbe mai stato d'accordo con la politica del duca ma questo non gli impediva di ammirare il grande politico all'opera. Ora capiva perché suo zio Plantagenet ritenesse il duca un avversario così di valore ed esasperante, e sorrise pensando a quello che avrebbe avuto da dire il vecchio gentiluomo a colazione la mattina seguente, quando Alec gli avrebbe raccontato chi c'era alla cena di sir Charles Weir.

Sir Charles si chinò verso Alec.

«È tutto piuttosto noioso per te, temo. Non preoccuparti, quando le signore saranno uscite, noi uomini potremo berci un buon porto e rilassarci.» Diede un colpetto al paramano di velluto di Alec. «Sono lieto che sia venuto in città.»

«Avrei dovuto ricordarlo. A scuola riuscivi sempre a ottenere quello che volevi, di riffa o di raffa.»

Sir Charles alzò il bicchiere. «È quello che mi rende un politico così efficiente, mio caro Lord Halsey.»

Alec trasalì. Sette mesi non bastavano a sentirsi a suo agio nel sentirsi chiamare 'milord'. Indispettito per aver permesso a una tale inezia sociale di irritarlo, buttò giù in un sorso il resto del vino. Alzando gli occhi, incontrò lo sguardo penetrante del duca. Alec restituì lo sguardo e il calore sulle sue guance fu rivelatore, perché il duca posò il suo bicchiere, prese la tabacchiera e gliela offrì attraverso il tavolo.

Alec scosse la testa. «Vi ringrazio, Vostra Grazia, ma non fiuto tabacco.»

Il duca inclinò la testa incipriata e rimise la piccola scatola d'oro sul tavolo. «Una delle molte eccentricità di vostro zio è il suo odio per il tabacco. Ho letto il suo pamphlet a questo riguardo con molto interesse. Vi ha educato lui, vero?»

«Sì, Vostra Grazia. Mi ha educato a formarmi le mie opinioni» rispose Alec, sorpreso che il duca si fosse preso la briga di leggere qualcosa scritto da suo zio. «Semplicemente, non trovo di mio gradimento fiutare tabacco.»

«Ah» disse il duca, accantonando l'argomento con un lungo sospiro, come se l'avesse improvvisamente annoiato. Alec trovava irritante il suo manierismo. «Ditemi che cosa pensate della questione di Midanich.»

«Esiste una questione Midanich, Vostra Grazia?» chiese Alec. Sapeva che gli altri commensali avevano interrotto le loro conversazioni e ascoltavano intenti. «Presumevo che quel piccolo angolo di Europa fosse stato rimesso a dormire. L'Inghilterra ha messo fine all'occupazione francese del principato e l'invasione di Hanover è stata evitata, cosa che rappresentava l'obiettivo primario del vostro governo. Quindi la campagna è stata un successo per voi, Vostra Grazia...»

Il duca picchiettò la tabacchiera e aprì il coperchio di filigrana con un dito. Il suo sguardo rimase fisso su Alec, mentre valutava il suo commento, per decidere se conteneva qualche insinuazione ostile. Dopo tutto, la decisione del suo governo di cacciare i francesi e occupare Midanich aveva incontrato delle ostilità da entrambe le fazioni parlamentari. Lo zio di Alec Halsey, Plantagenet, era il suo critico più accanito. Ma Midanich confinava con Hanover, territorio sovrano inglese, perciò era imperativo tenere fuori i francesi. La mossa strategica si era rivelata vincente e aveva aiutato l'Inghilterra a vincere la Guerra dei Sette anni.

«Voglio considerare positivo il vostro commento, Halsey.»

«Com'era mia intenzione, Vostra Grazia» rispose educatamente Alec.

Ci fu un lungo silenzio, interrotto solo dal rumore del duca che fiutava il tabacco. Toccò a sir Charles interpretare l'atmosfera. Spinse indietro la sua sedia con un cenno al maggiordomo; segno che le signore dovevano ritirarsi in salotto. Il resto dei gentiluomini si alzò, ancora in silenzio, aspettando un segnale dal duca, che sembrava indifferente alla tensione che aleggiava intorno a lui.

Con la porta chiusa alle spalle delle signore, lord George Stanton andò dall'altra parte della lunga stanza, accanto alla credenza, dove sir Charles stava riempiendo la sua tabacchiera da uno dei barattoli decorati sopra il ripiano più alto di un armadietto di mogano. Gli altri gentiluomini si erano slacciati l'ultimo bottone del panciotto e si stavano sistemando per bere un goccio del porto che il maggiordomo aveva messo sul tavolo in grandi caraffe di cristallo.

Alec andò a sgranchirsi le gambe alla finestra, dall'altra parte della credenza, sfuggendo allo sguardo intenso di parecchi gentiluomini, che furono disorientati quando lo sciatto ecclesiastico si autoinvitò a sedersi accanto al duca. Il comportamento familiare del prete irritò quegli uomini, che aspettavano l'occasione di farsi conoscere meglio dal grand'uomo. Alec notò che irritava anche il figliastro del duca, che non riusciva a nascondere il suo disprezzo per il vecchio ecclesiastico. E due bottiglie di chiaretto gli avevano sciolto la lingua.

«Ascoltatemi, Charlie,» sibilò forte lord George, con un singulto, «pensavo che avreste fatto qualcosa per quel *tipo*.»

«Che cosa suggerite che faccia con un prete, milord?» rispose sir Charles, con pesante sarcasmo.

«Che cosa ci fa qui?» Fu l'arrogante domanda.

«Non è stata mia l'idea di invitarlo. Pensavo fosse ovvio, perfino per voi» rispose tagliente sir Charles, rimettendo il coperchio su un barattolo di tabacco da fiuto. Rimise il barattolo e il suo compagno sugli scaffali. «E, per favore, abbassate la voce.»

«Non sono ubriaco, sapete» disse lord George, prendendo un pizzico di tabacco dalla tabacchiera che gli veniva offerta. «Grazie. Il vecchio barbagianni è venuto per restare. Riuscite a crederlo? Papà che permette a quel sudicio pezzo di sporcizia di *risiedere* a St. James Square? Ha la sua stanza, per l'amor del cielo!»

«Forse il suo dolore…»

«O, andiamo, Charlie!» lo derise lord George, con un altro singhiozzo. «Mamma mi manca quanto a lui ma questo non mi ha fatto andare fuori di testa. Sono passati dodici mesi e io dico che è un tempo sufficiente per affliggersi. Dopo tutto, non è che la mamma fosse una donna sana. È rimasta confinata nella sua stanza per buona parte dell'anno, prima di morire. Quindi non cercate di darmi a bere quelle stupidaggini circa il profondo dolore!»

«Milord, io…»

Lord George appoggiò una grassa mano sulla credenza, con la faccia tonda vicina a sir Charles. «Sapete che cosa penso, Charlie.»

«No, io non cr...»

«C'è qualcosa sotto.»

«Cosa?»

«Ricatto.»

«È assurdo» rispose sir Charles con una risata falsa. «Che cosa potrebbe mai avere quel vecchio vicario su...»

«Voi pensate di sapere tutto quello che c'è da sapere su di lui solo che perché siete stato il segretario del grand'uomo per dieci anni? Allora ditemi perché mio padre concede il suo tempo a quel verme. Solo ieri, sono rimasti chiusi in biblioteca per tre ore. *Tre ore*, Charlie.»

Sir Charles prese lord George per il gomito e lo tirò, in modo che avesse la schiena verso la stanza. «Non avete pensato che Sua Grazia potrebbe semplicemente star esaudendo un desiderio di vostra madre morente?»

Lord George ruttò. «Eh?»

Sir Charles fece un sorriso a labbra strette. «Se ricordate, milord, è stata la duchessa a chiedere di vedere il signor Blackwell. Proprio prima del suo declino finale, ha convocato il prete al suo capezzale. È stato lui a somministrarle gli ultimi riti.»

«*Cosa*? Quel logoro signor nessuno al capezzale di mamma?» Era una novità per lord George, che si voltò e guardò l'ecclesiastico dall'altra parte della stanza, che sembrava molto a suo agio con i nobili intorno a lui e si univa alle risate per i loro motteggi. «Perché l'ha fatto, mi chiedo?»

Sir Charles sospirò. «Non lo sapremo mai, ora e vi suggerisco di non infastidire il duca chiedendoglielo.» Si mise in tasca la tabacchiera, chiuse la credenza e girò la piccola chiave d'argento nella serratura. «Se Sua Grazia ritiene opportuno restare in contatto con un *logoro signor nessuno*, non tocca a noi fare domande.»

Lord George Stanton sbuffò e batté sulla schiena di Weir. «Sempre il fedele segretario, Charlie.»

Si allontanò con passo noncurante per unirsi agli altri. Sir Charles fece una smorfia di irritazione e si avvicinò ad Alec, con un sorriso pieno di rassegnazione. «Non devi far caso a lord George» si scusò. «È giovane e, deplorevolmente, non regge l'alcool come noi. Gli fa dire cose che non pensa. Blackwell non è così male.»

La risposta vaga di Alec e il fatto che andò immediatamente a presentarsi all'ecclesiastico diedero da pensare a sir Charles. Se non fosse stato chiamato ad appianare una disputa su un punto di una legge, lo avrebbe seguito per sentire che cosa aveva da dire il suo vecchio compagno di scuola al *logoro signor nessuno*.

«Signor Blackwell,» disse Alec, «vi devo delle scuse.»

Il reverendo Blackwell sorrise e offrì ad Alec la sedia accanto a lui. «Davvero, milord?»

«Sì, mi sento piuttosto stupido, per non avervi riconosciuto a cena, ma ci siamo già incontrati; qualche mese fa, quando, su invito di mio zio, il consiglio dell'Orfanotrofio Belsay si è riunito a casa mia.»

«Sì, è vero. Perdonatemi se sorrido, ma so chi siete e ricordo bene il nostro precedente incontro. Ho pensato che fosse meglio lasciare a voi la scelta se confermare o meno la nostra conoscenza.»

Alec fu sorpreso. «Come avete potuto pensare che non avrei voluto far vedere che vi conoscevo? Ammetto di essere stato un po' lontano dalla società da quando... Non vengo spesso in città, preferisco passare il mio tempo nel Kent, eppure, ho apprezzato enormemente quel pranzo, specialmente perché incentrato sull'Orfanotrofio Belsay.»

«I miei compagni del consiglio e io siamo onorati di essere stati nominati ma è vostro zio che fa girare le ruote, milord.» L'ecclesiastico colse l'espressione aggrottata di Alec e allargò le mani paffute in un gesto di simpatia. «Gli ultimi sette mesi non sono stati facili per voi. Mi dispiace. Un uomo senza la vostra tempra non ce l'avrebbe fatta. Eppure sono fiducioso, so che sfrutterete al massimo una circostanza che non avete creato voi.»

Alec alzò gli occhi dal pesante anello d'oro con sigillo che portava al mignolo della mano sinistra, con due rughe profonde a lati della bocca. «Grazie per il vostro sostegno, Blackwell.»

Il vicario annuì e si chinò sopra il tavolo per afferrare la tabacchiera più vicina. Era d'oro e identica nel disegno a quella del duca. «Carina, vero?» disse, cambiando argomento. «Un regalo. Non mi è veramente mai piaciuto fiutare tabacco, finché non mi hanno regalato una buona miscela.» Ne infilò una presa generosa in una narice. «Ho sempre fumato la pipa. Ma così è più piacevole in compagnia.» Si infilò il resto nell'altra narice e si pulì le dita sulla manica della redingote.

Alec aspettò educatamente, anche se aveva parecchie cose da chiedergli. Non da ultimo, come mai stesse fiutando tabacco da una tabacchiera d'oro in un salotto elegante pieno di politici di alto rango, quando meno di un anno prima si occupava dei poveri derelitti nella parrocchia di St. Jude. Diede un'occhiata al duca, circondato dai fedeli del partito, curioso di sapere che collegamento poteva esserci tra un nobiluomo del più alto rango e questo povero prete malvestito di nessuna importanza. Il duca non si poteva certamente definire caritatevole. Il suo disprezzo per quelli socialmente inferiori a lui era ben noto. Era l'epitome di quello che Alec disprezzava di più del suo stesso ordine. Blackwell era un uomo onesto, dai modi gentili, senza pretese e ambizioni; una persona di poco valore, per un politico consumato come il duca. Strani compagni di letto, davvero.

«Milord, per favore, riempietemi il bicchiere» disse l'ecclesiastico con un sussurro roco, tirando la cravatta logora come per cercare aria.

Alec obbedì, e un'occhiata a Blackwell gli disse che l'uomo non stava bene. Il volto aveva cambiato colore e sembrava di colpo terribilmente accaldato. C'erano gocce di sudore sulla sua fronte. Alec sentì il polso dell'uomo e fu sorpreso dalla rapidità del battito. Allentò la cravatta dell'ecclesiastico, cercando di farlo appoggiare allo schienale. Ma sembrò solo far peggiorare il vecchio. Blackwell lasciò ricadere la testa, mentre cercava di respirare dalla bocca rilassata. Alec aveva sciolto la cravatta e il panciotto dell'uomo ma Blackwell continuava ad annaspare, il suo ansimare era così forte che gli altri ospiti si accorsero delle sue condizioni e la conversazione e le risa cessarono.

Sir Charles si precipitò al fianco di Alec, chiedendo al suo maggiordomo di portare una caraffa d'acqua. Si rivolse al suo vecchio compagno di scuola per avere istruzioni, non sapendo che cosa fare con il corpo ansimante che si contorceva sulla sedia. «Che possiamo fare?»

«Fai venire un medico!» ordinò Alec, cui sembrava che le braccia si stessero spezzando sotto il peso dell'ecclesiastico che si dimenava.

Proprio mentre lo diceva, Blackwell balzò in avanti e vomitò. Una grande massa puzzolente di cibo non digerito schizzò sulle gambe di Alec e ricadde in grossi grumi sul tappeto. Fu sufficiente per far arretrate gli spettatori. Un gentiluomo ebbe un conato di vomito, ficcò la testa nel vaso sotto il tavolo e seguì l'esempio dell'ecclesiastico. Alec controllò la propria nausea e riuscì a mettere in ginocchio l'ecclesiastico, che vomitò di nuovo. I grandi sussulti gutturali furono l'ultima goccia anche per gli stomaci più robusti e il cerchio di gentiluomini tutti intorno a loro si ruppe e si disperse. Lord George Stanton fece l'errore di sbirciare sopra la spalla di sir Charles. La puzza lo colpì prima di vedere e barcollò all'indietro, e avrebbe perso l'equilibrio, se il duca non avesse afferrato il suo figliastro per il gomito, scaraventandolo su una sedia lì vicino.

Alec non sapeva proprio cosa fare per alleviare le sofferenze dell'uomo. Finché non si fosse trovato un medico, non c'era molto da fare, eccetto restare lì, impotente e a disagio. Sir Charles cercò di mettere un bicchier d'acqua davanti alle labbra secche del vicario, senza successo. Blackwell, il cui colorito normalmente giallognolo ora era rosa acceso, continuava ad ansimare, inconsapevole di quello che lo circondava e incapace di chiedere aiuto.

Poi, di colpo, le convulsioni cessarono, all'improvviso come erano iniziate. Ci fu un sospiro collettivo di sollievo per tutta la stanza. Blackwell era perfettamente fermo, con la testa pelata, ora senza la parrucca castana, piegata in avanti come in preghiera. Tirò un ultimo grande respiro tremolante e crollò, a faccia in giù, nel suo stesso vomito.

Era morto.

«CHE FINE ORRENDA PER LA SERATA» SI LAMENTÒ LORD GEORGE Stanton, riempiendosi il bicchiere di porto.

Nessuno proferì parola. Nessuno parlava da cinque minuti. Questo commento fatuo fece ben poco per far apprezzare il figliastro del duca agli altri invitati. Sir Charles sembrava desolato. Sperava che il medico arrivasse alla svelta, in modo che i camerieri potessero pulire.

Avrebbe dovuto sostituire i tappeti turchi.

Sir Charles ricordò i suoi doveri di ospite quando il visconte St. Edmunds raccolse il coraggio per scusarsi; avrebbe raggiunto le signore in salotto. Sir Charles suggerì che il resto dei signori lo imitasse. Non c'era motivo di restare in sala da pranzo e le signore avrebbero cominciato a chiedersi il perché della loro assenza prolungata. Nessuno aveva voglia di contraddirlo, e si precipitarono tutti verso la porta aperta, sollevati, anche se sconvolti. Una bella impiccagione era una cosa, ma dover vedere un ospite alla cena cadere morto mentre si beveva il porto... Beh! Era terribilmente spiacevole e decisamente poco educato.

Il maggiordomo prese l'iniziativa e mandò un cameriere con un catino d'acqua pulita e un panno, per pulire dal vomito la gamba dei calzoni di satin nero di Alec e le calze bianche ricamate. Camerieri silenziosi portarono via i bicchieri e i decanter, e i due più robusti tra loro erano pronti ad aiutare nella rimozione del corpo, una volta che il medico avesse confermato che il chierico era proprio morto. Perché fosse necessario, con l'uomo che diventava freddo sul tappeto, il maggiordomo proprio non riusciva a capirlo.

Sir Charles sembrò non accorgersi di non essere l'unico lasciato a sorvegliare il cadavere, finché il medico fu accompagnato nella stanza e cominciò il suo esame facendo domande ad Alec. Sir Charles fu piuttosto lieto di lasciare che fosse il suo amico a raccontare gli avvenimenti. Oltre a trovare la procedura ripugnante, gli mancava l'energia per fare altro che non fosse lagnarsi della disastrosa fine di una cena che aveva tutte le premesse per favorire la sua carriera politica.

Se solo avesse potuto in qualche modo mettere a tacere l'intera, orrenda faccenda! Sapeva che era una speranza vana. Innanzitutto perché lord George Stanton era il più grande pettegolo della città. Prima del mattino seguente, non solo la notizia sarebbe arrivata al suo club in St. James Street, ma anche in parlamento avrebbe dovuto sopportare l'impatto del distorto senso dell'umorismo dell'opposizione. Proprio il tipo di cosa che poteva garantire palate di scherno sui molti anni passati a costruire attentamente la sua immagine di membro del governo fidato e di valore. Si chiese in che luce avrebbe visto il duca l'intera sordida faccenda.

Il suo mentore era appoggiato a una finestra aperta, silenzioso, senza farsi notare. Sembrava disinteressarsi all'intera procedura, finché il medico diede il suo assenso ai servitori perché rimuovessero il corpo, dicendo: «Il poveretto ha avuto un grave infarto. Avrebbe potuto succedere in qualsiasi momento.» Guardò sir Charles, con l'aria di scusarsi. «Un peccato che sia dovuto succedere a una delle vostre cene, Sir Charles.»

A quel punto, il duca si voltò e Alec notò che il volto segnato del nobiluomo era pallido come la spuma di pizzo ai suoi polsi.

«È vostra opinione che il reverendo Blackwell sia morto d'infarto?» chiese il duca.

Il medico rimase impassibile. «Sì, Vostra Grazia. Questa è la mia opinione.»

Il duca non sembrava convinto. «Dopo tutto quello che vi ha detto lord Halsey degli ultimi momenti di quell'uomo, potete dichiarare senza riserve che è stato un infarto?» Guardò Alec e poi il medico. «Avvelenamento da cibo, forse?»

«No. No. No» negò il medico. «Non c'è stato abbastanza tempo. Inoltre, il vicario non sarebbe stato l'unico a soffrirne. Ci sarebbero segni di malessere anche negli altri commensali. E, come mi ha assicurato lord Halsey, nessun altro ha avuto sintomi simili. Dubito che ci possa essere stato qualcosa nel cibo che abbia causato il malessere.»

«Nessuno ha chiesto alle signore...» cominciò a dire Alec, ma fu interrotto immediatamente dalla risatina del duca.

«Sempre il vostro pedante bisogno di verità, Halsey?» lo schernì il duca. «Ma, già,» disse lentamente, con uno sguardo significativo al punto dove il vicario era morto, «questo genere di cose non è nuovo per voi, no?»

Sir Charles restò a bocca aperta, a questo crudo riferimento alla morte sospetta del fratello maggiore del suo amico. Non sapeva dove guardare. E per quanto grottesco fosse il suggerimento, non riuscì a trovare il coraggio di difendere Alec, con il rischio di incorrere nel dispiacere del suo mentore. Al medico non restò che chiedersi di cosa stessero parlando.

Alec represse un commento secco, preferendo ignorare il riferimento. Invece, disse con calma al medico. «Sua Grazia è sotto shock e forse ha bisogno…»

«Non ho bisogno di *niente*» rispose secco il duca di Cleveley, senza distogliere lo sguardo dalla sua tabacchiera aperta. Non riuscendo a controllare il tremito della mano, armeggiò per chiudere il coperchio e la piccola scatola d'oro cadde rumorosamente sul pavimento, spandendo sul lucido pavimento la preziosa polvere che conteneva.

Alec fissò la tabacchiera, che si era fermata davanti alla punta della sua scarpa, e in un batter d'occhio sir Charles strisciò per terra sulle ginocchia davanti a lui, ansioso di essere lui quello che avrebbe restituito la piccola scatola d'oro al suo precedente datore di lavoro. Rattristò Alec, vedere il suo vecchio compagno di scuola prostrarsi in quel modo umiliante. Il duca notò appena questo atto di sublime sottomissione e certamente non ringraziò sir Charles. In effetti gli strappò la tabacchiera di mano e, senza nemmeno augurare la buonanotte, uscì dalla stanza. Per Alec, era ora. Sperava che quella fosse la prima e l'ultima volta in cui si sarebbe trovato in compagnia di un uomo così arrogante e orribile.

Una settimana dopo, ebbe la sfortuna di incontrare il duca a una mostra d'arte a Oxford Street.

DUE

Plantagenet Halsey si considerava ancora in gamba, per qualcuno che aveva superato la sessantina, e quello che desiderava di più al mondo era opporsi all'ultima proposta di legge presentata alla Camera dei Comuni. Una proposta di legge che, se fosse passata, avrebbe visto aumentare il numero delle navi che lasciavano il porto di Bristol, in cerca di schiavi africani per le piantagioni di zucchero delle Indie Occidentali e le piantagioni di cotone delle colonie americane. Una legge proposta dal governo, e sostenuta dal duca di Cleveley, quale unico mezzo per assicurare la supremazia del regno sulle contro-parti europee. Plantagenet Halsey detestava appassionatamente il duca; quasi quanto odiava l'idea stessa della schiavitù.

Pensare al duca gli faceva venire l'amaro in bocca, tanto da non fargli sentire quello che gli stava dicendo il nipote. L'ultima volta che aveva affrontato il duca si era reso ridicolo. Avrebbe dovuto ascoltare il consiglio dei colleghi e lasciare il dibattito che si svolgeva alla camera. Due ore ad ascoltare sir Charles Weir parlare con voce monotona dell'urgente necessità di aumentare non solo il numero delle navi, ma anche la quantità di schiavi presi a bordo dei vascelli, per assicurarsi che il vantaggio mercantile dell'Inghilterra non venisse compromesso, erano state più che sufficienti a fargli ribollire il sangue.

Sapevano tutti che sir Charles era la marionetta del duca nella Camera dei Comuni. L'uomo era stato il segretario di Cleveley per dieci anni, prima che la sua fedeltà fosse ricompensata con un seggio rurale nei possedimenti del duca. E negli ultimi cinque anni, aveva ripagato il duca diventando i suoi occhi e le sue orecchie alla Camera dei Comuni. Non mancava mai a una votazione, non si opponeva mai a una legge proposta dal governo e difendeva a ogni opportunità l'integrità del carattere del duca e le sue motivazioni politiche, nelle numerose occasioni in cui un membro del parlamento si prendeva la briga di metterle in dubbio. Secondo Plantagenet Halsey il peggior tipo di sicofante; sconsideratamente fedele e ostinatamente deciso.

Che follia da parte sua affrontare quell'uomo e il suo idolo nel padiglione dei Ranelagh Gardens. Era la prima apparizione del duca a una riunione pubblica, dalla morte della sua buona duchessa. L'orchestra aveva appena finito di suonare una selezione della Musica sull'Acqua di Händel, per onorare la presenza del duca. Il pubblico non solo applaudiva i musicisti ma uno di loro decise di gridare tre urrah per il duca. L'uomo appariva nobilmente umile. La sua marionetta, sir Charles, non era così umile e sorrideva da un orecchio all'altro, davanti all'entusiasmo del pubblico per il suo benefattore.

Era un'occasione rara per un membro dell'aristocrazia inglese ricevere un tale elogio. Plantagenet Halsey riteneva queste manifestazioni affettate più adatte ai francesi, che adoravano i loro nobili con zelo sconsiderato. Che il duca ricevesse un tale onore, e tutto perché i suoi discorsi appassionati sull'espansione dell'Impero britannico erano graditi alle borse della classe mercantile, che si stava arricchendo a spese di quei poveri nativi africani, radunati come bestiame e caricati sulle fregate britanniche per lavorare come schiavi in terre lontane, era sufficiente per far rivoltare lo stomaco al vecchio. La sua reazione fu immediata e istintiva.

Era marciato direttamente di fronte al duca, gli aveva dato un colpetto al petto con la testa di malacca del suo bastone da passeggio e l'aveva chiamato assassino di nazioni, o qualcosa di ugualmente provocatorio che ora non riusciva a ricordare. Poi aveva sputato sulle fibbie incrostate di diamanti delle scarpe ben lucidate di sua grazia. L'oltraggiato sir Charles si era messo in fretta di fronte al duca e il resto del loro gruppo si era raccolto a protezione intorno al *grand'uomo*, lasciando la folla che avanzava numerosa a chiedersi che cosa stesse succedendo.

Il duca non gli diede la soddisfazione di reagire a questa violazione della sua immacolata persona. Girò semplicemente sui tacchi e se ne andò, lasciando Plantagenet Halsey alla mercé dei suoi seguaci, che lo tirarono per il colletto della sua semplice redingote di lana e lo gettarono nell'acqua fredda dello stagno più vicino. Il suo bastone da passeggio, regalo di suo nipote, fu prima spezzato in due e poi gli fu lanciato contro.

Il vecchio sternutì, promemoria del fatto che non era ancora completamente guarito, dopo il suo incontro con l'acqua gelida. Servì a farlo ritornare al presente. Alec lo stava guardando come se aspettasse una risposta.

«Vomitato, hai detto?» gli chiese Plantagenet Halsey, riannodando i capi della loro conversazione. «Non sono un esperto in questa materia ma non mi sembra coerente con un infarto, o sì?»

«Non ne ho idea» disse Alec. «Tutto quello che so, è che quell'uomo era perfettamente in salute durante la cena. Non aveva nessun tipo di malessere. Né il fiato corto, o il volto arrossato. E certamente non aveva dolori. Nessun segno di quello che sarebbe successo.» Appoggiò gli occhiali con la montatura d'oro in cima a una pila di corrispondenza ancora chiusa. «La morte di Blackwell è stata una completa sorpresa.»

«Mi mancherà quel vecchio gufo, ma non mi dispiace che sia finito a morire a una delle cene di Weir.»

Alec sorrise a labbra strette. Sapeva bene che cos'era successo ai Ranelagh Gardens. Il suo valletto, Tam, gliel'aveva inavvertitamente detto, spiegandogli perché era in ritardo a preparargli il bagno: era stato occupato a preparare un elisir per la gola dolorante del vecchio, conseguenza dell'essere finito in un laghetto con i pesci rossi. Era uscita tutta la storia e Tam lo aveva implorato di non rivelare questa violazione di confidenza. Non era intenzione di Alec rammentare a suo zio la sua imbarazzante impetuosità. Poteva essere d'accordo con i sentimenti di suo zio ma certamente non approvava i suoi metodi.

«Quando ho accettato l'invito a cena di Charles,» gli disse Alec pazientemente, «l'ho fatto come vecchio compagno di scuola e perché gli dovevo un favore. Se vi fa sentire meglio, ho trovato la serata piuttosto tediosa.»

«Un eufemismo diplomatico,» borbottò il vecchio, «visto com'è finita la serata.»

«Come ho detto, la morte del vicario è stata una completa sorpresa.»

«Ovviamente non per tutti, ragazzo mio.»

«Come?»

Le sopracciglia grigie cespugliose di Plantagenet Halsey si alzarono per la sorpresa. «Andiamo. Non dirmi che *tu* pensi che sia morto di morte *naturale*?»

Alec aggrottò la fronte. «Non ho prove che suggeriscano altro, il che significa che dovrei scartare ogni sospetto come assurdo.»

«Ah, ah! Allora hai dei sospetti. C'è da chiedersi chi avrebbe voluto liberarsi di un vecchio, innocuo vicario?» chiese astutamente Plantagenet Halsey.

«Sì, specialmente perché, mentre servivano il porto, ho sentito per caso lord George Stanton dire a Weir che sospettava che Blackwell stesse ricattando Cleveley.»

«*Ricatto*? Non mi sembra roba per il Blackwell che conoscevo io.»

«No, ma è opinione di Stanton che solo il ricatto avrebbe potuto indurre il duca a permettere a Blackwell di vivere sotto il suo tetto.»

«*Cosa*? *Blackwell* viveva nella *casa* di quell'aristocratico?»

«Inoltre, Charles pensava che forse era stato un desiderio espresso in punto di morte della duchessa di Cleveley che venisse dato un alloggio a Blackwell, perché era lui che le aveva somministrato gli ultimi riti.»

Il vecchio era così eccitato che si chinò in avanti sulla sedia dallo schienale elaborato. «Sei sicuro che stiamo parlando dello stesso vicario?»

«Il reverendo Blackwell che conoscevamo, quell'uomo senza un soldo che assisteva i poveri e i dimenticati della nostra società, non riesco a immaginare che avesse un nemico al mondo. Eppure, se era in termini amichevoli con la duchessa, il cui figlio lo accusa di ricatto, e aveva recentemente preso a vivere a spese sociali ed economiche del duca di Cleveley, allora il vicario potrebbe benissimo aver avuto dei nemici, e proprio sotto il tetto in cui viveva.» Alec sembrava pensieroso. «Mi ha mostrato una tabacchiera d'oro, un regalo. Il povero vicario che conoscevamo sarebbe sfuggito a simili lussi, o almeno l'avrebbe venduta per comprare medicinali, cibo, qualunque cosa potesse aiutare il suo gregge straccione!»

«Doveva essere ubriaco, o drogato.»

Alec sorrise. «Forse pensate che lo fossi io, dall'espressione sul vostro volto. Quand'è stata l'ultima volta che avete visto Blackwell?»

«È passato solo un mese circa da che ha mandato a chiamare Tam... Circa un mese.»

Alec per il momento ignorò il lapsus. «Se partiamo dal presupposto che quest'altro Blackwell avesse dei nemici: Stanton, per primo, non era contento che si fosse trasferito nel palazzo Cleveley; e ci chiediamo se ci fossero delle opportunità per un omicidio, allora sì, penso che potrebbe essere stato avvelenato, qualcosa fatto scivolare nel suo cibo, o nelle sue bevande. I servitori andavano e venivano in continuazione, con piatti e bottiglie. E più di una volta Blackwell si è alzato da tavola, per andare a fare i propri bisogni dietro il paravento. E io ho passato più tempo a parlare con Charles, di quanto abbia fatto con il buon vicario.» Alec scrollò le spalle. «E questo presumendo che sia stato avvelenato a cena. Potrebbe essere stato avvelenato prima di arrivare alla cena di Weir.»

Il vecchio si alzò con l'aiuto del suo vecchio bastone di malacca scheggiato. «Forse... Forse ha veramente avuto un infarto. Forse il vomito era solo una conseguenza di troppo cibo ricco e una pura coincidenza che sia successo nello stesso momento? Il fatto che tu fossi seduto accanto a lui non significa niente.»

«È quello che direte a quelli che dubiteranno, zio?»

«Che cosa vuoi dire?»

Alec sospirò. «Se voi e io pensiamo che ci sia stata l'opportunità per un crimine, chi dice che anche altri non penseranno la stessa cosa? In effetti, è quello che si sussurra già, vero?»

Quando il vecchio finse ignoranza alzando le spalle sottili, Alec disse impaziente: «Posso aver passato sette mesi in campagna nel Kent, ma questo non mi ha reso cieco, sordo o un idiota. So che cosa si dice alle mie spalle. Basta che entri al mio club, che cavalchi nel parco, che prenda in mano un fioretto da Anton, perché ci sia uno scambio imbarazzato di sussurri tra uomini che normalmente non saprebbero nemmeno chi sono. Ero seduto accanto a Blackwell. Sono quello su cui ha vomitato. E sono l'unico a quella cena che sia mai stato accusato e prosciolto per l'omicidio di un uomo: di mio fratello. Non c'è bisogno di guardare in una sfera di cristallo per sapere di chi sospettano tutti!»

Plantagenet Halsey si appoggiò pesantemente sul suo bastone e fissò il nipote senza battere ciglio. «Sono state la sua stessa avidità e il disprezzo per gli altri a uccidere tuo fratello. Ma tu incolpi te stesso per la sua morte, per non essere stato in grado di prevenire quello che è successo. Ti stai ancora prendendo la colpa. Il fatto stesso che tu sia a disagio con il tuo nuovo titolo ne è una prova sufficiente. Lasciami finire! È parecchio che te lo volevo dire ed è ora che lo faccia, prima che tu affondi ancora di più nell'auto-compatimento...»

«Zio, io...»

«No, tu adesso mi ascolterai. Fintanto che continuerai a essere a disagio con il tuo nuovo blasone nobiliare, continuerai a trasalire quando ti chiamano "milord" e continuerai a rimandare il tuo insediamento al seggio che ti spetta alla Camera dei Lord; continuerai a vestirti come un mercante, con i capelli al naturale, senza cipria...»

«Ah! E questo da un uomo che mi ha insegnato che vivere seguendo i dettami della moda significava essere schiavo della vanit...»

«... ci sarà *sempre* qualcuno che dubiterà. *Tu sei* il marchese

Halsey, che tu lo voglia o no, dannazione. Non c'è niente che tu possa farci, adesso! Quindi, tanto vale portare tranquillamente il tuo titolo.»

«Posso?» chiese Alec, sollevando scetticamente le sopracciglia nere. «Come faccio a essere tranquillo, quando entrambi sappiamo, quando gli altri ne discutono apertamente dietro i ventagli e gli occhialini, che non ho ereditato il titolo di conte di mio fratello, ma che il titolo di marchese è stato creato appositamente per me, per mettere a tacere le voci insistenti che non avevo diritto al titolo di famiglia, perché nove mesi prima della mia nascita mia madre e il suo cameriere erano amanti. Una circostanza che tu ti rifiuti testardamente di confermare o negare.»

Il vecchio non batté ciglio. «Prima ti sentirai a tuo agio,» rispose sommessamente, «prima quei figli di puttana fomentatori di scandali rivolgeranno altrove la loro attenzione. Sono stanco» aggiunse bruscamente soffiandosi il naso. «Comunque, come ha preso la notizia della morte di Blackwell il ragazzo?»

«Tam? Meglio di quanto mi aspettassi» rispose tranquillamente Alec, felice di distogliere l'attenzione da sé. Avrebbe voluto non aver sbattuto in faccia a suo zio la relazione di sua madre. L'amore del vecchio per la contessa non era stato ricambiato; la sua relazione con il suo cameriere, un essere socialmente inferiore e un mulatto, era considerata una barbarie ripugnante da parte dei suoi pari. Restava inespresso tra di loro, ma zio e nipote sapevano che, se anche Alec si fosse redento agli occhi della società, sarebbero sempre restati dei dubbi sulla sua paternità. «Cioè, Tam non mi ha fatto capire quanto lo abbia colpito la morte di Blackwell.»

«È diventato un tipico servitore dal volto impassibile, da quando lo hai preso come valletto. E da quello che sento riguardo alle tue avventure all'estero, dovrà anche fingere di essere sordo. Non so perché ti sia preso la briga di portarlo a Parigi, quando hai passato l'intera settimana a rotolarti tra le lenzuola. Avrebbe avuto modo di usare meglio il suo tempo qui.» Si interruppe, imbarazzato di aver detto più di quello che intendeva, e borbottò, sotto lo sguardo fisso del nipote: «Il ragazzo ha un dono come guaritore. I poveri meritano di avere accesso agli stessi trattamenti forniti ai ricchi e se...»

«Risparmiatemi la solita predica sui ricchi e i poveri. La conosco abbastanza bene» rispose decisamente Alec. «E non pensiate, solo perché sono stato preso dagli affari della tenuta nel Kent, o, come vi siete espresso, a scatenarmi in un letto parigino, che io non sappia quello che state combinando. Mandare Tam ad aiutare Blackwell a St. Jude, la parrocchia più pericolosa in tutta la città, significa abusare della mia pazienza. Non obietto a che il ragazzo usi le sue abilità di speziale per dispensare medicine ai poveri sul cancello del mio giardino. Sono perfino disposto a difenderlo, se dovessero sorgere questioni con gli uscieri. Ma esporre un giovane che comincia solo ora a lasciare il suo segno nel mondo e, peggio, voi stesso, un vecchio infermo, a quel sottomondo infido di tagliagole, assassini e megere impestate, è stato avventato, irresponsabile e completamente idiota!»

Plantagenet Halsey sembrò imbarazzato. «Il vicario ha chiesto il mio aiuto. Come ho detto, il ragazzo ha un dono. Non dovrebbe essere sprecato.»

«Sono d'accordo con quello che state cercando di fare ma… Dannazione, zio, ci sono altri modi di prestare aiuto. Comunque, stavo per mettere fine a queste scappatelle notturne, quando la morte di Blackwell mi ha risparmiato la fatica.»

«È stata quella serpe di maggiordomo che ha fatto la spia» borbottò retoricamente il vecchio. «Vecchio avvoltoio intrigante.»

«Allora è tutto a posto. Accetterete il mio consiglio e farete una vacanza.»

Plantagenet Halsey squadrò il nipote con amorevole risentimento. «A Bath?» Scrollò le spalle, senza più voglia di litigare. «Ci andrò alla fine della sessione. Non prima. Voglio la mia giornata alla Camera dei Comuni, poi potrai spedire il tuo vecchio zio in qualunque dannato abbeveratoio tu scelga!»

Tam era curvo sul suo tavolo da lavoro, con la testa tra le mani e un dito che si avvolgeva distrattamente intorno a un ricciolo color carota. Concentrarsi era impossibile. Aveva passato un'ora a sfogliare le pagine della Farmacopea inglese, cercando di decidere gli ingredienti principali di un cataplasma da applicare sulle ulcere essudative delle gambe. Avrebbe dovuto conoscere la risposta senza consultare i suoi testi. Dopo tutto, mancava solo una settimana all'esame davanti alla Venerabile Società dei Farmacisti. Ma le voci dall'altra parte della sala disturbavano la sua concentrazione.

Ecco di nuovo la voce del vecchio, che si alzava sopra il tono misurato del nipote, come se urlare più forte di lui potesse fargli avere ragione. Tam sorrise. Non era così facile. Per il vecchio, quella tattica poteva funzionare alla Camera dei Comuni, ma lord Halsey aveva un modo di ottenere quello che voleva senza bisogno di alzare la voce.

Se non riesco a studiare, meglio che mi tenga occupato.

Decise di riordinare il suo laboratorio. C'era abbastanza da fare, da assicurarsi che i suoi pensieri non tornassero alla morte del reverendo Blackwell. Allora avrebbe ricominciato a piangere. Già! Diciannove anni compiuti e piangere a dirotto come una ragazza. Che cosa avrebbero detto i servitori dei suoi occhi rossi?

Dall'armadietto con gli sportelli a grata, tolse l'apparecchio da specialista che serviva nella preparazione della sua crescente collezione di farmaci. Sperava di riuscire a riempire almeno un terzo delle bottigliette etichettate quella sera, finiti i suoi doveri da valletto. E poi c'era il nuovo raccolto da dividere: raccolti il mattino presto dal giardino delle erbe dietro la cucina, diversi mucchietti di radici assortite, tuberi, gambi e steli di varie piante stavano essiccando su graticci accanto alla finestra; alcuni comprati al Giardino delle piante medicinali di Chelsea.

Chi poteva aver voluto far del male a un vecchio vicario? E perché?

Il medico che avevano chiamato aveva diagnosticato un infarto, ma le domande di sua signoria accennavano alla possibilità di un crimine. Uno speziale che valesse la sua parcella, conosceva un numero infinito di sostanze che potevano uccidere un uomo o una bestia facendo sembrare a tutti che la morte fosse naturale. Ma il reverendo Blackwell? Un vecchio innocuo, della parrocchia più povera di Londra. Per Tam era inconcepibile. Blackwell era un uomo gentile, un uomo dolce e amorevole che si curava dei reietti, bambini senza nome lasciati alla parrocchia da madri disperate e padri senza volto.

Piantaggine comune: *plantago major*. Un'erba che si trova normalmente ai lati delle strade e nei pascoli. Come cataplasma, si applicavano le foglie fresche intere, direttamente sulla gamba ulcerata.

Tam sorrise. Forse l'esame non sarebbe andato poi così male?

Se c'era abbastanza tempo, avrebbe disimballato i nuovi vasi di ceramica che erano arrivati solo quella mattina: un altro regalo generoso di sua signoria, come il dispensario e tutto il suo contenuto.

Lord Halsey aveva dato in uso a Tam la stanzetta accanto all'office del maggiordomo, come laboratorio di preparazione. Era la stanza che ogni studente di farmacia sognava di avere alla fine dei suoi sette anni di apprendistato: attrezzata con scaffali, armadietti, un tavolo da lavoro e un fornello per bollire gli infusi, era vicina alla cucina e al giardino delle erbe. Ed era tutta di Tam. Era l'unico ad avere la chiave della porta che dava sul corridoio; la porta posteriore si poteva chiudere dall'interno. Neppure il maggiordomo aveva il permesso di entrare.

Tam toccò la chiave e la catena, che era attaccata a un bottone all'interno del suo panciotto di semplice panno, e sorrise. Si considerava il ragazzo più fortunato al mondo e ringraziava quotidianamente Dio per la sua buona fortuna. Valletto di un ricco nobiluomo, che non solo era il padrone migliore che un giovane potesse sperare di avere, ma uno che incoraggiava i suoi servitori a migliorarsi.

Ben diversamente dal maggiordomo di sua signoria, che lo sorvegliava continuamente, cercando di pizzicare Tam mentre curava i poveri derelitti che spesso arrivavano al cancello del giardino, in cerca di medicinali gratuiti e consigli. E, secondo il maggiordomo, fare visite a domicilio ai parrocchiani malati e miseri di Blackwell era il massimo dello spreco.

Il breve, forte bussare sulla porta esterna, tipico del maggiordomo, interruppe i pensieri di Tam, che andò riluttante ad aprire, asciugandosi gli occhi con la manica.

Wantage era in piedi sulla porta, con una smorfia sul volto. Disapprovava Tam e certamente non approvava le sue diavolerie. Considerava indegno della dignità del valletto di un marchese sporcarsi le mani con la terra del giardino. Cercò di sbirciare nella stanza ma Tam restava fisso sulla soglia.

Tutto quello studiare l'incomprensibile gergo botanico aveva fatto arrossare gli occhi del ragazzo.

Tam si chiuse la porta alle spalle e si assicurò di girare apposta lentamente la chiave nella serratura. Il maggiordomo gli stava così addosso che Tam riusciva a sentire l'odore dei sigari nel suo fiato.

«Ti vogliono» disse Wantage altezzoso, con le mani che gli prudevano dalla voglia di strappare la chiave che pendeva dalla lunga catena in mano al ragazzo. «No, non di sopra, qui» disse, indicando con il pollice la porta della biblioteca. «Legati i capelli, Thomas Fisher.»

Tam smise di colpo di dondolare la chiave e si portò in fretta la mano ai riccioli rossi. Dove diavolo era finito il nastro? Rivoltò le tasche, trovò il pezzetto di seta nera, si tirò indietro i capelli e li legò negligentemente. Tutto sotto lo sguardo di biasimo del maggiordomo, che si curò di ispezionare il risultato prima di permettere a Tam di passare.

Tam digrignò i denti e lasciò che il maggiordomo avesse il suo momento. Non conveniva stuzzicare Wantage. Aveva un sistema per farla pagare a quelli che non gli piacevano, per quanto potessero essere intimi del padrone.

Entrò in biblioteca e aspettò, uscendo dall'ombra solo quando Plantagenet Halsey attraversò lentamente la stanza al braccio di suo nipote. Si vedeva che l'artrite del vecchio lo infastidiva, specialmente in una giornata così fredda, e Tam si offrì di accompagnarlo nella sua stanza. L'offerta fu accolta da un grugnito ma non fu respinta. Quando Tam tornò, trovò lord Halsey che si era messo gli occhiali ed era seduto alla scrivania, a scrivere. Tam sorrise. C'era stato un tempo in cui il suo padrone rifiutava di riconoscere di avere la vista debole. Alla fine, la necessità l'aveva avuta vinta sulla vanità.

Alec lo guardò da sopra gli occhiali. «Eri alla porta mentre il signor Halsey era con me?»

«Abbastanza a lungo, signore» rispose onestamente Tam.

«Allora, non servirà che mi ripeta riguardo ai tuoi vagabondaggi notturni. Sono stato chiaro?»

Tam annuì.

«Molto bene. Mi piacerebbe sapere se pensi che Blackwell avesse dei nemici.»

«Nessuno, signore» rispose Tam senza esitazioni. «Lo amavano tutti. Nessuno aveva qualcosa di brutto da dire su di lui. Perché avrebbero dovuto? Era un uomo molto perbene.»

«Quando eri con lui, a visitare i suoi parrocchiani, ha mai menzionato qualcosa che ritenessi strano o non nel suo carattere?»

Tam aggrottò le sopracciglia. «La conversazione del signor Blackwell era sempre piena di domande su di me. Che cosa stavo facendo. Che cosa pensavo del viaggiare all'estero. Mi spingeva sempre a continuare i miei studi. Voleva che finissi il mio apprendistato. Non gli piaceva l'idea che fossi un servitore. Senza offesa per voi, signore.»

«Nessuna offesa. Sapevi che il signor Blackwell non era più a St. Jude?»

«Sì, signore, ha mandato un biglietto circa due mesi fa, subito dopo che il signor Halsey e io avevamo fatto la nostra ultima visita a uno dei suoi parrocchiani; un carraio con due dita rotte. Il signor Blackwell ha scritto che sarebbe andato *in pascoli più verdi*. Non so che cosa intendesse dire.» Tam arricciò il naso lentigginoso. «A pensarci bene, signore, non aveva lasciato il nuovo indirizzo.»

«Lo hai più sentito, dopo?»

«No, signore. Forse ha scritto di nuovo mentre eravamo a Parigi? Ma non siamo rimasti a Parigi abbastanza a lungo perché le lettere fossero inoltrate, a causa...» Tam si bloccò, sotto lo sguardo fisso degli occhi azzurri del suo padrone, e abbassò gli occhi sul tappeto orientale. *A causa del fatto che avete bisticciato con la signora Jamison-Lewis,* era quello che Tam era stato sul punto di dire. Ma non era il caso di menzionare al suo padrone la sua amante dai capelli color tiziano. Come non era il caso di ricordargli che era stato tenuto sveglio per una settimana, dai loro torridi incontri nella stanza accanto.

«Potrai scrivere le tue memorie quando sarò morto e sepolto, non prima.» Disse severamente Alec e fu contento di vedere che il ragazzo aveva abbastanza buon senso da restare impassibile. «Dimmi, rientra nel reame del possibile che Blackwell sia stato avvelenato?»

«Ma chi...?»

«È qualcosa a cui penseremo *se* e solo *se* lo ritieni possibile.»

«Non sarebbe stata una cosa facile, signore.»

«Avvelenarlo o far sembrare che avesse avuto un infarto?»

«Lasciate che vi spieghi, signore. Sarebbe stato facile avvelenarlo. Qualcosa messo nel vino, o sparso sul cibo, oppure il suo fazzoletto immerso in acqua di oleandro. Quando il signor Blackwell l'avesse usato durante la serata, il veleno sarebbe stato assorbito attraverso il naso e avrebbe agito direttamente sul cervello. Sarebbe certamente morto in pochi minuti. Ma...»

Alec aggirò la pesante scrivania di mogano e si appoggiò a un angolo, mentre Tam camminava su e giù sul tappeto, pensando ad alta voce. «Ma?» lo sollecitò.

«Doveva essere il veleno giusto e nella giusta forma, per ottenere l'effetto voluto. Il signor Blackwell è morto di infarto, così dice il medico. Quindi, dobbiamo cercare un veleno i cui effetti imitino quelli di un infarto. Dobbiamo sapere in che forma era il veleno, per capire come è stato somministrato.» Tam alzò gli occhi sul suo padrone. «Non sarebbe stato facile, signore.»

«Me ne rendo conto, Tam. Ma controlla per me, per favore.»

Tam ingoiò il groppo che aveva in gola. «Sì signore. È solo che... È solo che se non si trattasse del signor Blackwell, lo farei più volentieri. Probabilmente apprezzerei perfino la sfida, ma...»

«Certo» disse Alec con un sorriso comprensivo. «Non è facile, quando la vittima è qualcuno che conosci, qualcuno che ti stava a cuore.»

Anche se annuì, la rassicurazione di Alec non fece sentire meglio Tam. «Continuo a non capire perché qualcuno potesse voler avvelenare il signor Blackwell.»

«Neppure io. Eppure, se la morte di Blackwell non è stata per cause naturali, mi incaricherò di scoprire perché qualcuno voleva morto un uomo di Dio apparentemente buono e innocuo.» E, secondo il ragionamento di Alec, se voleva sperare di scoprire di più sul reverendo Blackwell, avrebbe dovuto scoprire di più sul duca di Cleveley. Ma come fare ad avvicinarsi a un uomo la cui natura escludeva la vicinanza?

«Signore» disse Tam, con un'occhiata all'orologio sulla mensola del camino. «Sarà meglio che prepari i vostri abiti, se volete ancora visitare quella mostra di quadri...»

«Ah, sì» sospirò Alec. «Bisogna sostenere i nuovi talenti. Oh, Tam, prima che scappi... Che ne dici di fare una vacanza a Bath, dopo i tuoi esami?»

«Per tenere d'occhio il signor Halsey, signore?»

«Diciamo per tenergli compagnia.»

«Voi che cosa farete, signore?»

«Senza di te?» Alec cercò di non sorridere all'espressione preoccupata del ragazzo. «Me la caverò. Ce l'ho fatta finora. Oh, non fare quella faccia preoccupata. È più importante che superi gli esami. I valletti si trovano facilmente, non così i buoni farmacisti.»

Tam non ne fu rassicurato. In effetti, si chiese se questo non fosse il primo passo per togliergli il posto. Dopo tutto, non lavorava un giorno intero come valletto da mesi. Cercò di non sembrare ferito. «Il signor Halsey potrebbe non volere la mia compagnia, signore.»

«O tu o un infermiere dal braccio robusto. In tutta serietà, sarà fin troppo grato di avere te e non vi lascerò soli troppo a lungo. Vi raggiungerò dopo un paio di settimane.»

Con il passo lento e il cuore pesante, Tam andò a preparare il cambio d'abiti del suo padrone. Passò davanti a Wantage nel corridoio e c'era un'espressione di trionfo così compiaciuto sulla lunga faccia del maggiordomo, che Tam fu sicuro che non fosse una pura coincidenza che sentisse scivolargli di mano la posizione di "gentiluomo di un gentiluomo". Ne fu sicuro quando Wantage gli fece l'occhiolino, mentre procedeva con un passo notevolmente più scattante del solito.

TRE

«Non vedo che cosa ci sia di così interessante nella ricetta della salsa di fragole della signora Rumble» commentò Selina Jamison-Lewis, senza nemmeno alzare gli occhi dal pesante tavolo in quercia della biblioteca, dov'era seduta circondata da una pila cascante di registri e corrispondenza. Intinse nuovamente la penna nel calamaio. «Anche se... è una salsa particolarmente buona. Devo copiarla per te?»

«Non fare la stupida, Lina!» ribatté sua cognata, lady Cobham, lisciando una piegolina sulla manica di satin, per nascondere l'imbarazzo di essere stata colta a leggere una lettera che Selina era stata abbastanza disattenta da lasciar cadere dal tavolo sul tappeto turco. Chiuse il ventaglio, gettandolo insieme alla lettera di Selina sul piccolo leggio in legno di noce, e scelse un altro dolcetto dalla coppa d'argento accanto al suo gomito. I denti la preoccupavano costantemente. «M... Maria? Mary? Margaret? Miriam? Maude?»

«Miranda.»

Le sottili sopracciglia depilate di lady Cobham schizzarono verso l'alto. «Oh? La piccola orfana con la figlioletta bastarda... Sophie, vero?»

«Detesto la tua memoria, Caroline.»

Lady Cobham sorrise e scelse un altro dolcetto. «Ha una splendida calligrafia, se può dire qualcosa del suo carattere. È quasi ora del tuo pellegrinaggio annuale a quella piccola, squallida fattoria dove le hai permesso di rifugiarsi, vero?»

Selina depose la penna nel prezioso calamaio Standish e si dedicò a passare uno strato di sabbia sulle pagine di cifre accuratamente allineate, per fare asciugare l'inchiostro. «Non ho intenzione di discutere di Miranda.»

«Discuterne? Non mi hai detto più di due frasi su di lei!» si lamentò lady Cobham. «Hai messo un tetto sulla testa di quella ragazza, la visiti tutti gli anni, porti dei regali alla *sua* bambina. *E*, ora vedo che vi scrivete. Sento odore di intrigo e di mistero. Il fatto stesso che ti rifiuti di parlarne con me, la tua più cara e unica cognata, ne è la riprova.»

Selina si morse il labbro. Perché non potevano lasciarla in pace a fare i conti del mese? Ma non aveva avuto il coraggio di rifiutare di ricevere sua cognata; la donna era sposata a quel pedante di suo fratello, dopo tutto, e già questo suscitava la simpatia di Selina.

«Non hai motivo di essere gelosa della mia amicizia con una ragazza maltrattata, che vive una vita irreprensibile nelle campagne del Somerset» le disse, scorrendo la pila più bassa di fatture ed estraendone quella che cercava. Rimise distrattamente in formazione le altre. Quando lady Cobham non parlò, alzò gli occhi e vide il broncio. «Quella bambina è venuta da me quando non aveva nessun altro cui rivolgersi» aggiunse pazientemente. «Lei e sua figlia erano state abbandonate dal suo amante. Aveva appena compiuto quindici anni. Che cosa avrei dovuto fare?»

Lady Cobham scrollò le spalle, cercando di rimuovere un pezzetto di dolce da un dente dolorante. «Indirizzarla all'ospizio di mendicità più vicino. Aiutare i poveri ad aiutarsi da soli è una cosa, Lina, ma aiutare una ragazza abbastanza stupida da farsi abbandonare con la neonata, beh, è proprio chiedere di essere sfruttata. Gli ordini inferiori devono essere rimessi al loro posto, non hanno bisogno che si condonino le loro azioni.»

«Grazie per il tuo consiglio, Caroline» rispose sommessamente Selina, l'unico segno della sua rabbia un lampo nei grandi occhi scuri. «Devo ricordarmelo, per la prossima riunione del consiglio di amministrazione dell'Orfanotrofio Belsay.»

Lady Cobham si dimenò a disagio sui cuscini della chaise longue. «Oh, cara, ti ho offeso.» Prese l'ultimo dolcetto dalla ciotola d'argento. «Il problema con te, mia cara, è che non hai indurito il cuore verso le molte miserie che ci circondano. Pensi di poter fare la differenza, con questo tuo assurdo orfanotrofio. Ma non puoi. Nessuno può farlo. La miseria ci sarà sempre.»

Selina diede un'occhiata a una fattura esorbitante per sete parigine ricamate e pizzo delicato. Altri quattro mesi e poi avrebbe potuto smettere quell'orribile lutto per i colori e gli sfizi alla moda. Stava contando i giorni. «*Ora* è mio fratello che parla» rispose con aria assente.

Lady Cobham squadrò pensierosa la sua bella cognata. Lineamenti così delicati, circondati da una massa sovrabbondante di riccioli fiammeggianti color albicocca, davano a Selina l'aspetto di un essere etereo, degno di essere messo su un piedestallo, o almeno di essere circondato da un diffuso alone dorato, come gli angeli ricamati negli arazzi medievali. Ma l'apparenza poteva ingannare, specialmente con Selina. E c'era un detto, qualcosa sulle acque chete che rovinano i ponti. Riusciva facilmente a credere alla voce che Selina stesse avendo una relazione appassionata con il famigerato, scuro e attraente lord Halsey. Eppure, sarebbe stato gratificante veder confermati i sussurri...

«Non avevo finito di raccontarti della cena di sir Charles Weir» disse con leggerezza lady Cobham, sperando di far parlare Selina.

«Ho sentito tutto quello che volevo sapere sulla morte di quel povero chierico.»

«Se ricordi, ti stavo giusto dicendo chi era seduto accanto a quel chierico trasandato, quando ci hanno interrotto portando il tè.»

«È così importante?»

«Oh, penso che ti interesserà moltissimo, mia cara, perché quell'uomo è già sospettato di omicidio. Cobham dice che questo deve renderlo il primo sospettato per la morte del chierico. Anche se perché volesse uccidere una tale nullità proprio non si capisce.»

Selina sospirò. Non aveva proprio tempo per i pettegolezzi di Caroline. Il suo sovraintendente doveva arrivare da un momento all'altro, per discutere di possibili affittuari per quel monolite di casa ad Hanover Square. Non poteva continuare a vivere sotto quel tetto. Era stata la casa di suo marito e conteneva troppi ricordi penosi di un matrimonio combinato che era stato un disastro dal primo giorno.

«Un assassino alla cena di sir Charles?» si sentì dire, mentre vagliava una pila di corrispondenza. «Peccato che Cobham fosse fuori città. Gli sarebbe piaciuto puntare il dito.»

Lady Cobham guardò la vasta stanza, con i mobili ancora coperti, evitando strategicamente gli occhi scuri di Selina, per paura di tradirsi. «Penso che quasi tutti a Londra stiano puntando il dito verso di lui, Lina. Cobham dice che si parlava di riammetterlo al White, dato che Sua Maestà ha ritenuto di conferirgli il titolo di marchese, ma non dopo questo piccolo dramma in cui si è trovato coinvolto. E, dato che era seduto accanto al chierico, questo può solo rendere le cose più difficili per Halsey…»

«*Halsey?*» Di colpo, lady Cobham ebbe la completa attenzione di Selina. «Perché Al… lord Halsey era a una delle cene politiche di sir Charles Weir?»

«Lui e sir Charles sono stati a Harrow insieme» rispose mitemente lady Cobham, anche se il polso aveva accelerato, sotto lo sguardo duro di sua cognata. «Come ho detto, Halsey era seduto accanto al chierico, durante la cena e poi di nuovo, quando gli uomini stavano bevendo il porto, ed è stato allora che il chierico è morto sul colpo.»

Selina lasciò la scrivania per mettersi accanto alla finestra a ghigliottina, senza tende, che guardava sulla grande piazza, sperando di nascondere il calore che sentiva sul collo. «Che cosa orribile» mormorò. «Che cosa ha detto il medico sulla morte del vicario?»

«*Ufficialmente* è morto di infarto. Ovviamente, nessuno lo *crede*. Com'è possibile, quando il chierico è caduto morto ai piedi di un uomo che è stato accusato di aver ucciso il suo stesso fratello, per ottenere il titolo per sé?»

«È una bugia!» esclamò Selina, voltandosi furiosa verso sua cognata. «Non ti permetto di ripetere questi pettegolezzi maligni, Caroline!»

Lady Cobham si mise diritta e si infilò lentamente i guanti di capretto color lavanda. «Non ho intenzione di negarti la tua liaison parigina con Halsey» disse insinuante, con un'occhiata maliziosa al volto arrossato di sua cognata. «Nessuna donna potrebbe essere immune a una così potente virilità. Non importa un accidente se ha ucciso un vicario senza un soldo, o suo fratello, se è per quello. Quello che Cobham e io troviamo particolarmente orrendo, è la voce insistente che sia il prodotto dell'accoppiamento di sua madre con il suo cameriere mulatto. Marchesato a parte, rabbrividisco pensando al colore di un'eventuale prole che nasca dal matrimonio con un uomo dal sangue così vile. Ma quello che offende Cobham in modo particolare non è tanto l'eredità di sangue negro di quell'uomo, che si potrebbe accantonare se fosse un principe del subcontinente, ma che la contessa di Delvin abbia scelto di abbassarsi a copulare con il suo cameriere, un *servo*. Tu, Lina, sei una Vesey, discendi da una linea ininterrotta sin dai Plantageneti, e nessuno in questa famiglia è imparentato con qualcuno al di sotto del rango di visconte. Non c'è sicuramente sangue servile, di nessun genere. Dobbiamo salvaguardare i nostri interessi e lo faremo. Sono stata chiara?»

Selina restava testardamente muta, con la testa girata, una lunga mano alla gola bruciante. lady Cobham guardò l'orologio sulla mensola del camino e fece per andarsene, seppure aspettando il cenno di assenso di sua cognata. Alla fine, Selina annuì, odiandosi perché era così debole da far credere di accettare la pressione della famiglia. Ma non aveva intenzione di rivelare a sua cognata la ragione, molto personale e straziante, per cui non avrebbe mai potuto sposare Alec, specialmente perché non l'aveva ancora detto nemmeno a lui.

«Cobham non si deve preoccupare per il nome Vesey» disse apatica, «Alec e io... Le cose tra di noi... Non ho intenzione di sposare lord Halsey.»

«Tuo fratello ne sarà contento» rispose dolcemente lady Cobham e baciò la guancia arrossata di Selina. «Sarò alla mostra. Cobham non si abbasserà a partecipare. Ma si deve sostenere la famiglia. Posso anche non approvare Talgarth ma è tuo fratello e un Vesey, quindi è nostro dovere. So che *tu* hai detto che Talgarth ha molto talento ma...» Scrollò le spalle, rendendosi conto che Selina non stava ascoltando. «*Adieu*, mia cara.»

Selina guardò lady Cobham manovrare le sue larghe sottane con cerchio lungo il corridoio e giù per le scale, fino alla portantina che la aspettava, e poi tornò in biblioteca. Dannazione all'amore di Caroline per i pettegolezzi! Come avrebbe potuto affrontare con entusiasmo spensierato una mostra dei quadri del suo fratello minore (e la sua prima mostra, oltre a tutto), quando tutto quello cui riusciva a pensare era l'effetto della morte dello sfortunato chierico sull'amore della sua vita? Decise di scrivergli immediatamente. Potevano anche essersi separati in modo acrimonioso ma questo non voleva dire che non gli avrebbe dato tutto il suo sostegno. Si chiedeva come avrebbe ricevuto una lettera simile.

Si stava preoccupando inutilmente.

Nelle sale della mostra si trovarono a faccia a faccia.

Alec non fu contento di vederla.

⁂

LE SALE DELLA MOSTRA IN OXFORD STREET ERANO AFFOLLATE, l'aria calda e pesante di profumo. Ed erano rumorose, troppe risate stridule che rivaleggiavano con il tintinnio dei bicchieri di vino. I tavoli scricchiolavano sotto il peso di cibo, punch in urne d'argento e costruzioni elaborate di frutta e fiori di stagione. Considerando le conversazioni animate e gli animi allegri, i non invitati difficilmente

avrebbero immaginato di essere capitati a un'anteprima selezionata per
onorare i nuovi e freschi talenti del mondo dell'arte.

Quei membri dell'aristocrazia che si consideravano parte del *demi-monde* artistico avevano indossato le loro migliori sete e parrucche, e
signore con le gonne ampie si muovevano camminando di lato attra-
verso la folla, mentre i gentiluomini sfoggiavano tupè oltraggiosa-
mente alti incipriati d'azzurro e intrecciati con nastri. La maggior
parte di loro non si era nemmeno presa la briga di entrare nella stanza
successiva, per vedere i quadri. Quel compito era stato lasciato all'occhio critico dei galoppini dei giornali, che dovevano redigere una
succinta critica per i loro lettori, prima che la mostra, che copriva le
quattro pareti, fosse formalmente aperta al pubblico il giorno
successivo.

In mezzo alla folla di quella soirée entrò a grandi passi Sua Grazia
il duca di Cleveley, che scortava la bella vedova, la signora Jamison-
Lewis, che aveva le lunghe dita nell'incavo del gomito del duca ricoperto di satin, e indossava un abito scollato, con il corpetto ricoperto
di perline, che lasciava poco all'immaginazione. Più di una *mouche*
piazzata strategicamente fremette di sorpresa nel vedere il duca di
Cleveley a un simile evento. Era difficile immaginare il *grand'uomo*
dimostrare interesse e patrocinare un nuovo talento artistico. Predili-
geva troppo la vecchia scuola. Raffaello, Tiziano e al massimo Lely
erano più nel suo stile. Ancora più sorprendente era la compagna che
aveva scelto.

Le voci che circolavano in molti salotti eleganti dicevano che la
vedova biondo-albicocca aveva lasciato il letto di un amante parigino
per cadere immediatamente nelle braccia aperte di Cleveley. Che la
signora Jamison-Lewis e il duca stessero scambiandosi spiritosaggini a
una mostra d'arte sembrava confermarle. Cambiò l'intero focus della
serata. Che interesse poteva avere una collezione di quadri di artisti
locali senza reputazione, quando c'era un pettegolezzo da riportare?
Un pettegolezzo reso ancora più allettante perché coinvolgeva il duca
di Cleveley, architetto principale della politica estera del paese. Che il
duca, anche lui vedovo, avesse scelto di avere al suo braccio una donna
negli ultimi mesi del lutto, aveva scatenato la fantasia dei giornalisti,
che voltarono la schiena al mondo dell'arte.

Talgarth Vesey, uno dei pittori del momento, non sembrava per
niente preoccupato che gli avessero rubato la scena. Mentre diversi
suoi colleghi, che avevano passato la serata a mescolarsi tra gli ospiti o
a rispondere a domande dei giornalisti sul loro lavoro, erano furiosi
per essere stati abbandonati così facilmente, perché un politico era

arrivato con la sua ultima puttana; Talgarth Vesey era felice di restare seduto in un angolo della stanza, a mordersi scontrosamente le unghie già rosicchiate. Il suo sguardo era fisso su una tela, coperta da un drappo nero e posta su un cavalletto. Il drappo era stato un'idea del suo maestro di casa, Nico. Era il lavoro migliore del suo padrone in quella mostra e Nico aveva detto che il quadro meritava di essere svelato con una cerimonia, quando tutti gli ospiti fossero stati riuniti e in silenzio. Avrebbe distinto il lavoro da quello degli altri pittori. Talgarth si chiese se il duca avrebbe accondisceso a svelare il quadro. Quello sarebbe stato un bel colpo!

Il pittore non si alzò immediatamente quando l'ospite più illustre della mostra si avvicinò. Un gentiluomo alto, con una redingote sobria, senza cipria sui capelli neri come il carbone, aveva attirato la sua attenzione. Lo sconosciuto restava al margine della folla multicolore e si metteva così vicino alle opere d'arte che era chiaro che aveva bisogno degli occhiali. Talgarth decise immediatamente che doveva dipingere quel gentiluomo e stava per attraversare la stanza quando fu fermato da una voce amatissima, prima di poter fare un passo.

«Il minimo che tu possa fare è far finta di goderti la serata» disse scherzosamente Selina. «Ti potrebbe far guadagnare una o due commissioni redditizie.»

Con una smorfia di preoccupazione, il pittore distolse lo sguardo dal gentiluomo dai capelli scuri. Vedendo sua sorella saltò in piedi, con un sorriso radioso e la tirò a sé per baciarle la guancia. «Lina! Sei venuta! Non vedo l'ora che tutto questo trambusto finisca, e tu?»

Selina gli sorrise rassicurante, premendogli la mano e fece le debite presentazioni; felice che Talgarth avesse il buon senso di inchinarsi rispettosamente. Ma quando guardò fisso il duca le venne voglia di dargli un calcio per la sua maleducazione; e ancora di più quando Talgarth si rivolse al duca con una delle sue domande franche.

«Dove ci siamo già incontrati, Vostra Grazia?» gli chiese, con la mente che cercava di dipingere il duca senza la magnifica parrucca incipriata, che serviva solo ad accentuare il prominente naso aquilino.

Il duca fiutò una presa di tabacco, guardando fisso davanti a sé. «Non ci hanno mai presentati prima d'ora.»

«Ne siete sicuro? Venezia? Firenze? Bath, forse?»

«La duchessa passava spesso le acque a Bath.»

«Non gli Stati italiani. Bath.» Dichiarò Talgarth Vesey aggiungendo, senza scusarsi: «Vedete, non dimentico mai una faccia. Vero, Lina?»

«O forse era da qualche parte più vicino a Ellick Farm? È nella

tenuta del duca, Tal. Ricordi?» disse Selina con un sorriso davanti
alla smorfia del fratello, con un occhio guardingo sul duca, che non
era contento di sentirsi fare delle domande, men che meno in un
modo così diretto. Tirò il braccio del duca intorno al proprio.
«Venite, lasciate che vi mostri quello che considero il lavoro migliore
di Talgarth, Vostra Grazia» e si allontanò con lui, mandando un
bacio a suo fratello da sopra la spalla nuda. «Dovete perdonare
Talgarth» disse, nel modo più amichevole possibile. «È giovane e
piuttosto eccentrico, per essere un Vesey. Siamo tutti creature piuttosto posate, eccetto Talgarth. Cobham ha ereditato il titolo ma
neanche un briciolo di immaginazione; io sono inutile praticamente
in tutto, ma ho una mente matematica; Talgarth ha un gran talento
artistico ma manca completamente di buone maniere. Inutile dire
che Cobham ha riempito il mucchio di pietre ancestrale con opere
d'arte orribili, mentre Talgarth deve prostituire il suo grande talento
dipingendo cagnolini saltellanti e le loro orrende grasse padrone.
Quindi, Vostra Grazia, mi affido a voi per dare al mio fratellino la
rispettabilità che merita» e indirizzò l'attenzione del duca sul quadro
più vicino.

Era Alec che Talgarth Vesey aveva adocchiato tra la folla e di cui
aveva deciso che voleva dipingere il ritratto. Alec era arrivato dietro al
duca. Nel trambusto che era seguito all'entrata del nobiluomo, era
riuscito a sgattaiolare nella seconda stanza per guardare i quadri in
relativa pace. Aveva quasi compiuto un giro completo senza interru-
zioni, quando si sentì battere rudemente sulla spalla.

Gli misero in mano un bicchiere di champagne.

Era lord George Stanton, che indicò indifferente con il braccio le
quattro pareti coperte di quadri dal pavimento al soffitto. «Che ne
pensate della roba di questi nuovi tipi?»

Alec si mise in tasca gli occhiali. «Mi piacciono. Meno formali di
Reynolds e Lely.» Indicò il quadro alla sua destra. Era uno dei lavori di
Talgarth Vesey. «Prendete questo quadro. Lo stile è particolarmente
nuovo. La distesa di cielo, la minaccia di un temporale e il sole che
lascia filtrare una luce attenuata sulla vallata di sotto è in diretto
contrasto con l'innocenza della bambina. Sembra indifferente alla
tempesta alle sue spalle; il suo futuro è davanti a lei...»

Lord George gli diede di gomito, con gli occhi che percorrevano
Alec dai piedi fino ai capelli neri ondulati, stretti in una lunga treccia.
Non aveva sentito una sola parola. «Il velluto nero vi dona. E anche la
mancanza di cipria. Una gazza tra i pavoni» disse, reprimendo un
rutto. «Ma non fraintendetemi. Non vi farà assurgere al ruolo di

ambasciatore. Mio padre dice che non possiamo avere un ambasciatore che non abbia il *physique du rôle*.»

Alec decise che lord George era ubriaco, molto ubriaco. E dal modo in cui stava ingollando champagne, aveva tutte le intenzioni di restarlo. E spiegava perché stesse parlando con Alec. Da sobrio, dubitava che il figliastro di Cleveley si sarebbe avvicinato a tre metri da lui. Ne avevano avuto la prova alla cena di Weir.

«Questo non mi sembra il vostro tipo di ricevimento, milord» disse Alec, per conversare, girando la schiena al quadro della bella bambina.

Lord George fece una smorfia. «Non lo è.» Si chinò, avvicinandosi, ma non abbassò la voce. «Non li sopporto. Pittori. Puah! Un branco di buoni a nulla, parassiti dal cervello di gallina. Prendete questo tipo, Vesey, per esempio. Ditemi voi perché il figlio del nostro generale più decorato sta sbarcando il lunario dipingendo, quando avrebbe potuto fare una carriera rispettabile seguendo le orme di suo padre. Matto. Deve essere matto. Non c'è un'altra spiegazione. Quadri e letteratura e altre scempiaggini del genere non faranno mai grande il regno. Come potrebbero? A chi importerà tra cent'anni se è il signor Reynolds o quell'altro tizio, Gainsborough, il pittore migliore? A chi interessa *adesso*?»

«Ma è un'eredità molto più accettabile e durevole di quello che sa fare la nostra nazione di... una società costruita sul denaro malguadagnato con la schiavitù...»

Alec lo disse con un sorriso così cortese, che lord George non seppe se essere arrabbiato per la sua insolenza o considerarla una battuta e ridere. Decise per la seconda alternativa e diede un'amichevole gomitata ad Alec.

«Non siete malaccio, Halsey. Proprio per niente. Vi pensavo un po' fuori di melone. Con quella faccenda dubbiosa della morte di vostro fratello e il fatto di tenervi così appartato, poi. Non uno dei ragazzi, se capite che cosa intendo dire. Ma mi sbagliavo. Sotto sotto, siete proprio un bravo troiano.»

Alec gli rivolse un sorriso beffardo. «Grazie, milord. Sono veramente compiaciuto della vostra nuova valutazione. Ora potrò tenere alta la testa in società, sapendo che ho la vostra approvazione.»

Lord George non colse il pesante sarcasmo. «Ecco lo spirito giusto» disse farfugliando e chiamò a voce alta un cameriere, chiedendo che portasse una bottiglia e facesse in fretta. «Vi piacciono i quadri? Non questa robaccia; la scuola italiana e roba del genere?»

Ad Alec fu risparmiata una risposta quando arrivò lady Cobham a reclamare lord George, che fece poca resistenza quando fu trascinato via e presentato a un gruppo di appassionate d'arte piene di risolini, ferme davanti al ritratto a figura intera di un ammiraglio con quattro fedeli cani da caccia ai suoi piedi. Sollevato di essere lasciato in pace, Alec tolse gli occhiali di tasca, solo per essere affrontato da un giovane gentiluomo, alto, allampanato e leggermente emaciato, con profonde occhiaie scure e, indosso, una redingote fiorata troppo grande e una cravatta in disordine, che lo squadrò dalla testa ai piedi, mentre lo sguardo restava fisso sul suo volto più a lungo di quanto fosse educato. Alec sospirò. Un altro ubriacone...

«Devo dipingervi» annunciò il giovanotto.

Alec si spostò per guardare il ritratto di una ragazzina seduta su un'altalena. Non aveva più di tre o quattro anni e ai suoi piedi nudi c'era un cestino di fragole rovesciato. Fu sorpreso di scoprire che era la stessa bella bambina del quadro con la tempesta. Talgarth lo seguì. Con grande riluttanza, Alec ripose gli occhiali. «Grazie per l'offerta...»

Talgarth Vesey scosse la testa. «No, non è un'*offerta*. *Devo* dipingervi. Ho un lavoro non ancora finito, un'allegoria che devo completare per Natale, altrimenti non riceverò il saldo della commessa. Voi siete esattamente l'Apollo che stavo cercando.» Tese la bianca mano sottile. «Talgarth Vesey.»

La smorfia imbarazzata di Alec fu immediatamente sostituita da un sorriso smagliante, quando si rese conto che era stato abbordato dal fratello preferito di Selina. «Perdonatemi, avrei dovuto riconoscervi. Avete gli occhi di vostra sorella.»

Si strinsero la mano.

Talgarth Vesey sorrise. «Non è colpa vostra. È colpa mia. Date la colpa della mia maleducazione all'ansia. Non capita tutti i giorni che incontri qualcuno che voglio dipingere. Poserete per me, vero?»

Nonostante il naturale imbarazzo per l'approfondito, calcolato esame della sua persona, ad Alec piacque la franchezza del pittore. «Non ho mai...»

«Dovete venire a vedermi domani. Farò degli schizzi preliminari. Sto da Lina.» Quando Alec sembrò perplesso, si scusò. «Noi, la famiglia, l'abbiamo sempre chiamata Lina. Mia sorella Selina, la signora Jamison-Lewis.»

«Mi dispiace di non poter acconsentire, ma parto domani pomeriggio, vado fuori città, nel Kent e poi a Bath» disse Alec, senza disappunto.

«Venite al mattino, allora. Meglio ancora, se sarete a Bath. Il mio studio è in Milson Street.» Il pittore sorrise imbarazzato. «Mi guadagno da vivere facendo ritratti, principalmente di mamme ambiziose con figlie carine, e piccole signore robuste con brutti barboncini.»

«Non posso promettervi di posare per voi, ma verrò a trovarvi.»

Talgarth Vesey annuì, porse ad Alec un biglietto con stampato il suo nome e l'indirizzo dello studio di Bath, e scomparve tra la folla per essere abbordato da una madre fin troppo entusiasta con la sua altissima figlia al seguito.

Subito dopo la partenza del pittore, Alec sentì un'altra gomitata nelle costole. Lord George gli era venuto vicino un'altra volta.

«Sembra proprio al suo posto accanto al duca, vero?» disse sprezzante. «Pensa di avere una possibilità, ora che la mamma è morta. Ah! No, se potrò dire la mia. Papà può farle aprire le gambe quanto vuole ma il matrimonio… *mai.*»

Alec nascose la sua assoluta sorpresa a un discorso così crudo e seguì la direzione dello sguardo sarcastico di lord George, fin dove il duca di Cleveley e Selina Jamison-Lewis stavano parlando con Talgarth Vesey e lady Cobham. Lo sguardo di Alec si fissò su Selina. Aveva resistito alla tentazione di andare da lei fin da quando era entrato nella stanza ed era sparito dietro un muro di sete e profumo. Più di una volta le aveva rivolto un'occhiata, desiderando di non averlo fatto. Selina era completamente a suo agio con il duca: il modo in cui gli toccava di tanto in tanto la manica di seta con un sorriso e il modo in cui lui rispondeva indicavano che erano vecchi amici. A tutti sembrava che il suo posto fosse al fianco del *grand'uomo*. Meno di un mese prima, lei era di Alec.

«C'è il piccolo problema del marito della viscontessa» indicò Alec, distogliendo a fatica lo sguardo dall'oggetto del suo amore e del suo desiderio per guardare un quadro, che gli apparve solo come una confusione di colore e luce.

«Non Caroline!» disse lord George, con uno sbuffo di risata, ritenendo un bello scherzo l'errore di Alec. Diede un'altra gomitata ad Alec (che desiderò che smettesse di farlo), e disse con un'altra sbuffata: «La vedova. Parlo della *vedova*: la signora J-L.» Abbassò la voce e respirò vino stantio nell'orecchio di Alec. «Si dice che abbia aperto le gambe più volte nei mesi da che è morto suo marito, che in tutti i sei anni di matrimonio. Ma se pensa che lasciare che il duca gliele allarghi finirà in una proposta di matrimonio, ha la segatura in quella bella testolina.» Bevve rumorosamente il vino che restava nel bicchiere, dicendo, mentre una goccia di vino scivolava sul mento carnoso, gli occhi fissi incollati alla schiena snella di

Selina: «Per quella puttana varrebbe la pena beccarsi una dose di sifilide.»

Prima che Alec potesse chiedere a lord George di uscire e ripetere quell'oltraggiosa calunnia, fu tirato bruscamente indietro in un'alcova senza finestra e gli misero in mano a forza un bicchiere di chiaretto.

«Spiacente. Non potevo permettere che lo colpissi.» Sir Charles Weir respirava in fretta, un'occhiata alle sue spalle per assicurarsi che lady Cobham si stesse occupando di lord George. Lo stava persuadendo a seguirla nell'altra stanza. Soddisfatto, sir Charles si rivolse ad Alec con un sorriso di scusa. «Non volevo vedere un vecchio amico a Green Park all'alba. Inoltre,» disse con una risatina nervosa, «lo avresti ucciso.»

Alec bevve il chiaretto. «Non ti ringrazierò per averlo fatto, Charles.»

«Forse non ora, ma lo farai. Sfidare Stanton a duello sarebbe stata la rovina della tua carriera. Ci avrebbe pensato Sua Grazia.»

Alec lo fissò, ancora furente. «Mi chiedo, Charles: sei intervenuto per me o per risparmiare a Cleveley l'imbarazzo di vedere quell'ubriacone del suo figliastro strapazzato in un duello impari? È ora che tagli il guinzaglio.»

Sir Charles guardò il chiaretto che aveva nel bicchiere. «Certamente lei non vale la tua carriera?»

Alec gli ficcò in mano il bicchiere vuoto e fece per andarsene ma sir Charles lo fermò, con una mano salda sul paramano della redingote. Alec guardò la mano che lo tratteneva aggrottando la fronte e sir Charles la tolse immediatamente.

«Dobbiamo parlare» disse sir Charles, e quando Alec si limitò ad alzare un sopracciglio con aria interrogativa, che ricordava l'atteggiamento del suo mentore quando era scontento di lui, si affrettò a parlare, sentendosi stupido. «Parlare dell'altra sera. Blackwell... quello che gli è successo.»

«La morte di Blackwell?»

Sir Charles annuì. «Ci sono stati troppi pettegolezzi, sussurri, a questo riguardo.»

«Non è sorprendente, vero, visto che è morto all'improvviso nel bel mezzo della tua cena.»

«I pettegolezzi riguardano te.» Sir Charles alzò gli occhi e fu segretamente contento vedendo che il suo amico era sconcertato. «Sì. Non smettono mai, vero? La gente non può lasciare il passato dov'è. Lo sfortunato *incidente* di tuo fratello...»

Alec sperava che la sua voce avesse un tono distaccato. «Non ho intenzione di discuterne, né qui né da nessun'altra parte.»

«Ovviamente no» disse sir Charles, simpatizzando con lui. «Tu e io sappiamo, i tuoi amici sanno, che non puoi aver avuto niente a che fare con la morte di Blackwell, ma non è quello che pensano gli altri, quello che sussurrano alle tue spalle.»

«Davvero? Sembra che ti stia occupando attivamente di sapere quello che pensano gli altri, Charles.»

«E tu sembri dimenticare che è stato in casa mia, che è morto quel poveraccio!»

«Dubito che qualcuno dimenticherà questa circostanza. Ora devi scusarmi…»

«No!»

Alec si voltò e lo guardò dall'alto in basso.

Sir Charles continuò sottovoce; troppe teste incipriate si erano voltate nella loro direzione, per i suoi gusti. «Dobbiamo parlare e presto. Ci sono certi particolari, certe questioni concernenti Blackwell che *devo* discutere con te.»

Anche Alec vide l'interesse che stavano attirando.

«Non qui, non ora» disse impaziente e si fece strada tra la folla che aspettava lo svelamento del quadro coperto. Si trovò presto a qualche ampia sottana di distanza dal quadro.

La patrocinatrice della mostra stava parlando al pubblico. Talgarth Vesey, Gavin Hamilton e i due altri pittori che avevano i quadri in mostra erano in piedi al suo fianco. Appena alla loro destra c'era un gruppetto di giornalisti, con le matite pronte, e il duca di Cleveley con Selina Jamison-Lewis al suo fianco. Ci furono risate e applausi ma Alec non sentì nulla. Si stava sforzando di restare calmo ma non poteva impedirsi di continuare a guardare Selina.

Mentre chiacchierava con suo fratello e gli presentava il duca, con la coda dell'occhio Selina vide Alec voltarsi e confondersi con la folla. Più tardi, lo vide mettersi gli occhiali per vedere meglio uno dei tanti ritratti nella collezione. Era proprio il suo ritratto, con lei vestita in seta, appoggiata al tronco di un olmo, un cappello di paglia a tesa larga in mano, con gli ampi nastri azzurri che svolazzavano nella brezza. Era stato dipinto un anno prima.

Doveva essere trasalita, perché il duca le diede un'occhiata, dicendo, appena riuscì a interrompere la conversazione: «Percepisco un po' di tensione, mia cara. Tranquillizzatevi, vostro fratello ha un considerevole talento. La sua prima mostra sarà un enorme successo. Lo assicura il fatto stesso che io sia qui.»

«Dubito che Talgarth si renda conto della vostra importanza sociale, Vostra Grazia» disse sinceramente Selina, facendo ansimare i compagni adoranti del duca con la sua franchezza. «La forma del vostro viso, la lunghezza delle vostre mani, quello sì, ma il vostro nome e il vostro titolo sono supremamente indifferenti per il mio fratellino. Vi avevo avvertito, non ha un grammo di grazia sociale. Ma dipinge dei quadri meravigliosi, vero?»

Ben lungi dall'offendersi, il duca sorrise. «È il motivo per cui sono venuto. Mi avevate promesso quadri splendidi e lo sono.» La vide guardarsi intorno con nostalgia. «Devo presentarvi? Ah! Dimenticavo. Voi *conoscete* già lord Halsey, vero?»

Selina finse disinteresse e aprì il ventaglio dipinto a gouache, senza osare alzare la testa, per paura che il duca vedesse il dolore nei suoi occhi scuri. Eppure, il duca era stranamente in sintonia con i suoi sentimenti perché la guidò verso un angolo tranquillo, dove una coppia seduta su un divano imbottito fece loro il favore di alzarsi per andare a cercare dei rinfreschi. La fece sedere e alzò l'occhialino per osservare meglio la folla, continuando a parlare con Selina a voce bassa.

«Posso darvi un consiglio, mia cara? Mantenete le distanze dal vostro amico. Ci sono state delle voci... La gente si sta facendo domande sulle sue attività.»

Selina impallidì. «Certamente non in relazione alla morte di quel vicario?»

«Ragione sufficiente perché manteniate le distanze.»

«Non potete pensare che abbia avuto qualcosa a che fare con la morte di quell'uomo? È assurdo!»

Il duca rise piano. «Le cose non sono andate molto bene a Parigi, vero?»

Macchie di colore apparvero sugli zigomi alti di Selina, che si morse le labbra e continuò a sventolarsi nervosamente. «Non apprezzo che quel parassita del vostro segretario mi spii!»

«Charles non è più il mio segretario, e non fa la spia; ha altra gente che fa il lavoro sporco per lui» rispose calmo il duca, continuando a esaminare la folla attraverso l'occhialino. «Credetemi, mia cara. Avete scelto la strada migliore.»

«Qualunque cosa voi pensiate di lui, Vostra Grazia, lui è un uomo d'onore e non farebbe mai niente per mettere in pericolo la mia felicità.»

«Vi sbagliate, mia cara» si scusò il duca, offrendole la mano coperta dai pizzi. «È per il *suo* bene e non per il vostro, che vi chiedo di mantenere una distanza discreta» e poi diresse l'occhialino all'angolo della stanza. «Ora vediamo, questo quadro drappeggiato mi intriga…»

Talgarth Vesey stava sorridendo. La folla presumeva che fosse perché era arrivato il suo momento di gloria. Il duca di Cleveley era stato convinto a svelare la tela coperta dal drappo. Ma Talgarth era contento di sé, perché aveva finalmente ricordato dove aveva visto prima il duca. Non era a Bath ma, come aveva suggerito sua sorella, nelle selvagge campagne del Somerset. Era successo parecchi mesi, forse un anno, prima, subito dopo il ritorno di Talgarth da Firenze. Stava andando a visitare Ellick Farm e il duca l'aveva incrociato sulla stretta stradicciola fiancheggiata dagli alberi, mentre cavalcava, provenendo dalla fattoria, verso il suo palazzo sulla cima del crinale che guardava sulla valle, dov'era annidata Ellick Farm.

Qui alla mostra, era stata la maestosa parrucca incipriata del duca che aveva reso difficile a Talgarth ricordare esattamente dove aveva visto il *grand'uomo*. Quando l'aveva visto l'ultima volta, Cleveley era senza parrucca. Il cappello da campagna a larga tesa era volato via proprio mentre si incrociavano a cavallo, mettendo in mostra la chioma di capelli castani naturali del duca, tagliati corti sopra le orecchie, come quelli di un principe medievale. Sembrava un campagnolo, vestito con una giacca da equitazione dimessa e un paio di stivali che avevano bisogno di una bella lucidata, e il suo aspetto era quanto di più dissimile potesse esserci da quello dell'inavvicinabile grande statista.

Una serie di tiratine e il drappo finalmente scivolò via dalla grande tela.

Si sentì il pubblico tirare collettivamente il fiato e questo riportò immediatamente Talgarth Vesey al presente. Fece un passo avanti per ricevere il plauso per il suo ritratto a figura intera di una giovane donna con sua figlia. Sapeva che era il suo lavoro migliore e strutturato in modo da ottenere il massimo vantaggio dallo scenario maestoso delle colline, del cielo e della pallida innocenza dei soggetti. Ma non era così vanitoso da non riconoscere l'apprezzamento del pubblico per l'incredibile bellezza della donna. La bellezza della modella era eccezionale. Nessuno a Londra, eccetto sua sorella, sapeva chi era. Viveva come una reclusa a Ellick Farm. Talgarth non si sarebbe sorpreso se fosse stato accusato di averla evocata per magia. Non vedeva l'ora di smentire chi dubitava. Sua sorella lo avrebbe sostenuto, perché era lei che aveva dato una casa a Miranda Bourdon.

Ispezionò i volti nella folla, aspettando ansioso le lodi, eppure non arrivavano. Le loro espressioni lo confusero. Sembravano sgomenti, alcuni erano arrabbiati, altri in fondo alla stanza volevano sapere che cosa voleva intendere il pittore con una simile barbarie. Altri urlavano insulti. Talgarth guardò i suoi compagni pittori ma tutti e tre si erano voltati, in quel modo dissociandosi da lui e dal suo meraviglioso dipinto.

Selina prese la mano di Talgarth, le sue larghe sottane diventarono una barriera tra suo fratello e la folla oltraggiata. «Com'è potuto succedere, Tal?» sussurrò, con gli occhi pieni di lacrime. «È *mostruoso*!»

Talgarth Vesey si chiedeva il motivo dell'angoscia di sua sorella. «Non capisco. Perché non ti piace, Lina? *Deve* piacerti!»

Mentre lo diceva, si voltò. Quello che vide era incomprensibile. Era la sua tela. Era il suo dipinto. Ma non c'era niente di bello. Niente che mostrasse le lunghe ore passate a mischiare proprio le tonalità giuste di colori per la pelle e i blu del cielo tempestoso, ogni pennellata attentamente ponderata. Spessa vernice rossa (o era sangue?) era stata gettata sulla tela da un angolo all'altro della cornice dorata, poi distribuita con una mano o un pugno sopra il cielo azzurro e l'abito di seta, in quello che sembrava un attacco frenetico, pieno d'odio. Ancora più orribile, il volto della bellezza eremita era stato tagliato e rimosso. Dove una volta dalla tela irradiava la sua eccezionale bellezza e gentilezza in un volto dall'ovale perfetto, ora restavano solo brandelli di tela dipinta. Anche sua figlia aveva subito un destino simile. Trattata forse perfino più selvaggiamente della madre, perché l'intera figura era stata tagliuzzata via dal quadro. Rimaneva solo un piedino nudo, come prova visibile che una volta era esistita. La deturpazione era così totale e spietata che non sarebbe stato peggio se madre e figlia fossero state assassinate davanti agli occhi sbalorditi degli spettatori ammutoliti.

Il pittore cadde sulle ginocchia e pianse.

QUATTRO

Alec non era dell'umore giusto per vedere sir Charles Weir. Aveva passato un'ora impegnandosi duramente con la scherma, aveva caldo, era sudato e bramava l'acqua profumata del suo bagno. La sua casa era in subbuglio, in vista della partenza di suo zio per Bath; c'erano *portemanteau* ammonticchiati nel foyer, pronti da caricare sulla carrozza l'indomani mattina. Aveva centinaia di faccende da sbrigare e una montagna di corrispondenza da leggere prima dell'arrivo del suo sovraintendente dalla tenuta nel Kent.

Stava per fare le sue scuse al cameriere in attesa quando apparve il suo maggiordomo, che schivò agilmente il servitore che asciugava il sudore dal pavimento della Gallery. Alec gettò da parte l'asciugamano che stava usando per asciugarsi il volto, il collo e gli avambracci nudi, guardando Wantage con irritazione. Il maggiordomo raccolse la redingote del suo padrone e gliela offrì, dicendo che sir Charles aveva insistito che era veramente importante avere cinque minuti del tempo di sua signoria.

Quando Alec rifiutò la redingote, Wantage disse mitemente, mentre appoggiava con attenzione la giacca sullo schienale di una sedia: «Sir Charles stava quasi implorando, milord.»

«Cinque minuti» dichiarò Alec, sedendosi su uno dei sedili sotto la finestra con la vista sul Green Park e srotolandosi le maniche.

Il maggiordomo riempì nuovamente il suo boccale con quello che restava della birra, mise la caraffa vuota e il boccale lasciato dal maestro di scherma sul vassoio e restò in attesa.

Alec fissò il suo maggiordomo in silenzio e aspettò.

Dopo qualcosa che sembrò una lotta interiore per decidere se parlare o no, Wantage aggiunse: «Devo chiedere a Jeffries di aiutarvi con la toilette mattutina, milord?»

«Sono in grado di vestirmi da solo.»

Il maggiordomo si inchinò. «Molto bene, milord. Pensavo che, forse, con il signor Thomas *impegnato in altre cose*, avreste avuto bisogno di Jeffries per...»

«È tutto» disse fermamente Alec e si voltò verso la finestra.

Il maggiordomo si inchinò di nuovo e andò a continuare il suo lavoro, lasciando il suo padrone a contemplare la vista delle mucche da latte che pascolavano sull'erba coperta di rugiada.

Alec era ben conscio che Wantage alludeva al fatto che Tam aveva smesso i suoi panni di valletto per studiare per gli esami da speziale, e che lui non approvava. Alec era nauseato e stufo della gelosia dei servitori nei confronti del suo valletto e sapeva che Wantage coglieva ogni opportunità per rendere la vita difficile a Tam, e aveva deciso di fare qualcosa al riguardo. Inoltre, si era "arrangiato" già per troppo tempo e aveva tutte le intenzioni di assumere un vero valletto. L'annuncio da pubblicare sul giornale era già pronto, doveva solo essere consegnato. Ma come gestire al meglio la situazione senza offendere Tam e mettere in subbuglio la casa? Non voleva sconvolgere il ragazzo, né voleva che Wantage pensasse di avere vinto, per quanto insignificante fosse la vittoria. Quindi, l'annuncio poteva aspettare fin dopo l'esame di Tam, forse fino dopo il suo ritorno da Bath.

Ma c'era una cosa imbarazzante che non poteva posporre ed era visitare Selina nella sua casa di Hanover Square. Aveva ricevuto il suo biglietto mentre usciva di casa per andare alla mostra e se l'era fatto scivolare in tasca, presumendo che arrivasse da qualche città del continente in cui Selina risiedeva in quel momento. Si può immaginare la sua sorpresa nel vedere che era tornata a Londra, quando avrebbe dovuto essere a metà strada per Berna, per raggiungere suo cugino sir Cosmo Mahon.

Lo shock era peggiorato vedendo l'assoluta disperazione di Talgarth Vesey davanti alla mutilazione del suo ritratto più prezioso. Alec aveva tentato di avvicinarsi a lui subito dopo quella pubblica umiliazione ma la folla si era precipitata in avanti, per meglio vedere l'agonia personale del pittore, e quando Alec era riuscito a farsi strada a spallate arrivando davanti agli spettatori che guardavano intontiti, Selina e suo fratello erano stati portati via attraverso una porta di servizio dal duca e dai suoi accoliti; con sir Charles che guidava la retroguardia, per impedire ai giornalisti e agli altri di seguirli.

Alec si chiese che ruolo avesse Sua Grazia nella vita di Selina, di cui lui non sapeva niente, come aveva insinuato quell'ubriacone di lord George Stanton. Non aveva mai avuto motivo di essere geloso o sospettoso, né aveva mai dubitato un solo momento che Selina lo amasse ma vederla appesa al braccio del duca aveva riacceso quella sensazione crescente di malessere sperimentata a Parigi, quando si erano separati: che la possibilità di un futuro con Selina al suo fianco come sua moglie era completamente fuori dal suo controllo.

«Dannazione!» ringhiò e finì le ultime gocce di birra nel boccale senza sentirne il sapore. Sentendo qualcuno dietro di sé si voltò, trovando sir Charles Weir che lo osservava con un'aria a metà tra l'imbarazzato e il divertito che lo spinse a dire: «Ti chiedo scusa.»

«Ho interrotto la tua ricreazione mattutina» disse sir Charles, con un'occhiata all'aspetto sudato e disordinato di Alec. Toccò cautamente l'elsa di una spada nel suo fodero, appoggiata sul sedile imbottito di una sedia di mogano. «Io sono fuori esercizio. Ma spero di non averne mai bisogno.» Sorrise, dando un colpetto all'elsa ingioiellata della propria spada. «Temo che fallirei miseramente contro un ladro o un potenziale sfidante.»

«Che cosa posso fare per te, Charles?»

«Vedo che non mi hai perdonato.»

Alec aggrottò la fronte. «Non perdo il mio tempo ripensando a miseri battibecchi passati.»

«Quando parli in quel tono mi ricordi tuo zio» commentò sir Charles con un debole sorriso. «Non passa un giorno alla Camera dei Comuni che Plantagenet Halsey non sia in piedi a condannare una delle azioni messe in atto dal governo. Perfino le richieste più ragionevoli sono salutate con sospetto.»

«Senza dubbio tu riesci a portare avanti un'adeguata difesa delle azioni del tuo governo» replicò Alec, anche se a sir Charles fu chiaro che non era inteso come complimento. «Ma che cos'hanno a che fare le abilità oratorie di mio zio con la tua visita?»

Sir Charles sembrò a disagio. «Prima di tutto, voglio che sappia che la proposta di legge Bristol passerà con o senza il voto di tuo zio. Può declamare quanto vuole ma, quando si arriva al voto, la moralità è l'ultima cosa che viene in mente ai parlamentari. La sessione sta per chiudersi. Tutto quello che desiderano è portare la proposta alla Camera dei Lord prima della pausa. Nessuno vuole essere trattenuto.»

«Dio non voglia che gli affari del governo abbiano la precedenza» rispose sarcastico Alec ma aggiunse in tono più sobrio, alzandosi: «Quello che mio zio dice e fa è affar suo, non ho nessuna influenza sulle sue opinioni, com'è giusto. Quindi se, venendo qua, volevi che lo dissuadessi dal tentare di tenere in scacco il parlamento per una settimana o due, allora mi dispiace. Non posso farlo e, anche se potessi, non interferirei. Quindi, se non ti dispiace, Charles, ho bisogno di fare un bagno.»

«Il discorso di tuo zio sui diritti di *tutti* gli uomini, siano selvaggi o statisti, ha smosso la coscienza di alcuni dei nostri membri. C'è una voce, niente più di un sussurro, che il voto potrebbe essere appeso al sì di uno o due dei nostri gentiluomini più al nord.»

Alec sembrò contento. «Speriamo che ce la facciano!»

«Questa legge *deve* passare e *passerà*!» si lasciò sfuggire sir Charles, abbassando la guardia. «La sua approvazione sarà il coronamento di tutto quello per cui il duca ha lavorato in questi anni, quelli che si oppongono non saranno in grado di sostenere il contrario. Vedi, non possiamo permetterci di fallire. Non ora. Non quando ci sono voci… voci che Sua Grazia si dimetterà da segretario degli esteri, se il voto non andrà come ci si aspetta.» Afferrò lo schienale della sedia per riprendere il controllo ma non riuscì a nascondere il tremito della voce. «Hai idea di che cosa ci succederà se il duca si dimetterà? Devi sapere fino a che punto le persone si appoggiano a lui, non solo per il loro posto, ma per la loro stessa esistenza. Se cade lui, cadiamo tutti.»

Il tono di sir Charles sapeva di melodramma, ma Alec ammise che l'uomo aveva diritto alla sua furiosa disperazione. Il suo peso politico e, in effetti, tutta la sua stessa esistenza come politico, li doveva al duca di Cleveley. Senza di lui non aveva futuro. Ma Alec non ignorava completamente gli ultimi avvenimenti del parlamento. Non aveva dubbi che la proposta di legge sarebbe passata, sia che suo zio parlasse contro oppure no. Una veloce scorsa ai giornali del giorno prima indicava che il numero di quelli a favore della proposta Bristol era maggiore di quelli che dissentivano. Il governo non aveva nulla da temere. E, come portavoce di Cleveley nella Camera dei Comuni, sir Charles doveva esserne conscio e sapere che non c'era una ragione credibile perché il duca rassegnasse le dimissioni. Quindi, perché sir Charles aveva l'aria di una persona disperata?

«Non so molto delle macchinazioni dietro le quinte del parlamento» disse Alec con calma. «Ma so tutto sull'uso insidioso del patrocinio. Non ho nessuna influenza sui pensieri e sulle azioni di mio zio, ma sono stato allevato da lui, quindi alcune delle sue opinioni sono anche le mie. Senza dubbio hai dovuto ascoltare abbastanza dei suoi discorsi sull'influenza corruttiva che il sistema di patrocinio ha sul governo del regno, come il patrocinio serva a chi è meno portato a fare una decente giornata di lavoro. Ammetto che, in una minoranza di casi, possa essere utile per aiutare un uomo di talento e impegnato, come te ad esempio, a raggiungere una posizione nella quale è di utilità al suo paese. Purtroppo, fai parte di una minoranza. Il sistema del patrocinio lascia un uomo alla mercé del suo protettore. Non gli è mai permesso di dimenticare a chi deve la sua fedeltà; i suoi sentimenti e la sua coscienza vanno in subordine.»

«Mi ritieni un uomo simile?» chiese sir Charles, chiaramente offeso.

«Non ne ho idea.»

«È opinione comune che io sia la marionetta di Cleveley» rispose cupo sir Charles. «Che i discorsi che faccio al parlamento non siano altro che ripetizioni pappagallesche di dibattiti, confezionati da Cleveley. Ah! È comodo dimenticare che sono stato il segretario del *grand'uomo* per dieci anni. Chi pensi che scrivesse quei discorsi entusiasmanti sulla necessità per l'Inghilterra di ottenere i suoi obiettivi dalla recente pace con la Francia? Chi ha passato ore e ore, finché la cera si scioglieva sul tavolo, a preparare la bozza delle politiche che lui portava davanti al Gabinetto? Non ho rimorsi, non ho rimpianti. Per Sua Grazia lo rifarei, e volentieri. A molti non piace la sua politica, per la determinazione assoluta che impiega per ottenere i suoi scopi o per le sue fredde maniere arroganti, ma, sopra a tutto, Cleveley è un uomo di profondi principi e senso del dovere. Crede che quello che fa serva al miglioramento del regno. Io condivido le sue convinzioni. Tu puoi pensare di me quello che vuoi, ma non sono una marionetta.»

La testarda determinazione dell'espressione del suo amico avvertì Alec che rispondere in modo men che sincero lo avrebbe offeso, quindi disse educatamente: «Naturalmente nessuno potrebbe accusare Cleveley di ingratitudine. Tutti i tuoi sforzi a suo favore non sono rimasti senza ricompensa. Un cavalierato, un seggio in un borgo rurale. Ma se dovesse rassegnare le dimissioni, tu perderesti i ricchi incarichi onorifici sui quali ti basi per il tuo mantenimento.»

Sir Charles sorrise ma si capiva che era tutt'altro che divertito. «È stato un grande privilegio essere il segretario del duca e ancor più averne ottenuto la fiducia. Sono grato per ogni ricompensa ottenuta per la mia lealtà e la fiducia ma avrei continuato con piacere a restare al suo servizio anche senza.» Sembrò di colpo imbarazzato e si guardò le ruche di pizzo che gli coprivano le mani. «Alec, non è la perdita di un paio di sinecure, che mi preoccupa. Ho grandi speranze di fidanzarmi con lady Henrietta Russell. Ma lord Russell non sarà molto incline a dare il suo consenso al matrimonio, quando Cleveley si dimetterà e io perderò le sinecure, no?»

«Ma è una notizia meravigliosa, Charles. Congratulazioni» disse Alec, offrendogli la mano.

Dapprima, sir Charles la prese con riluttanza, poi si rallegrò vedendo la sincerità con cui era stata offerta la stretta di mano.

«Sei il primo a saperlo» ammise imbarazzato. «E grazie per il tuo sostegno, molti potrebbero dire che sto mirando troppo in alto, viste le mie umili origini, ma ho fiducia che sua signoria considererà favorevolmente la mia richiesta.» Sir Charles sorrise. «Le mie fonti dicono che il conte Russell non ha intenzione di rinfacciarmi la mia non eccelsa parentela.»

Alec sapeva che la famiglia Russell era non solo una delle famiglie politicamente più importanti nel regno ma anche eccezionalmente abbiente. La dote di lady Henrietta sarebbe stata sostanziosa, sufficiente perché sir Charles non dovesse preoccuparsi per la perdita degli introiti delle sinecure concessegli dal suo mentore. Ciò che interessava ad Alec era che se sir Charles si fosse effettivamente assicurato la mano di lady Henrietta, il fatto sarebbe stato visto come un pubblico passaggio nel campo avverso. Non era un segreto che il conte Russell e il duca di Cleveley erano acerrimi nemici politici; entrambi a capo delle opposte fazioni nel governo. Sembrava strano che il duca acconsentisse a una simile unione. Eppure, se Cleveley era sul punto di dare le dimissioni, forse sir Charles non si era sentito in obbligo di informarlo?

Ad Alec restò un dubbio assillante riguardo alle intenzioni di Cleveley.

«Hai detto *quando Cleveley si dimetterà*, come se sapessi che è una certezza,» disse. «Non vedo il duca che si dimette per l'approvazione o meno della proposta Bristol. Tu e io sappiamo che ha i numeri per farla passare in entrambe le camere. Quindi, perché dovrebbe minacciare di dimettersi? Oppure la voce è solo uno stratagemma per riportare in riga i dissidenti? Anche se non lo credo.» Alec guardò astutamente l'amico. «Charles, credi realmente che Cleveley intenda dimettersi, vero?»

Sir Charles guardò il suo vecchio compagno di scuola direttamente negli occhi. «Ricatto.»

«Ricatto?» Alec si passò una mano tra i folti capelli umidi e fece una risata incredula. «*Cleveley*? Andiamo, Charles! Quel pezzo di ghiaccio artico sottostare a una minaccia di ricatto?»

«Sembra fantastico» ammise sir Charles. «e non vi avrei creduto per un istante neanch'io, eccetto… eccetto…» Esitò, sembrò riconsiderare mentalmente la faccenda, tenendo d'occhio Alec, e poi disse bruscamente: «A essere onesti, le dimissioni di Cleveley non saranno a causa di una proposta di legge che non passa. La legge Bristol passerà. È Stanton. Lord George. Il figliastro di Cleveley. Sarà lui la causa della rovina del duca, a meno che io agisca, con il tuo aiuto, prima che sia troppo tardi.»

«Stanton sta ricattando il suo patrigno?»

«Non è Stanton che ricatta il duca. È Stanton che ricattano.»

«Chi lo ricatta?»

«Stanton pensava fosse Blackwell. Cioè, finché Blackwell è morto sul colpo. Poi ieri Stanton ha ricevuto un'altra lettera di minaccia, con la stessa calligrafia, quindi non poteva essere Blackwell, no?»

«Che cosa diavolo può aver spinto Stanton a pensare di essere ricattato da un povero vecchio chierico?»

Sir Charles sospirò. «È tutto piuttosto complicato. Stanton riceveva lettere ricattatorie prima che Blackwell andasse a stare con il duca. Poi si sono fermate. È stato qualcosa che Blackwell ha detto *en passant* a Stanton che gli ha fatto pensare che il ricattatore fosse il vicario e che minacciando il duca con il segreto di Stanton era riuscito ad arrivare alle tasche del duca.»

«Blackwell è l'ultima persona che avrei sospettato di essere un ricattatore; e il duca è l'ultima persona che sottostarebbe a un ricatto. Sei sicuro che questa storia non sia stata inventata da Stanton durante una delle sue tante ubriacature?»

«Sembra piuttosto incredibile, vero? Salvo che mi ha mostrato una delle lettere minatorie e…» Sir Charles sospirò di nuovo. «Stanton ha veramente commesso il crimine per cui lo ricattano.»

«Vediamo se ho capito bene» enunciò Alec. «È a causa di questo crimine commesso dal suo figliastro che Cleveley prenderà la drammatica decisione di dimettersi?»

«Sì, se dovesse diventare di pubblico dominio.»

Alec era sbalordito. «E se il crimine restasse segreto?»

«Allora non c'è motivo perché il duca si dimetta. Possiamo restare tutti dove siamo.»

«Non ti è mai venuto in mente che se Stanton ha effettivamente commesso il crimine per cui lo ricattano, dovrebbe rispondere di quel crimine, quali che siano le conseguenze per il duca e per gli altri?»

Sir Charles fece una smorfia. «È infinitamente più importante per il bene della nazione che il duca resti il Segretario degli Esteri. Quelli che gli devono la sussistenza potranno in quel modo mantenere il loro posto sui banchi del parlamento. L'indiscrezione giovanile di un uomo non dovrebbe causare la caduta di un governo.»

Alec ebbe un moto di disgusto. «E la giustizia…?»

Sir Charles sbuffò. «Mio caro Alec, come sei romantico! Un altro difetto che ti ha instillato il tuo eccentrico zio, senz'altro. *Giustizia*? La chiami giustizia, quando un uomo dell'abilità di Cleveley è obbligato a lasciare la sua carica per un crimine che non ha commesso *lui*? Che giustizia è?»

«Cleveley non potrebbe restare a galla, prendere le distanze dall'indiscrezione di gioventù del figliastro?»

«Più facile a dirsi che a farsi.»

«Non vorrai dirmi che Cleveley farà tutto quello che può per evitare uno scandalo famigliare, fino al punto di rischiare la sua reputazione e la sua posizione, solo per salvare la faccia? Davvero… Charles?» Quando sir Charles non gli rispose, Alec fece un gesto impaziente e fissò fuori dalla finestra. «Pensavo che Cleveley fosse un manipolatore senza cuore ma non avrei mai pensato che il suo giudizio potesse essere annebbiato dall'arroganza!»

«Mio caro amico, almeno fosse così semplice. Sua Grazia non potrebbe prendere le distanze, nemmeno se lo desiderasse.»

«Ah» disse Alec, cominciando a capire. «Sa da sempre della trasgressione di Stanton e ha cercato di coprirla. Sperava di cavarsela, ma ora il suo figliastro è sotto ricatto. E potrebbero ricattare anche Cleveley. Dopo tutto è stato un complice, no?»

Sir Charles confermò con riluttanza e si avvicinò ad Alec accanto alla finestra. «Ecco perché io… *lui* ha bisogno del tuo aiuto.»

«E che cosa dà a Cleveley l'impressione che io lo aiuterei a salvarsi il collo?»

Sir Charles fissò nel vuoto. «Ti frutterebbe la carica di ambasciatore.»

La risata di Alec fu aspra. «Mio Dio, pensa di poter *comprare* il mio aiuto?»

«Non lo chiamerei *comprare* ma *restituire* un favore fatto a te.»

«Scusa?»

Sir Charles si voltò per fissare in volto Alec nella strombatura della finestra. «Le voci in città dicono che sia stata la tua madrina, la duchessa di Romney-St. Neots, a far cassare l'accusa di omicidio nei tuoi confronti. Che è stato grazie a suoi sforzi che sei stato fatto marchese Halsey, perché ai Lord ci sono quelli che erano, e sono ancora, contrari a che tu ereditassi il titolo di tuo fratello. E, prima che tu lo chieda, io non ero tra quelli che ti credevano capace di sparare a sangue freddo a tuo fratello, non senza un buon motivo. Tuo fratello era un essere repellente. Il duca ha aggiunto la sua voce agli sforzi della tua madrina.» Sir Charles non riuscì a evitare di sorridere compiaciuto. «È stato grazie agli sforzi del duca, non a quelli della tua madrina, che Sua Maestà è stata persuasa a concederti il titolo.»

Alec guardò risentito il vecchio amico, la sua espressione un misto di disgusto e incredulità. «E tu pensi che dovrei essere grato al *grand'uomo*? Pensi che, dicendomelo, sarò più bendisposto verso la sua difficile situazione, verso *la tua*? Quanto ti sbagli!» Raccolse in fretta la redingote. «Di' al tuo padrone di assegnare a un altro il titolo di ambasciatore!»

Sir Charles fu talmente stupito che per un momento restò lì, stordito. Ma si riprese in fretta e inseguì Alec, inciampando nei propri piedi lungo la Gallery, mentre cercava di stare al passo con le lunghe gambe di Alec. Lo raggiunse quando stava per aprire la porta e, respirando a fatica, disse: «Ascolta… Alec!» Deglutì, con il petto che ansava. «Mi rendo conto che a te-a te non piace la politica del duca… e tanto meno l'uomo, ma so che ti interessa molto la signora Jamison-Lewis…» Appoggiò la spalla a una parete rivestita di pannelli di legno, cercando di riprendere fiato, e respirò a fondo. «Vuoi vedere in disgrazia la sua famiglia? Vuoi che venga fatto del male a suo fratello; che *lei* sia al centro di uno scandalo? Beh? Allora, *lo vuoi*?»

Alec chiuse lentamente la porta. «Che cos'ha a che fare la signora Jamison-Lewis con Stanton?»

Il respiro di sir Charles tornò più regolare. «È suo fratello, non Cobham, il fratello minore, Talgarth Vesey. È lui il ricattatore.»

«Sembri molto sicuro.»

«È così, le lettere sono scritte di suo pugno.»

«Perché Talgarth Vesey, un ritrattista, dovrebbe ricattare lord George Stanton?»

«Sai perché il duca ha fatto uscire in tutta fretta fratello e sorella da quella mostra?»

«Immagino che l'imbarazzo di aver svelato un ritratto mutilato, e il susseguente crollo nervoso di Vesey davanti a un centinaio di persone, siano stati troppo per la delicata sensibilità di Sua Grazia.»

«Perché si è reso immediatamente conto di chi aveva mutilato il ritratto e perché.»

«È così che la pensi?»

Sir Charles ignorò il pesante sarcasmo. «È stato lord George. L'ha fatto in un accesso di rabbia da avvinazzato.»

«Suppongo che te l'abbia detto lui?»

«L'ha confessato al duca, anche se lui l'aveva già intuito.»

Alec si sentì improvvisamente esausto. «Potresti arrivare al punto, Charles?»

«Amico mio, il punto è questo. Se non riuscirai o non vorrai impedire a Vesey di rivelare l'indiscrezione di lord George, temo che si faranno dei passi per assicurarsi che Vesey non possa mai mettere in atto le sue minacce.»

«È quello che è successo a Blackwell? Ha scoperto il piccolo sordido segreto di Stanton, mentre abitava in casa Cleveley, e per questo è stato assassinato?»

«Temo di non sapere di che cosa stai parlando. Ma non stiamo discutendo della dipartita di un povero vecchio vicario, no?»

«Come sono coraggiosi i piccoli uomini, quando sono protetti dalla mano del potere e del privilegio» enunciò freddamente Alec.

«Non ho intenzione di scusarmi» rispose sir Charles. «Non possiamo permettere a lord George di far cadere il Segretario degli Esteri e tutti quelli che lui tiene nel suo guanto di velluto.» Prese l'orologio dal taschino. «Buon Dio! Ho una riunione con i deputati del partito tra un'ora. Posso informare Sua Grazia che vedrai che cosa puoi fare per aiutarlo…?»

«Posso sapere qual è il crimine di lord George?»

Sir Charles non riuscì a evitare un sorriso imbarazzato. «Circa cinque anni fa lui… ehm, ha obbligato a sottostare alle sue attenzioni una giovane donna di buona famiglia: la donna nel ritratto di Vesey che è stato mutilato. Sfortunatamente, lei è rimasta incinta…»

«*Gesù…*»

«… e ha dato alla luce, purtroppo, una bambina sana. La sua famiglia è stata *persuasa* a non denunciare il fatto e la donna è stata spedita in un posto sconosciuto. Nessuno ci ha più pensato, finché hanno cominciato ad arrivare lettere di natura minatoria alla porta di lord George. Non si sa come l'abbia scoperto, ma Talgarth Vesey ora sta sostenendo la causa della donna per ottenere una compensazione finanziaria dal duca, minacciando di denunciare la follia di lord George a tutto il mondo.»

Alec era scettico. «Che carta potrebbe mai avere in mano Vesey, che possa superare in astuzia un tipo come Cleveley?»

Sir Charles seguì Alec sul pianerottolo, dove venne loro incontro il maggiordomo, che saliva le scale.

«In un momento di debolezza da ubriaco, pieno di sensi di colpa, quel pazzo di lord George ha risposto a una di quelle lettere e ha scritto alla ragazza una piagnucolosa lettera di scuse; Vesey ora ha in mano questa dannata prova.»

«Wantage,» disse Alec, reprimendo il desiderio di dare una "sistemata" alla cravatta dell'uomo politico, «mostrate l'uscita a sir Charles.»

«Pensavo che vista la tua… ehm, influenza su sua sorella, persuadere il fratello a consegnare una lettera così insignificante sarebbe stato un compito facile» concluse sir Charles con un sorriso condiscendente e passò davanti al maggiordomo per scendere le scale davanti a lui.

Wantage rimase fermo sull'ultimo gradino.

«Wantage,» disse Alec a denti stretti, *liberatevi di lui.*»

Il maggiordomo si inchinò. «Certamente, milord. Lo farò subito. È… Si tratta del signor Halsey, signore. È su in camera sua con una brutta botta in testa. Il medico dice che è una commozione cerebrale e vuole salassarlo…» La voce si spense.

Il suo padrone gli aveva già voltato le spalle e stava sfrecciando nel corridoio verso le stanze di suo zio.

CINQUE

QUALCHE ORA PRIMA, QUELLA MATTINA, MENTRE ALEC STAVA
rivedendo i passi di scherma con il suo maestro, Tam si era recato allo
Stock and Buckle, un caffè molto frequentato a St. James, all'angolo tra
Berry e King Street. Lo *Stock and Buckle*, come la maggior parte dei
caffè a Londra, si riconosceva per la sua clientela regolare, che passava
le sue poche ore d'ozio bevendo caffè, tè o cioccolata, giocando a carte
e godendo della libertà di parola entro i suoi confortevoli spazi. Se
uno non aveva voglia di fare conversazione, si potevano noleggiare i
giornali e leggerli sul posto.

Tam spesso passava un'ora piacevole in quelle stanze accoglienti,
in mezzo ai servitori di alto rango come lui. Essere il valletto di un
marchese gli assicurava il rispetto dovuto al rango del suo padrone, un
po' a malincuore, vista la sua giovane età, e con sospetto, perché era
molto esperto nelle segrete arti dei farmacisti e si sapeva che dispen-
sava medicine ai bisognosi.

Fu nel suo ruolo di speziale che si fece strada tra un gruppo di
valletti riunito nel foyer, preparandosi rumorosamente ad andarsene, e
scivolò su una sedia a un tavolo, nell'alcova di una finestra a bovindo.
Ordinò un caffè. Avrebbe dovuto essere impegnato a studiare per il
suo esame. Si sentiva in colpa a sprecare il tempo prezioso generosa-
mente concessogli da sua signoria, ma la convocazione era arrivata dal
"Duca" in persona e quindi non poteva ignorarla. Inoltre, c'erano
delle domande che desiderava porre al "Duca" e se non fossero arrivate
risposte, aveva intenzione di trattenere la bottiglietta di olio che
portava in una tasca profonda della sua redingote.

Sin dalla sua prima visita allo *Stock and Buckle*, Tam era stato avvertito che il tavolo nell'alcova della finestra, con la sua vista sulla strada, era riservato esclusivamente a Robert Molyneux, valletto del duca di Cleveley. Conosciuto come "il Duca", un termine usato con derisione, perché l'uomo si comportava come se avesse veramente quel rango e parlava perfino con la stessa arrogante inflessione peculiare del suo padrone, Molyneux era il valletto del duca da ventidue anni. Beveva sempre il suo caffè sfogliando gli ultimi giornali, freddamente indifferente a quelli intorno a lui. La maggior parte dei suoi colleghi lo evitava, non solo perché era insopportabilmente arrogante ma anche perché aveva il volto e il collo orribilmente sfigurati dal vaiolo.

Arrivò il caffè e Tam attese.

Molyneux continuava a leggere la *London Gazette*, nascosto dalle pagine del giornale. Normalmente, una simile scortesia non avrebbe dato fastidio a Tam, che era abituato ai modi del "Duca", ma non aveva abbastanza tempo libero per aspettare di essere notato. Bevve il suo caffè e mise la bottiglietta azzurra sul tavolo, attento a tenerla tra le dita.

«Vi ho portato l'olio, come avete chiesto, signor Molyneux. Tenete a bagno il ginocchio la sera prima di coricarvi e per il mattino seguente dovreste sentirne i benefici. In caso contrario vi suggerirei…»

«Che cosa contiene?» fu la domanda brusca da dietro il giornale spiegato.

«Un'oncia ciascuno di balsamo di frate e tintura di mirra, due once di alcol di trementina…»

Il giornale si abbassò e fu ripiegato. «Non ho chiesto la ricetta, Thomas Fisher.» Molyneux tese la mano per prendere la bottiglietta ma la ritirò lentamente quando Tam tenne le dita strette. Fu talmente sorpreso che dapprima non seppe che cosa dire. Non era abituato a vedersi negare qualcosa. «È il pagamento che vuoi, *ragazzo*?» sussurrò sprezzante.

Tam scosse la testa. Aveva lo stomaco sottosopra per il nervosismo, eppure gli occhi non si spostarono dal volto dell'uomo. «No, signor Molyneux. Io non accetto pagamenti. Lo sapete. Quello che voglio, sono le risposte ad alcune domande.»

«Domande? Risposte? Pretendi troppo.»

Tom deglutì. Non era il momento di mordersi la lingua. «Sì, signore, è vero.» Disse educatamente. «Ma voi siete l'unico che può rispondermi.»

Molyneux fissò il volto lentigginoso del giovane, con la sua criniera di capelli color carota e i chiari occhi verdi, tentando di capire se stava cercando di essere deliberatamente insolente o stupidamente ingenuo. Decise per l'ingenuità. Gettò alcuni penny sul tavolo e fece per alzarsi. Ma la frase seguente di Tam gli fece rimettere il ginocchio rigido sotto il tavolo.

«Si tratta della morte del reverendo Blackwell, signor Molyneux. Grazie, signore» disse quando l'uomo si sedette di nuovo. «Apprezzo che troviate il tempo per parlare con me.»

Molyneux si chinò sopra il tavolo. «Se pensi che abbiamo qualcosa da dire a te riguardo a uno sbrindellato uomo di dio, ti sbagli di grosso!»

«Il signor Blackwell non piaceva a Sua Grazia, signore?» chiese Tam innocentemente. Sapeva di camminare sul ghiaccio sottile, era una regola non scritta che non si discutesse mai dei propri datori di lavoro tra le mura dello *Stock and Buckle*. Quindi, non fu una sorpresa quando Molyneux si irrigidì visibilmente. «Ma, signore, deve avere avuto un po' di considerazione per lui. Dopo tutto è stato su suo invito che il signor Blackwell è venuto a vivere a St. James Square, vero, signore?»

«Che cosa nei sai tu?»

Allora era vero. Il duca aveva invitato il chierico a casa sua. Perché? Tam guardò il liquido nella bottiglietta azzurra. «Il signor Blackwell era un mio amico, signor Molyneux.»

Molyneux fece un verso sdegnato. «Peccato, allora, che non sia venuto a chiedere la carità alla porta del *tuo* padrone. Ci avrebbe risparmiato un mucchio di fastidi!»

«Morendo in modo così inatteso, signor Molyneux?» chiese Tam, tutto innocenza. «Oppure era una morte prevista?»

«Ascolta, ragazzo. Non mi piace il tuo tono insolente. Come avremmo potuto sapere che il vecchio pazzo sarebbe morto di colpo? Ha avuto un infarto. Ed è stato molto disagevole per noi.»

«So che il medico ha dichiarato che è stato un infarto» disse Tam con calma. «So anche quello che si sussurra in giro in città, signor Molyneux.»

«Si sussurra?» Il valletto sembrò confuso. «Perché mai qualcuno dovrebbe interessarsi della morte di un vicario qualunque?»

Tam bevve le ultime gocce di caffè. Era freddo e molto amaro. «Pettegolezzi della servitù, signor Molyneux.»

Molyneux si raddrizzò. «Non in casa nostra» dichiarò.

Tam bluffò. «I servitori di sir Charles Weir non possiedono la stessa lealtà, signor Molyneux» disse in tono di scusa.

Colpì il segno.

Molyneux si rannuvolò. Per nascondere il fatto di essersi innervosito, fece un cenno al cameriere, che sapeva che cosa portargli senza che glielo chiedesse.

«Sai che non devi ascoltare i pettegolezzi della servitù, ragazzo.» Disse Molyneux, concentrandosi su Tam con una specie di sorriso sprezzante. «Se ascoltassi i pettegolezzi dei servitori, direi che dovresti darti una calmata. Troppo presuntuoso, ecco quello che si dice. Valletto di un bel marchese, e sei un tale bambino. Chi ha mai sentito una cosa del genere? Che cosa hai fatto per meritartelo, *aye*? Ti dirò quello che si dice qui intorno. Che sei il suo ganimede.»

Tam sentì il calore salirgli al viso e imprecò dentro di sé. Ma non avrebbe permesso al "Duca" di averla vinta. «Voi sapete che non è vero, signore» disse tranquillamente. «E io non sono presuntuoso nemmeno la metà di quanto dice la gente. Ringrazio il cielo tutti i giorni per la mia fortuna.» Si chinò verso il valletto. «Voi e io abbiamo qualcosa in comune, vero, signore? Voglio dire, la gente è semplicemente gelosa di voi, per il fatto che vi prendete cura di un gentiluomo così potente e da così tanto tempo. Dicono che siete un papista e che cospirate per i Giacobiti, e che Sua Grazia non ne ha la minima idea. Che ne sanno loro? Io non credo nemmeno per un momento che siate un traditore del Re e del paese, specialmente perché siete così devoto a Sua Grazia. E non mi interessa assolutamente se siete un papista. Alla fin fine siamo tutti inglesi, tutti quanti, vero, signore?»

Molyneux spinse un caffè verso Tam e congedò il cameriere. Sorseggiò la bevanda amara per qualche minuto, guardando Tam sopra l'orlo della tazza. Poi ammiccò e disse sommessamente: «Continua a credere al tuo istinto, ragazzo.»

Tam si permise un piccolo sorriso. Si sentì enormemente sollevato, come se gli avessero permesso di cambiare campo e passare dalla parte di Molyneux. Bevvero il caffè in silenzio per un momento, consci che il bar si stava riempiendo e che erano seduti lì da abbastanza tempo da far voltare più di una testa nella loro direzione. Fortunatamente, c'era abbastanza chiacchiericcio da coprire la loro conversazione.

«Signore. *Voi* pensate che il signor Blackwell sia stato avvelenato?»

Questa volta Molyneux non sogghignò. «Perché qualcuno avrebbe voluto avvelenare un vecchio vicario, che passava i suoi giorni ad aiutare i più miserabili in città?»

Tam sospirò. «Esattamente, signore. Sembra fantastico. Ma non pensate che sia strano che abbia avuto un infarto proprio come quello a una cena?»

«Perché? Se un re può avere un collasso seduto sul *pot de chambre*, non vedo perché un vicario non debba poter crollare nel bel mezzo di una cena.»

Tam non era convinto. «Suppongo che sia vero, ma non sembra del tutto giusto, signore. Ho questa orribile sensazione che sia stato avvelenato.»

«Solo tu puoi sapere se è vero» argomentò Molyneux. «Dimmi se aveva nemici. Eri suo amico.»

«Amici o nemici, signore, dubito che avrebbero avuto un posto alla tavola di sir Charles Weir.»

«Ascoltami, mastro Fisher. Stai attento a quello che fai. Se qualcuno può avere il dito puntato addosso, è il *tuo* padrone. Pensaci. Sette mesi fa lo hanno accusato di aver ucciso il suo stesso fratello. Che quell'accusa sia caduta non significa niente, per qualcuno che vuole addossargli una colpa. E nemmeno il fatto che Sua Maestà abbia considerato giusto elevare il tuo bel padroncino al rango di marchese. Penso che gli abbia solo reso le cose più difficili. E nemmeno tu gli rendi le cose più facili.»

«*Io*, signore?» Tam era sorpreso.

Molyneux rise piano. «Sei veramente un pivello! Eri l'apprendista di uno speziale, prima che il tuo padrone ti prendesse con sé, *e* ti ha lasciato continuare a fare le tue lozioni e le tue pozioni. Prepari e dispensi medicinali. Hai accesso a tutti i tipi di droghe e veleni, e sai come usarli. Chi dice che non sia stato tu a fornire il veleno che ha ucciso il vecchio Blackwell?»

Tam era inorridito. «Ma il signor Blackwell era amico anche di lord Halsey.»

Molyneux scrollò le spalle. «Ma non lo sa nessuno, vero?»

«Perché sua signoria avrebbe dovuto ucciderlo?»

«Per lo stesso motivo di chiunque altro a quella cena, anche se noi non lo sappiamo.»

«Il *vostro* padrone pensa…»

«Non ne ho idea» rispose secco Molyneux e guardò fuori dalla finestra.

«Vi capisco, signore» disse sommessamente Tam. «Non mi aspetto che tradiate una confidenza. Devo solo sapere come continuare da qui. Qualunque cosa pensaste del signor Blackwell, io lo conoscevo come una persona buona e caritatevole, che non faceva del male a nessuno. Pensare che qualcuno lo abbia avvelenato mi fa rivoltare lo stomaco. Ecco» disse, mettendo la bottiglietta azzurra davanti a Molyneux, e si alzò. «Ricordate, solo poche gocce in acqua calda.» Chinò appena la testa. «Grazie per il caffè, signore.»

Si voltò per andarsene ma il valletto gli afferrò il polso e lo tirò indietro. «Non immischiarti, ragazzo. Il tuo reverendo Blackwell non era quello che sembrava, ha cercato di rimediare ai suoi errori ma alcuni errori proprio non si possono cancellare. È tutto quello che ti posso dire. E tu non l'hai sentito da me. È chiaro, ragazzo?» Strinse il polso di Tam. «*È chiaro?*»

Tam annuì e il valletto gli lasciò il polso. «Sì, signor Molyneux. Sul mio onore.»

«*FISHER*? THOMAS FISHER? DOV'È THOMAS FISHER?»

Parecchi uomini si affollavano all'entrata del caffè e discutevano animatamente. Un cameriere cercò di impedire a due uomini di avanzare, ma quelli continuarono a spingere. Stavano portando, tenendolo per i gomiti, un gentiluomo che sembrava ubriaco fradicio. Lo appoggiarono alla parete più vicina e lo fecero scivolare piano fino a farlo sedere sul pavimento, rovesciando un tavolino dove tre uomini giocavano a whist.

Le carte da gioco volarono dappertutto.

Appena lo lasciarono andare, il gentiluomo si chinò in avanti, tanto che il mento si appoggiò al petto. Da quell'angolazione, il semicerchio di spettatori aveva una bella vista della sua testa nuda. Alla luce delle candele, il sangue luccicava nei capelli brizzolati sopra l'orecchio sinistro. La gente cominciò a chiedersi perché avessero aggredito un vecchio. Uno dei camerieri chiamò un collega perché portasse acqua calda e panni. Un altro si offrì di andare nella taverna più vicina a prendere del brandy, sapendo benissimo che ce n'era una bottiglia sotto il bancone, ma non potendo dirlo a voce alta perché i caffè, per legge, non potevano tenere alcolici. Un cliente astuto fu svelto a indicare il tessuto costoso dell'abito del vecchio. Forse l'avevano aggredito per il suo borsellino? Disse un altro. Che cosa ci facesse un vecchietto agiato in un vicolo sporco, nessuno riusciva a capirlo. Un altro si chiese se non fosse entrato nel vicolo per orinare. Forse una prostituta si era offerta? A questa insinuazione si misero tutti a ridere.

«*Fisher*? Thomas Fisher!»

«È con il "Duca"!» gridò qualcuno accanto al camino.

Un cameriere afferrò il gomito di Tam e lo condusse in fretta attraverso la stanza dicendo: «C'è stata una zuffa nel vicolo, ragazzo. Due furfanti hanno aggredito un vecchio gentiluomo. Ha un bel taglio in testa. Puoi fare qualcosa per lui? Andiamo, gente, fate passare! Fate passare prima che il sangue rovini il pavimento!»

La folla si aprì e poi cominciò a disperdersi. Ora che il ragazzo aveva tutto sotto controllo, non era più necessario restare a fissare. Inoltre, il caffè stava diventando freddo.

Il vecchio sollevò a fatica la testa e sbatté gli occhi quando Tam si inginocchiò accanto a lui.

«Sono dannatamente contento che sia tu, ragazzo mio» mormorò Plantagenet Halsey e svenne.

ALEC SPALANCÒ LA PORTA DELLA CAMERA DI SUO ZIO CON UNA tale violenza, che la maniglia bucò la tappezzeria cinese. Plantagenet Halsey era sdraiato nel suo letto a baldacchino, appoggiato a una montagna di cuscini, con la testa avvolta nelle bende e le braccia stese, molli, ai suoi fianchi. Un medico e il suo assistente stavano consultandosi al suo capezzale. L'assistente prese da una grande borsa da medico in pelle nera un vaso pieno zeppo di sanguisughe. Il valletto di Plantagenet Halsey e Tam erano ai piedi del letto, con il volto cupo e in silenzio.

«Beh? Come sta?» chiese Alec, sedendosi sul bordo del materasso e prendendo la mano flaccida e fredda di suo zio. Guardò i quattro uomini. «Che cos'è successo? È caduto? Si rimetterà?»

«Milord, se il signor Halsey si lasciasse salassare e prendesse il farmaco...»

«Ho già perso abbastanza sangue, quindi non date fastidio a sua signoria» lo interruppe il vecchio borbottando. «Ma prenderò il vostro beverone schifoso solo se vi toglierete dalla mia vista. Il ragazzo, qui, può darmi quello di cui ho bisogno.»

Il medico risucchiò dentro le guance grasse, con uno sguardo di disapprovazione a Tam, e fece un cenno al suo assistente, che ripose ubbidiente il vaso di sanguisughe nella borsa nera, prima di tendere intenzionalmente la dose di laudano non a Tam, ma al valletto del vecchio.

«Non devo ricordare a Vostra Signoria che è illegale per chiunque, eccetto un medico qualificato, prescrivere medicinali e che ho già avvertito il signor Halsey in *diverse* occasioni che, se mai dovessi sentire che il signor Thomas Fisher sta praticando le sue abilità non certificate di speziale sulla popolazione della mia parrocchia, sarò obbligato a riferire questa grave faccenda alle autor...»

«Come vi permettete, miserabile segaossa» ringhiò a denti stretti Plantagenet Halsey, alzandosi a metà dai cuscini.

«Sì, sono ben conscio delle vostre minacce, Miller. Grazie.» Disse secco Alec e gli voltò le spalle congedandolo, con il medico e il suo assistente che si inchinavano in silenzio alla sua schiena prima di andarsene. Alec strinse la mano dello zio. «Vedo che un colpo in testa non ha offuscato i vostri sensi» disse con un sorrisino sghembo, sollevato di sapere che il vecchio non era ferito seriamente. Finse di non vedere la smorfia di dolore che attraversò i lineamenti dello zio mentre si sdraiava nuovamente sui cuscini, aggiungendo a bassa voce: «Comunque, per farmi piacere, e sono sicuro che Tam sarà d'accordo, prendete il laudano, solo per precauzione.»

Il vecchio aprì gli occhi. «Non ancora. Ho qualcosa da mostrarti, prima. Thomas, le carte che Barlow ha trovato nella tasca della mia redingote, dalle a Sua Signoria. Tra parentesi, ti ho ringraziato per avermi rattoppato, vero, ragazzo?»

«Sì, signore, due volte» disse Tam, porgendo ad Alec un pamphlet ingiallito e accartocciato. Poi si ritirò nello spogliatoio, come gli avevano chiesto, con il valletto del vecchio; il valletto con la dose di laudano stretta gelosamente al petto.

«Un momento prima che fossi colpito in testa, un tizio ridicolo vestito di seta color giallo canarino, che mi aveva seguito da quando avevo lasciato la riunione, ha ficcato la mano nella tasca della mia redingote» spiegò Plantagenet Halsey. «Pensavo che stesse cercando di rubarmi l'orologio ma quando è scappato, proprio quando tutto intorno a me stava diventando buio, mi sono messo la mano in tasca e mi sono reso conto che il tizio aveva inserito, non preso qualcosa.»

Alec annuì distrattamente mentre si infilava gli occhiali e scorreva le pagine ingiallite, stampate a caratteri piccoli, di un vecchio pamphlet che condannava la schiavitù. C'erano annotazioni matematiche a qualcuno dei margini. C'era anche una macchia scura, circolare, come lasciata da una tazza di caffè o di cioccolata. Ma quello che veramente colse l'interesse di Alec furono due sottili fogli di pergamena, piegati con cura in due e infilati tra le pagine del pamphlet. «Sapevi che c'erano?» chiese allo zio da sopra gli occhiali d'oro, mentre apriva le due pagine sottili. «Le hai lette?»

«Ho dato un'occhiata veloce mentre il ragazzo mi stava bendando la testa» rispose il vecchio. «Le troverai semplici e dirette, proprio com'era l'uomo.»

Le pagine si dimostrarono essere le ultime volontà e il testamento del reverendo Kenneth Blackwell Dempsey-Weir, defunto parroco di St. Jude nella città di Londra, secondo figlio del defunto visconte Dempsey-Weir di Hawkhurst, nel Kent. Era firmato da lui e dai testimoni, aveva il suo sigillo ed era datato il giorno prima della morte di

Blackwell. Il testamento era stato firmato in qualità di testimone da Justinian, duca di Cleveley e firmato da Thaddeus Fanshawe, Esquire, avvocato. La beneficiaria principale era una certa Catherine Sophia Elizabeth Bourdon di Ellick Farm, nel Somerset, cui erano stati assegnati tutti i beni di Blackwell, consistenti in due piantagioni di zucchero nelle Barbados, una casa di città a Mount Street, affittata alla famiglia Cornwallis per altri dieci anni, e diecimila sterline, più gli interessi composti, depositati nella Banca d'Inghilterra oltre vent'anni prima. Altre cinquemila sterline erano state lasciate a sir Charles Weir, in precedenza segretario di Sua Grazia, il nobilissimo duca di Cleveley. La bibbia di Blackwell, l'orologio d'oro da taschino e mille sterline erano stati lasciati a Thomas Fisher, speziale e valletto di lord Halsey; una tabacchiera d'oro e una piccola miniatura della duchessa di Cleveley in una cornice d'oro dovevano andare a lord George Stanton. Blackwell chiedeva di essere sepolto nella cappella di famiglia a Hawkhurst.

Dal suo nido in mezzo ai cuscini di piuma, Plantagenet Halsey guardò suo nipote con uno sguardo soddisfatto, dimenticando momentaneamente il pulsare doloroso della testa. «È un bel colpo e suscita un po' di domande, vero? Voglio dire, io che pensavo che Blackwell stesse sbarcando il lunario, vivendo nella parrocchia più povera della città perché era un vicario senza un soldo, che non poteva avere un nemico al mondo, e invece l'uomo che ha fatto questo testamento era ricco e ben imparentato. Quindi, chi può dire che non avesse nemici? Devi ammetterlo, è una faccenda dannatamente intrigante.»

«Molto» confermò Alec rimettendo il testamento tra le pagine del pamphlet. «Due piantagioni nelle Barbados e diecimila sterline alla Banca d'Inghilterra… Eppure, ha dedicato la sua vita a quelli meno fortunati di lui. Che uomo notevole.»

«Ma qualcosa o qualcuno dal suo passato deve essere tornato a tormentarlo, perché l'uomo è stato assassinato alla cena di Weir.»

«Ma perché è stato ucciso? Per i suoi soldi? Nessuno alla cena, eccetto Cleveley, sapeva che Blackwell fosse un uomo ricco. E chi, tra i commensali, poteva guadagnare dalla sua morte? Charles? Dubito che abbia avvelenato Blackwell per cinquemila sterline. Solo le sinecure che gli ha assegnato Cleveley devono valere quella somma ogni anno. E George Stanton, è un ubriacone e un babbeo parassita ma anche lui non si sarebbe abbassato ad ammazzare un vicario per una tabacchiera d'oro e la miniatura di sua madre.» Alec si tolse gli occhiali. «È Catherine Bourdon che dobbiamo trovare e, come firmatari del testamento,

Cleveley e l'avvocato Fanshawe devono conoscere questa donna e sapere dove si trova.»

«La morte di Blackwell l'ha resa una donna ricca» dichiarò il vecchio, chiudendo gli occhi e segretamente desiderando di aver preso il laudano quando gliel'avevano offerto. Il dolore alla testa stava diventando insopportabile. «E come hai detto tu stesso, Cleveley sapeva che Blackwell era ricco…»

«Ed è uno dei firmatari del testamento di Blackwell. Ma non aveva bisogno di avvelenarlo per i suoi soldi» argomentò Alec. «Se avete intenzione di accusare Cleveley, dovrete trovare un'altra spiegazione sul perché volesse la morte del vicario.» Fece segno al valletto di suo zio di occupare il suo posto accanto al letto e poi chiuse la porta, dicendo a Tam, che era rimasto nello spogliatoio: «Dove ha ricevuto quel colpo in testa mio zio?»

«Nel vicolo accanto allo *Stock and Buckle*, signore.»

«*Stock and Buckle*? Non è lontano da qui, vero?»

«Poco più in là, a King Street, signore.»

«Avrebbe dovuto prendere la portantina. Sa che non è stabile sui piedi. Si rimetterà, vero?»

«Sì, signore. Il signor Halsey è notevolmente in salute, per un gentiluomo della sua età. Guarirà in men che non si dica. Il cranio non è fratturato, quindi non c'è motivo di pensare che il cervello sia stato danneggiato. E così ho detto al dottor Miller, ma non mi ha creduto e ha fatto rimuovere la benda dal suo assistente, per poter fare una corretta e *fondata* diagnosi.»

«Sarei stato molto deluso se il dottor Miller non l'avesse fatto, Tam» dichiarò Alec, e guardò il ragazzo abbassare lo sguardo con una smorfia. «Le intenzioni di Miller sono buone, ma ha dei pregiudizi, come tutti i medici, contro le crescenti competenze dei farmacisti. I medici sentono minacciata la loro speciale posizione nel mondo.» Sorrise. «E non mi meraviglia, se un ragazzo di diciannove anni è esperto quanto il nostro buon dottore nel fare una diagnosi. Ora dimmi: che cosa ha indotto mio zio a passeggiare in un vicolo per farsi abbordare da un qualche folle vestito di giallo canarino?»

Tam strinse le labbra. «Beh, signore, non credo che intendesse entrare in quel vicolo.»

«Cioè?»

«È corso in aiuto del gentiluomo vestito di giallo canarino, che lo stava seguendo da quando aveva lasciato una riunione della lega anti-schiavitù» spiegò Tam. «Il signore con l'abito giallo canarino è stato trascinato nel vicolo da due furfanti e il signor Halsey ha sentito il suo grido d'aiuto. E, da quello che hanno potuto dirmi i ragazzi che hanno portato il signor Halsey allo *Stock and Buckle*, il gentiluomo in giallo è riuscito a fuggire e scappare in Berry Street, quando i due furfanti se la sono presa con il signor Halsey...»

«E?» lo sollecitò Alec, vedendo Tam esitare.

«Solo una circostanza un po' strana, signore. E non so che cosa pensare, ma i due furfanti indossavano una livrea.»

«Una livrea?» Alec era incredulo. «I furfanti erano due servitori *in livrea*? I tuoi amici ne sono certi?»

«Sì, signore» disse Tam, guardando attraverso la porta aperta il vecchio, che stava bevendo il laudano dalla tazza che il valletto gli teneva alle labbra.

«Se questo gentiluomo sconosciuto è stato aggredito da uomini in livrea, sembra molto improbabile che il loro motivo fosse il furto. Qualcuno è stato in grado di fornire una descrizione del gentiluomo che indossava un abito di quel colore assurdo?»

«Temo non molto riguardo alla descrizione fisica, signore. Ma i ragazzi ritengono che un gentiluomo con una redingote di seta giallo canarino e calzoni in tinta, adatti a un dandy vestito per un ballo o una festa, non dovrebbe essere difficile da scovare.» Tam sorrise suo malgrado. «Decisamente non un abbigliamento da giorno qui a St. James, signore.»

Alec inarcò le sopracciglia. «Come un uomo di oltre sessant'anni si illuda di poter giocare a fare l'eroe, e per un dandy in giallo canarino aggredito da due servitori in livrea, sfida la mia immaginazione. Ma hai ragione, un tipo simile non dovrebbe essere difficile da trovare, specialmente dopo che avremo ottenuto una descrizione precisa da mio zio.» Guardò la figura che ora sonnecchiava immobile nel grande letto e chiamò con un gesto il valletto di Plantagenet Halsey. «Avvisatemi appena il signor Halsey si sveglia.» E con un'ultima occhiata a suo zio, come per convincersi che il vecchio stesse veramente riposando comodamente, batté sulla spalla di Tam mentre usciva. «Grazie per esserti preso curo di lui, Tam.»

Tam sorrise e, notando che il suo padrone indossava ancora gli abiti che aveva messo quella mattina, disse: «Devo occuparmi del vostro bagno, signore?»

«No, vai a ripulirti. Può occuparsi Jeffries di quello che mi serve.»

«Ma... signore!» esclamò Tam bruscamente, mentre seguiva Alec nel corridoio, sentendosi più che mai sicuro di star perdendo il controllo sul suo lavoro di valletto. Hadrian Jeffries, un altezzoso cameriere dei piani alti, serviva ogni tanto sua signoria, quando Tam era occupato con i suoi studi. «Jeffries insiste a risistemare tutto quello che ho appena sistemato nell'armadio e piega nuovamente *tutte* le vostre cravatte, dicendo che io non so come si fa a…»

«Basta così» disse Alec, fermo.

Quando Tam gli rivolse un'occhiata petulante, ficcò le mani in tasca e abbassò la testa, Alec quasi si arrabbiò. Ma il ragazzo estrasse un fazzoletto accuratamente piegato e glielo tese. Nell'incavo al centro c'era un bottone d'argento.

«Uno degli uomini che hanno aiutato il signor Halsey dice che deve essersi staccato nella zuffa. L'ha trovato nel pugno del signor Halsey.» Aspettò che Alec si mettesse gli occhiali. «È particolare, vero, signore?»

Alec guardò da vicino il bottone d'argento, bombato, con un disegno elaborato. «L'incisione sembra essere quella di un bombo?»

«Sì, signore. A quanto pare è piuttosto insolito che una livrea abbia dei bottoni incisi, così mi dicono i ragazzi allo *Stock and Buckle*.» Tam sorrise suo malgrado. «Uno dei clienti abituali l'ha capito subito.»

Alec lo guardò da sopra la montatura degli occhiali, con un'espressione interrogativa.

«Quel bottone può appartenere alla livrea di un solo nobiluomo, signore» disse Tam, soddisfatto. «Sua Grazia il duca di Cleveley.»

S E I

Il portiere di una certa casa di città in Cavendish Square spalancò la porta d'ingresso con uno sbadiglio annoiato e ammiccò nel buio. Sul gradino in cima c'era un gentiluomo vestito in modo magnifico. Aveva una splendida parrucca incipriata e un paio di guanti di velluto con i risvolti di broccato. Il portiere non aveva idea di chi fosse ma capì dalla redingote dai ricami preziosi, le fibbie incrostate di diamanti e l'elsa ingioiellata della spada che era effettivamente qualcuno molto importante. Il portiere si chiese se stava sognando; il maggiordomo sapeva che non era così. Con una veloce gomitata, il maggiordomo spinse da parte il portiere semiaddormentato e ignorante, e con un inchino degno del vassallo di un sultano turco pregò il visitatore di entrare.

Il duca di Cleveley era venuto a visitare il suo acerrimo rivale politico, il conte Russell.

Lord Russell stava aspettando Sua Grazia e lo salutò nella sua biblioteca.

In quella stanza rivestita di libri questi due nobiluomini politicamente potenti, che tra di loro possedevano molte delle dolci verdi colline d'Inghilterra, rimasero rinchiusi fino a tarda notte. Il maggiordomo trasecolava, cercando di immaginare di che cosa diavolo stessero discutendo.

Avrebbe tanto voluto essere una mosca sulla parrucca del suo padrone.

LA DUCHESSA DI ROMNEY-ST. NEOTS SBIRCIÒ FUORI DAL SUO palco al King's Theatre a Haymarket e finse di essere ammaliata, come il resto del pubblico, dall'incantevole voce della soprano. Non le piaceva particolarmente l'opera. Sapeva di essere una delle poche persone che non apprezzavano «quegli scontri urlati con voce acuta», come li definiva. Il teatro era più di suo gusto ma sua figlia minore, lady Sybilla, preferiva l'opera; la faceva piangere. Dio solo sapeva perché, pensava la duchessa, felice che il suo figlioccio avesse accettato il suo invito a raggiungerle, risparmiandole così una serata piena delle lacrime morbose di sua figlia. Sapeva benissimo che Sybilla nutriva una segreta infatuazione per Alec Halsey, nonostante la sua fedeltà da buona moglie a suo marito, il caro ammiraglio. Sperava che la presenza di Alec avrebbe fornito la distrazione necessaria per fermare le lacrime costanti della donna, senza dubbio conseguenza del suo avanzato stato di gravidanza.

La duchessa avrebbe preferito essere a casa, nel suo letto caldo, appoggiata ai cuscini, a scrivere una lettera a sua nipote Emily, che stava andando a Venezia, o era Copenaghen? Le mancava la compagnia di Emily. Si vedeva dai suoi lineamenti, quando il suggeritore suonò la campana della fine del secondo atto, causando un generale crescendo di rumore e di movimento tra il pubblico.

Quelli seduti nei palchi a doppio ferro di cavallo mandarono i servitori a prendere i rinfreschi; la conversazione non si era praticamente mai fermata durante la rappresentazione, sotto il bagliore giallo delle applique, e i più avventurosi fecero una corsa per orinare nei pitali nascosti dietro a paraventi decorati.

La duchessa aprì il suo ventaglio di pelle di pollo conciata e dipinta, e si sistemò più comoda contro i cuscini infiocchettati. Non notò sua figlia, doverosamente in piedi accanto alla sua sedia, pronta ad assisterla se avesse desiderato alzarsi per qualche momento. Lady Sybilla tossicchiò educatamente nella mano guantata e, quando anche questo non richiamò l'attenzione di sua madre, si rivolse all'altro occupante del palco, con uno sguardo implorante.

«È apparso un sorriso sul vostro volto, Olivia, e so che detestate l'opera» commentò Alec all'orecchio della duchessa. «Che cosa ha attirato la vostra attenzione? Spero che non sia quella straordinaria parrucca *à la marinière*? Sembra che abbia attraversato la Manica a nuoto con quella parrucca.»

«Ragazzo terribile» lo rimproverò la duchessa con un sorriso, e picchiettò le ampie gonne di sua figlia con le bacchette del ventaglio.

«Siediti Sybilla. Come faccio a *vedere*? In piedi nelle tue condizioni. Che cosa direbbe l'ammiraglio?»

«Mamma, pensavo che forse avreste voluto fare due passi nel palco...?»

La duchessa sbuffò. «Così che quella faccia da furetto della moglie di Rutherglen mi veda zoppicare in giro? Non dire assurdità!»

Lady Sybilla fece la debita riverenza e scomparve di nuovo nell'angolo in fondo al palco. Il sorriso rassicurante di Alec fu sufficiente a farla arrossire e nascondersi dietro al ventaglio.

«Sembra un idiota, vero?» commentò la duchessa dietro al ventaglio aperto, con un'occhiata al gruppo seduto nel terzo palco lungo la fila. «Povero Jasper. È un miracolo che sua moglie non l'abbia già ucciso. Non devi fare quella faccia sorpresa. Non intendevo in senso letterale. Anche se...» Appoggiò il ventaglio aperto sull'ampio petto e guardò la donna in questione con gli occhi socchiusi. «Credo che Frances Rutherglen sia capace di qualunque cosa si metta in mente. È una serpe senza cuore.»

«Fino a quando Rutherglen non è stato innalzato a calci alla Camera dei Lord, era l'unico membro del parlamento che lo zio Plant non riteneva giusto ridicolizzare.» Commentò Alec. «Non avevo idea che fosse per pietà, perché sua moglie era un rettile sanguinario.»

Gli occhi della duchessa brillarono. «Siete meglio di un tonico, ragazzo mio. È un peccato che vostro zio non sia potuto venire. Come se la sta cavando?»

«Stava ancora dormendo quando sono uscito di casa» disse Alec, con un breve cenno del capo a una signora che, con un allusivo movimento del ventaglio d'avorio, stava cercando di flirtare con lui. «Direi che domani mattina si sveglierà con un mal di testa feroce.»

Evitò lo sguardo di una tentatrice dipinta, due palchi più in là lungo la fila, e guardò attraverso il vuoto che separava i mercanti, dagli abiti sobri in platea, dalla nobiltà, in abiti di seta più in alto, fino al palco occupato dal duca di Cleveley. Sua Grazia era risplendente in satin di un ricco azzurro, decorazioni luccicanti e gli ordini appuntati al petto, con una mezza dozzina di sicofanti imparruccati e con i tacchi alti che gli stavano intorno, pronti a scattare alla minima parola. Questo nobiluomo e i suoi viziati e incipriati amici trasudavano sicurezza arrogante da tutti i pori della loro pelle morbida.

La duchessa seguì lo sguardo di Alec. «Non penserai davvero ancora che Cleveley abbia avuto mano nell'aggressione a tuo zio, vero?»

Alec voltò il suo profilo spigoloso per guardare direttamente la sua madrina. «È una pura coincidenza, allora, che il bottone trovato nel pugno di mio zio appartenga alla livrea di Cleveley?»

La duchessa una scrollò le spalle. «Conosco Cleveley da quando camminava ancora con le redinelle. È troppo orgoglioso per usare queste tattiche da bullo.»

Alec non si lasciò convincere. «Doveva solo esprimere il desiderio e i suoi lacchè sarebbero stati più che felici di fargli un favore. Ma voi pensate che il *grand'uomo* non si abbasserebbe…?»

La duchessa abbassò gli occhi sulle punte delle scarpine di seta viola e oro, appoggiate allo sgabello. «Anche se vorrei darti il mio sostegno, ragazzo, non posso. Cleveley non potrebbe, no, non userebbe mai una tattica così vigliacca. Non è nella sua natura.» Quando Alec restò impassibile, aggiunse: «Un bottoncino non può condannare un uomo.»

«No, ma può gettare i sospetti su di lui.»

«Certamente,» confermò la duchessa, «sospetti, non una condanna.»

Alec rivolse nuovamente la sua attenzione al palco del duca. Era la prima apparizione al King's Theatre di Cleveley dalla morte della sua duchessa e, come era successo ai Giardini Ranelagh, stava attirando più attenzione del dovuto. E, come sempre, sembrava che il duca non se ne accorgesse. Continuava a restare seduto, indifferente al rumore della conversazione, alla musica e al suono del campanello, inclinando leggermente la testa a sinistra per ascoltare la conversazione tra sir Charles Weir e il visconte St. Edmunds. Alec notò che il figliastro del duca non svolgeva il suo ruolo di ombra, quella sera. Si chiese se Charles avesse raccolto il coraggio per informare il suo mentore dei suoi piani di sposare lady Henrietta Russell e immaginò di no. Lady Henrietta e sua madre erano sedute nel palco accanto a quello occupato dal duca, e Charles non aveva mai guardato nella loro direzione, né aveva fatto alcuno sforzo per sporgersi oltre il divisorio per conversare con loro.

Alec distolse alla fine lo sguardo dal duca e dalla sua compagnia, dicendo con tono indifferente: «Olivia, parlatemi di Cleveley.»

La duchessa arricciò il nasino. «Che devo dire? Devo confessarti di sapere ben poco della sua politica, anche se ho seguito la sua carriera. Sua madre e la mia erano cugine e Romney si è interessato a lui, quando ha occupato il suo seggio ai Lord. Era molto giovane quando ha ereditato il titolo, aveva solo diciassette anni: Romney pensava che i lupi della politica ne avrebbero fatto un sol boccone ma il ragazzo ha dimostrato molto presto che si sbagliava. Ha sposato Ellen solo un anno dopo. Ellen era stata la duchessa di Stanton per meno di quattro mesi, quando è rimasta vedova, incinta di George, e si è sposata con Cleveley prima che il vecchio Stanton fosse freddo nella tomba. Una faccenda veramente sconveniente.

«Ovviamente, come il suo primo matrimonio, era un'unione combinata e una transazione finanziaria molto astuta. I titoli di Cleveley, la ricchezza di Ellen. Il matrimonio ha consolidato la posizione di Cleveley come eminente pari del regno. Romney e io cenavamo spesso a Cleveley House quando c'era Ellen, ma non sono mai andata a una delle sue cene politiche. Quelle le lasciavo a Romney. Perché lo chiedi, ragazzo mio? Pensavo disprezzassi la politica del duca?»

«Mi interessa l'uomo. Voglio sapere che tipo di uomo è capace di spingere per far approvare una legge che permetterà agli uomini di essere stivati come bestie in una delle fregate di sua maestà...»

«Mio caro Alec,» sbuffò la duchessa, «sono solo selvaggi, dopo tutto.»

«Tutti gli uomini hanno diritto alla loro dignità, a...»

«Le idee radicali di tuo zio non attaccano, con me» disse altera la duchessa, agitando una mano ingioiellata come per accantonare l'idea. «E non accetterò che nessuno di voi due obblighi Cleveley ad addossarsi la colpa per quello che succede sulle fregate di sua maestà. Diversamente da tuo zio, io, la maggioranza in effetti, ritiene che il duca abbia a cuore l'interesse della nazione. È un politico fiero di lavorare entro i limiti di quello che è legalmente possibile *per il bene del regno*. Non è uno di quei raccomandati che pensano solo al proprio bene, che si abbasserebbero a qualunque cosa, per ottenere un vantaggio politico.» Si dimenò per mettersi dritta, inquieta e guardò critica Alec. «Suggerire che abbia fatto aggredire dai suoi servitori un ridicolo personaggio vestito di giallo canarino, per mettere le mani sulle ultime volontà e testamento di un vicario senza importanza, è una stupidaggine senza senso!»

«Vostra Grazia, io...»

«Dopo tutto, che cosa ci guadagnerebbe Cleveley, usando tattiche così da smidollato? Non può salire più in alto.»

«C'è sempre la prospettiva di cadere...» Suggerì Alec con leggerezza, fingendo di spazzolare un po' di lanugine dal ginocchio accavallato, coperto di satin, e guardando la sua madrina con la coda dell'occhio.

«Suppongo che sia possibile» ammise a malincuore la duchessa. «Anche se, e lo riterrai strano e tuo zio, certamente, ci riderà sopra, non credo che Cleveley abbia mai preso in considerazione una simile eventualità. Chiamalo sublime arroganza, se vuoi, ma io preferisco pensare che sia solo una sovrabbondanza di sicurezza. Ridi! Ma c'è differenza.»

Alec le baciò la mano fragile. «Mi siete mancata, quando ero a Parigi.»

«Bugiardo» lo rimbrottò scherzosamente la duchessa, che però era arrossita di piacere. «So da fonti sicure che hai passato tutto il tempo a letto, a Parigi.»

«Vergogna, Olivia» le mormorò Alec all'orecchio. «Ci sono delle incisioni notevoli di Da Vinci al Louvre…»

«Col cavolo che ti interessavano» rispose la duchessa, con una risatina da ragazzina e un'occhiata al palco vicino, felice che il loro flirtare stesse attirando l'attenzione. «Sapevi ovviamente che Selina è restata a Parigi, mentre Emily e Cosmo si avventuravano in giro senza di lei?» aggiunse, agitando il ventaglio sul petto, con un sorrisino compiaciuto diretto a Frances Rutherglen, che la stava guardando con disapprovazione.

Alec ne fu sorpreso. «Ma pensavo lo sapeste, che la signora Jamison-Lewis vi avesse informato, che sono andato a Parigi su suo invito.»

La duchessa voltò di colpo la testa. «Su suo invito?» Tolse la mano dal ginocchio di Alec e si agitò nervosamente sui cuscini imbottiti. Fare le capriole con una puttana parigina senza nome andava bene, per la reputazione del suo figlioccio ribelle, ma riprendere una relazione appassionata con sua nipote, una ricca vedova inglese ancora in lutto, non solo era dannoso per i suoi sforzi per riabilitare la reputazione del suo figlioccio ma poteva anche avere conseguenze devastanti sul fragile stato emotivo di Selina. «No, non lo sapevo» dichiarò irritata. «Suppongo si sia dimentica di dirti perché è restata a Parigi?» Lo sguardo di completa confusione di Alec le diede la risposta. Fece un respiro profondo. «Sembrava… star bene?»

Alec continuava a essere sorpreso. «Selina non è mai stata ammalata un giorno in vita sua.»

La duchessa si limitò ad annuire, con il volto preoccupato. «Non è tipo da lamentarsi, vero?» E cambiò bruscamente argomento. «Vorrei che facessi qualcosa per Letitia Strangways. Quella patetica creatura dai grandi occhi innocenti ha fatto tutto l'immaginabile eccetto mostrarti quello che ha da offrire sotto le sottane, e tu continui a ignorarla.»

Alec si chiedeva a che cosa stesse alludendo la duchessa parlando di Selina ma non riteneva che il teatro fosse il posto giusto per chiedere lumi, quindi tenne le domande per più tardi e tornò al soggetto del duca di Cleveley, voltando le spalle a un'eccessivamente vogliosa lady Letitia Strangways. «Parlatemi dell'uomo Cleveley, non del politico.»

«Perché questo improvviso interesse per Cleveley?» chiese la duchessa, sollevata che Alec avesse avuto l'educazione di non fare altre domande su Selina. Non avrebbe mai tradito la confidenza della nipote, nemmeno per il suo figlioccio. Ma le faceva male al cuore che non sapesse la verità.

«Apprezzo i vostri consigli e, francamente, non c'è nessun altro cui io possa chiedere senza alzare un polverone, ed è l'ultima cosa che voglio, così all'inizio della mia indagine...»

«Indagine? Certamente non sulla morte di quel vicario alla cena di Weir?»

«Si può solo sperare che il medico abbia avuto ragione.»

«Non starai suggerendo che *Cleveley* abbia avuto qualcosa a che fare con quella storia? Tuo zio può anche credere che Cleveley sia capace di avvelenare l'intero clero, ma sono solo pregiudizi!»

«C'è molto di più che non i pregiudizi di mio zio.»

La duchessa strinse le labbra dipinte. «Devo farti il suo ritratto, qui, subito?»

«Se poteste essere così gentile.»

Il campanello del suggeritore suonava vigorosamente, per segnalare che lo spettacolo stava per ricominciare, ma la duchessa di Romney-St. Neots ignorò lo scampanellio, dicendo impaziente, mentre si lisciava le voluminose sottane di seta con una mano nervosa:

«Suppongo che sia per questo che hai accettato l'invito all'opera di una vecchia signora» borbottò, ma fu in qualche modo rabbonita dal suo sorriso accattivante; non era mai stata capace di resistere a un bel furfante, specialmente quando quel bel furfante era il suo figlioccio preferito. «Se devo raccontarti la storia di Cleveley, sediamoci più indietro, con un buon bicchiere di chiaretto, se mai esiste in questo bailamme di teatro. Sybilla? Sybilla!» Fece per alzarsi, ma Alec le aveva preso il gomito prima che lady Sybilla si rimettesse in piedi. «Dannazione, vorrei non essere mai caduta da quel maledetto cavallo. Passami il bastone, caro ragazzo. Sybilla?» Quando sua figlia emerse dal suo angolo tranquillo, disse: «Manda Peebles a prendere una bottiglia di chiaretto e due calici dalla carrozza. Puoi andare a salutare tua cognata. Frances mi sta lanciando frecciate con gli occhi da un quarto d'ora.»

«Ma... *Mamma*.»

«Dille che partorirai di nuovo. Sarà felicissima di sapere che la moglie di suo fratello è incinta. Le darà una legittima scusa per sentirsi miserabile. Non che a Frances Rutherglen ne serva una.»

Lady Sybilla diede un'occhiata ad Alec, con le guance in fiamme. Non era mai riuscita a far capire a sua madre quanto la mettesse a disagio sentir parlare in quel modo franco della sua gravidanza, oltretutto davanti a un gentiluomo virile da svenire, tanto che non era una sorpresa, che avesse passato un'intera settimana a rotolarsi tra le lenzuola con sua cugina Selina. Oh, aprire le gambe a un uomo simile...

«Sì, Mamma, naturalmente» riuscì a sussurrare Sybilla, distogliendo lo sguardo, con il volto che bruciava per la vergogna di aver avuto simili pensieri lascivi, e all'opera poi! «Andrò a dirle quanto sono contenta.»

«Sì! Sì. Come siamo *tutti* contenti. Ora vai.»

LADY SYBILLA FU AMMESSA NEL PALCO OCCUPATO DAI Rutherglen e lo trovò affollato di visitatori. Si chiese che cosa avesse indotto quattro giovanotti in età da sposarsi a prendersi la briga di far visita a un'anziana coppia senza figlie. Poi intravide la contessa Russell con la sua bella ma eccezionalmente stupida figlia, lady Henrietta, un'ereditiera con una dote che superava le trentamila sterline, sedute con i Rutherglen. Questa scoperta la fece sospirare di sollievo. Frances Rutherglen, sua cognata, la terrorizzava e lord Rutherglen era piuttosto sordo e senile, quindi la presenza delle Russell, che conosceva bene, la faceva sentire più a suo agio con il compito che le avevano assegnato.

I quattro gentiluomini che circondavano lady Henrietta e sua madre si spostarono educatamente lungo la panca, per permettere alle ampie sottane di lady Sybilla di avvicinarsi senza ostacoli ai loro ospiti. Un damerino, in calzoni verde mela e un panciotto viola a fiori, fu tanto cortese da andarle a prendere un bicchiere di Madera, avendo già in pratica rinunciato a ogni speranza con l'ereditiera. Lei, che aveva riso incessantemente alle sue spiritosaggini alla riunione dei Talbot, questa sera era reattiva quanto una maniglia che inoltre, essendo d'ottone, brillava più di lei. Lady Henrietta sembrava infelice. Per quanti sforzi avessero fatto sua madre e la sua cameriera, nell'applicare i cosmetici sotto i suoi splendidi occhi castani, era ovvio che la notte prima aveva pianto nel suo cuscino di piume.

Lady Rutherglen diede un'occhiata a lady Sybilla, in piedi in mezzo al palco, e le fece segno di spostarsi. Le bloccava la vista del palcoscenico. Il sipario verde si era alzato su un tonante crescendo di suoni da parte dell'orchestra e del coro. Le voci in platea si erano attenuate e le conversazioni nei palchi erano scese a un sussurro impercettibile per un attimo, mentre tutti guardavano la scena, e poi tutto era ripreso come prima, con somma indifferenza nei confronti degli artisti e delle loro abilità vocali. Non c'era niente che Sybilla potesse fare, se non arretrare e sedersi accanto alla contessa Russell, aspettando la sua occasione per parlare con i Rutherglen.

I quattro *beaux* fecero i loro saluti, ammosciati per non aver fatto impressione su lady Henrietta, che continuava ad avere la faccia cupa. E quanto a cercare di fare un'educata conversazione con lady Rutherglen, i giovanotti non riuscivano a esprimere a parole il loro sollievo, per quello che si poteva descrivere come essere sopravvissuti a un ragno nella sua tela appiccicosa. Era al di là di ogni comprensione come fosse possibile che una simile orrenda donna fosse la sorella di un ammiraglio della flotta, che non solo era un eroe di guerra ma anche la persona più amabile e amichevole che conoscevano.

La contessa Russell sembrava ignara dell'agitazione di sua figlia e del disagio inflitto ai giovanotti per mano di Frances Rutherglen. In effetti, sorrideva serenamente a tutti, perfino alla sua ospite, quando questa disapprovò la sua alta acconciatura di piume, nastri e un veliero in miniatura a vele spiegate, dicendole che assomigliava a qualcosa che avesse otturato i canali di scolo.

Niente poteva scuotere il sorriso di lady Russell. Dopo tutto, la sua figliola minore, che era carina, paffuta e non molto sveglia, aveva appena catturato il miglior partito della stagione e questo nonostante la sua virtù fosse compromessa. Aveva sempre disperato di riuscire a maritarla, dopo che la ragazza le aveva confessato di aver bevuto troppo alla riunione dei Cavendish e di essersi svegliata con le sottane sopra l'ombelico, i quarti posteriori esposti alla fredda aria notturna e lord George Stanton che si abbottonava i calzoni. Quell'orrore ora si era spento sapendo che Henrietta si sarebbe sposata, e sposata ben oltre le più rosee attese di sua madre.

Lady Sybilla, che aveva sospirato di sollievo quando sua cognata le aveva fatto segno di spostarsi, così rimandando l'inevitabile per almeno un'altra mezz'ora, vide improvvisamente lady Russell che le tirava la balza di pizzo.

«Ditemi, com'è *lui*?» sussurrò in fretta la donna da dietro il rigido ventaglio di pizzo, con uno sguardo ardente lungo la fila dei palchi alla sua sinistra, delusa che la duchessa di Romney-St. Neots e lord Halsey fossero spariti dalla visuale.

Lady Sybilla seguì la direzione dello sguardo velato di lady Russell e i suoi occhi si spalancarono ma rimase muta.

«*Halsey*» enunciò irritata lady Russell, pensando che lady Sybilla fosse ottusa. «In più di un boudoir hanno confermato che è *molto* attento ai *bisogni* di una signora, tanto che vale la pena di infrangere il settimo comandamento.»

«Ma lui non-non è un *libertino*» protestò lady Sybilla, con le guance scarlatte sotto la biacca al piombo. «Io, io… naturalmente non ho idea… di *quello* ma lui è-è tutto quello che dovrebbe essere un-un gentiluomo.»

«Esattamente» disse Sua Signoria facendo le fusa e rabbrividì, completamente dimentica di dov'era. Tirò più vicina lady Sybilla. «L'ho visto a Parigi, al Louvre, in compagnia di Selina Jamison-Lewis. Non so che armi subdole abbia usato vostra cugina, ma era chiaro dalle sue volgari manifestazioni di affetto, che lui l'aveva soddisfatta fino in fondo. Ma quando si pensa al motivo per cui era scappata a Parigi, mi sorprende che abbia permesso a un uomo di allargarle le gambe così presto. Ma, comunque, per Halsey l'avrei rischiato anch'io.»

«Scappata a Parigi?» ripeté lady Sybilla, sbattendo gli occhi.

Gli occhi di Maria Russell si sgranarono e si morse le labbra dipinte. «Andiamo, Sybilla, siete la sua confidente. Non c'è bisogno che mi spieghi, no?»

Lady Sybilla aggrottò la fronte, con la testa china sul ventaglio d'avorio. «Non so che cosa int…»

Lady Russell fece una smorfia e sussurrò all'orecchio rosso di Sybilla. «Non siete mai stata una brava bugiarda. Non ho intenzione di cianciare di Selina che si è liberata del marmocchio. A dire la verità, deve essere stato un grosso sollievo non portarlo a termine. Affidare a qualcuno un bastardo di colore e lignaggio indeterminati deve essere una faccenda faticosa. Ora lasciate che vi racconti le mie notizie. Non indovinerete mai chi è venuto a trovare Russell molto tardi ieri sera…»

Lady Sybilla mise una mano amorevole sulla sua considerevole pancia e si obbligò a restare impassibile. Ma la mente turbinava. Si chiedeva come avesse fatto Maria Russell a scoprire l'aborto di Selina. Non le era mai venuto in mente che il bambino potesse non essere desiderato, e per i motivi addotti da Maria Russell, poi. Non aveva mai creduto un solo momento alle voci insistenti che Alec fosse il prodotto di una relazione di sua madre con un servitore mulatto, eppure da dove venivano quei riccioli nero-blu e la pelle olivastra? Il fratello di lord Halsey aveva avuto i capelli color sabbia, sua madre era una pallida bionda. E perché Selina non aveva parlato ad Alec del bambino, perché era certamente lui il padre, se non perché aveva delle riserve riguardo al dare alla luce un bambino di colore? Sybilla si riscosse mentalmente; sbalordita dalla sua stessa volubilità nei confronti di un uomo che era sempre stato gentile e considerato, e che meritava solo la sua lealtà. Ovviamente, non aveva idea di chi avesse fatto visita a lord Russell.

«*Cleveley*» fu la risposta ansimante di lady Russell, e fraintese la silenziosa preoccupazione di lady Sybilla per stupore che il duca di Cleveley avesse onorato casa Russell con la sua presenza. Aggiunse che i due grandi rivali politici avevano passato diverse ore cordiali nella biblioteca di lord Russell e poi suggerì che aspettava da un momento all'altro che la cara Henrietta ricevesse una richiesta di matrimonio da Sua Grazia di Cleveley. A quel punto ebbe la soddisfazione di vedere spalancarsi gli occhi di lady Sybilla.

Lady Sybilla poté solo guardare di nuovo il duca di Cleveley da sopra l'orlo del ventaglio e rabbrividire internamente per la povera Henrietta. Nessuna meraviglia che la ragazza sembrasse infelice. Era certamente un'unione desiderabile, un grande onore fatto a Henrietta, anche, ma la ragazza aveva appena vent'anni e, nonostante le voci che fosse merce guasta, un'indiscrezione o due mentre era ubriaca a un ballo, il duca aveva superato i quaranta da abbastanza tempo da poter essere definito un ladro di culle. Inoltre, Sybilla era incline a perdonare a Henrietta i suoi errori da ubriaca, perché non era mentalmente molto acuta e quindi era facilmente influenzabile, ed era dolce e gentile; il duca aveva tanto calore quanto il più gelido giorno di gennaio.

«Naturalmente, non ho detto niente di tutto questo a Frances» disse la contessa Russell, con un'occhiata di traverso a Frances Rutherglen. «Le spezzerà il cuore. Non che non sarà contenta per Henrietta, col tempo. Ma non si può dimenticare la tragica perdita della sua piccola Mimi.»

Lady Sybilla non aveva dimenticato l'unica figlia di lady Rutherglen. Dopo tutto, la ragazza era una nipote di Sybilla e una grande bellezza fin da piccola. Era morta meno di cinque anni prima, e nella stessa settimana in cui lei, Sybilla, aveva dato alla luce il secondo figlio dell'ammiraglio. La sua morte era effettivamente stata straziante.

Lady Russell era fin troppo ansiosa di rivivere quella tragedia.

«Ricorderete Mimi, quella povera bambina è morta di polmonite qualche giorno prima del suo quindicesimo compleanno. Non aveva mai avuto una forte costituzione. Ragione per cui raramente lasciava l'aula scolastica. Frances era così preoccupata per la sua salute. I pettegoli maligni vorrebbero farci credere che fosse la gelosia nei confronti di sua figlia, che le faceva tenere rinchiusa Mimi; che dopo uno degli attacchi di rabbia di Frances, Mimi sia scappata da casa, solo per prendersi una polmonite e morire a causa della sua fuga.»

Lady Sybilla poteva ben crederci. Sua cognata Frances possedeva un cuore come un ghiacciolo ed era brutta come un budino freddo; la sorella di lady Rutherglen, Ellen, la duchessa di Cleveley, era più carina ma non era considerata una gran bellezza. Tutta la bellezza della famiglia era andata al fratello più giovane delle due sorelle, l'ammiraglio, il marito di Sybilla. E per quanto Sybilla amasse il suo caro ammiraglio, non era cieca alle sue imperfezioni fisiche; non era un adone, non come Alec Halsey, nemmeno da lontano.

«Che scempiaggini» continuò sprezzante lady Russell. «Mimi non è scappata. È stata tutta colpa della sua cugina di campagna, una creatura senza cervello che aveva tanto buonsenso quanto un'ape in una bottiglia! È lei che ha portato fuori strada Mimi, e quella che avrebbe dovuto essere una tranquilla passeggiata nel Mall è finita con entrambe le ragazze assenti per parecchie ore, vestite in modo inadeguato per il tempo inclemente, e i poveri Rutherglen fuori di testa, per paura che Mimi fosse stata rapita. Poi il loro sollievo quando li informarono che avevano trovato Mimi, solo per sentirsi dire che aveva avuto un collasso ed era morta. Il povero Rutherglen ha avuto un colpo a quella notizia e il risultato l'avete davanti a voi!»

Lady Sybilla diede un'occhiata all'anziano padre di Mimi; la saliva sgocciolava dall'angolo della bocca storta. Riportò in fretta l'attenzione su lady Russell.

«Mi sembra di ricordare che la cugina, lei non…»

«… sia tornata? Come avrebbe potuto? Perché poi? Era colpa sua se Mimi era morta. Infernale creatura. No, Sybilla, non dovete credere ai pettegoli. Frances era devota alla sua unica figlia. C'era un patto tra le due sorelle, che il figlio di Ellen, George, e Mimi si sarebbero sposati: che un giorno Mimi sarebbe stata la prossima duchessa di Cleveley. Poi lei è morta e quindi il loro sogno è andato in fumo.»

Era una rivelazione per lady Sybilla, ma pensò che fosse tipico di sua cognata fare programmi per ottenere un risultato simile. Sgranò gli occhi, mentre studiava la figura robusta del duca di Cleveley. Il matrimonio con il duca era già un'idea repellente, essere sposata con il suo infedele corpulento figliastro sarebbe stato molto peggio. Non si sarebbe stupita, se la povera Mimi fosse morta di colpo solo per fuggire a un simile matrimonio combinato; la cugina di campagna, tutto sommato, poteva averle fatto un favore.

«Quindi capite il mio dilemma» stava continuando a dire lady Russell. «Henrietta sta per ottenere quello che Mimi non è vissuta abbastanza per avere.» Sorrise felice e soddisfatta, con le mani guantate che si curvavano sopra il manico del ventaglio. «Vorrei che Ellen fosse viva per vedere questo giorno.»

Lady Sybilla avrebbe voluto far presente che se Ellen, duchessa di Cleveley, fosse stata viva, sarebbe stato impossibile per la sua Henrietta sposare il duca di Cleveley. Era dell'idea che la sorte della povera Mimi fosse infinitamente preferibile allo sposare un ghiacciolo come il *grand'uomo*. Queste riflessioni furono interrotte, non dalla contessa Russell ma dalla voce raspante della mamma della povera Mimi. Lady Sybilla si trovò a stringere la mano di lady Russell per avere un sostegno morale e si rese conto che la contessa era terrorizzata dalla vecchia quanto lei e che era stata la contessa ad afferrarle la mano per prima.

«So perché siete venuta a trovarmi, sorella» sibilò lady Rutherglen, irritata che le due donne si stessero scambiando confidenze fuori dalla portata del suo orecchio. Si chinò di fianco sul bracciolo della poltroncina, con la pelle molle intorno al collo che si ripiegava nell'incavo della spalla. «So tutto del marmocchio che aspettate, Sybilla. Non crederete che il caro ammiraglio non scriva qualche lettera alla sua cara sorella, vero? Potrà anche essere vostro marito ma è un fratello molto rispettoso. Dategli un altro figlio maschio. Non ha bisogno di femmine. Una perdita di tempo e soldi, le figlie. Le femmine causano *problemi*, le femmine *deludono*. Le femmine causano *guai*.» Ricadde contro i cuscini in un accesso di tosse, perché le ultime parole erano state sputate con una tale collera velenosa che le avevano seccato la gola. I suoi occhi acquosi erano fissi sulla cognata, che era rimasta a bocca aperta.

Lady Sybilla non sapeva che cosa dire. Non era mai stata così insultata, eppure non riusciva a proferire la minima protesta. Si detestava per la sua debolezza. Era grata che sua madre e Alec Halsey non avessero assistito a quella prova di codardia. Fortunatamente, le fu risparmiata altra ansia.

Lady Henrietta si alzò di colpo in piedi ondeggiando, con una mano guantata stretta sulle pieghe della sua sottana di seta e gli occhi castani pieni di lacrime. Fissava gli occupanti del palco vicino. Con sua sorpresa, e quella di ogni testa incipriata del pubblico, il duca di Cleveley e lord Russell, i più acerrimi rivali politici, si stavano inchinando l'uno all'altro, con uno sventolio di pizzi degno di uno spettacolo teatrale. Ogni parvenza di interesse nella performance del baritono svanì, nel pubblico vestito di seta. Un sussurro subito zittito e l'aspettativa di un intrattenimento ancora migliore prese slancio, fino a diventare un brusio, un rumore che soverchiò il recital sul palcoscenico, con le teste in platea che gridavano volgarità per lamentarsi con il pubblico di sopra.

Il duca e lord Russell si scambiavano facezie. Si sorridevano. Condividevano uno scherzo! Più di una bocca rimase aperta. Un giornalista astuto prese il suo taccuino e cominciò a scribacchiare, conscio di essere testimone di un momento storico che sarebbe stato oggetto di chiacchiere in tutti i salotti prima di notte.

Che cosa significasse per il governo questa pubblica dimostrazione di amicizia, non lo sapeva nessuno. Quelli all'opposizione non avevano bisogno di fare congetture. A molti di loro caddero le braccia rivestite di seta, quando si resero conto che un'alleanza tra il duca di Cleveley e lord Russell creava una forza imbattibile, senza alcuna speranza di una frattura nei ranghi del gabinetto che permettesse di rovesciare il governo e ottenere nuove elezioni.

Ma il pensiero che occupava principalmente i nobili era: che cosa era potuto succedere per generare questa alleanza? La risposta fu subito chiara. I due nobiluomini alzarono i loro bicchieri in un brindisi al palco accanto. Occhialini e ciglia finte si voltarono in fretta in quella direzione, per vedere in onore di chi era il brindisi. La risposta portò un sorriso e un sospiro collettivo. Ovvio! Perché nessuno aveva predetto un simile risultato?

Con un colpetto del ventaglio, lady Russell spinse sua figlia a fare una cortese riverenza in risposta al brindisi. Dopo tutto, non capitava tutti i giorni che una ragazza ricevesse l'onore in quel modo così pubblico e dimostrativo, con l'annuncio di un fidanzamento con il vedovo più appetibile del regno.

«Oh papà... Non quello...» Bisbigliò lady Henrietta con un singhiozzo e svenne di colpo ai piedi rivestiti di satin di sua madre, in una nuvola fluttuante di sottane.

⚚

«SE AVESSE POTUTO SCEGLIERE, SOSPETTO CHE CLEVELEY avrebbe preferito la vita di un gentiluomo di campagna» stava dicendo la duchessa di Romney-St. Neots, mentre sorseggiava il chiaretto da un bicchiere di cristallo. «Ma ovviamente non ha mai avuto scelta. Sua madre aveva programmato la sua vita prima che cominciasse a camminare. Si aspettavano tutti grandi cose dall'unico figlio del Lord Cancelliere. Passare la vita a contare pecore e rivoltare la terra non faceva parte dell'equazione. Ovviamente, Cleveley è stato educato a credere di avere il diritto divino a un posto nel grande schema delle cose e ad agire di conseguenza. Era, è ancora, un uomo veramente orgoglioso. Quando è morto suo padre, e ha ereditato l'illustre titolo e quel gran mucchio di pietre, ha deciso di lasciare il suo segno nella politica. E per quanto riguarda il suo matrimonio... Che ti posso dire? Ha accettato un matrimonio combinato con Ellen perché anche nelle vene di lei scorreva il sangue del Conquistatore. Oh, immaginavo che questo ti avrebbe impressionato» esclamò quando Alec sbuffò. «Ellen era incinta del vecchio duca di Stanton, quando ha sposato Cleveley, un ragazzino di diciotto anni. Una faccenda ingarbugliata.»

«Strano che non ci sia stato il normale periodo di lutto» commentò Alec seccamente, pensando alla sua situazione, con Selina che stava aspettando la fine dei normali dodici mesi. «Specialmente considerando che era incinta di Stanton. Il matrimonio con Cleveley prima di partorire non avrebbe trasferito la legittimità del figlio non ancora nato al nuovo marito?»

«Ellen era la seconda moglie di Stanton; lui aveva tre figli adulti dalla prima duchessa. Ma hai ragione. È stata una circostanza piuttosto insolita. Così com'era, erano solo quattro mesi che aveva sposato Stanton, quando lui è morto d'infarto. Si dice che la causa fosse stata il troppo rotolarsi nel letto con una moglie molto più giovane! Poi, nel giro di due mesi era sposata a Cleveley, lei incinta di sei mesi. Una fretta volgare, se me lo chiedi. Una clausola nel contratto di matrimonio dei Cleveley stabiliva che, se Ellen non avesse dato un figlio maschio a Cleveley, se lui non avesse avuto figli legittimi, figli maschi, durante la sua vita, e se Ellen fosse pre-deceduta, allora il figlio che lei aveva in grembo, e che sarebbe nato dopo il suo matrimonio con Cleveley, sarebbe diventato l'erede nominato di Cleveley.»

Alec guardò il suo bicchiere aggrottando la fronte. «Non vi sembra una cosa un po' strana, visto che la sposa era evidentemente fertile e Cleveley un uomo giovane? Un simile patto suggerirebbe che chi ha redatto il contratto di matrimonio, non si aspettasse che i novelli sposi producessero eredi per conto loro.»

«Sei molto astuto. È proprio così, vero?»

«E?» la sollecitò Alec.

«E cosa, ragazzo mio?»

«Perché una clausola simile doveva sembrare necessaria... A meno che si pensasse che Cleveley fosse incapace di generare dei figli? O sto esagerando? No, non ditemelo. Il *grand'uomo è impotente*?»

«È un maschio perfettamente funzionante, come possono attestare parecchie bellezze nei vari bordelli» rispose la duchessa, con una durezza che disse ad Alec che non era contenta della sua frivolezza. «Ma al momento del suo matrimonio con Ellen si pensava veramente che potesse essere impotente. Il loro matrimonio non è stato consumato per oltre due anni. Poi un medico ha eseguito una semplice ed efficace, anche se piuttosto dolorosa, procedura che ha corretto la difficoltà. Mi dicono che gli ebrei sottopongono alla stessa barbarie i loro figli, quando diventano adulti.»

«Circoncisione? Cleveley è stato circonciso per correggere un problema erettile? Ma questo non spiega perché il loro matrimonio sia rimasto senza figli.»

«No, in effetti. E dato che Ellen ha messo al mondo George, si dovrebbe supporre che la colpa sia di Cleveley.» La duchessa sospirò. «So che non dovrei parlar male dei morti, ma non sono mai riuscita a farmi piacere Ellen. Non era *fatta* per diventare la moglie di un duca, anche se le piacevano tutti i fronzoli del titolo e della ricchezza. Certamente non è stata di aiuto a Cleveley per la sua carriera politica.»

Alec riempì nuovamente i bicchieri. Il canto proveniente da sotto si insinuava nei suoi pensieri e guardò irritato il palcoscenico. In questa particolare occasione, il lavoro di Gluck non gli interessava proprio. «Presumevo che la duchessa di Cleveley piacesse a tutti.»

«Sì, è vero. I miei sentimenti sono avvelenati dal fatto che ha avuto una breve relazione con Romney.»

«Certamente un attimo di sbandamento da parte di Romney» rispose educatamente Alec.

La duchessa fece una risata forzata, i pallidi occhi pieni di divertimento. «Uno dei tanti, mio caro ragazzo. Ma non mi aspettavo che la ragazza che avevo presentato a corte andasse a letto con mio marito. È di cattivo gusto e, quello che è peggio, ha avuto la pessima educazione di farsi mettere incinta da lui.»

«Da Romney?» Alec era sorpreso. «Ne siete sicura?»

«Mio caro ragazzo. A Romney bastava mettere un piede in camera mia e io restavo incinta. Sono stata incinta più volte di quanto mi piaccia ricordare e ho avuto sedici parti. L'uomo era un Ramses dei giorni d'oggi. Troppo fertile per il bene di qualunque donna. Ero fin troppo contenta che andasse a seminare da qualche altra parte.»

Alec represse una risata con un sorso di chiaretto.

«Ma quello che non mi piaceva era che me lo raccontassero.»

«Lei ve lo ha detto?» Alec era rimasto sorpreso. «A che scopo? Immagino che si sarebbe liberata della progenie, o che almeno avrebbe nascosto il frutto dell'adulterio, se non altro per risparmiare a Cleveley l'indegnità della sua lampante inadeguatezza?»

La duchessa scrollò le spalle con indifferenza ma Alec rilevò una traccia di emozione nella sua risposta. «Immagino volesse confidare la sua delicata situazione a qualcuno, e chi meglio della moglie del suo amante? L'unica persona che difficilmente sarebbe andata a piagnucolare nei salotti. Ma io provavo un po' di simpatia per Ellen...»

«La vostra capacità di perdono è senza limiti, Olivia.»

«Non è divertente! Il suo matrimonio era sterile. E lei voleva disperatamente avere un bambino ed eccola aspettare un bastardo da mio marito, e non poteva dirlo ad anima viva. E poi ha abortito, un risultato molto migliore che se avesse partorito un bastardo, non che glielo abbia detto, perché aveva fatto di me la sua confidente! *Me.*»

Alec si guardava le lunghe dita. «Un momento difficile per entrambe.»

«Difficile? Questa parola non comincia nemmeno a descriverlo. Meno di tre mesi dopo il suo aborto, è venuta da me con la notizia più eclatante. Era *innamorata*. Riesci a crederci? *Innamorata*, e per la prima volta, a quanto pare! Stupida ochetta. E alla sua età.»

«L'età non è una barriera per innamorarsi, Olivia.»

La duchessa scrollò le spalle, come se questa semplice verità la mettesse a disagio, e disse, senza esitazioni: «Beh, l'età non è stata una barriera nemmeno contro una gravidanza! *Ancora una volta*, Ellen ha scoperto di essere incinta, e *ancora una volta*, non di suo marito, e *ancora una volta*, mi sono trovata non solo nel ruolo di sua confidente ma anche complice nel nascondere il frutto del suo adulterio a Cleveley.»

«Non ha mai pensato di far passare l'infante come frutto del matrimonio con Cleveley?»

«Non poteva. Lui lo avrebbe capito. I tempi non quadravano»

«Quindi ci aveva pensato, ad imbrogliare suo marito.»

La duchessa lo squadrò risentita. «Ci avevamo pensato entrambe.»

Alec tenne per sé la sua opinione su quella complicità e sul tradimento, e disse con calma: «Presumo allora che sia riuscita a nascondergli la gravidanza. Come?»

La duchessa lisciò un'immaginaria piega sulla sottana. «La gravidanza indesiderata di Ellen non è la prima che arriva a termine senza che nessuno, incluso il marito, ne venga a conoscenza. Le donne vanno in campagna a visitare dei parenti, prendono tutta una seria di malattie immaginarie, che richiedono riposo a letto completo e una convalescenza solitaria. Fatto sta che ha avuto il bebè, l'ha dato da allevare in un remoto borgo di campagna, a chissà quale coppia impoverita ben lieta di avere un'altra bocca da sfamare, in cambio di un introito annuo garantito, ed è tornata a Londra, in società e da Cleveley, senza che nessuno ne sapesse niente.»

«Eccetto voi.»

«Sì, eccetto me.» La duchessa sospirò. «Non credo che Ellen si sia mai ripresa dall'aver rinunciato a quell'infante. La sua perdita è stata resa peggiore dal fatto che quella serpe di sua sorella aveva appena dato alla luce una figlia. Ellen non è stata capace di indurire abbastanza il suo cuore. Il suo matrimonio rimaneva sterile. Il mito è che fosse fedele a Cleveley, eppure si è fatta mettere incinta due volte e uno dei suoi amanti era mio marito.» Picchiettò la manica di Alec con il ventaglio. «Sai, credo veramente che *lui* le sia stato fedele, per la prima metà del loro matrimonio. Triste. Ellen ha passato gli ultimi tre anni a letto e amareggiata, punzecchiandolo a ogni opportunità per la sua incapacità di avere figli, anche fuori dal matrimonio. Sono stata testimone di parecchie delle sue esternazioni. Meraviglia forse che non fosse al suo capezzale, quando è morta?»

Alec fece una smorfia. «Povero me. Orgoglio punzecchiato e ammaccato ma certamente non completamente sgonfiato?»

Il volto della duchessa si indurì. «Non ne hai idea.»

«Perdonatemi. Ho esagerato.»

«Il loro matrimonio sterile è stato un inferno in terra per un uomo orgoglioso come Cleveley, specialmente perché gli piacciono veramente i bambini. È stato uno zio molto amorevole per Mimi, l'unica figlia di Frances Rutherglen. Una bambina straordinariamente bella, no, *sorprendentemente* è la parola giusta, visti i suoi genitori, e con una tale sicurezza di sé, per essere così giovane. L'ho vista solo una volta, pochi mesi prima della sua tragica fine. Era stata convocata dall'aula scolastica per suonare il pianoforte a uno dei noiosissimi tè pomeridiani di Frances. Cleveley le girava le pagine dello spartito, mentre lei suonava. La morte della bambina è stata un duro colpo per lui. Ricorderò sempre l'espressione di Cleveley quando mi disse che, su richiesta di Rutherglen, aveva identificato il corpo di Mimi. Sembrava stare così male che pensavo avrebbe smesso di respirare...» La duchessa di riscosse mentalmente e strinse il braccio di Alec. «Sapevo che questa briciola di umanità da parte di Cleveley ti avrebbe sorpreso. Lo rende meno un bruto insensibile, vero? E qualunque uomo accetti di riconoscere come figlio quel buffone ubriaco di George Stanton, deve avere un forte istinto paterno.»

«Abbastanza forte da voler proteggere Stanton dalla follia di un'indiscrezione giovanile?»

«Che cos'è un'indiscrezione giovanile nel grande schema delle cose? E quale padre non proteggerebbe i suoi figli? Il duca non permetterà a niente e nessuno di impedire a George di ereditare il ducato di Cleveley.»

«A ogni costo?»

La duchessa di Romney-St. Neots non esitò. «A ogni costo.»

S E T T E

Alec non aveva mai posto piede nel palazzo di Hanover Square che Selina aveva diviso con il suo odioso marito. Aveva sperato di non doverlo mai fare e si chiedeva perché lei continuasse a risiedere in una casa che conteneva tanti ricordi penosi di un matrimonio pieno di violenza. Alec avrebbe voluto che la vendesse, non solamente che la affittasse, così che non restassero legami residui, materiali o di altro tipo, con quel folle del suo defunto marito. La sua casa di St. James Place era più che adeguata per i loro bisogni. Almeno, era un posto caldo e confortevole da chiamare casa, diversamente da quel monolite di marmo freddo e opulento, che assomigliava al suo padrone morto: una facciata di ricchezza e di privilegio che mancava di cuore e anima.

Guardò una seconda volta il quadrante di madreperla del suo orologio d'oro, leggendo le cifre a mezzo braccio di distanza. Il cameriere che lo aveva accompagnato in un'anticamera fuori dalla biblioteca gli aveva detto che la sua padrona aveva visite ma che non ci sarebbe voluto molto prima che fosse libera, la carrozza da viaggio del duca aspettava per strada. Alec aspettava già da un quarto d'ora.

Quando il maggiordomo uscì dalla biblioteca con un cameriere al seguito, lasciò spalancata la porta, dando ad Alec una visione chiara di una lunga stanza piena di libri con, al centro, una massiccia scrivania di mogano. Lì erano seduti due sovraintendenti, circondati da pergamene e documenti. Selina, con i capelli rialzati sulla nuca e vestita di velluto nero come al solito, camminava su e giù nello spazio tra la scrivania e il calore del camino, con le braccia snelle dietro la schiena. Ascoltava attentamente la conversazione tra i due sovraintendenti e il duca. Sua Grazia di Cleveley sembrava di casa, appollaiato sul bordo della scrivania. Dondolava una gamba con l'onnipresente tabacchiera in mano.

Era con il duca che parlava Selina e lui che ascoltava. Quando smise di parlare e lo guardò in faccia, chiaramente agitata per un commento fatto da uno dei sovraintendenti, Cleveley la tirò a sé e la tenne leggermente per le braccia mentre le parlava. Quando alla fine lei abbassò la testa e annuì, l'uomo le baciò la fronte e la lasciò andare lentamente, con le mani che scivolavano lungo le braccia per stringerle brevemente le mani. A quel gesto familiare, Alec si ritrasse per guardare fuori dalla finestra, irritato che un semplice leggero bacio e una carezza, dati da un uomo abbastanza vecchio da essere suo padre, dovessero procurargli un senso di disagio. Ma, nonostante la piacevole settimana passata a Parigi, le cose con Selina non erano andate come aveva programmato e non sapeva perché, quindi sentiva di avere tutti i diritti di essere apprensivo.

Quando sentì un movimento alle sue spalle, finse di interessarsi alla magnifica carrozza da viaggio del duca, ferma sulla piazza di sotto, con il dorato stemma dei Cleveley che spiccava sulla portiera nera. Due camerieri in livrea dall'aspetto pomposo erano a cassetta e un altro aspettava pazientemente tra le teste dei cavalli, mentre il cocchiere si era messo comodo nel suo cappotto di lana pesante, con le redini nelle mani guantate. Quattro uomini di scorta, armati, erano rimasti a cavallo e facevano camminare le loro bestie su e giù per la strada, intorno alla carrozza del loro padrone, impazienti di partire. Dalla montagna di bagagli legata con le cinghie sopra il tetto, doveva trattarsi di un viaggio lungo.

«Mi chiedo chi di noi ha disturbato l'altro?» disse sarcastico Cleveley, mettendosi i guanti. «Sfortunatamente, non posso restare per scoprirlo. Quindi, se volete scusarmi…»

«Avete preso l'abitudine di disturbare questa vedova, Vostra Grazia?»

Il duca sollevò le sopracciglia castane che ingrigivano. «Posso chiedere che cosa suscita una tale domanda inaspettata?»

I muscoli intorno alla bocca di Alec si indurirono al sorriso che accompagnò il commento del duca. «La signora Jamison-Lewis e io siamo fidanzati.»

«Davvero?» disse il duca, senza la minima sorpresa. «Ho avuto la viva impressione che la signora Jamison-Lewis fosse indecisa. Ora, dovete scusarmi. I cavalli…»

Con un movimento brusco, causato da un'intensa gelosia, Alec tese il bottone che apparteneva alla livrea dei Cleveley verso il duca. «Credo che questo sia vostro, duca.»

Sua grazia tenne il bottoncino tra il pollice e l'indice, alla luce di un candelabro sulla mensola del camino. «Davvero?»

«Il bottone fa parte della vostra livrea, no?»

Il duca sbatté gli occhi. «Chiedo scusa?»

«Pensavo che forse avreste potuto dirmi come mai due dei vostri servitori in livrea si sono trovati coinvolti in una colluttazione in un vicolo, accanto al caffè *Stock and Buckle*.»

Il duca rimase impassibile.

«Non vi siete chiesto come mai mio zio non abbia partecipato alla votazione ai Comuni, ieri?»

«Non è mia abitudine preoccuparmi di dove sia Plantagenet Halsey.» Disse freddamente il duca, senza più nemmeno una parvenza di cortesia.

«Se mio zio avesse fatto il suo discorso di condanna della proposta di legge Bristol, avrebbe forse potuto persuadere più di un membro a votarle contro. Ci sono state parecchie astensioni, come sapete. La proposta è passata con un margine strettissimo di voti.»

Il duca era incredulo. «Le farneticazioni emotive di Plantagenet Halsey non avrebbero fatto la benché minima differenza sul risultato del voto.» Arricciò le labbra, disgustato. «Il suo discorso avrebbe solo ritardato la procedura, un'abitudine irritante che ha fatto sua.»

«Mio zio è stato picchiato fino a renderlo incosciente. Ha la testa avvolta da bende.»

Il duca si rannuvolò. Fissò nuovamente il bottone nel palmo della mano guantata e poi Alec. Sembrava chiedere altre spiegazioni.

«È corso in aiuto di un gentiluomo che era stato aggredito da due dei vostri servitori in livrea e, per quello, è stato picchiato anche lui.»

Il duca fissò arcigno Alec. «Chi era questo tipo?»

«Forse dovreste chiederlo ai vostri servitori, duca.»

«Voi pensate che *io* userei i miei servitori per mettere in atto una tattica simile?»

«Non lo avrei mai pensato» rispose Alec, con notevole compostezza. «Comunque, quando si arriva al punto di dover proteggere il proprio orgoglio a spese della decenza e dell'onestà…»

«Come vi permettete» sibilò il duca, facendo un passo avanti, con il volto livido per l'indignazione. «Voi-*voi*… Avete la sfrontatezza di-di… Siete ubriaco?»

«Negate di avere mandato Weir a chiedere il mio aiuto in vostro favore?»

La rabbia del duca divenne confusione. «In mio favore? *Weir?*»

«Una faccenduola riguardante il deplorevole passato del vostro figliastro, Vostra Grazia» dichiarò Alec, con pericolosa esagerata cortesia.

«Weir vi ha avvicinato riguardo alla condotta di *George?*» La confusione del duca si trasformò in impazienza quando il suo valletto entrò nella stanza senza farsi annunciare e indicò la finestra con uno scatto della testa. «Non ho idea di che cosa stiate blaterando.» Consegnò una pergamena sigillata a Molyneux. «Fatela consegnare alla signora Jamison-Lewis.»

Alec decise di cambiare tattica, perché cominciava a chiedersi se il duca fosse effettivamente informato del comportamento violento dei suoi servitori o, addirittura, della visita di Weir. O così o quell'uomo era un attore nato. «Forse Vostra Grazia potrebbe dirmi che cosa pensa della possibilità che il reverendo Blackwell sia stato avvelenato?»

Ci fu una brevissima pausa prima che il duca rispondesse, ma non fu la sua esitazione che convinse Alec che Cleveley la considerava una possibilità molto reale, quanto il modo in cui il suo valletto, Molyneux, trasalì e guardò velocemente il suo padrone, come per dire, *ve l'avevo detto.*

«Blackwell ha avuto un attacco di cuore...»

«... e ha lasciato la sua considerevole fortuna a una certa Catherine Bourdon» lo interruppe Alec. «Vostra Grazia è uno dei firmatari del suo testamento.»

Il duca non cercò di negarlo e fu evidente che per un attimo era rimasto sbalordito, che Alec conoscesse il contenuto del testamento del vicario defunto. Si riprese in fretta, comunque, dicendo con gelida compostezza: «Un uomo può fare tutti i testamenti che vuole.»

«Testamenti?» ripeté Alec. «Aveva fatto un altro testamento, in precedenza?»

Il duca si irrigidì. «Non è di per sé una circostanza tanto inconsueta.»

«Effettivamente no. Ciò che è inconsueto è che Blackwell sia morto il giorno dopo aver fatto questo testamento, il suo ultimo. Questo testamento era in possesso del gentiluomo che è stato abbordato da due dei vostri servitori in livrea. Mio zio è andato in suo aiuto e, nella *mêlée*, gli hanno ficcato in tasca il testamento di Blackwell, che è ora in mio possesso e che intendo sia rimesso nelle mani dell'avvocato di Blackwell, Thaddeus Fanshave. Sembrate sorpreso, Vostra Grazia...»

Alec lasciò in sospeso la frase e il duca sembrò sul punto di parlare, finché il pesante silenzio fu infranto dal valletto Molyneux, che continuava ad aspettare accanto al suo padrone.

«I cavalli, Vostra Grazia…»

A quel punto il duca girò sui tacchi, dicendo: «Come potete ben capire, Halsey, non posso permettere ai cavalli di restare fermi in strada un momento di più. Mi vedo obbligato a partire immediatamente per il Somerset.»

Alec, che aveva fatto scorrere lo sguardo dal volto sfigurato del valletto alla lettera che aveva in mano, smaniando dalla voglia di conoscerne il contenuto, alzò in fretta gli occhi. Ebbe un lampo di comprensione. «Somerset?» Seguì padrone e servitore fuori sul pianerottolo dove, in fondo allo scalone ricurvo, il maggiordomo e un cameriere aspettavano pazientemente, con il cappotto e la spada del duca. «Andate a occuparvi direttamente di Catherine Bourdon, duca?» disse con insolenza voluta. «Una saggia decisione. Lord Russell sarebbe un genitore contro natura, se permettesse a sua figlia di maritarsi in una famiglia che condona la rovina e l'abbandono di una giovane donna di buona famiglia.»

Se Alec aveva sperato di spingere il duca a dargli una risposta senza riflettere, ottenne molto di più quando il duca barcollò e si voltò a metà; sembrava che stesse per svenire, tanto era pallido. La bocca e il collo erano tesi, e una mano era stretta tanto forte alla balaustra che ogni nocca era evidente attraverso il guanto nero. Lo statista consumato, famoso per il suo sangue freddo, stava tenendo strettamente a freno il genitore sconvolto ed esasperato, solo grazie alla sua forza d'animo. Non fu difficile per Alec provare simpatia per un genitore che doveva chiamare figlio lord George.

Molyneux si precipitò giù dalla scala a due gradini per volta, e strappò il cappotto e la spada del suo padrone delle mani dello stupefatto maggiordomo e le tese al duca, che scese lentamente le scale dietro al suo servitore, tenendosi ancora stretto alla balaustra. Molyneux lo aiutò a infilarsi il cappotto con tutta la cura e la sollecitudine dei suoi vent'anni di devoto servizio, ma dando la sensazione di volersi togliere con urgenza dagli occhi curiosi degli estranei. Il valletto non riuscì a impedirsi di guardare Alec con una tale aria di disprezzo, che fu evidente che era al corrente della situazione cui alludeva Alec, anche se il suo padrone non riusciva a parlarne. Ma avrebbe dovuto parlarne, decise Alec, seguendo padrone e servitore nella vasta distesa di marmo bianco e nero del foyer e cercando ancora di ottenere una confessione dal duca.

«Se è stata commessa una terribile ingiustizia, come potete voltare le spalle…?»

Il duca si schiarì rumorosamente la gola. «Qualunque cosa vi sia stata detta,» disse con la voce roca, «siete stato straordinariamente male informato.»

«È così, Vostra Grazia?» rispose scettico Alec e abbassò la voce, in modo da non farsi sentire dai servitori curiosi, che si erano ritirati in fondo al foyer lasciando solo il portiere, che teneva aperta per loro la pesante porta d'ingresso. «Un vicario ritenuto senza soldi potrebbe essere stato ucciso. Come si è poi scoperto, era il figlio di un visconte. Ha lasciato una considerevole fortuna, assegnata a una certa Catherine Bourdon di Ellick Farm, nel Somerset. Sarebbe presuntuoso da parte mia presumere che questa donna sia la stessa ragazza che è stata sedotta, messa incinta e abbandonata cinque anni fa…»

«Questa faccenda non vi riguarda! Non impicciatevi!»

«Mi è stata confidata una terribile ingiustizia e quindi sono coinvolto. Non posso trascurarla così facilmente; non senza una buona ragione, se è la verità.»

Il duca guardò la carrozza in attesa attraverso la porta aperta e allungò il collo nella cravatta di finissimo pizzo. Sul volto aveva un'espressione vuota. Gli occhi erano impassibili. «Non interferite in faccende di cui non sapete niente, Halsey.» E, sussurrando vicino all'orecchio di Alec: «C'è in ballo il futuro del nome dei Cleveley.»

⚭

«EVITARE SUA SIGNORIA NON AIUTERÀ PER NIENTE» PREDICÒ Evans, con una pila di calze di seta appena lavate stretta al petto magro, mentre seguiva Selina Jamison-Lewis dal calore del confortevole salottino verso la vasta camera da letto. Mise le calze in un baule di legno aperto, in mezzo alla stanza, che già conteneva abiti accuratamente piegati, e fece cenno a due camerieri in attesa di venire avanti. I muscolosi servitori chiusero a chiave il baule e lo portarono verso la carrozza da viaggio. «Dovreste dirgli la verità» aggiunse, mentre proseguiva verso lo spogliatoio ingombro. Raccolse un paio di scarpine di seta scartate. «Il signor Halsey… Voglio dire lord Halsey, non mi abituerò mai a chiamarlo così, sua signoria capirebbe.»

«Nemmeno lui è abituato a quel titolo» mormorò Selina, mentre Evans sganciava la pettorina e scioglieva i nastri di seta che le fermavano le sottogonne. Scavalcò la pesante sottana di velluto e si sedette al tavolino da toletta dorato con il corsetto e la sottoveste, per togliersi le giarrettiere e le calze di seta bianca. «I bauli del signor Vesey sono stati caricati sulla carrozza?»

«Sì, milady.» E non riuscendo a tacere, mentre raccoglieva le gonne e le calze scartate, aggiunse: «Sua signoria ha *diritto* a conoscere la verità.»

A quella dichiarazione impertinente, Selina fissò la sua cameriera, momentaneamente ammutolita dalla rabbia. «Se ritenete di non poter convivere con la mia decisione, siete libera di an...»

«No! Non potrei mai lasciarvi» rispose in fretta Evans. «Come potete pensarlo, in un momento simile; in *qualunque* momento?»

«Allora tenete per voi i vostri principi puritani, Mary» le ordinò Selina, anche se si sentiva male per la disperazione tutte le volte che pensava a che cosa si era sentita costretta a fare durante il suo detestabile matrimonio e come le conseguenze delle sue azioni ora l'avrebbero perseguitata per il resto della sua vita. «Aiutatemi a vestirmi e poi potrete continuare a preparare i bagagli» aggiunse sommessamente, mentre srotolava le calze bianche pulite sopra le ginocchia e le fermava con le giarrettiere di seta. «Voglio mettermi in viaggio prima di pranzo.»

Evans annuì e distolse lo sguardo, prima che Selina vedesse le lacrime di tristezza nei suoi occhi. Versando acqua fragrante in un ampio catino di ceramica sul tavolo da toletta, chiese in tono leggero: «Posso chiedervi se... se il vostro incontro con Sua Grazia è andato bene...?»

«Sì, meglio di quanto mi aspettassi. Ho affittato questa mostruosità di marmo a un ricco industriale del Lancashire. Lui e sua moglie hanno sei femmine e tre maschi.»

«Dio sia lodato!» Evans sospirò di sollievo, aiutando Selina a indossare l'abito pulito, prima di legare il nastro con due tasche attaccate intorno alla vita sottile della sua padrona. Si sentì grattare alla porta esterna ed Evans andò ad aprire in silenzio, come camminando su un cuscino d'aria, sapendo che i loro giorni tra quelle orribili mura erano contati. Detestava quel palazzo. Era stato il regno di un mostro, che aveva reso miserabile la vita della sua cara Selina per sei lunghi anni. Forse ora avrebbero potuto mettersi per sempre alle spalle quei terribili ricordi...

Selina scomparve dietro il paravento per finire di vestirsi.

Drappeggiati sullo schienale di una sedia dall'aspetto fragile c'erano un abito da viaggio in seta del blu più scuro e una pettorina in tinta, delicatamente ricamata con rametti di fiori, alla cinese, con i colori così scuri da poter facilmente passare per il nero del lutto, scarpe di seta in tinta a completare l'abito. Non vedeva l'ora di passare un mese nel Somerset con Miranda e Sophie. Se solo il dipinto di suo fratello non fosse stato vandalizzato... Chi mai aveva potuto distruggere in modo così orribile un innocuo dipinto? E di un pittore altrettanto innocuo. Non c'era un grammo di cattiveria in Talgarth.

Erano tornati a casa in silenzio, dopo la mostra, suo fratello tra le sue braccia, e nessuno dei due aveva parlato dell'insensata distruzione del suo bel dipinto: lei era incapace di trovare parole di conforto adeguate. Lui era sembrato stare così male che Selina voleva chiamare un medico, ma Talgarth aveva rifiutato ed era andato direttamente nelle sue stanze, chiedendo di restare da solo con la sua desolazione, e si era chiuso dentro. Lei sapeva che avrebbe affrontato il dolore a modo suo, allo stesso modo in cui aveva affrontato i maltrattamenti fisici e mentali che gli aveva inflitto il loro rigido e prepotente padre.

Un generale pluridecorato, il loro padre non aveva mai capito le inclinazioni artistiche del figlio minore e lo aveva fatto battere fino a perdere i sensi ogni settimana fin dall'età di sette anni, credendo che le punizioni fisiche avrebbero costretto Talgarth ad adeguarsi. Talgarth non si era adeguato. Né era diventato un ufficiale dell'esercito, come si aspettava la famiglia. Gli anni di abuso l'avevano trasformato in un tossicodipendente. Era l'attendente del generale che gli forniva segretamente l'oppio; un soldato di fanteria che aveva servito in estremo oriente ed era lui stesso schiavo dell'oppio. A Selina non era sfuggita l'ironia.

La porta dello spogliatoio si aprì con un cigolio, distogliendo Selina dalle sue riflessioni. Si rese conto che Evans non era lì ad aiutarla a completare la sua toletta. Come diavolo credeva che riuscisse a infilarsi da sola l'abito, tanto meno ad appuntarsi la pettorina? Il passo leggero, misurato, attraverso i pavimenti lucidi e poi sul tappeto orientale, non apparteneva alla sua cameriera, né l'ugualmente misurata e profonda voce maschile.

«Come sta vostro fratello?»

La domanda era abbastanza semplice. Ma fece restare Selina immobile, col cuore che batteva forte contro le costole. Dopo un silenzio che sembrò durare minuti, e credendo che le orecchie l'avessero tradita, sporse la testa dal paravento. E Alec era lì, appollaiato sul sedile sotto la finestra, con il suo bel profilo spigoloso e il naso sottile, alla luce del giorno, e sembrava interessarsi al traffico, che correva rumoroso lungo i ciottoli nella piazza di sotto. Selina si ritirò di nuovo dietro il paravento e si infilò in fretta nel vestito, maledicendo la sua cameriera dalle idee romantiche.

«Sta affrontando la faccenda a modo suo» rispose Selina con calma, anche se avrebbe voluto gettarsi tra le sue braccia e dirgli quanto le era mancato, da quando si erano lasciati in modo acrimonioso a Parigi. Lisciò le strette maniche di satin lungo le braccia e ai gomiti, e fece del suo meglio per rendere vaporosi i volant di pizzo che ricadevano dai gomiti verso i polsi. Ma non c'era modo di appuntare senza aiuto la pettorina sul davanti del corsetto. Imprecò sottovoce, perché Evans aveva osato abbandonarla e perché la presenza di Alec aveva il potere di farle tremare le mani.

«Avete parlato con lui?» si informò Alec.

«No, ma avremo parecchio tempo per farlo, rinchiusi nella mia carrozza. Il viaggio verso ovest è talmente noioso.»

Alec sorrise, sapendo che non le piaceva viaggiare.

«Avete idea del perché qualcuno volesse distruggere uno dei dipinti di vostro fratello, in un posto così pubblico?»

«Assolutamente no.» Dov'era Evans? La presenza della sua cameriera era assolutamente necessaria e avrebbe impedito qualunque conversazione intima. Anche se quell'idea sembrava assurda, visto il corso della conversazione di Alec. Era come se avesse completamente dimenticato il loro disaccordo di Parigi. Ma l'aveva perdonata? «Anche se devo ammettere che ci sono state parecchie occasioni, una in particolare, in cui mio fratello ha mostrato un'irascibilità decisamente spiacevole.»

«Forse durante uno degli episodi di volontaria astinenza?»

Ci fu un silenzio prolungato e poi Selina rispose riluttante da dietro il paravento, con la voce appena sopra un sussurro. «Sì, ma non c'è mai riuscito e quegli episodi, grazie al cielo, durano poco.»

Alec si allontanò dalla finestra. «Dicono che il ritratto possa essere stato rovinato come avvertimento per vostro fratello.»

La testa di Selina sporse ancora, con i capelli un po' più in disordine di prima. «Avvertimento? Perché?»

«Per far smettere le minacce di Talgarth di denunciare un crimine commesso contro la modella.»

A quel punto, Selina uscì da dietro il paravento. Camminò in punta di piedi sul tappeto con solo le calze, la massa di capelli color albicocca senza forcine che le ricadeva liberamente sulle bianche spalle nude. Stava facendo del suo meglio per tenere i lembi anteriori dell'abito di satin uniti sopra il corsetto dalla profonda scollatura, cercando di mantenere premuta la pettorina con la mano sinistra, dove avrebbe dovuto essere agganciata, e fallendo miseramente.

Alec sorrise, guardandola mentre si sforzava di tenere la pettorina nera, (o era blu?) ricamata alla cinese premuta sopra il seno pieno. Era assolutamente incapace di vestirsi da sola, ma quale donna dell'aristocrazia non lo era? L'abbigliamento femminile non era fatto per essere indossato facilmente, o per muoversi liberamente se era per quello, ed era dettato dai capricci della moda; una protezione come un'altra: difficile da togliere come da mettere.

Selina continuava ad avere un'espressione sorpresa: «Un crimine? Contro la *modella*?»

«Potrei sapere chi ha posato per vostro fratello, per quel ritratto?» chiese, avvicinandosi per aiutarla. La voltò perché lo guardasse diritto in faccia, le prese la pettorina e procedette a fissare questo pezzo rigido di tessuto dai ricami preziosi, agganciando al corsetto i passanti ai lati della pettorina.

«Non vedo perché...?»

«Lo capirete, a tempo debito» le disse gentilmente, alzando gli occhi da quello che stava facendo. «Il ritratto era la figura intera di una donna con una bambina piccola, vero?»

Selina scrollò le spalle, cercando di sembrare disinteressata. «Miranda. Si chiama Miranda. Ha posato per Tal quando è tornato dal continente, circa un anno fa.»

Alec rimase in silenzio per un po', controllando la posizione della pettorina di seta sul seno e se era ben liscia, sopra metri di seta raccolti in vita. Le sue lunghe dita sfiorarono la spalla sinistra nuda e poi il seno, mentre infilava delicatamente il grazioso pizzo della sottoveste sotto il bordo quadrato del corsetto ricamato. Alla gola di Selina apparvero delle macchie di colore. C'era qualcosa di molto intimo nella sua vicinanza e nella sensazione delle sue dita sulla pelle, nonostante l'approccio diretto di Alec. Le fece alzare gli occhi scuri dalle pieghe elaborate della sua semplice lavallière bianca, verso il mento ben rasato, e poi osò alzarli ancora, verso gli occhi azzurri ma, come si aspettava, era concentrato su quello che stava facendo. Questo non impedì al colore di diffondersi dalla gola su verso le guance, che si colorarono.

«Miranda?» ripeté, mentre continuava a spingere gentilmente i passanti della pettorina sotto le pieghe della seta. «E il nome della bambina?»

«Sophie: la figlia di Miranda.» Selina lo guardò attraverso le lunghe ciglia. «Posso dare il benservito a Evans?» gli chiese con impertinenza.

Alec accennò un sorriso mentre si allontanava, prima che le dita di Selina potessero accarezzargli la guancia. «La vera bravura sta nello svestire, milady. Quanti anni aveva Miranda, quando ha dato alla luce Sophie?»

«Quindici, più o meno» rispose meccanicamente Selina, chiedendosi perché avesse deciso di allontanarsi da lei, tornando alla panchetta sotto la finestra. Tornò al tavolo di toletta e colse la smorfia di disgusto di Alec nel riflesso dello specchio. «Non è insolito per le ragazze essere maritate al miglior offerente in giovane età» disse, realista, Selina. «Specialmente le figlie dell'aristocrazia. Dopo tutto, per i nostri genitori siamo solo merce, da portare al mercato matrimoniale appena possibile dopo le prime perdite di sangue, per assicurarsi che catturiamo un marito ricco e titolato.»

Alec sorrise nascondendo il suo disagio, sapendo che era esattamente quello che era successo a lei. «Eppure, non credo che Miranda sia stata venduta al miglior offerente sul mercato del matrimonio, no? La piccola Sophie è il prodotto di qualcosa di più volgare di un matrimonio programmato per avvantaggiare i genitori.»

Selina non poté negarlo. «Miranda non è stata messa *all'asta*. È scappata di casa, negando ai suoi genitori la soddisfazione di farla sfilare davanti alla società.»

«Sapete perché è scappata?»

«Non poteva certo restare, viste le sue condizioni» spiegò brusca Selina. «Sono sorpresa che sia riuscita a nascondere la sua gravidanza tanto a lungo, perché è una cosina sottile, ma con le gonne col cerchio e un buon corsetto…»

«L'hanno messa incinta mentre era ancora a scuola?» la interruppe Alec, incredulo. «Presumevo che le governanti fossero migliori di qualunque secondino di Newgate. Ve l'ha raccontato lei?»

«L'ho capito da sola. Miranda non dà volontariamente informazioni sulla sua vita precedente. Per essere una ragazza così giovane, è molto cauta.»

«Non ha mai parlato della sua famiglia o dei suoi amici?»

«No. Cioè, io non ho mai chiesto. Ho ritenuto che desiderasse mettersi il passato alle spalle e ricominciare da capo.»

«Se avesse desiderato mettersi il passato alle spalle, avrebbe facilmente potuto cambiare nome per adattarlo alla sua nuova vita, no?»

«Forse.»

«Dov'è andata, quando è scappata da casa? A Ellick Farm? È lì che ha dato alla luce Sophie?»

«No, è sparita nei bassifondi qui in città ed è arrivata alla mia porta quando Sophie aveva solo qualche settimana e con una lettera di presentazione del prete della sua parrocchia…»

«Prete della parrocchia? Avete ancora la lettera? Ricordate il nome del prete?»

Selina guardò il riflesso di Alec con un'espressione pensierosa. «La lettera potrebbe essere ancora tra le mie carte a Ellick Farm. Per quanto riguarda il nome del prete o della parrocchia... Sono passati quasi cinque anni... Non ricordo... Non sembrava importante, allora. Quello che ricordo è la mia sorpresa che questa bella ragazza e la sua bambina venissero da un posto così orribile. Non c'era bisogno di fare l'ovvia domanda su perché stesse vivendo nei bassifondi, e a me non importava proprio niente. Ero solo contenta che il suo vicario avesse avuto il buonsenso di mandare lei e la bambina in campagna.» I suoi occhi scuri si spalancarono, quando vide le sopracciglia di Alec che si inarcavano. «Buon Dio! Pensate che quel pover'uomo che è morto alla cena di Charles Weir e il vicario di Miranda siano la stessa persona? Ma non sarebbe una coincidenza troppo strana?»

«No, se considerate che il reverendo Blackwell, in realtà, era un uomo molto ricco, che ha lasciato la sua intera fortuna a una certa Catherine Bourdon, che ritengo sia probabilmente la vostra Miranda.»

«Davvero? Com'è affascinante! Allora, il vicario e Miranda erano imparentati?»

«È possibile.» Alec si allontanò dalla finestra. «Vi siete mai chiesta perché madre e figlia siano state mandate a Ellick Farm?»

«Sì, ovviamente. Ma le mie visite annuali a Ellick Farm sono sempre state un periodo per dimenticare le mie... preoccupazioni... Pensavo che Miranda non avesse nessuna voglia che io ficcassi il naso nel suo passato. Che volesse dimenticare...»

«E l'identità del padre di Sophie?» Quando Selina scosse la testa e cominciò a spazzolare i lunghi capelli per toglierne i nodi, con le labbra serrate, Alec aggiunse pazientemente: «Lo chiedo nella speranza che l'informazione che mi è stata confidata possa dimostrarsi falsa.»

«Informazione?»

Alec abbassò gli occhi sulle scarpe di pelle nera con le grandi fibbie d'argento. «Pensate che sia possibile che Miranda sia stata sedotta, forse violentata, nella sua stessa casa? Che sia fuggita, per paura che non avrebbero creduto alla violenza?»

«Violentata?» Selina si fermò a metà di un colpo di spazzola e fissò Alec, che sostenne il suo sguardo con un piccolo sorriso comprensivo. Era un argomento doloroso per entrambi. Il marito di Selina l'aveva ripetutamente violentata, nel corso dei loro sei anni di matrimonio. Ma in un matrimonio non era chiamato così, né era considerato stupro, quando un marito prendeva a una moglie riluttante quello che era suo di diritto. «Pensavo… Presumevo che fosse una relazione illecita.»

«Che cosa dovevate pensare quando è scappata da casa sua incinta? E non ha certo giovato alla sua causa mantenere il silenzio sulla faccenda.»

«Chi l'avrebbe creduta?» rispose sommessamente Selina, con le guance che erano diventate bianche come il marmo. «Quella povera bambina. *Violentata*. Messa incinta dal suo tormentatore… Mettere al mondo la prole mostruosa…» Rabbrividì, fissando il proprio riflesso senza realmente vedersi. «*Impossibile*.» Quando si riprese, trovò Alec che la fissava intensamente. Le fece dire aspramente: «Chi ve l'ha confidato?»

«Sir Charles Weir.»

Gli occhi scuri di Selina si strinsero. «Weir? Come potrebbe quel parassita conoscere dettagli così intimi di una ragazza che non ha mai incontrato?»

Alec fece il suo sorriso sghembo. «Come fate a sapere che non si sono mai incontrati? L'informazione che mi ha dato Charles mi porta a supporre che in realtà conosca lei e la sua famiglia. Vedete, Charles mi ha confidato che ricattano il figlio adottivo del suo illustre mentore, perché è lui che ha violentato e messo incinta Miranda.»

«*George Stanton*?» L'idea era così rivoltante che Selina si strinse nelle spalle per il disgusto. Eppure, doveva ammettere che ci poteva essere un fondo di verità nell'affermazione. Dopo tutto, come segretario del duca, Weir avrebbe goduto di un mucchio di confidenze. Non solo aveva coltivato il duca ma era stato intimo della duchessa e, di conseguenza, di quel buono a nulla di suo figlio. «Ma perché Weir avrebbe cercato il *vostro* aiuto?»

Alec fece un giro nella stanza. «Nella malriposta convinzione che, in qualche modo, io possa porre fine al ricatto. Vuole che recuperi la lettera che lord George ha scritto a Miranda, nella quale ammette di essere il padre della sua bambina.»

«E perché Weir ritiene che aiutereste Stanton a uscire dalle sue difficoltà?»

«Charles spera che io possa influenzare voi, perché possiate mettere fine al ricatto.»

«Io? Perché? Chi sta ricattando lord George?»

«Secondo Weir è Talgarth.»

Selina si fermò di nuovo a metà colpo di spazzola. «*Talgarth*? Ricattare *lord George Stanton*? Ma che prove ha per fare un'accusa così ridicola a mio fratello?»

«Charles dice che Talgarth minaccia di denunciare lo stupro di lord George al mondo, se Miranda non viene adeguatamente ricompensata per le sue sofferenze» spiegò Alec, prendendole gentilmente di mano la spazzola e posandola, una mano tra i suoi capelli morbidi. «Dice che Stanton è in possesso delle lettere di minaccia scritte di suo pugno da vostro fratello.»

«Lettere? Scritte da *Tal*?» disse Selina notevolmente sorpresa ma sembrava sorprendentemente calma, vista la serietà dell'accusa. «Vi ha mostrato le lettere?»

«No. Weir mi ha parlato della loro esistenza.»

«Weir ha visto le lettere?»

«Presumo di sì, altrimenti non mi avrebbe avvicinato con quella confidenza. Pensate sia possibile che Miranda abbia confessato il suo passato a vostro fratello e che lui si sia assunto il compito di farsi paladino della sua causa?»

«Oh, è proprio il tipo di cosa che farebbe Tal, specialmente per Miranda» rispose Selina, cercando di sembrare indifferente, mentre le lunghe dita di Alec affondavano tra i suoi riccioli e i polpastrelli accarezzavano la pelle nuda sulla nuca. «È innamorato di lei dalla prima volta che l'ha vista a Ellick Farm.»

«E quando è successo?»

«Un anno fa, al suo ritorno da Firenze.»

«Vive alla fattoria con Miranda?»

«No, lei e Sophie vivono là da sole. Tal ha uno studio a Bath, ma dalle lettere di Miranda so che le fa visita regolarmente.»

«Allora, forse, in una di queste visite Miranda si è confidata con lui...»

«Non lo so... Quello che so è che Tal non è in grado di scrivere lettere, minatorie o altro...»

«Davvero...?» mormorò Alec, distratto dal piacevole, onnipresente profumo di gigli dei suoi capelli. Scostò da una spalla le lunghe ciocche e si chinò per baciarla lì. «Quattro dannati mesi di astinenza» mormorò. «È questo che volete?»

Volere? Era passato appena un mese, da quando avevano fatto l'amore. Eppure, quell'ultima notte di passione sfrenata, cominciata sul tavolo della sala da pranzo, continuata sulla chaise longue in salotto e culminata sul tappeto davanti al camino in camera, costringendo il paziente padrone di casa a picchiare il pugno contro le sottili pareti, in una protesta gallica, era, per Selina, una vita fa. Ovviamente, non era quello che *voleva*.

Si voltò sullo sgabello del tavolo da toletta per guardarlo in volto,

con le braccia intorno al collo di Alec, le labbra aperte, che aspettavano che i baci proseguissero fino alla bocca. Sapeva di non possedere
la volontà divina per resistere a quest'uomo, che amava più di ogni
altro. Eppure, la vocina insistente della sua coscienza la rimproverava,
perché le mancava la fibra morale per negarsi la gratificazione terrena
(dopo tutto, era lei che aveva preteso di mettere fine alla loro relazione
finché fosse finito il lutto) e per avere una tale presunzione.

Era acutamente conscia che, dopo un passato punteggiato di una
successione di amanti, i profondi bisogni fisici di Alec ora erano rivolti
unicamente a lei; che amava solo lei e voleva che fosse sua moglie.
Eppure, saperlo la rendeva solo più infelice perché non aveva il diritto
a quel trionfo, quando avrebbe significato vivere una menzogna e rovinargli il futuro. Doveva negare a se stessa e a lui qualunque altra
espressione fisica dei loro sentimenti e impegni, finché avesse trovato
la forza di dirgli la verità. Quindi, si staccò dal suo abbraccio, prima
che il desiderio appassionato avesse la meglio su entrambi.

«Perdonatemi» sussurrò, ricadendo sullo sgabello, con una mano
sulla bocca tremante. Abbassò lo sguardo sulla confusione di barattoli
di cristallo e gingilli che ricoprivano la superficie della toletta. «Non
volevo che succedesse…»

Ci fu un lungo silenzio imbarazzato tra di loro. Poi Alec parlò e
con una voce così alterata che Selina rabbrividì senza volerlo. Rubò
un'occhiata al suo riflesso nello specchio e desiderò non averlo fatto. Il
bel volto di Alec era teso e nei suoi occhi azzurri era evidente una
rabbia confusa.

«Mi sto prendendo in giro da solo, signora?» disse freddamente,
con l'acuta, insopportabile sofferenza del desiderio frustrato che dava
alla sua voce normalmente pacata un'insolita durezza. Quando Selina
restò muta, digrignò i denti e poi si lasciò sfuggire una sbuffata
furiosa. «Cristo, Selina. Sarei rimasto un monaco per tutti i dodici
mesi del vostro lutto, se avesse voluto dire che alla fine del lutto ci
saremmo sposati. Poi, senza preavviso, mi avete convocato a Parigi.
Non ci ho pensato due volte, prima di correre tra le vostre braccia,
lieto di fare a meno di questa ridicola sciarada, credendo che avremmo
finalmente potuto continuare con le nostre vite. Una settimana di
piacere reciproco, e voi decidete che per il *mio* interesse è meglio se
restiamo separati?» Si fermò per respirare a fondo, con gli occhi azzurri
che non smettevano di fissare il suo riflesso pallido. «Che cosa voleva
dire quella settimana? Se mi avete mandato a chiamare per soddisfare
il vostro *prurito*, sarebbe stato meglio trovare un cicisbeo parigino! O
forse mi ritenete incapace di fedeltà e mi avete convocato prima che

impazzissi di desiderio e finissi nel primo bordello disponibile per placare le mie voglie?»

«Avete veramente una bassa opinione dei miei pensieri, signore» disse Selina a voce bassa.

«Oh, non è che mi stia veramente lamentando» disse Alec, con una leggerezza che nascondeva una furiosa confusione. «La nostra settimana di sesso è ben valsa i precedenti mesi di astinenza.» Fece un altro giro della stanza e qualcosa sulla mensola del camino colse il suo sguardo. Era una lettera aperta, appoggiata a un vaso di Sèvres. Istintivamente, seppe che era il biglietto di Cleveley. Il bacio presuntuoso del duca e la compiaciuta sicurezza di sapere che cosa pensava Selina lo colpirono sul vivo, tanto da fargli replicare: «Ma forse è il vostro caro amico, il duca, che ora si avvale del vostro considerevole fascino?»

Davanti a quella domanda oltraggiosa e completamente ingiustificata, Selina non rimase di pietra e si alzò in piedi davanti a lui, con le mani che afferravano rabbiose i metri di seta delle sue sottane. «La mia reputazione è caduta tanto in basso nella vostra stima che mi credete capace di fare l'amore con chiunque, solo perché mi sono data così facilmente a voi?»

Alec fu immediatamente contrito.

«Selina, io...»

«Non c'è mai stato un altro uomo... Non ho mai diviso *volontariamente* il letto di mio marito, e lo sapete bene, solo voi.»

Alec distolse gli occhi e fissò senza vedere la stanza ingombra. «È stato imperdonabile da parte mia. Sì, lo so.» Eppure, non riuscì a impedirsi di dare voce al dubbio che lo assillava, mentre riportava lo sguardo sul volto arrossato di Selina. «Ma mi chiedo che influenza abbia Sua Grazia di Cleveley su di voi?»

Dannazione ai saggi consigli di Cleveley, pensò rabbiosamente Selina. «Tengo in alta considerazione la sua opinione» dichiarò freddamente, alzando coraggiosamente gli occhi su di lui.

Alec alzò un sopracciglio.

«Intendete dire che siete pronta a subire la sua influenza a detrimento della nostra futura felicità?» E quando Selina voltò la testa, mordendosi il labbro inferiore, seppe che era così. Bene, almeno ora sapeva chi aveva contro. Ora era questione di scoprire quali erano gli argomenti di persuasione del duca, e dovevano essere ottimi, per influenzare Selina, che non era certo una sciocca. «Dato che lo conoscete meglio di me, forse potete dirmi fino a che punto arriverebbe Cleveley, per assicurarsi che il futuro del suo figliastro non sia rovinato da un vecchio atto di folle lussuria.»

«Cleveley? Coprire lord George?» E anche se Selina sembrava poco convinta, privatamente doveva ammettere che essendo lord George l'erede designato del duca, Cleveley avrebbe fatto tutto quello che era in suo potere per proteggerlo. Era un pensiero deprimente, che non espresse a voce alta.

Alec prese il suo silenzio come testarda incredulità.

«Nonostante la fiducia che avete in lui, non posso escludere il coinvolgimento di Cleveley nel nascondere il comportamento spregevole del suo figliastro. Quando ho offerto a Sua Grazia l'opportunità di negare lo stupro, la conseguente gravidanza e l'abbandono di Catherine Bourdon, mi ha offerto la soddisfazione di dirmi che stava partendo per il Somerset...»

«La sua tenuta è nel Somerset» lo interruppe Selina, sulla difensiva.

«... e che ogni interferenza da parte mia avrebbe messo in pericolo il nome dei Cleveley.»

«Ha detto così?» chiese retoricamente Selina, sapendo che Alec non le avrebbe mai mentito, per quanti pregiudizi dettati dalla gelosia avesse nei confronti del duca. «Allora è un bene che Tal e io siamo a meno di mezza giornata di distanza da lui. Partiamo oggi per Ellick Farm. Miranda avrà più che mai bisogno del nostro sostegno, se effettivamente quello che vi ha detto Weir è vero. Anche se...» I suoi occhi scuri assunsero un'espressione pensierosa e prese il biglietto del duca dalla mensola. «Questo è il mio invito annuale al ballo di San Michele a Bratton Dene, la tenuta del duca. Sono invitati tutti i proprietari terrieri della zona. Ellick Farm, la fattoria dove vivono Miranda e Sophie, è nella tenuta del duca, si vede dalla torretta est di Bratton Dene e quest'anno mi ha specificatamente chiesto di portare anche Tal. Gli è stato commissionato un ritratto ufficiale del duca. Perché dare a Tal una commessa così lucrativa e importante, se pensava che il mio fratellino stesse ricattando lord George?»

«Siete un'affittuaria del duca?» chiese Alec, l'irritazione e la sorpresa che oscuravano la domanda pertinente e il fatto che stava per dire la stessa cosa.

«Sì. Mi ha affittato la fattoria a vita. Un *buen ritiro*, ha detto, un posto dove potevo allontanarmi da J-L.»

Alec fece un sorrisino. «Un bello stratagemma. Vostro marito non avrebbe mai osato sconfinare nelle terre del *grand'uomo*.»

Selina si lasciò cadere sul sedile sotto la finestra, con le gonne che si gonfiavano intorno a lei, e mise le mani in grembo. «Non avete il diritto di prendervi gioco di lui per avermi fornito l'unico rifugio che avevo da quel demonio.» Poi fece per alzarsi, sentendo grattare insistentemente alla porta, ma Alec si sedette accanto a lei e le prese le mani. «La porta...» Cominciò a dire, e poi vacillò quando Alec appoggiò la bocca prima su un polso e poi sull'altro.

«Perdonatemi» le disse gentilmente. «Sono io che mi sto comportando come un demonio. Sono geloso di Cleveley, perché lui è stato in grado di offrirvi un po' di sollievo da quel pazzo, mentre io non ci sono riuscito. Sarò per sempre grato al duca per avervi protetto.» Le mise dietro l'orecchio una ciocca di capelli albicocca. «Ogni parola che ho detto a Parigi era sincera. Dentro e fuori dal vostro letto. Ripeto la domanda che vi ho fatto allora e voglio una risposta adesso, prima che partiate per la sperduta campagna del Somerset e la compagnia di altri. Mi farete l'onore di diventare mia moglie?»

Selina tenne la testa bassa, incapace di sopportare l'ansia nei suoi occhi azzurri, e tolse le mani dalle sue. Desiderava sposarlo più di qualunque cosa avesse mai voluto in vita sua, ma Cleveley era la voce della ragione. Il matrimonio era fuori questione. Come moglie, non poteva dare ad Alec quello che meritava e aveva il diritto di aspettarsi. Il passato era inalterabile. Lei non aveva il diritto di rovinare il suo futuro.

Con tutto il coraggio che riuscì a raccogliere, lo guardò negli occhi.

«Alec... tesoro. Io vi amo con tutto il mio cuore... solo... solo non posso sposarvi.» Il silenzio di Alec la fece continuare balbettando, per dire quello che non gli aveva detto a Parigi, sperando che non le cedessero i nervi una seconda volta. «Pensavo che forse avremmo potuto trovare un... un *accordo*. È una pratica abbastanza comune, specialmente tra quelli del nostro rango, come sapete. Ovviamente dovrei essere discreta, per il bene di Cobham, ma Tal capirebbe, in effetti non credo che gli importi molto, in un senso o nell'altro. Ci ho pensato parecchio e più ci penso più sono sicura che questa sistemazione andrebbe bene per entrambi.»

Una ruga profonda si disegnò tra le sopracciglia di Alec. «Preferireste essere la mia amante, piuttosto che mia moglie?»

Selina sorrise speranzosa. «Sì, è così.»

Alec non riusciva a credere alle sue orecchie. La speranza negli occhi scuri di Selina e il sorriso ansioso che l'accompagnava lo fecero sentire svuotato.

«Volete che vi faccia visita con il favore delle tenebre, dall'entrata di servizio, passando di nascosto dalle scale posteriori, perché possiate essere la mia puttana dietro le porte chiuse del vostro boudoir? E, se saremo discreti, voi potrete restare la ricca rispettabile vedova, accettata in tutti i migliori salotti, e vostro fratello maggiore non ne saprà niente?» Alec deglutì il groppo che aveva in gola. «Sareste soddisfatta da un accordo così misero?»

«Se la mettete in questi termini…»

«Per l'amor del cielo, Selina, che altri termini ci sono? Non avete idea di che cosa significhi essere la puttana di un uomo!»

Selina arrossì. «Certo che lo so, non sono così ingenua.»

«Davvero? Allora avete un'opinione così bassa del mio carattere da credere che io vi veda solo come un mezzo desiderabile per soddisfare le mie voglie? Che io possa servirmi del vostro corpo e dei vostri talenti carnali dove e quando mi va, senza pensare ai vostri bisogni? È questo essere una puttana.»

«Molti aristocratici hanno amato le loro amanti più delle mogli.»

Alec sospirò esasperato. «Selina, io vi *amo*. Voglio che siate mia moglie, non la mia puttana o la mia carissima amante» disse pazientemente, cercando ancora di tenerle le mani. «Voi significate molto di più per me. Non posso concepirvi in un ruolo così indegno. Voglio svegliarmi ogni mattina con mia moglie, non approfittare di un paio d'ore di soddisfazione temporanea, quando la voglia colpisce. Vi voglio come compagna della mia vita, che prendiate il vostro posto accanto a me come marchesa Halsey, che condividiamo la vita come un solo essere, avere figli…»

«No! Per favore, *per favore* non chiedetemelo» lo implorò rauca e strappò via le mani. «Devo aprire la porta. Potrebbe essere Tal…»

Alec la strinse rudemente a sé.

«Fino a un mese fa, finché sono venuto da voi a Parigi, non avete mai dato segno che il vostro cuore fosse cambiato…»

«Non il cuore. *Mai* il cuore.» Lottò contro le braccia che le circondavano la vita. «Devo aprire la porta. *Per favore*. Sapete… Non sopporto… Non *sopporto* di sentirmi *intrappolata*.»

La sua preghiera disperata lo fece tornare in sé e la lasciò andare, vergognandosi immediatamente, perché le aveva causato un momento d'angoscia. Nonostante tutta la serenità che mostrava al mondo, le ferite emotive lasciate da un marito violento dovevano ancora guarire del tutto. Aveva sperato che il loro matrimonio potesse aiutare questo processo di guarigione, che l'avrebbe portata a mettersi alle spalle quell'orribile capitolo della sua vita, ma ora un matrimonio non sembrava probabile. Perché aveva improvvisamente deciso di non sposarlo? Perché si era rivolta a Cleveley per avere un sostegno? Perché gli sembrava che lei stesse nascondendogli qualcosa di vitale per la loro felicità? Perché non poteva confidarsi con lui? Disorientato, e sentendo il futuro che gli sfuggiva di mano, spalancò la porta.

La cameriera di Selina cadde nel salotto e fece una riverenza, dicendo senza preamboli, con gli occhi bassi: «Milady, è il signor Vesey. Sta aspettandovi in carrozza.»

Evans fu dimenticata, mentre Selina seguiva Alec nel corridoio. Alec si inchinò a lei per salutarla, dicendo con una freddezza che era molto più dolorosa di qualunque scoppio d'ira:

«Ho bisogno di voi nella mia vita. Moglie o amante, decidete voi. Ma in un ruolo o nell'altro, io entro dalla porta principale o non entro del tutto. Buongiorno, signora.»

OTTO

QUANDO ALEC TORNÒ A ST. JAMES PLACE, IL SUO maggiordomo lo salutò nella Hall, ansioso di informarlo che Planta-genet Halsey era sceso e stava facendo una colazione tardiva in sala da pranzo e che, in effetti, il vecchio stava dividendo le sue aringhe con un gentiluomo dall'aspetto assurdo, con denti enormi e abbigliato con una redingote giallo canarino che aveva visto giorni migliori. Ma Alec era così cupo e preoccupato che Wantage tenne la bocca chiusa. Guardò i due camerieri che toglievano a lord Halsey il cappotto e la spada, prima che sua signoria andasse, con il suo malumore, nella stanza del biliardo.

Alec sperava che colpire qualche palla da biliardo prima di pranzo, e prima di salire a vedere come stava suo zio, avrebbe mitigato la rabbia e la frustrazione che provava nei confronti di Selina. La sua cupa solitudine durò solo dieci minuti.

Bussarono leggermente alla porta e Alec li ignorò, ma Tam si precipitò comunque nella stanza, con i capelli color carota che ricade-vano sugli occhi verdi e tenendo stretto al petto un testo rilegato. Le pesanti tende erano state aperte, per permettere alla luce di illuminare la superficie di panno verde del biliardo, dove c'erano tre palle. Il resto della stanza restava in ombra ed era nell'ombra che Alec stava mettendo il gesso sulla punta della stecca, mentre ponderava con aria assente il prossimo colpo. Tam lo vide comunque e andò diritto da lui, ed era tale la sua ansia che parlò per primo.

«Il signor Wantage ha detto che vi avrei trovato qui, signore. Signore, la voce che circola in città è che, poiché dispenso medicinali

ai poveri e poiché eravate alla cena durante la quale il signor Blackwell
è morto, che voi-che voi abbiate avuto qualcosa a che fare... Signore,
solo perché siete stato falsamente accusato di omi-omicidio una volta
non significa... Beh, non è giusto!»

«Sì, ho sentito anch'io quella voce. Spero che tu non abbia dato
agli scettici il beneficio di una discussione.»

«Non avrei mai dato loro la soddisfazione di parlare!»

«Dopo tutto, Blackwell potrebbe veramente aver avuto un infarto.
Non era proprio il ritratto della salute» rispose Alec con la voce secca,
più per alleviare l'ansia del ragazzo che perché credesse in quell'affermazione. Si avvicinò al tavolo, per prendere le misure del colpo. «Hai
delle faccende molto più importanti di cui preoccuparti. Domani ci
sarà il tuo esame...»

«Ma, signore, più ci penso più mi convinco che il signor Blackwell
potrebbe essere stato avvelenato. Non ho avuto l'occasione di dirvelo
prima, per via della ferita del signor Halsey ma, mentre ero allo *Stock
and Buckle*, ho avuto un'interessantissima conversazione con il signor
Molyneux e lui ha detto...»

«Il signor... Ehm, Molyneux?»

Tam lasciò cadere il pesante volume rilegato in cuoio sulla
credenza e tornò al tavolo, tirandosi inconsciamente indietro la
criniera di capelli che gli cadeva sugli occhi.

«Il signor Molyneux è il valletto del duca di Cleveley. Normalmente non parla con noi, gli altri valletti e i camerieri dei piani alti,
sta solo seduto nel suo angolo e legge i giornali. Pensa che siamo
indegni del suo tocco, per via della sua posizione con un nobiluomo
tanto importante. Noi tutti lo chiamiamo 'il Duca' e a lui piace,
signore.»

«La conversazione?» lo sollecitò Alec, e rimise la stecca nella
rastrelliera, dopo un tentativo particolarmente penoso di mandare la
rossa in buca.

«Ha parlato con me solo perché mi doveva un favore. Soffre di
artrite a un ginocchio e io gli fornisco un preparato che aiuta ad alleviare il dolore. La questione è, signore,» continuò Tam, mentre
seguiva Alec intorno al tavolo, completamente ignaro della preoccupazione meditabonda del suo padrone, «che sono riuscito a portare la
conversazione sul signor Blackwell. Il signor Molyneux era riluttante a
parlare del soggiorno del signor Blackwell a St. James Square. Tutto
quello che ha detto è che il signor Blackwell non era proprio quello
che sembrava e che alcuni errori proprio non si possono cancellare.

Ma che torti potrebbe aver fatto il signor Blackwell a un duca? Non sembra proprio possibile.»

«Credi che il signor Molyneux parlasse sinceramente?»

Tam annuì. «Sì, signore. Era piuttosto sconvolto. Era come se fosse stato maltrattato *lui* dal signor Blackwell.»

Alec si appoggiò contro il tavolo e mise le braccia conserte, l'indagine entusiasta del ragazzo dissipò a sufficienza la sua rabbia pensierosa da fargli chiedere: «Mettendo da parte per un momento i sentimenti del signor Molyneux, perché ora sospetti che il signor Blackwell possa essere stato avvelenato?»

Tam si prese un momento per raccogliere i suoi pensieri.

«Mi avevate chiesto se un avvelenamento fosse possibile e io ci ho riflettuto. All'inizio lo avevo scartato, non ritenevo fosse possibile che il signor Blackwell fosse stato avvelenato a una cena, o appena prima, di modo che gli effetti di qualunque sostanza somministrata si manifestassero mentre era a cena. Più cercavo di scartare l'avvelenamento, più diventava possibile nella mia mente, finché sono stato costretto ad ammettere che poteva essere stato avvelenato in modo da *simulare* un infarto.»

«Veleno somministrato prima o durante la cena?»

«Il fatto che stesse tanto male così presto dopo aver mangiato suggerisce che il veleno sia stato somministrato durante il pasto.»

«Vedo. Se ricordo bene, mi hai detto che sarebbe stato facile avvelenare qualcuno a una cena, ma che avremmo dovuto cercare un veleno che riproducesse i sintomi di un attacco di cuore e la forma nella quale il veleno era stato somministrato…?»

«Giusto, signore! E in questo caso dobbiamo stabilire come sia stato possibile dare il veleno a un uomo, senza avvelenare anche il resto dei commensali.»

«Un atto molto deliberato e premeditato, senza margini di errore… E conosci un veleno che riproduca i sintomi di un infarto?»

Tam non riuscì a contenere il suo entusiasmo. Il volto lentigginoso si aprì in un sorriso. «Sì, signore. Mi è venuto in mente mentre leggevo della preparazione di farmaci abortivi.» Il sorriso divenne una smorfia imbarazzata e sembrò a disagio. «Non che io abbia l'abitudine di preparare quei farmaci, signore. Ho solo pensato che gli esaminatori potessero chiederlo, se…»

«Non è necessario che mi dia una spiegazione» lo interruppe placidamente Alec. «Ho piena fiducia nel tuo giudizio. Il veleno…?»

«Grazie, signore. Ne ho due in mente: *Taxus baccata* e *Aconitum napellus*. Sono il tasso e il napello, o strozza lupo, signore» spiegò Tam. «Non riesco a decidere qual è stato usato. Entrambi sono ugualmente tossici e facilmente reperibili. Entrambi producono i sintomi dell'infarto. Le foglie di tasso possono essere infuse per fare un tè che, quando ingerito da una femmina, la fa abortire. Il più delle volte, sia la madre sia il bambino muoiono nel tentativo. Il napello o, più correttamente, l'aconito, è usato nelle tinture e come ingrediente di un linimento che, se applicato *esternamente*, non è fatale. Se *ingerito*, però, spesso in polvere unito ad altri ingredienti, allora la morte può avvenire in pochi minuti.»

«Polvere?» disse lentamente Alec, con gli occhi azzurri fissi su Tam. «Polvere mescolata? Tabacco da fiuto. Il veleno avrebbe potuto essere miscelato nel tabacco di Blackwell. È possibile?»

«Certamente signore. Come ho detto, l'aconito in polvere è facilmente reperibile. In effetti, miscelare una dose letale del veleno al tabacco da fiuto di qualcuno, sarebbe un modo semplice ed efficace di commettere un omicidio senza sollevare sospetti.»

«Esattamente! Specialmente se a tutti sembra che la vittima abbia avuto un infarto» disse Alec, facendo un altro giro intorno al tavolo. «Il tabacco da fiuto di un uomo è il suo dominio personale, specialmente per un uomo come Blackwell, che non era abituato alla consuetudine di attingere a un barattolo in comune. Mi ha accennato che fiutare tabacco era una cosa nuova per lui; che recentemente gli avevano regalato una miscela superiore. Mi ha mostrato una tabacchiera d'oro. Un regalo, ha detto…» Alec smise di camminare e appoggiò i palmi sulla struttura in lucido mogano del tavolo da biliardo, guardando il suo valletto. «La tabacchiera di Blackwell era identica a quella che usa il duca di Cleveley.»

Tam sgranò gli occhi ed emise un basso fischio. «Forse il tabacco che ha fiutato il signor Blackwell era destinato al duca? Forse, durante la serata, le loro tabacchiere sono state scambiate e il signor Blackwell ha preso il tabacco da quella del duca per errore? Sembra plausibile, vero, signore? Dopo tutto, Blackwell non aveva nemici, beh, non il Blackwell che conoscevamo, mentre il duca deve averne parecchi. Sembra logico che qualcuno potesse volersi liberare di lui.»

«Non ho dubbi che le azioni politiche del *grand'uomo* gli abbiano procurato qualche nemico negli anni, ma volerlo morto? Sarebbe il desiderio di un folle.»

«L'avvelenamento è l'atto di un folle, signore.»

«L'avvelenamento,» disse Alec, restituendo a Tam il suo libro di testo, quando il maggiordomo entrò nella stanza per annunciare il pranzo, «è l'atto di un codardo.»

. . .

Quando Alec entrò nella sala da pranzo, fu piacevolmente sorpreso di scoprire suo zio che faceva una colazione tardiva, con la testa ingrigita ancora avvolta nelle bende, un po' storte dopo una notte di sonno agitato, con una banyan ricamata gettata negligentemente sopra la camicia da notte stropicciata. Eppure, fu il visitatore seduto davanti al vecchio che lo bloccò. Un giovanotto dal volto fresco, con il mento sfuggente e gli incisivi enormi, si stava godendo un piatto di uova e aringhe con un boccale di birra. Indossava una redingote di damasco giallo canarino. L'indumento, alla moda per un dandy, era talmente aderente da arrotondare le spalle del giovanotto, i cui movimenti eccessivi avevano aperto le cuciture del damasco moiré in diversi punti lungo le braccia, all'attacco delle maniche.

Plantagenet Halsey salutò il nipote sventolando amichevolmente la forchetta e lo annunciò maliziosamente al suo visitatore come il marchese Halsey. A quel punto, il giovanotto lasciò cadere di colpo e rumorosamente coltello e forchetta nel piatto, e balzò in piedi. Inghiottì il boccone di uova, mentre si piegava affrettatamente in due in un inchino degno di un sultano straniero, con il pizzo sporco ai polsi che lasciava tracce di uova strapazzate.

«Thaddeus Fanshawe, Esquire, avvocato, al vostro servizio, milord» annunciò magniloquente il giovanotto, e quando lo invitarono gentilmente a sedersi, lo fece con una serie di piccoli inchini, che minacciavano di ribaltare la sua parrucca *à ailes de pigeon*. «Sono veramente grato al signor Halsey per avermi offerto di dividere la sua colazione, milord» disse a mo' di scusa, visto che aveva ripreso forchetta e coltello, e stava selvaggiamente tagliando in due un'aringa. «E prego vostra signoria di perdonarmi ma non mangio nulla dalla colazione di ieri. Devo ammettere che non c'è niente che calmi più i nervi di un bel piatto di uova calde.»

«Condividere la colazione è il meno che mio zio potesse fare, e correggetemi se sbaglio, signor Fanshawe, visto che ha preso un colpo diretto in testa venendo in vostro aiuto.»

«Offro le mie umili scuse a vostra signoria, come le ho offerte al signor Halsey, per avergli causato sofferenze, per mano di quei due bruti che mi hanno aggredito nel vicolo» rispose serio l'avvocato, ignaro della pesante ironia di Alec. «Non avrei mai seguito il signor Halsey dopo la riunione anti-schiavitù, se mi fossi reso conto che anch'io ero seguito e da due furfanti simili. Ho temuto per la mia vita, posso dirvelo, milord, e ho ancora paura!» Si leccò gli incisivi da coniglio, abbassò la voce a un sussurro e alzò gli occhi dalla cravatta di lino di Alec per guardare gli occhi azzurri che lo fissavano. «Non ho osato andare a casa, per paura che quei furfanti possano far del male alla mia famiglia, ed è per questo che mi trovate alla vostra tavola in questo stato deplorevole.»

«Non pensate che gli uomini che vi hanno seguito conoscano il vostro nome e indirizzo, e possano essere andati a casa vostra nonostante la vostra assenza?» chiese con voce tranquilla Alec, mettendosi in grembo un tovagliolo.

«Sì, milord, ho avuto quel terribile pensiero,» confermò sinceramente Thaddeus Fanshawe, spalancando gli occhi, «e quindi ho mandato un portatore di torcia con un messaggio per mio padre, di tenere chiusa a chiave la porta d'ingresso e di non aprire a nessuno sconosciuto, per nessun motivo...»

«... specialmente sconosciuti che indossano la livrea dei Cleveley?» lo sollecitò Alec.

Thaddeus Fanshawe sbatté gli occhi e guardò il vecchio per avere una conferma. «Milord? La livrea dei Cleveley? Davvero? Quei furfanti erano al servizio del duca di Cleveley? Non lo sapevo.» Sorrise con aria di scusa. «Purtroppo ho la sfortuna di non riconoscere molti colori, milord, quindi la livrea di un duca per me ha gli stessi colori di un'altra.»

Ecco il motivo della redingote giallo canarino, pensò Alec, sorridendo tra sé e sé, e scambiando un'occhiata e lo stesso pensiero con suo zio, mentre prendeva il bicchiere di vino. Senza dubbio lo scherzo di un sarto malpagato, o il regalo di un fratello in vena di scherzi. «E l'effetto benefico delle uova calde ha ridotto il bernoccolo e il mal di testa, zio?»

«Le uova e la compagnia di Fanshawe hanno fatto miracoli» rispose prontamente Plantagenet Halsey, anche se non si sentiva proprio al meglio. Avrebbe dovuto farsi portare la colazione in camera, la botta in testa gli faceva ancora molto male, ma non poteva mancare l'opportunità di interrogare l'avvocato dai denti sporgenti. Quindi ignorò il tono di rimprovero del nipote e sorrise incoraggiante al suo visitatore. «Fanshawe, siate tanto gentile da spiegare a sua signoria che cosa facevate, seguendomi dopo la riunione.»

«Sì, signore. Certo, signore» disse Thaddeus Fanshawe, e si rivolse esclusivamente ad Alec. «Il signor Blackwell mi ha chiesto di cercare il signor Halsey a una riunione della lega anti-schiavitù perché, come ha detto lui, era l'unico posto dove il signor Halsey e io potevamo conversare senza che questa circostanza fosse riferita a certe persone in casa Cleveley, per cui ho pensato che non desiderava che Sua Grazia sapesse della mia missione per conto suo. Ed ora scopro che i furfanti che mi hanno aggredito erano al servizio del duca!» Si leccò le labbra per asciugare la birra. «Posso dire a vostra signoria che non ho mai avuto tanta paura in vita mia come quando quei furfanti mi sovrastavano, chiedendo che consegnassi loro il testamento del signor Blackwell. Se non fosse stato per il tempestivo intervento del signor Halsey, tremo ancora pensando alle conseguenze per la mia persona dopo un simile incontro!»

Alec guardò la testa bendata di suo zio, ma evitò commenti.

«Sapete perché dei servitori con la livrea del duca potessero chiedervi il testamento del signor Blackwell, quando sicuramente il duca di Cleveley, come firmatario, era perfettamente informato delle disposizioni del vicario?»

«Vorrei saperlo, milord. Perché non ha senso. Come avete detto, Sua Grazia conosceva fin troppo bene il contenuto del testamento del signor Blackwell. In effetti, se avesse temuto che io fossi in possesso di una copia del testamento precedente, allora potrei capire perché voleva impossessarsene. Perché mi ha fatto giurare in non meno di due occasioni che c'era una sola copia del testamento originale del signor Blackwell e che l'avevo consegnata a lui su istruzioni del signor Blackwell. Dato che poi tutti noi possiamo testimoniare che quel particolare documento è stato bruciato nel suo camino, Sua Grazia deve sicuramente essere più che certo della sua distruzione. In effetti, aveva insistito che restassimo tutti nella stanza, finché la pergamena fosse ridotta completamente in cenere.»

«Che cosa c'era nel testamento originale perché Cleveley volesse vederlo ridotto in cenere?» chiese Plantagenet Halsey. «Potete dircelo, Fanshawe?»

«Certamente, signore, perché il secondo testamento era uguale al primo. I beneficiari e i loro lasciti non sono cambiati. Sono stati tolti i riferimenti ad alcuni particolari poco importanti riguardanti i beneficiari, come il riferimento alla madre del beneficiario più importante. Posso solo dire che la nuova formulazione rendeva il secondo testamento molto più succinto e meno sentimentale, e forse era questo lo scopo di Sua Grazia? C'era un altro cambiamento, sul quale Sua Grazia aveva insistito e che Blackwell aveva accettato con riluttanza. Era stata la rimozione di uno dei due esecutori, per lasciare il duca unico esecutore del testamento di Blackwell.»

«Dato che mio zio e io abbiamo letto il testamento che avete infilato nella sua tasca durante la zuffa, penso che non ci sia niente di male se ci spiegate il contenuto del testamento precedente.»

Alec lo disse con un sorriso così gentile, mentre appoggiava la forchetta e il coltello per prendere il bicchiere, che l'avvocato gli sorrise in risposta, prendendola come una richiesta e non un ordine, e quindi non esitò, dicendo in tono confidenziale, mentre due camerieri toglievano e sostituivano i piatti in tavola: «Per niente, milord, dato che il signor Blackwell mi ha fermamente chiesto che consegnassi le sue ultime volontà al suo buon amico, il signor Plantagenet Halsey, perché era lui che era stato nominato come uno degli esecutori nel primo testamento e che Sua Grazia ha insistito che venisse rimosso...»

«*Cosa*? Che diavolo!» esclamò Plantagenet Halsey, quasi balzando fuori dalla sedia. Picchiò talmente forte il pugno sul tavolo che i bicchieri tintinnarono. «Quel pidocchioso bastardo! Di tutte le azioni spregevoli! Costringere un uomo mite come Blackwell a togliermi come esecutore delle sue ultime volontà! Ah!» Si sedette di nuovo e si sistemò la benda, che era scivolata sull'occhio sinistro. «Ma non mi sorprende che quella sanguisuga si sia abbassata a usare una tattica così vigliacca e tutto per ottenere qualche vantaggio per sé, perché io non gli avrei permesso di ottenere un penny più di quello che gli era dovuto!»

«Ma, signore, il duca di Cleveley non è tra i beneficiari del testamento del signor Blackwell» indicò giustamente Thaddeus Fanshawe. Sobbalzò leggermente ed emise un involontario squittio, quando il pugno del vecchio colpì di nuovo il tavolo.

«Allora che cosa cercava di nascondere, facendomi cancellare, eh? Ditemelo!»

«Esattamente, zio» confermò Alec, concentrandosi sull'avvocato. «Avete detto che alcuni *particolari poco importanti* riguardo ai beneficiari sono stati cancellati nel secondo testamento, come il riferimento alla mamma di Catherine Bourdon...?»

«Ah, sì, ricordo quelle omissioni molto chiaramente.» L'avvocato sorrise compiaciuto. «Si complimentano spesso con me per la mia eccezionale capacità di ricordare le cose più banali... Come ricorderete, Blackwell ha lasciato la sua bibbia, l'orologio d'oro da taschino e la somma di mille sterline a un certo Thomas Fisher, e succede che sia il vostro valletto, milord. Le parole cancellate erano: *perché metta a frutto le sue capacità di speziale, per fornire assistenza medica gratuita ai poveri della parrocchia di St. Jude.*»

«Non direi proprio che fosse un particolare poco importante» borbottò Plantagenet Halsey, con una furtiva occhiata colpevole al nipote, mentre appoggiava coltello e forchetta e spingeva via il piatto.

«Ma molto meglio che non appaia in un documento legale, se Tam spera un giorno di essere accettato nella Venerata Società degli Apotecari» precisò con calma Alec. «E sir Charles Weir, Fanshawe? Il fatto che sir Charles e Blackwell, o, meglio, Kenneth Blackwell Dempsey-Weir, come si chiamava veramente, condividano un cognome non è sfuggito alla nostra attenzione.»

«Cielo! Non ci avevo pensato» dichiarò il vecchio.

«Proprio così, milord. Come ricorderete, a sir Charles è stata assegnato un lascito di cinquemila sterline, *poiché mio nipote si è fatto strada nel mondo senza la mia assistenza*, è la frase cancellata…»

«*Nipote*? Quell'ipocrita sicofante è il *nipote* di Blackwell? Da non credere!» esclamò Plantagenet Halsey, meravigliato. «Avete uno strano concetto di che cosa sia poco importante, Fanshawe. La vita di Blackwell diventa più complicata a ogni frase che pronunciate. Adesso ci direte che Catherine Bourdon era l'amante da tempo dimenticata del vicario o la sua paziente moglie e la madre di Charles Weir!»

«Questo è impossibile, signore,» disse rispettosamente l'avvocato, ignorando il tono frivolo del vecchio, «perché il signor Blackwell mi ha confidato che Catherine Bourdon è una bambina molto precoce di soli quattro anni, con i riccioli neri di sua madre e gli occhi grigi di sua nonna.»

«Una-una *bambina* di *quattro anni*?» esclamò Plantagenet Halsey.

«Non sua figlia, Fanshawe» chiese retoricamente Alec.

«No, milord.»

Alec cercò di sembrare disinteressato. «Ma una bambina della sua parrocchia forse…?»

Fu la volta dell'avvocato di restare sorpreso. «Credo proprio che abbiate ragione, milord, perché il signor Blackwell ha detto, non senza orgoglio, che Miss Catherine faceva parte del suo gregge.»

Il vecchio sobbalzò. «Eh? Di St. Jude? Ha lasciato la sua fortuna alla marmocchia di un *mendicante*?»

«Potreste pensare a un beneficiario più meritevole, zio?»

«No! Ovviamente no!» esclamò Plantagenet Halsey.

«Fanshawe, avete detto che il testamento originale menzionava il nome della madre di Catherine Bourdon?»

«Sì, milord. Il primo testamento dichiarava che Catherine Sophia Elizabeth Bourdon è la *figlia naturale di Miranda Ann Miriam Bourdon.*»

«Siete certo che fosse quello il nome della madre della bambina, Fanshawe?»

«Più certo di quanto lo sia che questa redingote è color pulce, milord» dichiarò enfaticamente l'avvocato.

«Il duca ha detto perché desiderava che nel testamento non fosse menzionato il nome della mamma di Catherine Bourdon?» chiese Alec con un'espressione pensierosa. «A parte l'ovvio desiderio di cancellare il riferimento all'illegittimità della bambina.»

«Sua Grazia non ha fatto commenti specifici, ma era molto chiaro, persino per me, un funzionario, che la sola menzione del nome Miranda Bourdon era sufficiente per fare sentire sinceramente a disagio Sua Grazia. In effetti, non ha nascosto che trovava repellente al massimo l'intero colloquio.»

«Ah! Ecco!» dichiarò il vecchio, anche se lo disse con poca convinzione e senza sapere esattamente che cosa volesse dire con quell'esclamazione, aggiungendo in modo belligerante, quando Alec e l'avvocato lo guardarono con l'aria di aspettarsi qualcosa: «Non ditemi che non c'è niente di sinistro dietro le azioni di Cleveley, perché non vi credo. Lui non fa niente senza uno scopo. Chi dice che non stia coprendo l'abominevole comportamento del suo segretario, che ha messo incinta e poi ha abbandonato questa Miranda. Proprio il tipo di sordido comportamento tipico di Sua Grazia!»

«Non è che non sia d'accordo con voi, zio, e credo che possiate essere più vicino alla verità di quanto crediate, ma il collegamento tra Blackwell e Miranda Bourdon potrebbe essere più tenue di quanto insinuate. Se, giusto per discuterne, Charles Weir avesse generato la bambina, allora credo che Blackwell lo avrebbe dichiarato o almeno avrebbe collegato suo nipote e Catherine Bourdon nel suo testamento. Che non l'abbia fatto porta a credere che il padre della bambina non sia Weir.»

«Allora perché lasciare una fortuna a un'estranea?»

«Se Miranda Bourdon ha messo al mondo la bambina nella parrocchia di St. Jude, allora lei e la sua bambina non erano delle estranee, per il loro vicario. Forse le sue tragiche circostanze hanno destato un soprassalto di coscienza in Blackwell? Forse voleva che la bambina avesse un'eredità cui non avrebbe altrimenti avuto diritto, se fosse stata la figlia legittima di suo padre...?»

Il vecchio socchiuse gli occhi. «In questa storia c'è di più di quanto dici. Hai un'idea sull'identità del padre di questa bambina, ragazzo mio?»

Alec diede un'occhiata significativa all'avvocato, chiudendo la bocca a suo zio, e disse con calma: «A parte togliere il riferimento all'illegittimità di Catherine Bourdon e il nome della sua mamma, Cleveley ha tentato in qualche modo di influenzare Blackwell per fargli cambiare il testamento a favore di suo nipote Charles, invece di lasciare le sue proprietà a questa bambina della parrocchia?»

«Assolutamente no, milord!» rispose Thaddeus Fanshawe, in tono sbalordito. «Sua Grazia poteva anche non essere d'accordo con il signor Blackwell ma certamente non ha tentato in alcun modo di influenzare la sua volontà, a parte far cancellare i suddetti riferimenti.»

«Allora, per quanto detesti doverlo ammettere, Cleveley può aver agito puramente nel suo ruolo di esecutore, per proteggere la riservatezza dei beneficiari, facendo redigere un secondo testamento senza queste informazioni delicate e potenzialmente dannose» concluse Alec. «Come ho detto prima, Tam non sarebbe mai accettato nella Venerata Società degli Apotecari, se dovessero sentire che uno dei loro apprendisti stava esercitando senza la loro guida e senza chiedere un compenso per i servizi resi. E Charles è stato allevato da sua madre, credendo che suo zio, il fratello maggiore di suo padre, fosse morto in mare da eroe. Immaginate allora se Charles dovesse scoprire, attraverso la lettura di un testamento, che il deceduto era in realtà questo stesso zio; non il grande eroe e uomo di mare, ma un chierico malvestito che si occupava dei poveri, cui non importava un fico secco della ricchezza e tanto meno del titolo. E per aggiungere insulto a insulto, che suo zio aveva preferito lasciare la sua intera fortuna a una precoce bambina di quattro anni dagli incerti natali. Che umiliazione per Charles.»

«Ma niente di meno di quanto meriterebbe quella sanguisuga» borbottò Plantagenet Halsey.

«Anche voi dovete ammettere, zio, che Cleveley ha fatto un favore a Tam e al suo paziente segretario, persuadendo Blackwell a mantenere brevi e pertinenti i suoi lasciti.»

«Beh, no, non posso non riconoscerlo» brontolò il vecchio. «Ma vorrei poterlo fare! Non riesco proprio a credere che un arrogante pallone gonfiato come Cleveley, che non ha una briciola di sensibilità per la miseria senza precedenti e le sofferenze che quei poveri cristi di negri devono sopportare sulle fregate di Sua Maestà, possa provare un qualche sentimento per qualcosa o qualcun altro!»

«*Sono selvaggi, dopo tutto*» citò Alec e, quando suo zio sobbalzò, aggiunse: «Un'opinione che mi è stata riferita a teatro, e che purtroppo temo sia sinceramente condivisa dalla maggioranza. Voi e io sappiamo che perfino la gente rispettabile preferisce non sapere che cosa succede a bordo delle fregate di Sua Maestà, esattamente come chiudono un occhio sulle misere condizioni che esistono qui, alla nostra porta.» Guardò l'avvocato, dicendo in tono leggero, mentre si serviva da una cucchiaiata di *ragout* di funghi: «Avete dimenticato di menzionare il quarto e ultimo beneficiario, lord George Stanton, cui sono state lasciate una tabacchiera d'oro e una miniatura.»

«Strana scelta per un lascito» dichiarò Plantagenet Halsey, portandosi alle labbra il boccale di birra. «E a un uomo tanto diverso dal buon vicario, in tutti i sensi, roba da restare sconcertati. Non lo pensate anche voi, Fanshawe?»

«Me lo sono chiesto anch'io, signore» ammise l'avvocato senza alzare gli occhi, occupato a frugare in fondo a una tasca lisa della redingote. Tolse e appoggiò sul tavolo, accanto al piatto sporco, un fazzoletto stropicciato con il pizzo strappato, un astuccio annerito, una grossa chiave e un fascio di carte piegate, prima di trovare finalmente l'oggetto che cercava: una pergamena arrotolata, un po' schiacciata, legata da un nastro nero un po' liso. «Particolarmente quando non c'era nessuna spiegazione per questo lascito nel primo testamento.»

«Accidenti! C'è dell'altro, oltre a quel testamento!» lo interruppe Plantagenet Halsey, guardando sorpreso l'assortimento di cianfrusaglie tolte dalle tasche dell'avvocato e ora sparpagliate sul tavolo. «Forza, amico mio, *pensate*. Blackwell mi aveva nominato esecutore per qualche dannata buona ragione e poi ha permesso a quel pomposo trombone di Cleveley di togliere il mio nome, così? Non quadra. Per vostra ammissione, Blackwell voleva che fossi informato del suo testamento, anche dopo aver lasciato che fossi cancellato come esecutore, quindi ci deve essere qualcosa in questa faccenda che puzza come la testa di un merluzzo al sole da tre giorni!»

«Non vi do torto, signore» rispose rispettosamente l'avvocato, parlando con la testa infilata nella tasca profonda, mentre rimetteva a posto lo strano assortimento che ne aveva appena tolto. Ma passò la pergamena legata con il nastro nero ad Alec. «Come stavo per aggiungere, mentre né il primo né il secondo testamento forniscono lumi riguardo al piccolo lascito a lord George Stanton, questo documento, scritto come codicillo al primo testamento, e che Blackwell non voleva fosse reso noto al duca, indubbiamente offre una spiegazione. Sono sicuro che sarete d'accordo, una volta che avrete digerito le informazioni che contiene, che è un racconto decisamente sbalorditivo.»

«*Codicillo*? Perché diavolo non lo avete tirato fuori subito, appena messe le gambe sotto il tavolo?» si chiese Plantagenet Halsey.

L'avvocato sembrò sorpreso. «Signore, mi avete chiesto del testamento del signor Blackwell e io vi ho accontentato.»

Il vecchio era troppo allibito per rispondere e seguì un lungo silenzio, mentre Alec leggeva la pergamena srotolata. Quando ebbe finito, guardò sopra il bordo degli occhiali, la sorpresa evidente nella voce profonda, mentre passava il codicillo a suo zio. «Sarà meglio che lo leggiate per conto vostro. Altrimenti non mi credereste.»

NOVE

Impaziente, il vecchio strappò il documento delle mani del nipote.

Io, Kenneth Blackwell… Questo e quello, lesse mentalmente Plantagenet Halsey, sorvolando certi punti della scrittura inclinata e poi rallentando, mentre assorbiva le parole che richiedevano una più attenta considerazione.

…desidero che si sappia che sposai in segreto Ellen Sophia Dewalter nella Chiesa di Hawkhurst nel Kent il 6 settembre 1738, tre giorni prima della mia partenza per le Barbados, dove fui inviato a gestire le piantagioni di zucchero di mio padre. L'intesa con la mia sposa era che appena mi fossi stabilito nella colonia, l'avrei mandata a chiamare. Tragicamente, il fato cospirò contro di noi.

Per una serie di sfortunate circostanze, naufragai, fui abbandonato e, da ultimo, imprigionato in un avamposto coloniale portoghese, accusato di essere una spia per il mio paese. Dopo un anno di miserabile reclusione, mi permisero di proseguire per la mia destinazione originale, e a quel punto ricevetti notizie da casa. Dopo aver scoperto che mia moglie ora era Sua Grazia la duchessa di Cleveley, preferii essere «dato per morto» dalla mia famiglia.

Mentre vivevo nelle Barbados, e addirittura mentre ero ancora un prigioniero, cominciai a studiare per la mia vera vocazione, essere un prete nella Chiesa d'Inghilterra. Avevo sempre aspirato a questa degna professione, ma mio padre me l'aveva proibito. Decidendo di dedicare la mia vita ai poveri, ritornai in Inghilterra nella primavera del 1742, come reverendo Blackwell, senza una famiglia o parenti di qualche importanza, e divenni il parroco di St. Jude, qui in città.

Non molti mesi dopo il mio ritorno in Inghilterra, mi ricongiunsi alla mia cara moglie nel più grande segreto e riaffermammo appassionatamente il nostro amore, ma concordammo, con grande riluttanza, che a causa del passare degli anni, per le nostre vite molto diverse e il grande desiderio di non infliggere dolore e imbarazzo ad altri, saremmo stati divisi per sempre per essere ricongiunti, con la grazia del Signore, in paradiso.

Non si possono assegnare colpe alla mia buona moglie per la triste situazione che seguì la mia partenza su ordine di mio padre. La colpa è tutta dei suoi genitori che l'hanno costretta, obbligata, ad accettare la richiesta di matrimonio di Sua Grazia il nobile duca di Stanton, due mesi dopo la mia partenza, a causa di quella che consideravano la condotta licenziosa e scostumata della figlia, che era stata messa incinta dal secondo figlio, senza un soldo, di un mero visconte. Anche se la nostra unione era legittima, la mia giovane moglie, senza amici con cui confidarsi e i cui genitori minacciavano di disconoscerla e mandarla alla deriva nel mondo se avesse disobbedito, fu persuasa, nelle sue tristi condizioni, ad abbandonarmi.

Quando Sua Grazia di Stanton morì, dopo solo tre mesi di questa unione bigama, mia moglie fu nuovamente minacciata e vessata dai suoi genitori, finché acconsentì a formare un'unione bigama con Sua Grazia il nobilissimo duca di Cleveley, tutto per assicurare un futuro al figlio non ancora nato. Quindi, il nobiluomo conosciuto come lord George Lucius Stanton, che si crede generato da un duca e figlio di un altro, è in realtà mio figlio ed erede.

Il matrimonio tra me ed Ellen, duchessa di Cleveley, com'era conosciuta in vita, è rimasto, fino al suo ultimo respiro, legittimo per le leggi della chiesa e dello stato. È mio sincero desi-

derio che questa inalterabile verità sia messa per iscritto di modo che un giorno, nel lontano futuro, quando quelli che ora vivono non potranno più essere feriti da questa rivelazione, la verità venga a galla. Io non posso, in coscienza, e Dio me ne è testimone, permettere che il mio matrimonio con una donna che ho amato e adorato per tutta la mia vita, non sia riconosciuto.

Affido quindi questo codicillo al mio onesto e buon amico Plantagenet Alec Halsey Esquire di St. James Place ed esprimo il desiderio che lui non divulghi il suo contenuto ad anima viva, eccetto che a mio figlio, in modo che possa capire perché ha ricevuto il lascito di una piccola tabacchiera d'oro e della miniatura di sua madre da giovane, che era in possesso di un povero vecchio vicario, chiamato al suo capezzale alla sua undicesima ora, apparentemente senza alcun motivo logico.

Se dovessi morire prima di Sua Grazia di Cleveley e Sua Grazia dovesse spirare senza figli maschi viventi, richiedo molto umilmente che Plantagenet Halsey, alla presenza del signor Thaddeus Fanshawe e di quei rappresentanti legali che mio figlio vorrà impiegare, di rendere noto a George Lucius Stanton la sua vera paternità e la tragica serie di circostanze che hanno portato sua madre ai suoi atti di bigamia. Credo che Plantagenet Halsey, qualunque siano i suoi pregiudizi, giustificati o meno, nei confronti di Sua Grazia di Cleveley e di lord George Stanton; e il signor Thaddeus Fanshawe, un giovane avvocato di reputazione immacolata che è venuto in mio aiuto, siano entrambi gentiluomini irreprensibili che rispetteranno i miei ultimi desideri senza fare questioni, e li ringrazio. Le parole non possono esprimere la mia gratitudine.

Firmato questo giorno di... nell'anno del signore, questo e quello eccetera eccetera, vostro umile servitore, eccetera, Kenneth Blackwell Dempsey-Weir.

La bocca del vecchio, rimasta aperta mentre leggeva il primo paragrafo, rimetteva la pergamena sul tavolo e la guardava arrotolarsi su se stessa come se avesse una vita propria, si chiuse. Era rimasto senza parole.

L'avvocato si occupò di arrotolare correttamente la pergamena e assicurarla con il nastro.

«Sono nel giusto, ritenendo che questo documento sia l'unica copia esistente?» chiese Alec.

«Assolutamente, milord» confermò Fanshawe. «Il signor Blackwell l'ha scritto in fretta e me l'ha dato che l'inchiostro non era ancora asciutto, come potete notare dalle lievi sbavature nella scrittura nell'ultima riga. Desiderava che io fossi presente per essere testimone della sua firma, nell'evento che il codicillo e il suo contenuto dovessero essere messi in dubbio. Ho preso poi possesso del documento, una mezz'ora prima dell'inizio del nostro incontro con Sua Grazia.»

«Per riscrivere il testamento?»

«Proprio così, milord.»

Alec si tolse gli occhiali e fissò il volto aperto dell'avvocato. «Il duca aveva idea dell'intenzione di Blackwell di scrivere un codicillo?»

«Non credo, milord.»

«Ma non potete essere certo» ribatté Alec. «Che siate stato aggredito da due uomini con la livrea del duca potrebbe suggerire il contrario...»

Il giovane avvocato si leccò i denti sporgenti, ponderando questa dichiarazione. «Potreste essere nel giusto, milord. Pensate che i due furfanti cercassero il codicillo e non il testamento?»

«Questo pensiero mi ha attraversato la mente» disse seccamente Alec. «Esattamente come l'idea che ottenere il codicillo non fosse l'unico loro scopo.»

L'avvocato spalancò gli occhi ma fu il vecchio che parlò per primo.

«Dovevano far tacere Fanshawe con qualunque mezzo?»

«Sì.»

Si sentì chiaramente deglutire l'avvocato.

«Sua Grazia ha fatto qualche commento sul lascito a lord George?» chiese Alec a Fanshawe.

Fanshawe scosse la testa incipriata. «Sua Grazia ha fatto pochissimi commenti riguardo i lasciti del signor Blackwell, ha discusso solo l'omissione di alcuni particolari, come abbiamo già detto.»

«Ma non ha senso! George Stanton non può essere il figlio ed erede di Blackwell, vero?» argomentò Plantagenet Halsey. Si grattò le bende con aria assente. «Se quello zoticone buono a nulla fosse la progenie di Blackwell ma fosse comunque nato dopo che sua madre ha sposato Cleveley, allora questo non ne farebbe legalmente l'erede di Cleveley?»

Alec fece un sorrisino. «Fanshawe può correggermi se sbaglio, ma se Blackwell ed Ellen Dewalter erano legalmente sposati, allora i suoi susseguenti matrimoni con Stanton e poi con Cleveley, sono da ritenere bigami. Non è mai stata legalmente sposata a nessuno dei due duchi. George Stanton è il figlio del suo primo e unico marito, Kenneth Blackwell, e quindi il figlio ed erede legittimo del vicario.»

«È assolutamente giusto, milord.» L'avvocato era raggiante.

«Beh, sono sbalordito!» annunciò Plantagenet Halsey. «Più cose so del buon vicario, meno lo conosco. Aspetta fino alla fine della sua vita per riconoscere il suo matrimonio con una donna, che è sfilata in società come duchessa e il cui figlio si credeva generato da un vecchio duca ed erede di un altro. E che cosa lascia il buon vicario a questo figlio da cui è stato diviso? Un gingillo e una miniatura. Oh, non è meraviglioso?»

«Curioso è la parola che mi viene in mente» rispose Alec, spingendo indietro la sedia. Fece cenno al suo maggiordomo perché i camerieri sparecchiassero la tavola. «Credo che il tuo buon amico, il vicario, non avesse intenzione di denunciare lord George Stanton come impostore. Avresti dovuto informare lord George del suo vero lignaggio solo *dopo* la morte del duca, e questo presumeva che lord George fosse stato elevato senza problemi al ducato di Cleveley. Penserei che *quel* lascito fatto da Blackwell abbia più valore di tutti gli altri, inclusa una fortuna lasciata a una bambina, non credete?»

Plantagenet Halsey e l'avvocato si scambiarono uno sguardo stupito, prima di fissare entrambi Alec, rendendosi conto di quello che aveva detto.

Alec guardò sia suo zio sia l'avvocato dai denti sporgenti con un sorrisetto. «La domanda è: avresti permesso a Blackwell di cavarsela con un'impostura, lasciando che lord George fosse elevato al rango di duca, titolo cui non ha legalmente diritto?»

Il vecchio unì le sopracciglia sopra il lungo naso. «Blackwell mi conosceva come uomo d'onore» disse cupamente, raddrizzando le spalle. «Mi sarei attenuto ai suoi desideri. Lo sai.»

«Sì, lo sapeva anche lui. È stato egoistico da parte sua e un abuso intollerabile della vostra amicizia.» Alec accompagnò l'avvocato alla porta. «Ho un'ultima domanda, Fanshawe: mentre completavate il secondo testamento di Blackwell, si è fatta menzione della residenza di Catherine Bourdon e di sua madre?»

«Somerset, signore. Una fattoria nella tenuta del duca di Cleveley» rispose Thaddeus Fanshawe senza esitazione, raddrizzandosi il davanti della redingote giallo canarino.

«*Aye*? Non St. Jude, allora?» chiese Plantagenet Halsey, confuso, attraversando lentamente la stanza dietro di loro.

«No, non St. Jude,» disse Alec soddisfatto, «ma una fattoria nel Somerset, come sospettavo. Conoscete il nome della fattoria, Fanshawe?»

«Sfortunatamente no, milord, perché la corrispondenza che affrancavo per conto del signor Blackwell era inviata a un albergo a Bath. Il Barr, in Trim Street, un albergo piuttosto distinto, così mi dicono.»

«Il signor Blackwell vi ha mai detto perché la corrispondenza per Miranda Bourdon era inviata al Barr, invece che alla fattoria?» chiese Alec.

L'avvocato era confuso. «Presumevo che lo facesse perché le lettere erano indirizzate al signor Ninian Bourdon a quell'indirizzo, milord.»

Zio e nipote si guardarono in faccia.

«Il signor Ninian Bourdon?»

«Il marito di Miranda Bourdon, milord» rispose l'avvocato, come se il collegamento fosse evidente. Quando zio e nipote si scambiarono uno sguardo sorpreso, Thaddeus Fanshawe sbatté gli occhi e aggiunse: «Il signor Blackwell stesso ha officiato la cerimonia, un po' meno di un anno fa. Era particolarmente contento che la bambina avesse finalmente un padre.»

«Ovviamente» rispose Alec con un debole sorriso, come se andasse tutto bene. Si fece da parte, per permettere a Wantage di scortare l'avvocato fuori di casa. «Grazie per essere venuto qua oggi, Fanshawe. La vostra visita è stata veramente preziosa. Vi farò portare a casa dalla mia carrozza.»

«Il codicillo, milord…»

«… resterà al sicuro qui finché questo imbroglio non sarà sistemato. Se doveste ricevere ulteriori visite dai servitori del duca, vi sarei grato se li indirizzaste a me. Dubito che vi disturberanno ancora, dopo. Ma, se può farvi sentire più a vostro agio, vi offro i servizi di due dei miei servitori più robusti, da piazzare davanti alla vostra porta per una settimana o due.»

«Grazie, milord» l'avvocato si inchinò grato e poi si inchinò ancora, mentre indietreggiava nel corridoio. «Vi sono molto grato, vostra signoria. Grazie, milord.»

«Che è questo tizio, Ninian Bourdon?» chiese Plantagenet Halsey, mentre il maggiordomo chiudeva la porta dietro all'avvocato, che continuava a profondersi in inchini. «Forse ha avvelenato Blackwell, in modo che la figlia di sua moglie potesse ereditare?»

«Non c'era nessuno che si chiamasse così alla cena.»

«E allora? Avrà usato un altro nome!» buttò lì il vecchio.

Alec sorrise. «Inverti quel pensiero e sarai più vicino alla verità.» Quando suo zio lo guardò sconcertato, aggiunse: «Forse uno dei gentiluomini che hanno partecipato alla cena di Charles usa il nome Ninian Bourdon come *nom de plume*? Sì, ho pensato che vi avrebbe aperto gli occhi. È una strada che vale la pena di esplorare. Ma ne parleremo più tardi» aggiunse burbero, mettendo un braccio dietro alla schiena curva del vecchio per sostenerlo. «Ora tornate a letto, con una dose di laudano. Abbiamo un lungo viaggio davanti a noi, domani.»

Plantagenet Halsey era stanco e gli faceva male la testa. Non aveva la forza di discutere. Il laudano e una buona dormita sarebbero stati i benvenuti. Diede comunque voce a un ultimo dubbio che lo assillava: «Interessante che Miranda Bourdon e sua figlia vivano proprio in una fattoria nella tenuta del duca...»

Alec sorrise cupo davanti all'astuzia di suo zio. Si chiese che parte avessero recitato Talgarth e Selina Vesey nell'enigmatica vita di Miranda Bourdon, ed era dell'opinione che Selina sapesse in realtà ben poco della sua protetta e ancor meno di quanto fosse coinvolto suo fratello nella vita della donna e di sua figlia. E che parte aveva avuto il duca nel decesso di Blackwell, proprio pochi giorni dopo aver scritto quello straordinario codicillo...? Le rivelazioni contenute in quel documento minacciavano lo stesso futuro del ducato di Cleveley e rendevano una parodia il matrimonio del duca con Ellen Dewalter. George Stanton non era quello che dichiarava di essere, che lo sapesse o no, e Charles Weir era proprio il tipo di sicofante che avrebbe fatto di tutto, per far sì che il duca e il suo erede designato gli fossero grati. Ragioni e motivazioni sufficienti per volere morto il buon vicario.

«Interessante?» rispose Alec sbuffando. «Un espediente sinistro, piuttosto.»

«Ah, lo sapevo» disse il vecchio con sollievo, guardando con soddisfazione i lineamenti tesi del nipote. «Cleveley è nell'acqua fino al collo e la marea sta salendo!»

Alec non aveva dubbi.

༒

Sɪʀ Cʜᴀʀʟᴇs Wᴇɪʀ ᴛʀᴏᴠò ʟᴏʀᴅ Gᴇᴏʀɢᴇ Sᴛᴀɴᴛᴏɴ ᴀ ꜰᴀᴄᴄɪᴀ ɪɴ giù, in una pozza del suo stesso vomito. I servitori non osavano spostarlo. Il valletto di sua signoria se n'era andato, per cercare un impiego adatto al "gentiluomo di un gentiluomo". Quella sbronza era stata l'ultima goccia. Non poteva, no, non voleva, restare al servizio di un tale zotico ubriacone, per quanto fosse nobile il suo nome: per ogni altro verso, quell'uomo era adatto solo a frequentare le osterie.

La prima azione di sir Charles fu di mandare a prendere un secchio di acqua fredda. Poi si tolse la redingote e i volant di pizzo, si arrotolò le maniche e, con un po' di fatica, fece rotolare lord George sulla schiena. Il giovane emise una serie di grugniti assonnati, che gli liberarono le narici, poi tornò a dormire. A sir Charles venne il vomito e corse alla finestra, aprì il saliscendi e respirò avidamente l'aria fresca.

Quando il servitore tornò con il secchio d'acqua, gli ordinò di gettarlo addosso al suo padrone addormentato. Il servitore obbedì, con uno strillo inorridito, poi gettò da parte il secchio e corse fuori dalla stanza, quando il gentiluomo guaì in modo blasfemo.

All'inizio, lord George fu incline a continuare a restare sdraiato sul pavimento, tanto era forte il martellare che aveva in testa. Ma aveva freddo ed era bagnato, e la lingua secca sembrava grossa il doppio del normale. Cercò di alzarsi, maledicendo i suoi servitori, si pulì la saliva dal volto con la parrucca. Fu allora che vide il riflesso di sir Charles Weir nel grande specchio e si chiese se fosse nel bel mezzo di un incubo; qualcosa che succedeva tutte le settimane dalla morte di sua madre. Sir Charles mise in fretta fine ai suoi dubbi.

«Vi aspetterò in sala da pranzo» disse bruscamente. «Vi suggerisco di lavarvi, la vostra persona puzza.»

Quando lord George riapparve, con la barba lunga, appoggiandosi allo stipite della porta, indossava una camicia a collo aperto senza volant, un paio di calzoni color camoscio, che avevano bisogno di essere stirati. Sulla testa rasata aveva appoggiato un turbante di seta rosso e oro, che non solo era ridicolo in sé, ma aveva l'effetto di far sembrare che il suo proprietario avesse la testa a forma di uovo. Sir Charles non poté evitare di sorridere nel suo boccale di birra, nonostante fosse furiosamente arrabbiato con il figliastro del duca.

Lord George si lasciò cadere accanto al tavolo e si coprì il volto con le mani grasse. «Cristo, mi sento male. Perché mi avete svegliato Charlie? Vi ho chiesto di svegliarmi? Non ricordo...»

«State zitto» replicò sir Charles, spingendo un boccale verso sua signoria. «Bevete, vi sentirete meglio dopo.»

«Non voglio...»

«Bevete!»

Lord George guardò risentito sir Charles attraverso le dita allargate. «Non mi piace il vostro tono, Charlie.»

Sir Charles fece un sorriso cattivo. «Allora comportatevi come si deve.»

Lord George lasciò cadere la fronte sul tavolo e gemette. «Andate via, fate il bravo piccolo *segretario*.»

«Non avete un grammo di gratitudine, vero?» disse amaramente sir Charles.

Lord George scrollò le spalle.

«Ascoltatemi. Se non tornate sobrio per vedere quello che vi sta intorno, rischiate di perdere tutto, *tutto* quello che è vostro di diritto. Mi capite?»

«Quello che è mio di diritto?» guaì lord George. «Tutto quello che sognavo di avere è morto con la mamma.»

«Che miserabile piagnucolone!»

Lord George alzò di scatto la testa e scosse il braccio di sir Charles. «Chiedetemi scusa, segretario. Scusatevi! Scusatevi. Dannazione a voi!»

Sir Charles sospirò. Perché doveva sopportare quel sempliciotto? Ma conosceva la risposta e, anche se non desiderava altro che dire a quello zotico obeso che cosa veramente pensava di lui, si controllò e disse, con una voce che colava falsa sincerità: «Ovviamente mi scuso, George. Sapete che a me interessa solo il vostro bene. Come alla duchessa. È per lei che sono qui, oggi.»

«A causa di mamma?»

«Sì. Era suo desiderio, vero, che voi succedeste a Cleveley?»

«Che importa adesso?» piagnucolò lord George, lasciando ricadere il triplo mento sul braccio. «Avete visto che cos'è successo all'opera. Alla faccia dei desideri di mamma! Il carissimo papà si è fidanzato con Hatty Russel. La *mia* Hatty Russel! *La mia*.» Spinse da parte la birra e si coprì il volto con le mani. «Come ha potuto?»

Sir Charles alzò gli occhi al cielo e pregò di avere pazienza. Batté leggermente il braccio di lord George. «Forza, forza, carissimo George. Non si possono sempre prevedere le azioni degli altri. Anch'io sono stato distrutto da quello spettacolo, non mi sarebbe mai venuto in mente. Questa volta l'astuzia politica di Sua Grazia ha sorpreso persino me. Ma si deve imparare ad adattarsi e a volgere a proprio vantaggio quello che potrebbe essere un potenziale disastro. Per il momento può avere la mano vincente, ma cambierà presto...»

Lord George lo scrollò via. «Che cosa state blaterando, Charlie? A chi diavolo interessa se vi ha colto di sorpresa? Quello che conta è: che cosa avete intenzione di fare?»

Sir Charles inarcò le sopracciglia. «Io? Riguardo a che cosa?»

Lord George fece una smorfia. «Andiamo, Charlie! Non fate il finto tonto con me. Metterete fine a questo fidanzamento, vero?»

«Perché dovrei?»

Un raro lampo di intuizione fece momentaneamente dimenticare il mal di testa a lord George. «Avete investito troppo su di me, per sprecarlo su un qualche marmocchio che mio padre potrebbe avere con Hatty.» Quando sir Charles rise, lord George capì che era una risata forzata e non poté evitare di rigirare il coltello nella piaga. «Per un uomo che in pratica indossava la parrucca di mio padre per lui, siete di fronte a un bel dilemma su cosa fare riguardo a questo fidanzamento, vero, Charlie? E scommetto che potete firmare con la sua calligrafia meglio di lui stesso. Quindi, che cosa avete intenzione di fare per impedirgli di sposare Hatty?»

Sir Charles fiutò una presa di tabacco. Non riteneva divertente lord George e si vedeva.

«E se Cleveley scopre fino a che punto siete già arrivato per *reclamare* la *vostra* Hatty?»

«Ora, Charlie, non provate a minacciarmi!» ringhiò lord George e affondò nuovamente la testa tra le mani. «Oh, Dio, mi sento male. «Vorrei che spariste…»

«Voi e io dobbiamo decidere quale sarà la nostra prossima mossa.»

Lord George sospirò impaziente. «Siete una tale lagna. Ma vi ascolterò. Io non ho nessuna idea.»

«Proprio così» mormorò sir Charles.

Lord George venne improvvisamente un'idea.

«Forse non devo preoccuparmi. Dopo tutto, non è che fosse colpa di mamma, se il matrimonio era sterile. Sappiamo tutti che cosa si sussurra nei club. Papà non riesce a mettere incinta nemmeno una puttana. E Dio sa che ne ha scopata una bella schiera, negli anni.» Grugnì, con un mezzo sorriso e diede una gomitata a sir Charles. «Chi dice che gli andrà meglio con Hatty? Ah! Non c'è bisogno di farsi prendere dal panico!»

«Pensateci per un momento, George. Se lady Henrietta sposa vostro padre, ci sarà *lui* nel *suo* letto, non *voi*.»

Lord George fece una smorfia e si mordicchiò malinconicamente un'unghia.

«Anche se… Non c'è stato l'annuncio *ufficiale* del fidanzamento.»

Lord George morse un pezzettino di carne viva e lo sputò.

«Che significa?»

«Significa che, finché non appare sui giornali l'annuncio del fidanzamento tra Sua Grazia e lady Henrietta Russell, voi avete la stessa speranza che ho io di diventare il marito di lady Henrietta.»

Lord George restò a bocca aperta e poi scoppiò a ridere, mentre si trascinava verso una credenza di noce che nascondeva un *pot de chambre* nel cassetto inferiore. Procedette a urinare nel cassetto aperto. «*Voi*, il marito di *Hatty*?» disse voltando la testa. «Questa è impagabile, Charlie!» Voltandosi per sistemarsi, scoprì che mancava il vaso. Un servitore l'aveva tolto per svuotarlo e non si era preoccupato di rimetterlo a posto. Imperterrito, lord George si allacciò i calzoni e chiuse con un calcio il cassetto sgocciolante.

Sir Charles lo guardò con odio a malapena celato. Lo nauseava pensare che questo buffone inturbantato avesse messo le sue zampe su lady Henrietta Russell. Ed ereditare un ducato, poi... Eppure, mentre poteva superare la sua amara delusione qualora il duca dovesse sposare la figlia del conte Russell, il pensiero che quel matrimonio producesse un erede e che lord George non fosse il prossimo duca era intollerabile. Un tale risultato non avrebbe lasciato spazio a sir Charles per esercitare la sua influenza politica. Aveva passato la maggior parte della sua carriera formativa coltivando la famiglia del duca, la duchessa e suo figlio in particolare, e non aveva nessuna intenzione di permettere che i suoi sforzi finissero in nulla. Fino alla morte della duchessa, era stato perfettamente sicuro di poter godere ancora di molti anni all'ombra dorata del patrocinio di Cleveley. Con la sua morte, la sua continuazione era diventata incerta, l'imminente fidanzamento del duca un colpo durissimo che poteva mettere fine alla sua carriera politica, a meno, cioè, di riuscire a far muovere George.

«Siate buono, Charlie e mandate un lacchè a chiamare un medico.»

Sir Charles ignorò la richiesta.

«Sua Grazia è partito in tutta fretta per il Somerset. Presumo che voglia fare visita allo studio di Bath di un particolare pittore, per accertarsi per quale diritto divino si sia preso la briga di immortalare la marmocchia bastarda e quella puttana di sua madre. È stata una fortuna del diavolo, che il suo miglior dipinto sia stato distrutto tanto da non permettere il riconoscimento. Potrebbe ancora salvarvi.»

L'effetto sul malandato lord George fu immediato. Guardò sir Charles con un senso di panico travolgente. Gli occhi si spalancarono. «Vesey sa dove vive e se lo sa lui, allora è solo questione di tempo prima che mio padre lo sappia anche lui.» Si lasciò cadere nuovamente su una sedia. La birra non sembrava tanto male, dopo tutto. La buttò giù in un sorso e ruttò. «Mi avevate detto che vi eravate occupato di lei e della marmocchia!» Fece il broncio a sir Charles e gli scosse il braccio. «L'avevate promesso alla mamma. Avevate detto che lei era uscita per sempre dalle nostre vite, *per sempre*. Ah! E ora mi dite che è la baldracca di un pittore? Mi avete *mentito*, Charlie.»

Sir Charles liberò il braccio. «Io non ho fatto niente del genere» rispose altezzosamente. «Contro ogni buonsenso, ma secondo i desideri della duchessa, mi sono irrevocabilmente implicato nei vostri sordidi affari. Ho fatto quello che mi chiedevate. Niente di più e niente di meno. Che la puttana sia difesa da un emaciato pittore, poco più di un ragazzino, e sia tornata a tormentarvi dopo tutti questi anni, non è proprio affar mio.»

Lord George masticò un'unghia completamente rosicchiata. «Ma farete qualcosa al riguardo, vero?»

Sir Charles si tirò indietro. «Io? Perché dovrei incriminarmi ancora di più? Diversamente da voi, io posso spiegare il mio involontario coinvolgimento come un leale segretario che stava solamente curando gli interessi del suo nobile datore di lavoro.»

«Dannazione, Charles!» piagnucolò lord George. «Siete coinvolto anche voi!»

Sir Charles sbuffò sprezzante ma fu segretamente lieto che lord George avesse l'onestà di essere spaventato. Sentiva che la marea stava nuovamente cambiando in suo favore. «Sono disposto a offrirvi nuovamente il mio aiuto.» Spinse lord George verso la stanza da letto. «Vestitevi. Partiamo per il Somerset appena avrete fatto i bagagli.»

Lord George si immobilizzò sulla soglia. «Non mi costringerete a confessare una sola sillaba a mio padre! Non dopo tutti questi anni. *Mai*.»

«Nessuno vi chiede di farlo» disse sir Charles con un sorrisino tirato, imponendosi di essere paziente. «Quei quadri sono stati un promemoria molto spiacevole per voi, George, ma sono dell'opinione che i morti debbano restare morti. L'unica persona che può assicurarsi che questa faccenda si concluda una volta per tutte è vostra zia lady Rutherglen, e prima che il duca venga coinvolto. È lei la persona che andremo a trovare. So da fonti sicure che è a Bath a passare le acque.»

Lord George gettò il turbante in mezzo al disordine delle coperte e si grattò dietro la testa arruffata. «Zia Rutherglen?» borbottò. «Che cosa può fare quella vecchia serpe, per me?»

Sir Charles si morse deliberatamente la lingua. Lady Rutherglen aveva fatto più di chiunque altro al mondo, per salvare il grasso collo del suo ingrato nipote. Aveva pagato in molti modi il prezzo più alto per la sua devozione alla prole di sua sorella e ora sarebbe toccato ancora una volta a lei assicurarsi che lord George Stanton ereditasse il ducato di Cleveley. L'esistenza di troppe persone dipendeva da quel risultato, incluso quella di lady Rutherglen. Ma sir Charles sapeva che a lord George non interessava assolutamente che sacrifici erano stati fatti per lui o da chi perché, per tutta la sua vita, quello che George voleva George otteneva, senza tener conto delle conseguenze per gli altri. Da lì, la loro difficile situazione attuale. Ma sir Charles non aveva l'energia o la voglia di fargli la predica su cose così ovvie e disse semplicemente:

«Fidatevi di me, milord. Sarà tutto chiaro, una volta che arriveremo a Bath.»

Sua signoria si fidò di lui. Era sicuro che sir Charles sarebbe stato in grado di raddrizzare le cose. Dopo tutto, ci era riuscito cinque anni prima e con la benedizione di sua madre e sua zia. Non si aspettava niente di meno che l'assoluta lealtà, da parte dello scagnozzo del suo patrigno. Di colpo, non si sentì più così male.

«Allora qual è il vostro piano, Charlie?»

«Il piano, milord, è già in atto. Ora, dobbiamo aver fede nel patetico desiderio del mio vecchio compagno di scuola dai capelli corvini di ottenere verità e giustizia.» Tolse dalla tasca l'orologio per vedere l'ora e sorrise. «Credo proprio che sia oramai per strada verso il Somerset, per affrontare il duca.»

«*Cosa?*» tuonò lord George. «Avete trascinato *Halsey* in questa storia? Perché, nel nome di Bedlam? Se qualcuno è capace di far resuscitare i morti, è proprio quel dannato agitatore pieno di buoni principi.»

Sir Charles sorrise maligno. «Esattamente. E quale modo migliore di ottenere che un duca moralista tenga i morti nelle loro tombe, che avere alle calcagna un crociato che vuole raddrizzare i torti?»

Lord George non era così stupido come sir Charles supponeva perché, in risposta, scoppiò in una tale risata senza freni, che l'ex-segretario fu quasi portato a ignorare la puzza di vomito vecchio e urina sull'enorme persona di sua signoria.

DIECI

Selina era seduta in un angolo della carrozza da viaggio, sballottata su e giù per le strade accidentate, mentre cercava di leggere la *Gazette*. Detestava viaggiare, essere costantemente spintonata, fatta rimbalzare e dover ondeggiare di qua e di là sulle strade strette, piene di solchi e di fango; il tedio di miglia e miglia di campagna; l'odore del sudore dei cavalli e del letame nelle scuderie affollate delle locande lungo la strada. Non è che non le piacesse la campagna, o viverci, era raggiungerla che trovava fastidioso.

E i suoi due compagni di viaggio non le offrivano la minima distrazione, per aiutarla a passare le ore.

Evans era seduta accanto a lei, con la schiena rigida come sempre ma profondamente addormentata, con la testa che continuava a cadere in avanti, tanto che il mento puntuto rimbalzava sul petto emaciato. Talgarth era rannicchiato nell'angolo diagonalmente opposto, completamente sveglio, e ignorava i campi aperti. Fissava assente i cuscini imbottiti tra le due donne. Nonostante fosse avvolto in tre coperte e avesse un mattone caldo sotto i piedi, aveva la fronte sudata e continuava a tremare, con le braccia strette intorno al petto, e rimuginava in silenzio.

Non aveva detto una parola dalla notte che avevano passato a Marlborough, dove era stato male nel cortile della scuderia: era il terzo episodio di vomito da quando erano partiti da Londra. Selina sapeva benissimo che era una sofferenza auto-inflitta. La nausea, i brividi e il sudore erano da sempre i compagni dei periodici episodi di astinenza dall'oppio di suo fratello. Si stava punendo per quello che vedeva come il suo fallimento come artista. Era un atto di autopunizione e, anche se detestava vederlo in quelle condizioni, Selina sapeva che nessuna lusinga da parte sua lo avrebbe fatto sentire meglio e certamente non lo avrebbe indotto a parlare. Doveva permettergli di cominciare lui la conversazione, a tempo debito.

Quindi, Selina tornò alle pagine della *Gazette* e finì di leggere un articolo sull'approvazione della proposta di legge Bristol, interessandosi per un attimo a una citazione di sir Charles Weir, che lodava il voto della Camera dei Comuni e riportava, *verbatim*, la sua ampollosa spiegazione di quello che avrebbe significato per la grandezza mercantile del regno.

«Che diavolo avrà visto Cleveley in quell'uomo?» si chiese a volte alta, gettando da parte il giornale piegato per prendere il *Public Advertiser*.

«Sono un dannato fallimento!» dichiarò Talgarth, sforzandosi per un momento di non tremare.

Selina finse un momento di distrazione. Non alzò gli occhi dalla carta stampata. «Scusami, caro… Che cosa hai detto?»

«Sono un fallimento.»

«Fallimento…?»

«La mostra è stata un fallimento, nessuno ordinerà più un ritratto a un fallito. Dannazione! Sono andato in pezzi davanti a *tutti*!»

Selina piegò il *Public Advertiser*, con un'occhiata di traverso a Evans che sonnecchiava.

«Tal, sei troppo duro con te stesso. Qualunque persona decente sarebbe stata sconvolta da un simile orrendo atto di vandalismo. Chi potrebbe pensar male di te, per aver mostrato le tue emozioni? In effetti, mi sorprenderebbe se non ricevessi una valanga di commissioni proprio per quell'episodio.» Alzò il giornale che aveva in mano. «Guarda, qui c'è un articolo sulla mostra, con tre paragrafi su di te contro uno solo su Hamilton.»

Quello che non aggiunse era che avevano dedicato altrettanto inchiostro speculando sull'identità del vandalo, o vandali, del ritratto di Talgarth e sull'identità delle figure nel ritratto. Un critico dichiarava orgogliosamente che aveva ispezionato la tela danneggiata e che era dell'opinione che la donna del mistero non fosse altro che l'ultima amante francese di Louis, Jeanne du Barry. Selina non aveva idea di come avesse raggiunto quella sconcertante conclusione, visto che il ritratto era stato talmente sfregiato con la vernice rossa, che era impossibile distinguere perfino il colore dei capelli della modella.

«Lina,» disse Talgarth con un sussurro angosciato, «era il mio lavoro *migliore*. In *assoluto*.»

Selina non aveva visto il ritratto prima che fosse rovinato ma era sicura che avesse ragione. Avrebbe voluto prenderlo tra le braccia e stringerlo, fino a far sparire il dolore. Talgarth non le diede l'opportunità di dargli ragione. Sbatté improvvisamente il lato del pugno contro i pannelli della portiera, con la rabbia che cresceva dentro di lui.

«Cobham penserà che sono stato *io*, solo per attirare l'attenzione. Pensa che io sia matto.» Fissò lo sguardo aperto di sua sorella. «È vero, Lina? Sono matto?»

«Per niente» rispose Selina con calma, ed era sincera.

Quello che pensava Cobham era completamente diverso. Ma il loro fratello maggiore mancava completamente di immaginazione. Esattamente come i loro genitori, che non erano stati in grado di capire l'inettitudine scolastica di Talgarth, lo avevano legato a una sedia per ore e ore, con un tutore in piedi dietro di lui, che recitava versi in latino e greco. Come se il loro recalcitrante figliolo potesse assorbire un'educazione semplicemente restando alla presenza di un *don* di Oxford!

«Il fatto che tu ti faccia la domanda dimostra che sei sano quanto me» aggiunse Selina, con un sorriso comprensivo. «Inoltre, che t'importa dell'opinione di Cobham? A me certamente non interessa.»

Talgarth non era completamente convinto. Si strinse le coperte intorno al corpo magro, tremando senza riuscire a fermarsi. «Allora perché ti sei schierata con lui e mi avete mandato via?» si lamentò. «Hai detto che un viaggio sul continente mi avrebbe fatto bene. Hai detto che era meglio che restassi lontano dall'Inghilterra. E quando sono tornato, dove mi avete mandato tu e Cobham? A Bath! Un buco termale in declino, adatto solo agli ipocondriaci e ai soldati invalidi! Mi considera una fonte di imbarazzo per il nome della famiglia. E tu? È per quello che ti sei schierata con lui?»

«Un imbarazzo? Buon Dio, Tal. Per Cobham i tuoi malumori non sono niente, a paragone del mio *spirito indipendente*. Il suo eufemismo per il fatto che mi sono rifiutata di dividere il talamo nuziale con un marito pazzo e misogino. Detesta avere una sorella che parla chiaro. Inoltre,» aggiunse con un sorriso triste, abbassando gli occhi sulle mani, «una volta maritata, era meglio per te starmi lontano, lontano da tutti quei... *fatti spiacevoli*.»

Il disgusto di Talgarth per se stesso aumentò dieci volte e tirò su col naso, sotto la coperta. «Dio, Lina, sono un demonio insensibile.

Perdonami. Che cos'è la perdita di un quadro, a confronto degli anni di tormento che hai dovuto subire per mano di quel mostro... Spero che Apollo sia degno di te.»

Selina chinò la testa, con un dolore sordo in gola, pensando che era proprio tipico di suo fratello, riferirsi ad Alec come al dio greco della bellezza maschile e della ragione. Ma, ancora in subbuglio per il modo brusco e furioso in cui Alec era uscito da casa sua, non si sentiva all'altezza di parlare di lui. Alec era ancora arrabbiato con lei. A Marlborough, le loro carrozze si erano incrociate. Lui si stava preparando a partire, quando la carrozza di Selina si era fermata nel cortile pieno di traffico della locanda.

Talgarth disse quello che stava pensando lei. «Non ti ha detto più di due parole, a Marlborough.»

«L'hai visto?»

«I bei lineamenti di Apollo sono difficili da mancare, anche se questo pittore stava vomitando nella paglia. Che cosa hai fatto per sconvolgerlo?»

Selina restò a bocca aperta, indignata. «Perché presumi che sia io quella in torto?»

«Perché sei come me,» disse Talgarth con uno dei suoi rari sorrisi, «hai la testa dura come un mulo.»

Selina doveva ammettere che era vero, ma aggiunse in sua difesa, a voce bassa: «Ho preso la decisione migliore per entrambi.»

Quando Talgarth scrollò le spalle e sembrò poco convinto, riprendendo a fissare fuori dal finestrino, come se avesse perso interesse nella faccenda, Selina cambiò abilmente argomento, sperando che Talgarth fosse abbastanza ricettivo da rispondere ad alcune delle domande che le aveva fatto Alec.

«Sai chi è stato a sfregiare il tuo quadro, Tal?» chiese gentilmente.

«Mi conosci, Lina» rispose con un sospiro rassegnato, lo sguardo fisso sul vetro del finestrino e non sul panorama di fuori. «Ho offeso più gente di quanti amici mi sia fatto. Non sopporto gli sciocchi. Bath è popolata di sciocchi e vecchie signore. Dipingerò il ritratto di chiunque, per il giusto compenso, ma non voglio essere trattato come un lacchè ignorante!»

«Oh, sono d'accordo. È il tuo metodo di trattare con gli sciocchi, che ha probabilmente bisogno di essere un po' perfezionato. C'è stato quell'*incidente* con la signora Sudgemoor e i suoi tre barboncini, ti ricordi?»

Talgarth digrignò i suoi denti perfetti. «Topi pelosi troppo cresciuti! Avrebbero distrutto il mio tappeto turco preferito, se non gli avessi lanciato addosso il *pot de chambre*.»

«Ma, mio caro, è stata la signora Sudgemoor che ha risentito le conseguenze del lancio del contenuto di quel vaso.»

«Quella stupida donna si è messa in mezzo» borbottò, la nausea e un mal di testa persistente gli impedivano di vedere il lato divertente di quell'incidente. «Colpa sua, non mia.»

«E hai pubblicamente umiliato lady Russell nelle Assembly Rooms, dicendole, con una voce che avrebbe svegliato i morti, che se non le piaceva il ritratto delle sue figlie minori era solo colpa sua, visto che erano *così brutte che solo la decapitazione avrebbe garantito loro un matrimonio adeguato*.»

«L'ho davvero fatto? Beh, ho fatto del mio meglio. E *sono* brutte, Lina. Le sete più fini e tutto il trucco del mondo non faranno nessuna differenza. *E*, avevo omesso i porri.»

«Un incidente simile è capitato anche con la cognata di Cleveley, lady Rutherglen. Hai detto che, quando è venuta nel tuo studio per vedere il ritratto suo e di lord Rutherglen, è rimasta talmente offesa da pretendere che ne dipingessi un altro, rifiutandosi di pagarti il compenso, finché non avessi completato la seconda tela… E tu le hai detto che solo il ritratto del suo-del suo… *sedere* avrebbe portato qualche miglioramento rispetto all'originale!»

«Davvero?» disse Talgarth, momentaneamente contento di sé. Si spostò irrequieto sulla panchetta imbottita. «Potrei dipingere centinaia di ritratti di quella donna e non cambierebbero il fatto che non puoi vestire un suino di seta e aspettarti che non puzzi di maiale.»

«So che fai del tuo meglio, Tal» simpatizzò Selina. «È dura, dover dipingere quella gente solo per guadagnarti un posto tra i pittori del momento. Ma non ti dispiace del tutto vivere a Bath, vero?» gli chiese, con una mano guantata stretta intorno alla cinghia sopra la testa, quando la carrozza sbandò a sinistra, mentre rallentava per superare un bivio. «Ed Ellick Farm è a meno di mezza giornata di distanza. Miranda e Sophie aspettano sempre con ansia le tue visite. Hai fatto la differenza nelle loro vite solitarie.»

Talgarth sbuffò, poco convinto, ma abboccò alla domanda di sua sorella, esclamando: «Solitarie? Sai proprio tutto della vita là alla fattoria! Durante una delle mie visite, ero andato là per vedere se la signora Bourdon avesse bisogno di qualcosa, ho trovato lei e Sophie tutte prese a scartare una carrettata di regali da un vecchio gentiluomo di Londra che era venuto a trovarle.»

«Un gentiluomo da Londra?»

«Mi sono sentito un intruso, te lo posso dire, Lina» borbottò Talgarth. «Anche se hanno fatto del loro meglio, per farmi sentire il benvenuto, si capiva che non mi volevano lì.»

Selina si mise diritta, con una ruga tra le sopracciglia. «Chi era questo gentiluomo?»

«Non ti devi preoccupare che la stesse corteggiando. Era abbastanza vecchio e corpulento da essere suo nonno. E si è preso la briga di spiegarmi che non stava alla fattoria ma su, nella casa grande in cima alla collina…»

«Bratton Dene?»

Talgarth annuì. «Tipo amichevole. Pieno di chiacchiere. Un vicario in pensione, abiti dimessi, strano. A giudicare dai regali che aveva portato, matasse di seta di Spitalfields e velluti, calze di seta e roba del genere, ho pensato che si sarebbe potuto vestire meglio. Comunque, sembra il tipo che preferisce dare che ricevere e immagino che sia per quello, che è un vicario. Certamente stravedeva per Miranda e Sophie.»

«Ti ha detto come si chiama?» chiese Selina, anche se aveva il presentimento di saperlo già.

«Blackburn? Blackbird?» Talgarth fece una smorfia. «Black-qualcosa…»

«Black… *well*? Si chiamava Blackwell?»

«Blackwell, sì, direi di sì.»

«Ti ha detto come mai era venuto alla fattoria?» insistette Selina. «Sai se era la sua prima visita, oppure se era già stato là?» Lasciò andare la cinghia di cuoio sopra la testa chiara, la carrozza ora correva su una strada più liscia, e si mordicchiò il labbro inferiore, pensierosa. «Tal? Ti ha detto qualcosa di sé? Ovviamente Miranda lo conosceva bene, ma… Tal?»

Suo fratello si era rannicchiato di nuovo nel suo angolo e aveva chiuso gli occhi. Il martellamento alle tempie era diventato così forte, che gli impediva di vedere bene dall'occhio sinistro. Aveva parlato troppo. Alla prossima locanda, avrebbe fumato un po' d'oppio dalla sua pipa di bambù e il dolore sarebbe diventato più tollerabile. Aveva solo abbastanza *chandu* da durargli finché fossero arrivati al suo studio a Bath.

Quando sarebbe finito quel maledetto viaggio?

«Tal, devo sapere che cosa…»

«Basta, Lina, basta per ora» mormorò Talgarth senza aprire gli occhi e voltò la testa verso l'angolo.

Selina chiuse la bocca sospirando e si mise comoda accanto alla sua cameriera addormentata, sapendo che era inutile continuare. Avrebbe dovuto essere paziente e aspettare la prossima occasione, quando Talgarth si fosse sentito in vena di confidenze. Guardò fuori dal finestrino senza vedere, rimuginando sul collegamento tra un vicario trasandato, una giovane donna e la sua figlioletta illegittima, e dovette ammettere che l'ipotesi di Alec ora sembrava ancora più plausibile: che fosse il reverendo Blackwell il parroco che aveva mandato da lei Miranda, anni prima.

Ma perché mandare da lei la ragazza? E perché a Ellick Farm? Il vicario aveva fatto spesso visita a Miranda alla fattoria? E se era così, sorgeva un'altra domanda: se si teneva in contatto regolarmente con Miranda, forse lei gli aveva confidato le circostanze del concepimento di Sophie e quindi era lui che aveva ricattato George Stanton, dopo tutto, cercando di ottenere da lui una compensazione per Miranda e sua figlia, per il suo detestabile crimine. Stanton aveva sempre conosciuto l'identità del suo ricattatore e si era occupato di lui alla cena di Weir? Ma Blackwell non sembrava il tipo d'uomo da ricorrere al ricatto. E George Stanton era un codardo. Avrebbe fatto fare a qualcun altro il suo lavoro sporco; qualcuno con un cervello... Le venne immediatamente in mente Sir Charles Weir.

Ma c'era anche il duca, a quella cena. E Talgarth aveva detto che Blackwell risiedeva nella proprietà del duca... Cleveley sapeva che il vicario aveva fatto visita a Miranda alla fattoria? Blackwell aveva affrontato il duca, informandolo che la donna stuprata dal suo figlio adottivo viveva in pratica sulla sua porta di casa? Cleveley aveva deciso di prendere in mano la faccenda e far tacere il vicario, prima che venisse fuori la verità?

Tutto quel rimuginare e il fatto di essere stata sballottata su strade malmesse per ore e ore avevano contribuito a farle venire la nausea e il mal di testa, perciò Selina sospirò forte di sollievo, quando la carrozza si fermò fuori del George Inn sulla High Street a Norton St. Philip. Dovevano passare lì la notte e poi partire per Ellick Farm alle prime luci dell'alba. E quando il postiglione la aiutò a scendere sul terreno solido, Selina era ansiosa quanto Talgarth di cercare la pace relativa e la quiete delle migliori camere del George.

Il lastricato era cosparso di paglia, per nascondere il fango e la sporcizia calpestati dai viaggiatori stanchi e dai mercanti di lana che erano venuti a incontrarsi e godere dell'ospitalità di quella locanda, che risaliva al tredicesimo secolo. Era affollato e rumoroso, ma Selina notò appena gli uomini e il chiacchiericcio, mentre si faceva strada sotto l'arco del porticato verso il calore dell'interno, con Evans al seguito. Ma appena dentro la porta, Selina notò la figura snella di un ragazzo alto e magro con una zoppia pronunciata, perché nella fretta di uscire, l'aveva gettata di lato con una spallata e lei lo aveva fissato furiosa, mentre cadeva tra le braccia di un altro viaggiatore.

Il viaggiatore lanciò qualche insulto al ragazzo per la sua goffaggine e metà della stanza si voltò a guardare. Il ragazzo si raggelò e mormorò qualche scusa incoerente, mentre guardava furtivamente la signora con la quale si era involontariamente scontrato, poi corse fuori nell'aria fredda del pomeriggio.

Lo stupore di Selina era evidente e il viaggiatore, pensando che fosse dovuto al rozzo comportamento dello zotico, si offrì di rincorrere il piccoletto e insegnargli un po' di buone maniere a frustate. Selina rifiutò ma avrebbe cercato lei il ragazzo, appena si fosse assicurata le stanze per la notte, perché lo conosceva.

Era Billy Rumble, nipote della sua cuoca a Ellick Farm. Aveva una gamba più corta dell'altra e un piede equino, e si occupava dei cavalli di Selina, quando lei soggiornava lì. Negli altri periodi faceva dei lavoretti nella fattoria e durante il raccolto lavorava nella tenuta del duca di Cleveley. Che ci faceva lì, lontano miglia da casa e da solo? Miranda le aveva confidato che il ragazzo sognava di andare per mare. Alla fine era scappato?

❦

Billy zoppicò in fretta, quanto lo permettevano le gambe disuguali, verso l'angolo più lontano, più buio e silenzioso dello stretto vicolo che separava le cucine della locanda dalla scuderia. Fermandosi per riprendere fiato, slacciò la vecchia giacca di lana, estrasse la camicia dai calzoni e ne tolse un fascio di lettere, infilate in una vecchia calza che aveva tenuto sulla pelle fin da quando aveva lasciato la fattoria. Poi si rimise la camicia nei calzoni, riabbottonò in fretta la giacca e infilò il fascio in una tasca profonda.

Aveva rubato i gioielli e le lettere alla signora Bourdon per la promessa della somma principesca di cinque ghinee. Quelle ghinee significavano la libertà per Billy. La sua nuova ricchezza gli avrebbe permesso di sfuggire al tran tran della sua miserabile esistenza. Detestava lavorare la terra. Voleva andare per mare. Voleva fare il contrabbandiere come suo zio Nate.

E poi la fortuna gli aveva sorriso ancora di più.

Mentre era nella stanza della signora Bourdon e frugava tra i suoi effetti personali, aveva scoperto un fazzoletto di pizzo legato con un nodo, che celava gioielli che valevano una fortuna. Il fazzoletto di lino fine con il suo bordo delicato di pizzo era ficcato in fondo, in un angolo del cassetto in basso di una piccola scrivania di mogano intagliato accanto alla finestra. Tre braccialetti d'oro, un bottone d'argento inciso, un paio di orecchini di diamanti, a goccia, e un anello d'oro con un'incisione, adatto al ditino di una signora. E c'era anche un fascio di lettere legate con un nastro.

La promessa di qualche ghinea non aveva più molta importanza, ora che aveva l'oro nelle sue tasche.

Comunque, Billy voleva le sue ghinee. Aveva promesso a sua sorella Annie una corona, per averlo aiutato a portar via Miss Sophie dalla fattoria. Aveva aumentato la ricompensa a due corone, quando Annie era stata riluttante a consegnare la bambina a un gentiluomo di Londra *di cui non sappiamo niente*. Ma Billy le aveva mentito, dicendole che in realtà l'uomo era il padre di Sophie, che era venuto a portarla via verso una vita migliore con lui, in una grande casa a Londra. Quello che intendeva fare Billy era offrire la piccola Sophie al gentiluomo di Londra, a un certo prezzo. Suo zio Nate gli aveva detto che il rapimento rendeva più del contrabbando, a seconda di chi era l'ostaggio. Billy immaginava che la piccola Sophie valesse almeno dieci ghinee, forse dodici.

Mezza ghinea aveva assicurato la collaborazione di Annie.

Annie e il gentiluomo di Londra non avevano bisogno di sapere dei pendenti di diamanti o dei bracciali d'oro. Billy avrebbe offerto le lettere a un certo prezzo e forse l'anello d'oro adatto al dito di una signora, e se il gentiluomo di Londra non voleva Sophie, lui se ne sarebbe andato, lasciando Annie a cavarsela con la marmocchia, specialmente ora che la signora di Londra che veniva una volta all'anno alla fattoria l'aveva visto. Accidenti a lei, doveva proprio arrivare alla locanda quella sera! Sperava che Annie avesse il buonsenso di restare nascosta, finché lui fosse tornato dal suo incontro con il gentiluomo di Londra. Avrebbe nascosto le lettere in alto, tra le travi del terzo box sulla destra, proprio come gli aveva ordinato il gentiluomo, preso le ghinee da sotto la sella nello stesso box e poi sarebbe scappato.

Avrebbe comprato un posto all'interno sul postale per Bristol…

Annie non avrebbe visto i suoi soldi, finché lui non fosse stato pronto a mandarglieli. In quel modo, si sarebbe assicurato il suo silenzio e la sua collaborazione. Billy sorrise della propria astuzia. Poteva anche essere uno storpio, ma nessuno poteva accusarle Billy Rumble di essere lento di cervello!

La scuderia era piena di trambusto, del rumore e sudore dei

cavalli esausti che arrivavano per la notte. Gli stallieri erano troppo presi dal loro compito di dar da mangiare e bere alle bestie e preparare le loro lettiere prima del tramonto, per notare uno storpio che si faceva strada tra una moltitudine di cavalli sudati e una dozzina di ragazzetti che correvano, carichi di briglie e attrezzi. Billy scomparve all'interno del terzo box vuoto. Si tolse la giacca di lana e, se non fosse stato tanto ansioso di scaricare quello che aveva rubato e infilarlo tra due travi, ben nascosto, si sarebbe forse accorto che in un angolo buio era appostata una figura con un cappotto e gli stivali da cavallerizzo.

Billy saltò giù da una delle traverse e fece un passo indietro, contento che il fascio non si vedesse. Si sistemò la camicia e i calzoni, e stava per raccogliere la giacca di lana per rimettersela, quando sentì in tasca i gioielli, avvolti nel morbido fazzoletto bordato di pizzo. Per assicurarsi per l'ennesima volta che i gioielli erano proprio veri e ancora in suo possesso, lasciò cadere la giacca e tolse dalla tasca il fazzoletto. Mentre lo faceva, il bottone d'argento e gli orecchini caddero sul pavimento coperto di paglia.

Infilò nuovamente il fazzoletto nella tasca dei calzoni, senza preoccuparsi di controllare il resto del prezioso contenuto, e nella luce morente cercò di ritrovare i preziosissimi orecchini tra la paglia bagnata e il letame. Il suo sospiro di sollievo, quando trovò uno degli orecchini di diamanti, si sentì forte. Avrebbe continuato a cercare l'altro ma sentì una presenza e, quando si raddrizzò, si trovò con il naso affondato in una cravatta di lino, tra un colletto alto e un costoso cappotto con molte mantelline.

Ricadde indietro sorpreso, con un groppo in gola, sapendo chi era senza nemmeno guardare, e sentì qualcosa di freddo e aguzzo pungerlo sotto il mento. Deglutì a fatica e sentì le lacrime calde che gli riempivano gli occhi. L'orecchino era stretto nel pugno.

«Sei una miserabile delusione, Billy caro» disse la voce insolente del gentiluomo di Londra. «Alzati e vai a prendere quelle lettere.»

Billy avrebbe voluto passare sotto il braccio del gentiluomo di Londra e correre più forte che poteva, ma la punta della spada era pericolosamente vicina al suo orecchio arrossato e sapeva con certezza che le sue gambe diseguali non lo avrebbero portato molto lontano. Pregò che l'uomo non avesse notato il fazzoletto e gli orecchini di diamanti. Fece quello che gli chiedeva, stringendo più forte l'orecchino e con le gambe e le braccia molli, al pensiero di quello che avrebbe potuto fargli il gentiluomo di Londra se avesse disobbedito. Sapere che gli stallieri stavano continuando a lavorare appena fuori dalla porta del box gli dava la magra consolazione di sapere che non era solo.

Tornato a terra, Billy consegnò il pacchetto di lettere. Il gentiluomo di Londra glielo strappò con la mano guantata, la spada ancora puntata su Billy, e slacciò il nastro di seta, tirando impazientemente uno dei capi con i denti anteriori. Quando le lettere caddero sparpagliandosi, imprecò. Ordinò a Billy di raccoglierle e mostrargli l'indirizzo su ciascuna delle lettere, una a una, in modo che potesse controllare la calligrafia nella luce morente.

Con il cuore che batteva forte contro le costole, Billy obbedì e aspettò l'inevitabile domanda che sapeva che gli avrebbe fatto il gentiluomo di Londra, le cui imprecazioni si intensificavano con ciascuna delle lettere che gli presentava per il controllo. La spada si agitava minacciosa.

«Sei certo che questa sia tutta la sua corrispondenza?»

Billy annuì vigorosamente. Non si fidava a parlare. Tese cautamente il fascio di lettere che aveva raccolto. L'uomo le afferrò e le gettò per terra.

«Cristo! *Inutili.*» Quelle lettere non erano quello che cercava. Erano state scritte da quella sgualdrina della Jamison-Lewis, non gli servivano a niente. Dovevano esserci altre lettere; era nascosta in campagna, da quanto… Erano tre o quattro anni? Doveva aver corrisposto con qualcuno in tutto quel tempo; doveva aver detto a qualcuno della sua situazione.

Un movimento gli fece riportare gli occhi su Billy. Alla luce di una candela, vide che il ragazzo teneva gli occhi fissi per terra. Che cosa stava nascondendo? Aveva la mano sinistra infilata in fondo alla tasca dei calzoni.

«Che cos'hai lì, Billy? Eh?»

«Vi ho portato qualcos'altro!» disse ansioso Billy. «Ho preso Miss Sophie. Deve valere qualcosa per voi, no?»

«Cosa… Di che cosa stai blaterando, ragazzo?»

«La figlia della signora Bourdon. Ho preso anche lei. La sua mamma non lo sa, perché è andata a Bath. Potete avere anche lei, a un certo prezzo.»

«Hai *portato via* una-una *marmocchia* a sua *madre*?» L'uomo era incredulo. «Dannazione e morte! Non solo un dannato storpio, ma anche un trafficante di carne umana!»

«È sana e robusta, e potrebbe ottenere un buon prezzo. Mia sorella la tiene al sicuro, mentre io tratto il suo prezzo.»

«Tratti il suo prezzo?» Le spalle del gentiluomo di Londra si scossero, mentre rideva silenziosamente. «Devo ammettere che hai le palle, ragazzo!»

«Devo andare a prenderla, signore?» Chiese ansioso Billy, sperando di avere una scusa per scappare.

Il gentiluomo di Londra lo guardò spassionatamente. La voce era piatta.

«Togli la mano dalla tasca e apri il pugno.»

Billy esitò.

Sentì il dolore prima di vedere la spada muoversi. Il gentiluomo di Londra gli aveva tagliato la camicia sopra il gomito del braccio sinistro e il sangue cominciava a filtrare da un lungo graffio. Billy riuscì a soffocare un grido ed estrasse alla svelta la mano sinistra, tenendo però il pugno chiuso. Ci fu nuovamente il dolore prima che potesse notare il movimento della spada e il ragazzo si guardò il pugno senza capire, quando una lunga linea sottile di carne viva si aprì sopra le nocche. Guardò incredulo il suo tormentatore, mordendosi il labbro per non piangere, e aprì le dita sporche.

Il gentiluomo di Londra afferrò l'orecchino di diamanti e un sorriso maligno gli incurvò le labbra. Conosceva quel gioiello. «Dov'è il suo compagno, Billy?» chiese dolcemente.

«Che cosa, signore? L'altro orecchino? Non ce l'ho, signore» mentì. «Ho preso solo l'or... Solo quello. Nient'altro, onestamente.»

«Hai avuto il tempo di frugare tra la biancheria di quella puttana, di rubacchiare un po', eppure mi porti un pacchetto di lettere inutili?» Il gentiluomo di Londra strinse i denti. «C'è un fazzoletto nella tua tasca, *bugiardo*. Dammelo.»

Billy si frugò in tasca ed ebbe la presenza di spirito di estrarre il fazzoletto dall'angolo di pizzo, in modo che almeno uno dei braccia-letti d'oro potesse ricadere in fondo alla tasca dei calzoni e non fosse scoperto. Fu la fascetta d'oro che scivolò in tasca. Abbassò la testa mentre consegnava il suo bottino, sia perché era stato scoperto a mentire, sia per la delusione di essere riuscito a salvare solo il piccolo anello d'oro dal suo tesoro. Comunque era d'oro e ne avrebbe ricavato qualcosa. Da sotto le ciglia, osservò il gentiluomo di Londra che tastava il contenuto del fazzoletto senza aprirlo e poi lo infilava nella tasca della sua redingote insieme all'orecchino di diamanti.

«Sei un bugiardo, Billy» disse strascicando le parole il gentiluomo di Londra. «Un *bugiardo* e un *rapitore* e un *ladro*.»

Billy aveva voglia di piangere. Il sangue gli gocciolava dal braccio e tra le nocche. «Per favore, signore, io-io vi ho portato le lettere come volevate. I gioielli, erano lì tra le sue cose e ho pensato che potevate venderli insieme alla marmocchia e averne un buon…»

«Non ti ho offerto una ricompensa per pensare, *storpio*.»

«Per favore, signore, dovete credermi…»

«Sai che cosa succede ai ladri e ai rapitori, Billy?»

Billy lo sapeva. Aveva visto tre uomini e un ragazzo, più giovane di lui, impiccati nella piazza del villaggio per aver rubato una pecora allo Squire Hinton. Tutti avevano assistito nei loro abiti della festa e non si era parlato d'altro per mesi, dopo. Eppure, pensò che fosse meglio fingere ignoranza, dicendosi che il gentiluomo di Londra era altrettanto colpevole per avergli chiesto di rubare le lettere. Non disse niente, scosse solo la testa.

Il sorriso dello sconosciuto si allargò in un sogghigno, mentre le urla fuori del box ordinavano ai ragazzi di stalla di smetterla con le loro stupidaggini e tornare al lavoro, altrimenti ci avrebbero rimesso la cena.

«Niente cena per te, Billy» disse sommessamente il gentiluomo di Londra e, con un rapido affondo della sua spada insanguinata, bucò il cuore di Billy Rumble.

Con Talgarth al sicuro nella camera accanto alla sua, Selina lasciò Evans a sovraintendere al rifacimento dei letti con la sua biancheria personale, mentre andava a cercare Billy Rumble. Si disse che il ragazzo non aveva potuto andar lontano, dato che era quasi buio e nessuno viaggiava in una notte senza luna senza una buona ragione, non senza un cavallo fresco e una scorta, cose che Billy era troppo povero per procurarsi.

Nella galleria del secondo piano, che correva su tre dei lati del cortile interno, si trovò a faccia a faccia con una ragazzina minuta che teneva per mano una bambina. Il passaggio stretto e le gonne ampie di Selina le impedivano di passare, quindi aspettò pazientemente, finché arrivarono alla scala che portava nel cortile o a un altro piano di stanze, chiedendosi che direzione intendevano prendere. La ragazzina mise il piede sul gradino che portava di sopra, quindi Selina avanzò, per scendere le scale. Ma la bambina esitò. Il faccino rotondo incorniciato di riccioletti neri fissava la scala buia come se fosse un ostacolo insormontabile, mentre si strofinava gli occhi con il pugno paffuto. Sbadigliò e sbatté gli occhi, e poi chiese di sua madre alla ragazzina.

La bambina parlava in francese ma la ragazza che la portava per mano no, e fu chiaro quando rispose goffamente che non aveva soldi per il cibo. Il francese della bambina innescò un ricordo in Selina ma il dialetto della ragazzina la gelò incredula, perché si disse che la bambina stanca doveva essere Sophie Bourdon e la ragazzina minuta che la teneva per mano non doveva essere altri che Annie Rumble, la sorella minore di Billy Rumble.

Che cosa ci facevano lì, in una locanda affollata piena di viaggiatori stanchi, a miglia di distanza da casa, sole, malvestite e affamate? Ancora più importante, si chiese Selina, perché erano nella locanda, Billy e sua sorella Annie, con Sophie al seguito? Dov'era la madre di Sophie, Miranda? Che la bambina avesse indosso niente di più che una camicia da notte di lino bianco, sporca e stropicciata, e senza un mantello caldo per quella notte così fredda, fece capire a Selina che c'era qualcosa che non andava. Miranda non avrebbe mai permesso che sua figlia uscisse senza un abbigliamento adeguato e certamente non l'avrebbe lasciata alle cure di una sguattera e uno stalliere. Allora, dov'era Miranda?

Selina si avvicinò, sperando di non spaventare Annie e farle fare qualche mossa sconsiderata con la bambina. Voleva avvicinarsi il più possibile alle due, nel caso in cui Annie facesse una corsa verso le scale, sarebbe stata in grado di afferrare Sophie senza troppo trambusto. Era quasi arrivata da loro, quando si sentirono delle voci provenire dal pianerottolo del terzo piano, sopra di loro.

Annie sobbalzò spaventata ed esitò, ascoltando.

Si sentirono delle porte scricchiolare aprendosi e poi sbattere richiudendosi sopra le loro teste. Si sentirono anche delle urla nel cortile di sotto. Sembrava ci fosse una riunione. Ci fu un lampo improvviso di luce, quando accesero parecchi flambeau tutti in una volta, che lo confermò. La luce si spostò dal cortile verso la scuderia, immaginò Selina, ma non osò guardare sopra il corrimano. Rimase concentrata sulla prossima mossa di Annie e Sophie.

Annie aveva la schiena contro il muro, come se non volesse essere vista. Quando Sophie fece pochi passi verso le scale e chiese ancora di sua madre, Annie se la tirò vicina, stringendole il piccolo polso.

Sophie lanciò un urlo e Annie si accucciò per zittirla.

Passi misurati sulla scala che salivano dal basso distrassero Annie per un momento e si guardò dietro le spalle prima di dire alla bambina, con la faccia vicinissima alla sua:

«Smettila di piagnucolare! Vuoi che Billy porti qui il lupo cattivo? Lo farà. Lo farà se non la smetti di fare rumore. Tu hai paura del lupo cattivo, vero?»

Sophie scosse vigorosamente i riccioletti e disse diverse volte di no con gli occhi pieni di lacrime, prima di chiedere ancora di sua madre.

Il cuore di Selina mancò un battito. Annie e Billy avevano rapito Sophie.

Era il momento di agire.

I passi erano cessati.

Annie diede un'occhiata furtiva nel corridoio, spingendo dietro le gonne Sophie che singhiozzava, per vedere se le scale fossero libere da viaggiatori. Mentre lo faceva, Selina si gettò in avanti, attraverso l'apertura delle scale, e prese in braccio la bambina, voltando poi la schiena ad Annie, di modo che la ragazza non potesse cercare di afferrare di nuovo la bambina. Tenne la bambina stretta contro il calore del proprio corpo, dicendole parole tranquillizzanti in francese, promettendole che si sarebbe riunita presto con la madre e che avrebbe avuto qualcosa di caldo da mangiare e da bere, tutto per far smettere alla bambina di dimenarsi e di singhiozzare impaurita.

Sophie si tranquillizzò quasi subito, stretta al mantello di velluto marrone della signora profumata, e Selina si voltò furiosa verso Annie, coprendo con una mano i piedini nudi della bambina, freddi come ghiaccio.

«Dov'è la signora Bourdon, ragazza?»

Sorpresa, Annie era troppo spaventata per parlare o muoversi. Fissò con gli occhi spiritati la signora con lo splendido vestito, la pelle traslucida, gli occhi scuri e i capelli di fiamma in disordine dopo il viaggio, come se stesse vedendo un'apparizione. Ma capì in un attimo chi era. Deglutì. C'era un grande quadro di questa signora sopra la mensola nel salotto, a Ellick Farm. Billie le aveva detto che l'aveva dipinto il fratello della signora di Londra. Ad Annie piaceva guardare il ritratto, tutte le volte che toglieva la fuliggine dalla grata, sognando di indossare anche lei uno splendido vestito di seta azzurro cielo e di andarsene in giro in una carrozza trainata dai cavalli. Ma Billie non le aveva detto che la signora di Londra sarebbe stata alla locanda, quella sera. Forse era un'amica del gentiluomo di Londra che era venuto a prendere Miss Sophie?

«Non lo so, milady. Billy dice che è andata a Bath.» Annie fece una goffa riverenza, per buona misura. «Mia sorella Janie è andata con lei.»

«Bath?» Selina non riusciva a crederle. Tenne Sophie più vicino a sé. «Perché tu e Billy avete portato Sophie in questo posto?»

Allora, la signora di Londra non sapeva del gentiluomo di Londra. Annie sperava che Billie tornasse presto. Poteva spiegare le cose molto meglio di lei. Ma Billy era andato via da parecchio ed era per questo che Annie si era avventurata fuori dal loro nascondiglio per trovarlo. Non pensava che Billy avrebbe voluto che lei parlasse del gentiluomo di Londra a questa signora di Londra. Ma, ora che la signora di Londra aveva Sophie, che possibilità aveva lei di ricevere qualcosa?

Annie guardò la tromba delle scale, chiedendosi se sarebbe riuscita a scappare, e i suoi occhi si spalancarono alla vista di uno sconosciuto alto, con un cappotto con le mantelline e gli stivali, in piedi nell'ombra che bloccava l'entrata. Forse poteva voltarsi indietro e scappare lungo la galleria? La signora di Londra non sarebbe riuscita a rincorrerla, con Sophie stretta in braccio. Per adesso, meglio far finta di niente. Comunque era colpa di Billy.

Quindi, Annie scrollò le spalle con una smorfia, in risposta alla domanda di Selina, e si ritrasse di qualche passo nel corridoio, con un'occhiata spaventata allo sconosciuto nell'ombra.

Selina vide l'occhiata e voltò la testa. Quando lo fece, Annie raccolse l'orlo del suo miglior abito della domenica e scappò lungo il corridoio. Fu afferrata per il collo in due passi.

Annie strillò e si dimenò per liberarsi ma non c'era nessuna possibilità di liberarsi dallo sconosciuto, che glielo disse in tono pacato, mentre la riportava ancora una volta davanti alla signora di Londra.

«Che cosa ci fate qui?» chiese Selina stupita, pur provando un enorme sollievo e sentendosi stranamente confortata allo stesso tempo.

«Ho avuto pietà di voi» commentò Alec, con una mano guantata stretta saldamente intorno al braccio della terrorizzata Annie, anche se nei suoi occhi azzurri si accese una luce divertita quando vide la sorpresa di Selina. «Non avevo idea che non sopportare i viaggi fosse un tratto di famiglia e ne soffrisse anche Talgarth.» Diede un'occhiata a Sophie, accoccolata nell'incavo del collo di Selina. «Meglio portar dentro la bambina. Tornerò subito.»

Selina sbatté gli occhi. «Dove la state portando?»

Tutto il divertimento sparì dagli occhi di Alec. Aveva il volto cupo. «A identificare un corpo.»

UNDICI

Q̲uando Alec tornò, Evans aveva lavato la bambina, le aveva dato da mangiare e l'aveva infilata, addormentata, nel letto di Selina, con un mattone caldo avvolto in un panno tra le lenzuola, per riscaldarla. Selina si era sistemata i capelli, ma la sua cena era rimasta intatta sul tavolo del salotto, con un bicchiere di vino consumato a metà. Ogni volta che si sentiva un passo sul pianerottolo, andava alla finestra pensando che fosse Alec, solo per tornare a camminare avanti e indietro, al calore delle fiamme, davanti al camino. Evans si era ritirata nella camera, seduta accanto al letto a controllare la bambina, nel caso si fosse mossa, anche se aveva lasciato apposta un po' aperta la porta che dava sul salotto, aspettando l'arrivo di lord Halsey.

Due brevi colpi alla porta e Selina la spalancò, dicendo senza preambolo: «Dov'è Annie Rumble?»

«Posso entrare, signora Jamison-Lewis?» chiese Alec, anche se il suo sorriso non era coerente con la formalità della sua voce profonda. Entrò nell'accogliente salottino e lasciò cadere un *portemanteau* di pelle di vitello appena dentro la porta. «Spero che non abbiate aspettato me per cenare?»

«È scappata? Dov'è suo fratello Billy?»

«Ah, vedo che non siete riuscita a sopportare il vitto della locanda» continuò Alec, osservando il piatto intatto di agnello arrosto freddo e una massa indefinibile coperta di salsa bianca, che immaginava fosse un assortimento di verdure. Attraverso la porta, vide la paziente cameriera personale di Selina seduta accanto al letto. «Signora Jamison-

Lewis avreste veramente dovuto mangiare qualcosa, mentre era ancora caldo.»

«C'è solo uno spettatore, sapete» dichiarò Selina sussurrando, seguendolo verso il camino. «Non mi avete dato spiegazioni sul corpo. Il corpo di chi? Perché avevate bisogno di Annie Rumble?»

«Sì, signora Jamison-Lewis, ho freddo e sono piuttosto stanco. Affamato, anche» continuò Alec a voce alta, togliendosi i guanti. Allargò le lunghe dita al calore che irradiava dal piccolo camino. «Ma basterà un caffè, se non vi è di troppo disturbo?»

«Smettetela, Alec» sibilò Selina alle sue spalle, mentre lo aiutava a togliersi il cappotto. Lo lasciò cadere insieme ai guanti sopra il bracciolo del sofà. «E smettetela di ripetere quell'orribile nome! C'è solo Evans, qui, l'unica spettatrice.»

Alec voltò la testa, alzando un sopracciglio con fare interrogativo. «Ma le pareti, mia cara, sono sottili, quindi dobbiamo osservare tutte le formalità. C'è la vostra reputazione cui pensare. Oh, e parlando di formalità, è *milord* quando siamo in compagnia.»

Selina fece il broncio e lo guardò con un'espressione ribelle. «State facendo il difficile solo per dimostrarmi che avete ragione.»

«Sì.»

Selina alzò la testa. «Non vi chiamerò *milord*.»

«No?» la minacciò, voltandosi di nuovo verso il fuoco ma non prima che Selina vedesse il sogghigno. «In effetti, la stanza da letto è il posto perfetto per una donna per chiamare il suo amante *milord*.»

«Palle!» disse volgarmente Selina e gli buttò le braccia al collo. Alec la strinse tra le braccia. Selina sorrise al suo bel volto. «Tra le lenzuola, forse potrei accondiscendere a chiamarvi *milord*. Ma... solo se mi accontenterete. Ora baciatemi, perché sappia che non siete arrabbiato. Evans è veramente sottosopra, da quando vi siete precipitato fuori dal mio spogliatoio.»

«Lo siamo entrambi, Evans e io» mormorò e poi si abbassò per baciarla appassionatamente. Quando si divisero per respirare, Alec le disse seriamente: «Questo non significa che sia del tutto contento dell'accordo che mi avete imposto. Ma visto che voglio che stiamo insieme, accetterò di mantenerlo... per ora.» Le pizzicò il mento. «Non è definitivo. Capito?»

«Sì» gli rispose con un sorriso tremante, fissando gli occhi azzurri inquisitivi da dentro il cerchio delle sue braccia. «Ma col tempo capirete perché questa è l'unica strada possibile.»

Alec si chiese quanto tempo le serviva, prima di confidargli perché non potevano sposarsi adesso e perché si era sentita in grado di dirlo al duca di Cleveley, eppure non riusciva a comunicare a lui il motivo per cui aveva cambiato idea. Sperava solo di avere la pazienza di prendere tempo, finché lei fosse stata pronta. Le sorrise per rassicurarla, anche se non si sentiva per niente contento, e le baciò dolcemente la fronte.

«Ora mandate a prendere del cibo e del caffè. Non mangio dalla colazione ed è stato a Marlborough.»

«Ma il vostro arrivo a Bath con vostro zio è stato tranquillo?» gli chiese ansiosamente, liberandosi dalle sue braccia per darsi inutilmente da fare con un ricciolo che era sfuggito, conscia che Evans si era alzata dalla sedia accanto al letto. Con un'occhiata, Selina la mandò a ordinare del cibo.

«L'ho lasciato nelle capaci mani di Tam, a trovare da ridire sull'eccellente cibo del Barr.»

«Avreste dovuto restare per il pranzo» lo ammonì Selina, vedendo la stanchezza nei suoi occhi. «Non avreste dovuto cavalcare per tutta la strada fino a qua. Io me la stavo cavando.»

Alec scoppiò a ridere. «Sì. L'ho visto al Marlborough Arms. Mia povera cara, è stato un viaggio spaventoso da Londra, vero?»

«Sorprendentemente, il tempo è passato più in fretta del solito» gli confessò riluttante. «Tra il malessere di Talgarth e la mia preoccupazione per il dispiacere di una certa signoria...» Gli toccò la guancia ruvida. «Sono contenta che siate venuto. Sono stata malissimo, da che ci siamo separati a Hanover Square.»

«Come me» le rispose piano, baciandole il polso.

Selina lo portò al sofà e si sedettero, mano nella mano. «Mi parlerete di Annie e Billy?» gli chiese nel tono più casuale che riuscì a fingere. «Oppure preferite mangiare prima?»

Alec sogghignò, sapendo che la sua curiosità l'avrebbe fatta scoppiare, se l'avesse fatta aspettare, ma il pensiero di quello che aveva trovato nella scuderia fece sparire il sorriso. «Le notizie non sono piacevoli» disse serio. «Hanno trovato un ragazzo morto nella scuderia...»

Selina si sedette di colpo diritta. «Billy?»

«Sì, una spada gli ha trapassato il cuore.»

«Mio Dio... Quel povero ragazzo...» Selina si portò una mano alla bocca, deglutì e poi fece un profondo respiro, prima di dire piano: «*Perché?*»

«Questo non è ancora stato accertato.»

«Chi, allora? Chi poteva voler uccidere Billy Rumble? Il ragazzo è innocuo ed è storpio. L'ho visto solo qualche ora fa che usciva dalla locanda. Si è trovato in mezzo a qualche zuffa? Ma con una spada... Non capisco.»

«No, non credo che fosse una zuffa. Aveva un taglio sul braccio e un altro sulle nocche della mano sinistra, ma non c'erano veri e propri segni di lotta. Un medico locale potrà testimoniarlo, ma quelle ferite minori e quell'unico fendente al cuore suggeriscono che il ragazzo conoscesse il suo aggressore.»

Selina era ancora sbalordita «Conosceva il suo aggressore? Billy conoscere qualcuno che porta una spada; chi poteva fare una cosa del genere a un ragazzo? Non sembra possibile!»

«È vero, ma sua sorella ha confermato che Billy era qui per incontrare un signore da Londra.»

«Un signore da Londra?»

«Annie dice che non lei non ha idea dell'identità di questo gentiluomo,» continuò Alec pazientemente, «dato che non aveva mai incontrato l'uomo di persona e Billy aveva sempre visto il signore di Londra, come lo chiamava lui, da solo. È stata una mossa intelligente. Tutto quello che sa Annie...»

«Le credete?»

«Sì, quella povera ragazzina ha dovuto identificare il corpo del fratello. Il colpo è stato sufficiente a farle passare qualunque tendenza a mentire. Anche se non sapeva molto.»

«Che cose ne avete fatto?»

«L'ho lasciata alle cure della moglie del locandiere... a un certo prezzo. Le daranno un pasto caldo e un letto per la notte. Domani mattina prenderò accordi perché accompagni il corpo del fratello a Ellick dove, senza dubbio, avrà parecchie cose da spiegare a sua... zia Rumble, vero?»

Selina annuì: «La mia cuoca e governante a Ellick Farm. L'unica famiglia che hanno i tre ragazzi Rumble. Entrambi i genitori sono morti qualche anno fa.» Gli accarezzò la mano, appoggiata sullo schienale liso del sofà. «Grazie per esservi preso cura di lei... e di Billy. Anche se non sembra proprio che Annie si meriti il pasto caldo, visto quello che lei e Billy stavano combinando. Povera signora Rumble. La morte di Billy sarà un brutto colpo per lei. Che cosa ci facevano qui e con la piccola Sophie al seguito? Annie ve l'ha detto?»

«Sì, da quello che ho capito dalla confessione tra le lacrime di Annie, Billy l'aveva portata con sé perché non riusciva a occuparsi della bambina da solo. Ha offerto due corone ad Annie. Dio sa che cosa aveva promesso il signore di Londra a Billy, per rapire la piccola Sophie da casa sua, ma immagino che si parli di ghinee.»

«Ma come hanno fatto ad attirare Sophie fuori da casa sua?»

«Con la promessa di riunirsi a sua madre, che, tra parentesi, è a Bath.»

Selina era sorpresa. «Perché mai Miranda è andata a Bath lasciando a casa Sophie tra le mani dei servitori? Non è da lei. Le poche volte che è andata a Bath, ha sempre portato Sophie con lei.»

«Qualunque fosse il suo motivo per aver lasciato la figlia a Ellick Farm, c'è una Miranda Bourdon registrata al Barr di Trim Street. Ho visto per caso il suo nome, nel registro dove stavo mettendo il mio. Dubito fortemente che esistano due Miranda Bourdon. È arrivata a Bath due giorni fa.»

«L'avete vista?»

Alec scosse la testa. «Ho appena avuto il tempo di trascinare mio zio di sopra nelle sue stanze, prima di riprendere il cavallo per arrivare qua ancora con la luce.» Sorrise. «Ho dato a mio zio l'incombenza di fare la sua conoscenza appena possibile. Non vede l'ora.»

Selina sorrise. «Se ne innamorerà. Non solo è la creatura più bella che abbia mai visto ma è la bontà fatta persona. Potrebbe essere una trafficante di schiavi e scommetto che vostro zio non riuscirebbe comunque a non farsi incantare!»

«Da cui l'infatuazione di vostro fratello.»

«Esattamente! Ma perché Billy e Annie hanno rapito Sophie per qualche ghinea?»

«Possono sembrare pochi spiccioli per voi, mia cara, ma per un povero contadino e una sguattera, qualche ghinea è una piccola fortuna.»

Selina sorrise, vedendo che Alec aveva interpretato male la sua domanda, e gli strinse la mano un po' troppo forte. «Non tutte le ricche vedove sono indifferenti alle sofferenze dei meno fortunati di loro, *milord*, quali che siano i pregiudizi di vostro zio. Conosco il valore di una ghinea. Posso aver speso solo in scarpe una somma che avrebbe potuto sfamare tutti i poveri di Bristol per una settimana, ma il mio sovraintendente non smette mai di lodare la mia meticolosa contabilità. In effetti,», disse aggrottando pensierosa la fronte, «credo proprio che ogni volta che metto i miei registri davanti a Browne, lui tema che il suo posto sia in pericolo...» Si riscosse. «No, non Billy, stupidone. Che cosa voleva fare l'assassino di Billy con Sophie?»

«Non ne ho veramente idea» rispose Alec con un sospiro. Era così stanco che, se Evans non fosse tornata con almeno una tazza di brodo, il cibo avrebbe presto perso attrattiva. «Mi vengono in mente parecchie possibilità ma, visto che il quadro di vostro fratello che ritraeva

Miranda e sua figlia è stato sfregiato, immagino che la bambina sia stata usata per arrivare alla madre. Il ritratto sfregiato era un avvertimento per vostro fratello. Lo stesso sottrarre Sophie a Miranda. Se effettivamente è stato lo stesso uomo, anche se non ho motivo di credere diversamente. Sarebbe una coincidenza troppo grossa, se il quadro sfregiato di Talgarth e il tentato rapimento di Sophie non fossero collegati in qualche modo.»

«Pensate che lord George abbia rovinato il quadro di Talgarth e sia anche in qualche modo coinvolto nell'omicidio di Billy?»

«Non ho nessuna prova per collegarlo a nessuno dei due avvenimenti, e ho solo la parola di Charles Weir che stessero ricattando lord George.»

Selina era scettica. «Pensate che lord George sia capace di un omicidio a sangue freddo? Sfregiare un ritratto, sì, riesco a vedere George Stanton ubriaco commettere una simile azione vigliacca, ma un colpo di spada al cuore richiede più spina dorsale.»

«Sono d'accordo con voi, ma sospetto che Billy sia stato ucciso per ripicca, per non aver dato al nostro assassino quello che voleva. E se è così, allora trapassare il cuore del povero ragazzo è stato fatto in un accesso di rabbia impotente.»

«Quando la mettete così,» ammise Selina, «è proprio il tipo di azione che potrei credere che abbia fatto lord George. Può anche essere un vigliacco, ma non ha coscienza.»

«Non sono convinto che lord George abbia messo personalmente mano a questi crimini. Pagare qualcun altro per farlo, sì. Ma sporcarsi le sue mani delicate?» Alec scrollò le spalle. «Non è l'unico sospettato.»

Selina si portò le mani alle guance pallide, pensierosa, e guardò nella stanza da letto buia. «L'idea che quel buffone potesse mettere le mani su Sophie…» Rabbrividì sgomenta. «Quella povera bambina era terrorizzata, esausta, affamata e sul punto di congelare. Se un innocuo ragazzo di campagna zoppo può essere ucciso a sangue freddo, questo assassino non si preoccuperebbe minimamente per il benessere di Sophie, no?»

Alec seguì lo sguardo di Selina verso la camera, dove un piccolo rigonfio nelle coperte indicava la bambina che dormiva. «Non perdetela di vista. Chi può dire che l'assassino di Billy non sia ancora in giro, ad aspettare l'opportunità di fare il colpo?» Guardò attentamente Selina. «Non le hanno fatto male in alcun modo, vero?»

«Non fisicamente. Sophie è una bambina sanissima. Ma prima potrò restituirla a Miranda, meglio sarà per la pace mentale della bambina.» Selina sorrise malinconica. «Sophie non ricorda chi sono.

Sono passati dodici mesi, da quando l'ho vista l'ultima volta. Ma si fida di me perché le parlo in francese. Miranda ha sempre conversato con sua figlia in quella lingua.»

«Se Miranda Bourdon parla fluentemente il francese, allora ha certamente ricevuto un'educazione da giovane signora... Ma perché scegliere di parlarlo in un ambiente culturalmente depresso come Ellick Farm?»

Selina guardò Alec come se la ragione fosse evidente, ma quando lui continuò a sembrare confuso, gli spiegò con una risata: «La gente del posto. Non sanno leggere né scrivere, quindi va benissimo scrivere le proprie lettere in inglese. Ma non sono sordi. È normale, per noi, considerare i servitori come parte dell'arredo ma quando si è nella campagna più sperduta, questo concetto non vale, se si vuole assumere qualche buon aiutante dal villaggio. Quindi, conversare in francese è preferibile all'avere la gente del posto che origlia le conversazioni e le diffonde per tutto il villaggio prima del tramonto.» Selina arricciò il naso a un pensiero improvviso. «Anche se... Facendolo, neghiamo loro l'unica forma di intrattenimento. Non è che possano andare a teatro o all'opera.»

«La mente delle donne» mormorò Alec sbuffando. Prese un fascio di lettere dalla tasca della redingote. «Le hanno trovate sparpagliate accanto al corpo di Billy. Sono lettere che avete scritto a Miranda Bourdon. E questo,» aggiunse dopo essersi messo gli occhiali sul naso e lasciando cadere nel palmo di Selina un piccolo bottone d'argento, con il disegno in rilievo di un bombo, «è stato trovato accanto al corpo di Billy. Avete mai visto un bottone simile, prima?»

Selina scosse a testa e gli restituì il bottone. «Dovrei conoscerlo? Sembra un bottone perfettamente normale. O ha qualche importanza? Deve essere così, perché state ridendo di me!» Lo accusò quando la guardò sopra l'orlo degli occhiali, come potrebbe fare un tutore con il suo allievo. Non le impedì di rannicchiarsi contro il suo panciotto ricamato con un broncio ben studiato. «Prima mi accusate di essere una creatura irresponsabile ed ora vi aspettate che conosca l'origine di un bottoncino d'argento! Ditemelo voi. Siete voi il gendarme di Bow Street travestito da aristocratico.»

«Non mi aspettavo che lo riconosceste» le confessò, tenendo il bottone tra il pollice e l'indice. «Ammetto che anch'io non ne avevo idea, finché non mi ha illuminato Tam. Ma scommetto che se chiedeste a qualunque servitore di alto rango a Westminster di identificare questo bottone, lo farebbe in un attimo. Livree e insoliti bottoni incisi come questi sono particolari molto importanti, tra i servitori.»

«Non ne avevo idea» disse Selina, fingendo meraviglia. «Devo mostrare il bottone a Evans, per vedere se lei riesce a superare l'esame. Anche se, essendo metodista, considererebbe queste frivolezze inutili vanità. Perché resti con questa creatura immorale, proprio non lo so.»

Alec attorcigliò uno dei riccioli sciolti. «Forse desidera vedervi diventare una donna onesta? O le avete già raccontato della vostra nuova vocazione? In un modo o nell'altro, le darete materiale in abbondanza da aggiungere alle sue preghiere della sera.»

«Questo bottone, a chi appartiene?» chiese Selina, riprendendo il bottone ed esaminandolo attentamente, per nascondere il rossore sulle guance.

«La livrea di Cleveley» rispose Alec in tono neutro, anche se la stava osservando attentamente sopra il bordo degli occhiali. «Che non ci sia un filo attaccato suggerisce che non sia stato strappato dalla redingote dell'assassino, come succederebbe in una lotta. Esattamente come non c'erano fili attaccati al bottone scoperto nel pugno di mio zio. La mia prima idea era che mio zio l'avesse strappato nella zuffa. Che questo bottone sia stato anch'esso trovato accanto a Billy, mi fa pensare che sia stato messo lì deliberatamente.»

«Ecco, ci siete!» disse Selina con sicurezza, restituendogli il bottone. «Sono stati messi lì per incriminare Cleveley.»

«O forse era un avvertimento da parte del duca di non intralciarlo?»

Selina dovette ammettere, scontenta, che Alec poteva avere ragione. «Non so perché siete così pronto a condannare Cleveley per un... due bottoni» ribatté, con il calore che aumentava sul collo e sulle guance, perché Alec la stava guardando come se lei fosse colpevole di qualcosa. «Lord George o Weir potrebbero altrettanto tranquillamente aver assunto un ruffiano o due per mettere lì i bottoni e gettare i sospetti su Cleveley.»

«Vero» confermò Alec, rimettendosi in tasca gli occhiali. «Charles è un tipo metodico, ma George Stanton...?»

«George è un buffone e Weir un leccapiedi, ma Cleveley non è né una cosa né l'altra.»

«Anche vostra zia Olivia lo difende. Lei ha le sue ragioni per farlo... quali sono le vostre?»

«Ve l'ho detto a Londra...» Esitò, intrecciando strettamente le dita in grembo. «È stato gentile con me, durante il mio matrimonio. Non era un amico di J-L. E quando ho avuto bisogno di qualcuno... Quando avevo bisogno di una spalla per piangere... lui-lui era lì.»

«Siete stati amanti.»

Non era una domanda. Alec avrebbe tanto voluto che lo fosse.

Quando Selina voltò via la testa, desolata, Alec le alzò il mento e le girò il volto verso di sé.

«Va tutto bene, tesoro. Non cambia i miei sentimenti per voi. Io vi amo. E adesso siamo insieme. È questo che conta. Dio, non sono certo stato un santo durante il vostro orrendo matrimonio con J-L. Volevo cancellare ogni pensiero di voi sposata a un altro. Che abbiate trovato conforto tra le braccia di un amante comprensivo, non mi sorprende. Vorrei solo essere stato lì per voi, vorrei essere stato lui.»

Selina deglutì.

«Una volta, è successo solo una volta» confessò, dicendo a voce alta quello che stava pensando, perché era meglio che sopportare il silenzio tra di loro. «Ero sposata da due anni. Avevano detto alla sua duchessa che stava morendo e lui aveva appena sepolto sua nipote. Eravamo entrambi molto depressi e soli. È successo così. Non posso spiegare come. Era molto gentile e comprensivo.» Alzò gli occhi. «Se può esservi di consolazione, tutto il tempo che ho passato con lui, desideravo che foste voi.»

«Non siate troppo dura con voi stessa.» Alec sentì le proprie parole, dette in tono tranquillo, anche se si sentiva tutt'altro che calmo. «A volte ci sono circostanze… Delle situazioni…» La voce si spense, non sapeva che cos'altro dire.

Stava pensando che una volta era una volta di troppo. Nessuna meraviglia che il sorriso di Cleveley fosse così compiaciuto, ad Hanover Square. Sapeva che non avrebbe dovuto preoccuparlo che Selina avesse trovato conforto tra le braccia del duca, perché l'aveva trattata con gentilezza e comprensione per la sua condizione, sposata a un marito sadico e misogino. Ma lo preoccupava, non solo perché avevano diviso un letto ma perché il duca era ancora una parte molto presente nella vita di Selina. Sapeva di essere completamente egoista e borioso, probabilmente irragionevole, ma faceva male in qualunque modo ci pensasse.

Quello che gli confidò gli risucchiò l'aria dai polmoni.

«Sono rimasta incinta ma ho perso il bambino all'inizio della gravidanza.»

«Di Cleveley? Eravate incinta di Cleveley?»

«Sì, queste cose succedono.»

«Siete sicura che fosse figlio suo e non di vostro marito?»

Selina lo guardò furiosa, chiedendosi a cosa miravano le sue domande. Non le piaceva il suo tono. «Sì, certo. Le donne sanno queste cose.»

Alec ammorbidì il tono e disse pacatamente: «Lo chiedo solo perché le voci, secondo Olivia, sono che Cleveley sia...»

«... sterile? Sì, è quello che si sussurra. Ma non è vero. È solo che lui, Justinian, ha ritenuto meglio non annunciare la mia gravidanza dai tetti; e la duchessa stava morendo di cancro...»

«Sua Grazia è piena di premure» commentò Alec, chiedendo, prima che Selina potesse lanciarsi in un'altra difesa del *grand'uomo*. «Quindi glielo avete detto?»

«Ovviamente. J-L? Nemmeno in un mese di tutte domeniche!» Di colpo gli occhi di Selina si riempirono di lacrime. «Lui, Justinian, è stato così felice a quella notizia. Ha detto che la mia gravidanza era un dono; gli dava *speranza* e poi ho perso il bambino...»

Quando Alec rimase lì, seduto, con una ruga tra le sopracciglia, Selina non riuscì a sopportare il suo silenzio pensieroso, più difficile da accettare e più doloroso del rimprovero di un amante geloso, quindi esclamò, come se confessando ogni clamoroso dettaglio potesse sentirsi nuovamente pulita:

«Cleveley è il mio *padrino*, il che rende ancora più sordida la nostra relazione e la susseguente gravidanza, no? Fare l'amore con il proprio padrino non è molto diverso da andare a letto con il proprio padre, o fratello, o zio. Dopo tutto, era presente con loro al mio battesimo. Quanto a restare incinta di lui... È roba da melodramma. E perché ci fosse la certezza che io mi sarei odiata per sempre per quello che avevo fatto, mentre immaginavo di essere con voi... Al momento cruciale, lui ha gridato il nome di Mimi. Ha gridato il nome della sua *nipotina* di quindici anni.»

EVANS APRÌ LA PORTA TROVANDO UN SILENZIO PESANTE. DIETRO di lei venivano quattro camerieri della locanda. Due portavano vassoi carichi di cibo, un terzo aveva due bottiglie del migliore chiaretto della locanda e due bicchieri, e il quarto portava candele extra e un candelabro decorato per il centro del tavolo. Alec si alzò dal sofà e andò ad attizzare il fuoco morente, mentre apparecchiavano la tavola con posate, piatti, bicchieri e il candelabro. Pane, un'elegante zuppiera contenente una *soupe maigre*; olio, ciotole di sottaceti, pastinache, funghi e carote, e varie salse su dei piattini completavano il banchetto. Non si erano risparmiati per sua signoria. Evans aveva messo in chiaro con il cuoco che la cena che dovevano preparare era per il marchese Halsey.

Quando un cameriere restò dietro la sedia a capotavola, Alec lo congedò, dicendo che si sarebbero serviti da soli. Evans accompagnò il servitore sorpreso alla porta, prima di ritirarsi nuovamente al buio in camera, un'occhiata a una faccia desolata e poi all'altra le fece capire che il cibo non sarebbe potuto arrivare in un momento peggiore. Chiuse in silenzio la porta, per dare alla coppia più intimità.

Alec stava morendo di fame. Aveva mangiato la zuppa ed era passato alla seconda portata, prima che Selina si sedesse a tavola e decidesse che, qualunque fosse il suo stato mentale, il suo stomaco richiedeva nutrimento. Il silenzio continuò tra di loro, finché Alec, versandole un bicchiere di vino, le chiese gentilmente:

«Dov'è Talgarth?»

«Nella camera accanto. Si è chiuso dentro. Senza dubbio, a quest'ora starà sperimentando qualche inferno, dopo aver finalmente ceduto alla sua dipendenza.»

«Così sfuma il mio piano di dormire sul suo pavimento per questa notte.» Quando Selina lo guardò torva, aggiunse con un mezzo sorriso: «Non è un'idea nuova, mia cara. Ho sempre avuto l'intenzione di passare la notte nella stanza di vostro fratello. Non c'è nemmeno un giaciglio di fieno disponibile qui, stanotte. E con la vostra cameriera e la piccola Sophie come compagnia, il vostro letto sarà già abbastanza affollato. Ma potrei dover occupare il sofà, e alzarmi prima dell'alba. Talgarth dovrebbe essere in grado di trascinarsi fino alla porta per allora, e potrei lavarmi e radermi in camera sua. Ecco, provate queste cipolle caramellate. Sono deliziose.»

«Non avrei dovuto dirvelo!»

«Perché?» Cercò di sembrare indifferente. «Se passare una notte con il vostro padrino è la cosa peggiore e il motivo per cui non riuscite a decidere di sposarmi, allora...»

«No! Quello ha poco a che fare con la mia decisione.»

Alec tenne in sospeso la forchetta tra il piatto e la bocca. «Vedo, beh, no, non vedo...» Appoggiò la forchetta sul piatto. «Correggetemi se sbaglio, ma presumevo che Cleveley, facendo il suo dovere di padrino, vi avesse consigliato di non allearvi con un uomo che molti credono non abbia il diritto di portare il titolo di suo fratello, men che meno di ricevere un nuovo, lucente marchesato e che in molti sospettano di omicidio, per ben due volte adesso, con il buon vicario che è morto subito dopo aver mangiato seduto accanto a me.»

Selina si fece forza con un sorso di vino. «Sì, mi ha dato dei consigli, come mio padrino. Ma avete capito tutto il contrario. Lui è contrario a che voi sposiate me. Dice che dovete riabilitare la vostra reputazione in società e che ci vuole tempo. Ma la sua argomentazione più persuasiva è giusta.»

«Noto la sua premura» mormorò seccamente Alec e riprese la forchetta. «Ma credo che la decisione di sposare la donna che amo sia solo mia, per quanto siano validi gli argomenti portati dal vostro padrino.»

«Non stasera» lo pregò, allungando la mano per toccare le sue lunghe dita, avvolte intorno allo stelo del bicchiere. «*Per favore*. Non voglio sprofondare ancora più in basso, stasera.»

Alec fissò il suo volto pallido e annuì, poi tornò a mangiare quello che aveva nel piatto, che sembrava meno appetitoso di prima.

Era contento di lasciar cadere lì l'argomento. Il cibo gli aveva restituito un po' di forza ma era mentalmente esausto. Selina aveva ragione. Sapere che Cleveley aveva abusato della sua posizione di padrino e non solo l'aveva sedotta quando era una giovane sposa di vent'anni e lui un uomo di mezz'età, ma l'aveva messa incinta, gli aveva dato una fitta di disgusto. Era sempre stato sensibile alla differenza di età tra lui e Selina, non che ci fosse questa grande distanza tra di loro, ma lei aveva avuto solo diciotto anni e lui aveva passato i venticinque, quando si erano innamorati e lui le aveva chiesto di sposarlo. Ma Cleveley non amava Selina, era abbastanza vecchio da essere suo padre e godeva di una posizione di fiducia, eppure si era approfittato di lei, una ragazza giovane, infelicemente sposata; che, mentre faceva l'amore con Selina, i pensieri carnali del duca fossero rivolti a una nipote ancora più giovane gli faceva rivoltare lo stomaco.

«Siete riuscita a parlare con Talgarth almeno un po', durante il vostro tedioso viaggio?» chiese con aria indifferente, rompendo il silenzio con una domanda che sperava avrebbe risollevato il suo umore.

Selina scelse un pezzetto di frutta candita e poi spinse via la ciotola.

«Non era molto disposto alle confidenze. E quando ho fatto pressioni per ottenere un nome di chi avrebbe potuto volere sfregiare uno dei suoi ritratti, ha snocciolato un elenco di precedenti clienti che aveva offeso in qualche modo. Ma dubito che perfino un tipo come lady Rutherglen si sarebbe abbassato ad attaccare una delle tele di Talgarth per dare sfogo alla sua insoddisfazione, non credete?»

«Per scatenare la sua ira, Talgarth avrebbe semplicemente dovuto dipingere un ritratto somigliante di sua signoria.»

Selina sorrise.

«Allora conoscete lady Rutherglen. Donna orribile. La povera

Sybilla vive nel terrore delle visite di sua cognata. Nonostante la sua nobiltà, Sybilla discende da una linea ininterrotta di duchi di Romney St. Neots che risale a Edoardo terzo, agli occhi di Frances Rutherglen non sarà mai abbastanza buona per il suo adorato fratello, l'ammiraglio. Frances stravede per gli uomini. Il caro ammiraglio e suo nipote George Stanton non possono fare niente di sbagliato. Ma ha una visione molto greca delle figlie femmine. Creature senza valore, da esporre ai lupi. Sua figlia Mimi era condannata fin dalla nascita, perché non era il figlio maschio che desiderava tanto.» Morse la frutta candita con un sospiro malinconico. «La paziente Mimi e sua cugina sono state confinate nell'aula scolastica a marcire. La povera Mimi ne è uscita in una cassa.»

«Le lettere a lord George?» indagò Alec, risvegliandosi dalle sue elucubrazioni.

Selina stava prendendo un altro dolcetto ma, a quella semplice domanda, ritirò la mano e poi tese il bicchiere per farselo riempire di nuovo. «Ho una confessione da fare. Intendevo dirvelo, quando siete venuto a Hanover Square, ma poi ci siamo distratti e poi ve ne siete andato... Sono sicura che a Talgarth non importerà se dico ad Apollo...»

«Apollo?»

«Voi. Talgarth si riferisce a voi chiamandovi Apollo. Ha un occhio eccezionale per la bellezza maschile...» Chinò la testa e gli sorrise scherzosamente. «Mi chiedo se ci sia mai stato un dipinto di Apollo con un'ombra di barba...?»

Alec arrossì suo malgrado e si strofinò le guance ispide.

«Questa confessione?»

«Talgarth non sa né leggere né scrivere.»

«Scusate?»

Selina sorrise a labbra strette davanti alla sua meraviglia.

«Non è mai stato capace di leggere e riesce a malapena a formare le lettere per scrivere il suo nome. Dio sa se ha tentato, anche solo per far smettere le botte. L'oppio lo ha aiutato a far fronte agli anni di maltrattamenti, o, come preferivano pensare i miei genitori, alle punizioni per la condotta ostinata del loro figlio.»

«Poveretto» mormorò Alec, stupito. «Ma dipinge quadri così pieni di emozioni. I vostri genitori non hanno visto il valore di un talento così grande?»

«Mio padre era un aristocratico, generale dell'esercito. Un uomo che sapeva come instillare la disciplina e che si aspettava obbedienza assoluta. Mia madre era una bella donna dalla testa vuota, che riusciva a malapena a leggere e scrivere il suo nome. Ma che importa? Era una donna. Il grande talento di Talgarth era considerato un abominio dai miei genitori.»

«Buon Dio, che demoni deve portarsi appresso? Non mi meraviglia che si sia rivolto all'oppio, per avere un po' di sollievo e di oblio!»

«Proprio così» fu la concisa risposta di Selina, che teneva lo sguardo fisso sulla cravatta di Alec. Il modo in cui i suoi genitori avevano trattato Talgarth non mancava mai di farle venire le lacrime agli occhi. «Così, vedete, sir Charles Weir vi stava mentendo, quando vi ha detto che mio fratello stava ricattando George Stanton. Quelle lettere erano un falso.»

«È una possibilità... Oppure lord George ha ingannato Charles, per fargli credere che le lettere fossero scritte da vostro fratello... Oppure, le lettere esistono e lord George crede, per un motivo o per l'altro, che siano state scritte da Talgarth.»

«Come? È assurdo, visto che Talgarth non sa né leggere né scrivere!»

Alec si asciugò la bocca con un angolo del tovagliolo e lo mise sul tavolo. «Assurdo che Talgarth le abbia scritte, ma non necessariamente assurdo *pensare* che siano state scritte da Talgarth. Immagino che né Charles Weir né George Stanton sappiano che vostro fratello è analfabeta?»

«Lo sanno in pochi. Quindi, no, Weir e lord George non dovrebbero saperlo.» Arricciò il naso pensierosa, arrotolandosi distrattamente un ricciolo su un dito. «Quello che state suggerendo è che, se quelle lettere sono state scritte a nome di Talgarth, sono state scritte da qualcun altro? Beh, è assurdo!»

«Davvero? Ricevevate lettere da Talgarth, quando era a Firenze?»

«Certamente, quasi tutte le settimane.»

«Chi scriveva quelle lettere?»

«Nico.»

«Nico?»

«Il valletto, il major domo di mio fratello, chiamatelo come volete.»

Alec alzò un sopracciglio.

Selina rimase a bocca aperta. «No! Non Nico. È devoto a Talgarth. Talgarth non riuscirebbe a sopravvivere, senza Nico.»

«Nico è in una posizione di fiducia. Deve conoscere intimamente vostro fratello. Inoltre, legge e scrive tutta la sua corrispondenza, e si occupa dei suoi conti.»

«Ma perché Nico dovrebbe scrivere lettere minatorie a Stanton, fingendo di essere Talgarth?»

«Non ho mai detto questo. Se Talgarth avesse dettato il contenuto e Nico lo avesse semplicemente trascritto, allora sarebbe come se Talgarth avesse scritto quelle lettere a Stanton.»

«Non riesco a vedere Talgarth come ricattatore. Non minaccerebbe mai qualcuno in quel modo.»

«Avete detto voi stessa che ha minacciato parecchi dei suoi clienti, quindi perché dite che non minaccerebbe George Stanton?» chiese Alec spingendo indietro la sedia per allungare le gambe, in modo che gli stivali fossero vicini al calore del fuoco, e per vedere meglio Selina che si era alzata da tavola per camminare su e giù al caldo del camino. «Cercare di vendicarsi per conto della donna che ama è un motivo sufficiente. Cercare vendetta per conto di sua moglie e della sua bambina è una ragione ancora più valida, per ricattare il suo tormentatore.»

«Non starete insinuando che Talgarth e Miranda sono *sposati*?» Selina si fermò di colpo, con le gonne che ondeggiavano frusciando. Sorrise incredula ad Alec. «Ora chi è il credulone? Mai. Lui non avrebbe mai… Lei non avrebbe mai… Non senza parlarne con me prima.»

«Forse non potevano permettersi il lusso di aspettare la vostra risposta negativa?»

«Non so perché stiate ridendo! Inoltre, come fate a sapere che sono sposati?»

Alec le disse quello che Blackwell aveva confidato a Thaddeus Fanshawe, riguardo all'aver sposato Miranda a un certo signor Ninian Bourdon a Ellick Farm. Selina non era convinta.

«La parola di un avvocatucolo da quattro soldi non è una prova che quest'idea assurda sia vera, visto che il vicario è morto. E non ha mai menzionato il nome di Talgarth.»

«Dovete solo chiederlo a vostro fratello, per scoprire se l'avvocato dice la verità.»

«E voi pensate che Talgarth e questo signor Bourdon siano la stessa persona?»

«Avete un altro candidato come marito di Miranda?»

Selina non ne aveva. Miranda viveva una vita solitaria nella campagna selvaggia delle Mendip Hills e, a parte gli abitanti del villaggio e i suoi rari viaggi a Bath, non vedeva nessuno e non andava da nessuna parte. O almeno, era quello che Selina aveva sempre pensato.

«Ditemi, cara, se non pensate che Talgarth sia il tipo di persona che, se gli prende l'uzzolo, farebbe esattamente una cosa del genere, al diavolo le conseguenze?» Alec tolse gli occhiali dal taschino del panciotto, li appoggiò sulla punta del naso e poi, dallo stesso taschino, estrasse un orecchino a goccia di diamanti e una sottile fede nuziale d'oro, mettendoli sul tavolo. «Non pensate che vostro fratello abbia un carattere abbastanza emotivo da indurlo a un comportamento così cavalleresco? Per non parlare del suo disturbo, che deve rendere il suo comportamento nel migliore dei casi imprevedibile e spontaneo…?»

Selina scuoteva la testa ma poi si fermò a riflettere. «Beh, ripensandoci… forse» ammise a malincuore. Curiosa, raccolse la fede nuziale. Rendendosi conto di che cosa era, la rimise in fretta sul tavolo.

«Non è per voi» disse lentamente Alec, fissandola da sopra l'orlo degli occhiali, e le tese l'anello con un sorrisetto. «Non oserei mai offrirvi un tale segno della mia stima e della mia fedeltà, finché non sarà finito il vostro periodo di lutto. E quando ve lo offrirò, il vostro avrà dei diamanti incastonati. Questo anello è stato trovato nella tasca del ragazzo morto e l'orecchino era nella paglia, vicino a dove giaceva il corpo. Senza dubbio rubato insieme alle lettere. Sì, l'anello è una fede nuziale e se guardate da vicino, vedrete l'incisione.»

«Tre iniziali: T, o è una G, o una J? È difficile capirlo. Le altre due lettere sono incise meglio, B e una M. Tutte e tre intrecciate, e l'iniziale B è la più grande delle tre.»

«Qualche idea su chi appartengano le iniziali?»

Selina scrollò le spalle e restituì l'anello ad Alec, che se lo rimise nel taschino del panciotto. «La risposta ovvia è Miranda. Ma ora sembra una risposta troppo semplice.» Lei raccolse l'orecchino a goccia e lo tenne molto vicino al candelabro sul tavolo. Il pesante diamante a goccia, circondato da una dozzina di diamanti più piccoli digradanti, luccicava e mandava scintille alla luce delle candele. «Come fa una ragazza che vive nelle selvagge colline del Mendip a venire in possesso di orecchini così preziosi, più adatti a una sala da ballo di Londra? E chi glieli ha dati?» Lo sguardo di Selina si spostò verso la camera buia e la piccola sagoma nel letto; quello di Alec lo seguì. «Più cose so di Miranda Bourdon, meno la conosco. Ho più domande che risposte.»

«E la sola persona che avrebbe potuto fornire le risposte è morta.»

Sentendo la stanchezza nella voce di Alec, Selina si voltò verso di lui e, con un sorriso sfrontato, si infilò con destrezza il gancio dell'orecchino di diamanti nel foro dell'orecchio destro. Rise davanti alla sua sorpresa. «Riuscite a pensare a un posto più sicuro dove portare un orecchino, finché si riunirà al suo compagno?» E lo condusse per mano al sofà, dove si rannicchiò al caldo contro di lui, di colpo molto stanca. «C'è qualcun altro che potrebbe darci le risposte...»

Alec annuì, accarezzandole leggermente i capelli, con lo sguardo sulle fiamme tremolanti nel caminetto.

«Sì. Miranda.»

DODICI

Miranda stava cercando tra i pacchetti ancora incartati, risultato del suo giro per negozi del giorno prima, quando la sua cameriera entrò silenziosamente nella stanza, portando un vassoio con il tè del mattino e appoggiandolo sul tavolino tra un sofà a righe e una poltrona imbottita.

«Janie, non riesco a trovare il pacchetto di Bricknell e Moore. Quello che contiene il filo colorato. Ho promesso a Sophie che avrei finito il suo grembiule, prima di tornare a casa. Non avresti dovuto portare tu il vassoio» aggiunse, guardando la ragazza che versava il tè nella ciotola di porcellana. «Ci sono i servitori dell'albergo per questi compiti, e sono anche al tuo servizio.»

Janie Rumble ricordò le occhiate volgari che si erano scambiate due delle cameriere altezzose che avevano fatto loro la riverenza in corridoio, quando erano tornate dalla loro spedizione per far compere. Avevano convinto immediatamente Janie a proibire l'accesso alla stanza a tutti i servitori dell'albergo.

«Sì, signora» rispose Janie, porgendo la ciotola e un piatto di pane affettato sottile spalmato di burro. «Ma non avrebbero preparato il tè proprio come piace a voi!»

Al loro arrivo al Barr di Trim Street, l'albergo più esclusivo di Bath, l'altezzoso proprietario aveva inarcato le sopracciglia, come per mettere apertamente in dubbio la correttezza di due giovani donne che viaggiavano senza uno chaperon. Janie si era sentita le guance in fiamme, in piedi sul folto tappeto turco di fianco alla sua padrona, a disagio in un ambiente così lussuoso. Le stanze erano arredate in modo troppo grandioso e le persone che passavano mentre erano nel foyer erano tutte vestite in un modo che Janie pensava dovesse essere all'ultima moda. Ma Miranda non mostrò segni di imbarazzo o irritazione davanti a quel comportamento e firmò con calma il registro, pagando in anticipo per la loro suite. Servì un po' a scongelare i lineamenti cavallini del proprietario, che esaminò la firma di Miranda con una lentezza deliberata che quasi sconfinava nell'insolenza.

Ma quel mattino, dopo tre giorni di occhiate raggelanti e parole a malapena educate, con sorpresa di Janie, il proprietario si era trasformato da un blocco di marmo in un idiota sorridente, quando aveva deliberatamente fermato Miranda nel foyer. La trasformazione era così notevole che Janie era trasalita e aveva sbattuto gli occhi, per essere sicura che fosse lui.

Fu solo quando erano a metà strada sulla scala, seguite da un cameriere che aveva avuto l'ordine di portare i loro pacchetti, che Janie capì il motivo per il cambiamento nei modi del proprietario. Aveva consegnato a Miranda, con un inchino, una pergamena sigillata, dicendo che sua signoria aspettava una risposta dalla signora Bourdon appena possibile.

Janie non aveva mai sentito parlare di lord Halsey e avrebbe scommesso la testa di sua zia Rumble che non l'aveva mai sentito nemmeno la signora Bourdon.

«Siete sicura che non vi piacerebbe un po' di zuppa o una fetta di pasticcio, signora?» chiese Janie, mentre sistemava un cuscino dietro la schiena di Miranda e avvicinava uno sgabello, per permettere alla giovane donna di appoggiare i piedi. «Se non sollevate i piedi, si gonfieranno.»

«Devi smetterla di preoccuparti per me» disse gentilmente Miranda. «Le mie condizioni non mi rendono un'invalida.»

Janie distolse lo sguardo, immediatamente a disagio e allo stesso tempo irritata con se stessa per quella sensazione. Non è che non sapesse come stavano le cose. Dopo tutto, era la cameriera personale di Miranda. Inoltre, era segretamente contenta del bambino. Ma come avrebbero visto diversamente tutti quanti la gravidanza della sua padrona, se ci fosse effettivamente stato un signor Ninian Bourdon.

«Sono contenta che sia venuta con me, Janie.»

«Lasciarvi venire in città in un momento simile, senza che ci fossi io a occuparmi di voi?» esclamò Janie, risistemando le stoviglie senza che ce ne fosse bisogno. «Non avrei dormito un attimo alla fattoria. Dovevo venire.»

«Vorrei... Vorrei potermi confidare con te. Sei stata un tale sostegno, qualche volta il mio unico sostegno» Miranda alzò gli occhi dal liquido pallido nella ciotola. «Finché alcuni particolari non saranno sistemati, non posso confidarmi con nessuno. Tu mi capisci, vero.»

«Sì, signora» rispose Janie, senza assolutamente capire.

«Grazie, Janie.»

Miranda bevve il resto del tè in silenzio, mentre Janie si dava da fare nella stanza, con il rumore in sottofondo, delle ruote di carrozza e dei villeggianti che camminavano lungo la strada selciata dell'arco sotto la loro finestra, che colmava il silenzio nella stanza graziosamente arredata. Janie portò via il resto del tè, con un'occhiata alla sua giovane padrona, chiedendosi per la millesima volta quale fosse veramente la triste storia di questa giovane donna.

Dividere una casa di calcare, fatiscente e piena di correnti, solo con la sua bambina di quattro anni e i servitori come compagnia non era vita per una creatura così bella. Le fattezze aristocratiche della ragazza, le maniere educate e la sua capacità di parlare fluentemente due lingue erano la prova della sua elevata educazione ma Janie immaginava perché la sua famiglia non la volesse. Avere un figlio al di fuori del matrimonio aveva portato vergogna sulla sua famiglia, una famiglia che aveva ricchezza e le parentele giuste e che quindi non avrebbe tollerato l'errore licenzioso della figlia. E ora, da un giorno all'altro, c'era in arrivo un altro figlio bastardo. All'inizio, Janie si era rifiutata di credere ai pettegolezzi dei servitori, finché gli inevitabili cambiamenti del corpo della ragazza avevano confermato i sussurri maliziosi. Miranda era riuscita a nascondere con il corsetto la pancia che cresceva per i primi sei mesi della gravidanza ma ora nessun corsetto, per quanto stretto, poteva nascondere il risultato della sua vergogna.

I pettegoli dicevano che il suo amante, e padre di questo bambino, fosse il pittore, il gentiluomo fratello della dama di Londra, ricchissima e alla moda, la signora Selina Jamison-Lewis, che veniva tutti gli anni in visita alla fattoria. Tornato dal continente da solo un anno, il pittore viveva a Bath ma visitava regolarmente la fattoria, per fare disegni e ritratti della signora Bourdon e di sua figlia, dei servitori e del panorama selvaggio delle Mendips. Rattristava Janie pensare che il pittore non avesse fatto la cosa giusta, sposando la ragazza prima di rotolarsi in un letto con lei.

Urla lontane fecero uscire Janie dalle sue fantasticherie e alzò gli occhi dal vassoio, vedendo Miranda che guardava fuori dalla finestra. «Riporterò il vassoio in cucina,» disse allegramente, «e poi comincerò a lavorare a quello scialle che vi ho promesso.»

Miranda distolse gli occhi dal panorama della strada con una smorfia inconsueta. «Scialle?»

«Sì, signora. Mentre stavate comprando il filo, ieri, ho comprato del filo di lana per i ferri di zia Rumble.»

«Filo di lana?» ripeté distrattamente Miranda.

«Sto lavorando ai ferri uno scialle per il bambino, signora. Ma forse preferireste usare lo scialle di quando è nata Miss Sophie?» chiese esitante Janie.

«Lo scialle di Sophie? No. No.» Rispose in fretta Miranda, sforzandosi di sorridere. «Uno scialle sarebbe perfetto, Janie. Grazie.» Poi voltò via la testa dallo sguardo inquisitore della ragazza per mettersi i morbidi guanti di capretto. Le faceva male pensare allo scialle di Sophie. Era sparito il giorno in cui era nata. «C'è una funzione alle undici all'abbazia» riuscì a dire pacatamente, nonostante la sensazione di panico che minacciava di travolgerla. «Mentre non ci sono, puoi occuparti del resto dei pacchetti.»

Janie fu sorpresa. «Non dovreste riposarvi un po', signora?»

«Sto benissimo, Janie.»

«Non volete che vi accompagni, signora?»

«Prenderò una portantina.»

Miranda prese il cappello di paglia e fu alla porta, prima che Janie potesse protestare ancora. A metà dello scalone, la pressione sul petto si alleggerì a sufficienza per permetterle di respirare senza sforzo. Perché, dopo tutti quegli anni, la menzione di uno scialle la toccava così profondamente? Aveva accuratamente lavorato ai ferri lo scialle, nei mesi solitari della prima gravidanza. Dopo un travaglio lungo e doloroso, durante il quale era svenuta parecchie volte, lo speziale le aveva presentato Sophie, non avvolta nello scialle che aveva lavorato ma in un lenzuolo stracciato. Nessuno era riuscito a dirle, né il vicario, né lo speziale o il ragazzo che lo assisteva, che cosa era successo allo scialle che aveva lavorato ai ferri.

In quelle prime poche settimane dopo la nascita di Sophie, quando lei e la bambina erano state portate via in fretta dalla città, era diventata un'ossessione sapere dove era finito lo scialle. L'aveva quasi fatta impazzire, convinta che la perdita dello scialle fosse il motivo per cui la sua carissima cugina Miriam era morta e che se si fosse occupata meglio dello scialle, la carissima Miriam forse sarebbe vissuta. Solo le ripetute rassicurazioni del vicario, che non c'era niente che avrebbe potuto fare per impedire la morte della cugina e che la sua ossessione per lo scialle era solo il risultato degli eventi traumatici della nascita e delle notti insonni a curare una neonata. C'era voluto parecchio tempo, per tornare a ragionare. Ma che cos'era successo allo scialle?

Quattro anni dopo, non voleva pensare allo scialle perduto, o alla nascita di Sophie, o alla perdita della sua cugina più amata. Perdendo Miriam, aveva perso una parte di sé.

Mise una mano sulla pancia gonfia, come a proteggerla. Presto sarebbe nato il bambino e *lui* le aveva promesso che la nascita di questo bambino sarebbe stata molto diversa da quando Sophie si era affacciata al mondo.

Allora, perché *lui* aveva ritenuto necessario che venisse a Bath per avere il bambino? Erano rimasti d'accordo che il bambino sarebbe nato a Ellick Farm. Le aveva promesso di essere lì, appena avesse potuto lasciare Londra. Ma non aveva ricevuto una sua lettera in oltre un mese. Poi una settimana prima, era arrivata una lettera, così diversa dalle precedenti che l'aveva fatta star male per la preoccupazione. Non conteneva le sue solite rassicurazioni sul loro futuro e sembrava essere stata scritta in fretta. Le diceva di lasciare Sophie alla fattoria e di andare a Bath, al Barr, dove aveva prenotato delle stanze. Avrebbe avvisato il proprietario, un tipo molto discreto, del suo imminente arrivo. Non doveva informare nessuno di dove sarebbe andata e doveva andare da sola.

Gli aveva disobbedito, ma per una buona ragione. Non avrebbe potuto partorire senza Janie ad assisterla. Si fidava di Janie, era la sua assicurazione che il suo bambino sarebbe stato al sicuro. Janie avrebbe curato il bambino, se mai a lei fosse venuta una febbre o, peggio, se fosse morta. Janie non avrebbe permesso a nessuno di toglierle il bambino. Aveva fatto giurare Janie sulla Sacra Bibbia che, se le fosse successo qualcosa, se fosse morta, avrebbe consegnato il bambino solo ed esclusivamente alla signora Jamison-Lewis, insieme alla lettera che aveva cucito nel corsetto.

Gli uomini potevano essere così sconsiderati.

E se *lui* fosse stato in ritardo? Quanto tempo avrebbe dovuto aspettare? E se gli affari lo avessero tenuto a Londra? Lord Halsey era un suo amico? La nota di sua signoria era certamente cortese e scritta in modo da farle credere che lui sapesse tutto di lei. Era una pura coincidenza che lord Halsey fosse al Barr contemporaneamente a lei, o invece gli avevano chiesto di tenerla d'occhio? Ma *lui* non aveva mai menzionato sua signoria. E se *lui* non fosse riuscito a stare con lei per il parto? Ora, quella era un'idea ancora più stupida. Non poteva permettersi di avere dubbi. I dubbi avrebbero indebolito la sua determinazione. La nascita di questo bambino sarebbe stata così diversa da quella di Sophie: questa volta non sarebbe stata abbandonata, sola e tanto, tanto spaventata. Se solo avesse saputo di chi fidarsi...

Era talmente soprappensiero, e impaziente di uscire a respirare un po' d'aria fresca, che sulla scala si scontrò con un anziano gentiluomo e il suo giovane compagno, che stavano scendendo lentamente. Nella confusione che seguì, Miranda fece cadere il bastone di malacca, facendolo finire in fondo alle scale con il suo cappello di paglia. Scivolò sulla passatoia che copriva i gradini ma il vecchio gentiluomo, che si era istintivamente aggrappato alla balaustra per evitare di cadere in avanti, la afferrò riuscendo a far restare entrambi in piedi, assicurandole con voce gentile che era tutta colpa sua. Il suo compagno, un giovanotto con i capelli color carota, si precipitò giù per le scale e raccolse il bastone e il cappello di paglia dal corridoio, dove una coppia di viaggiatori appena arrivati fissava imbambolata l'attività sulla scala.

Miranda tremava tanto che continuò a tenere stretta la manica della giacca del vecchio gentiluomo, mentre scendeva il resto dei gradini e attraversava lentamente il foyer verso la porta d'ingresso. Arrivarono sotto l'arco di mattoni che portava a Queen Street, prima che il vecchio gentiluomo tendesse la mano guantata verso il ragazzo per avere il bastone.

«Grazie, Tam» disse Plantagenet Halsey, guardando amichevolmente Miranda. «Il vostro cappello, madame.» Non fu sorpreso, quando la sua voce sembrò far tornare in sé la ragazza. Stava fissando Tam, mentre continuava a stringere forte il suo braccio ma lo lasciò in fretta e legò svelta il cappello con un fiocco sbilenco che lo fece sorridere. «Ah! *Madame*: è una parola talmente vecchia per una farfalla così giovane e adorabile. Ora vi ho fatto arrossire e non era mia intenzione mettervi a disagio. È la vostra prima uscita in questo abbeveratoio?» Quando la ragazza alzò gli occhi su di lui e poi si guardò attorno, come per vedere se la loro conversazione stesse attirando l'attenzione di qualcuno, aggiunse: «Dovete perdonare i vaneggiamenti di un vecchio. Siamo appena arrivati anche noi. Venire in carrozza da Londra deve avermi confuso il cervello. Vero, ragazzo mio?»

Tam sorrise ma Miranda era così sorpresa dalla franchezza del vecchio che balbettò una risposta incoerente in francese, aggiungendo in inglese che era in ritardo per la funzione all'abbazia. Se ne sarebbe andata ma il vecchio gentiluomo la trattenne.

«Proprio il posto dove stiamo andando anche noi» disse allegro e si inchinò, prendendo mentalmente nota del francese e della voce educata. «Sono Plantagenet Halsey. Questo è Thomas Fisher, speziale. Forse avete già incontrato mio nipote, lord Halsey…?»

«Lord Halsey è vostro nipote?» rispose Miranda e aggiunse, quando il vecchio annuì e sorrise: «Devo ancora fare la conoscenza di sua signoria ma mi ha scritto una lettera di presentazione molto gentile.» Diede un'altra occhiata a Tam, al suo volto lentigginoso incorniciato da una criniera di capelli color carota; sembrava troppo giovane, per essere uno speziale. Inesplicabilmente, le tornò il groppo in gola. C'era qualcosa in quel giovane che la metteva a disagio. Deglutì, per riuscire a respirare. «State… State anche voi al Barr?» si sentì dire.

«Proprio così, madame. Una vacanza di famiglia, diciamo così» disse Plantagenet Halsey con una risata, anche se i suoi occhi attenti percepirono il disagio di Miranda. Le offrì il braccio. «Questo vecchio gentiluomo può avere il piacere della vostra compagnia fino all'abbazia? Non ho molta voglia di essere attirato nella cerchia delle vecchie vedove o di essere assalito da qualche reduce della Guerra dei sette anni. Non ho mai incontrato più vecchi ammuffiti con la faccia acida, dall'ultima volta che sono stato a Bath!» La sua esitazione gli fece aggiungere: «Mia cara, non correte pericoli in mia compagnia. Non mordo. Potrei tranquillamente essere vostro nonno.»

A quel punto, Miranda sorrise e gli prese il braccio. «Scusatemi, signor Halsey. Sarei onorata di avere la vostra compagnia.» Guardò il suo volto rugoso. «E grazie di avermi salvato da una caduta sulle scale. Non voglio pensare a che cosa sarebbe potuto succedere…»

«Siete al sicuro. Non c'è bisogno di pensarci, madame» disse in fretta Plantagenet Halsey, facendole capire che era conscio del suo avanzato stato di gravidanza.

Miranda abbassò le lunghe ciglia scure, grata per la sua comprensione, e camminarono lungo Queen Street nella luce soffusa di un giorno coperto, con Tam che li seguiva a una distanza discreta. Avevano attraversato Upper Borough Walls, quando Miranda si fermò di colpo in mezzo al marciapiede acciottolato.

«Oh, come sono stata maleducata, avrei dovuto presentarmi» si voltò e offrì la mano guatata a Plantagenet Halsey. «Il mio nome è Bourdon, signora Bourdon.»

I vivaci occhi grigi di Plantagenet Halsey sbatterono ma la sua voce non cambiò tono. Sapeva esattamente chi era; sapeva che stanze occupava e che era accompagnata da una giovane cameriera. Il proprietario dell'albergo era stato lieto di dare le informazioni a suo nipote ed erano rimasti allerta per avere l'opportunità di incontrarla. Peccato che Alec si fosse sentito in dovere di tornare a Marlborough, per giocare a fare il cavalier servente di quella virago della sua innamorata con il fratello malaticcio. Comunque, il vecchio era contento di avere avuto la meglio, per una volta.

«Potreste essere tanto indulgente con un vecchio da permettermi di conoscere il vostro nome di battesimo, signora Bourdon?»

«Come posso rifiutarvelo, signore, dopo la vostra gentilezza con me sulle scale. È Miranda.»

«Ah! E io che pensavo che poteste essere una Catherine. Ma non fraintendetemi, Miranda vi si adatta, molto bene in effetti.»

«Catherine? Strano che lo diciate, signor Halsey» rispose sorpresa, mentre attraversavano Cheap Street. «Mia figlia si chiama Catherine.»

«Davvero?» rispose il vecchio con entusiasmo. «Ai miei tempi, le piccole Catherine avevano una sfilza di nomi graziosi. È ancora quella la moda, signora Bourdon?»

Tam fissava a bocca aperta la schiena diritta di Plantagenet Halsey. Quando mai il vecchio aveva fatto conversazione con le giovani madri riguardo alla loro prole? Si chiese se il colpo alla testa avesse fatto più che lasciargli un'ammaccatura sul cranio.

«Non so niente della moda, signor Halsey» stava dicendo Miranda, ora completamente a suo agio con l'anziano compagno. «Ma, effettivamente, ha una sfilza di nomi graziosi: Catherine Sophia Elisabeth; dal nome della madre di mio marito. Un po' troppo, per una bambina di quattro anni, vero? L'abbiamo sempre chiamata Sophie.»

«Sophie? Che bel nome!» disse Plantagenet Halsey con un sorriso soddisfatto e una scioltezza spavalda nel passo che chiuse la bocca e fece socchiudere gli occhi a Tam, che si chiese quale fosse il reale significato di quelle domande apparentemente futili. Ci doveva essere di più di quanto sembrava, in questa piacevole passeggiata verso l'abbazia, e Tam lo avrebbe scoperto. Non fu per niente sorpreso, quando il vecchio cambiò bruscamente argomento lanciandosi in una lezione sulla storia della città, in particolare l'occupazione romana di Bath, affascinando la sua giovane compagna, finché raggiunsero l'imponente facciata ovest dell'abbazia.

Tam rifiutò educatamente di assistere alla funzione con Plantagenet Halsey, Miranda Bourdon e il resto dell'élite di Bath che stava entrando nell'abbazia. Si scusò, dicendo che aveva delle commissioni di sbrigare. La sua decisione aveva poco a che fare con i suoi doveri o il suo credo religioso e tutto a che vedere col sapere qual era il suo posto. Il vecchio poteva anche non tener conto dell'ordine sociale, poteva addirittura metterlo in ridicolo ma, figlio di un conte e zio di un marchese, lui poteva fare quello che gli pareva; le sue opinioni radicali erano scusate dai suoi pari come pura eccentricità. Tam non si poteva permettere di mettere un piede fuori dai limiti imposti dal suo ruolo di valletto di un pari del regno, sedendosi spalla a spalla con il vecchio e i suoi pari grado.

Andò quindi a fare una passeggiata lungo la North Parade fino al fiume Avon e si sedette sulla riva erbosa ad ammirare il panorama. Non sapeva ancora se aveva superato il suo esame da speziale. Riteneva di aver dato risposte più che adeguate, per soddisfare le domande dettagliate che gli erano state poste dagli esaminatori dal volto severo nella Great Hall. Aveva correttamente identificato, classificato e indicato l'uso di tutte le piante che gli erano state messe davanti. Aveva parlato dei semplici con cognizione di causa e fornito le risposte, quasi parola per parola, dai passi della Farmacopea. Nemmeno l'ultima domanda della mattinata aveva scosso la sua sicurezza. Conosceva abbastanza bene la risposta, poteva recitala dormendo, e la ripeté senza pensarci. La preparazione e l'applicazione di tinture contenenti napello; più specificatamente, aveva risposto in modo soddisfacente a quale sarebbe stato il probabile risultato dell'ingestione di una simile preparazione, particolarmente nella sua forma in polvere.

Era stato solo più tardi, mentre aspettava nel silenzio dell'anticamera rivestita di pannelli di legno scuro, con diversi altri apprendisti nervosi, che l'aveva preso il panico e la paura gli aveva gelato le ossa. *Napello, preparazione e ingestione.* Era stato talmente fiero del suo ingegno da non capire il significato di una simile domanda. E gli era stata posta dall'esaminatore capo, un ometto magro e altero, che era stato lo speziale del precedente Re Giorgio ed era stato fatto cavaliere per i suoi servigi.

Certamente la domanda era una pura coincidenza? Sir Septimus Bott non poteva sapere niente dei sospetti di Tam riguardo la causa della morte del reverendo Blackwell: asfissia e arresto cardiaco causati dall'inalazione di una forma in polvere di napello mischiata al suo tabacco da fiuto. Ma la coincidenza era sufficiente perché Tam si chiedesse se la domanda era stata posta deliberatamente.

Mentre scivolava nel sonno, allungato sulla riva erbosa, ascoltando lo scorrere del fiume e le grida degli uccelli acquatici tra le canne, si chiese se non si fosse preoccupato troppo per la domanda pertinente di Bott. Ma sir Septimus sapeva che era il valletto di lord Halsey e, come ogni altra persona colta a Londra, leggeva i giornali, quindi sapeva che sua signoria era stato presente alla cena in cui il vicario era morto improvvisamente di infarto. Certamente però, sir Septimus non poteva sapere dei sospetti di sua signoria riguardo la morte del reverendo Blackwell? Eppure, era esattamente quello che credeva ora Tam.

Era stato l'ultimo apprendista a essere congedato e l'unico a essere informato che, visto che aveva un dispensario nel suo posto di lavoro, non supervisionato da un maestro speziale, avrebbero ispezionato e valutato il suo dispensario, prima di prendere una decisione finale sull'idoneità di Tam a diventare un membro della società. Non gli avevano indicato né una data né una scadenza e lo avevano congedato.

Tam non sapeva come riferire a sua signoria che non solo non aveva idea se avesse passato o fallito l'esame ma, anche, che la residenza di lord Halsey a Londra, al numero 1 di St. James Place, sarebbe stata visitata senza invito da tre membri anziani della Venerata Società degli Apotecari.

I cani che abbaiavano mentre davano la caccia agli uccelli acquatici tra le canne, fecero balzare in piedi Tam, che si tolse l'erba dal fondo dei pantaloni e dalla giacca ancora prima di svegliarsi completamente. La posizione del sole, alto nel cielo, gli disse che si era addormentato e corse per tutta la strada verso l'abbazia, fermandosi solo quando raggiunse il sagrato. Piegato in due e senza fiato, alzò gli occhi dalle ginocchia e vide che la funzione era finita da un pezzo, e che gli ultimi membri della congregazione stavano uscendo al sole. La maggior parte dei fedeli si attardava, facendo programmi per il pomeriggio, mentre gli infermi venivano riaccompagnati ai loro alloggi sulle portantine, con i servitori e i camerieri che camminavano dietro i robusti portatori.

Restava una portantina privata accanto all'entrata dell'abbazia, con la porta tenuta aperta da un servitore in livrea e i due lunghi pali che la sostenevano tenuti leggermente dai portatori, mentre aspettavano il suo anziano occupante. Parecchi devoti stavano avvicinandosi alla portantina, mentre circolava la voce che uno di loro si era sentito male all'interno dell'abbazia. Per un terribile momento, Tam pensò che potesse essere il vecchio ma, visto che non aveva una portantina, accantonò alla svelta il pensiero. Poi, mentre continuava a girare intorno alla piccola folla cercando Plantagenet Halsey e la sua compagna, senza vederli, si chiese se non fosse la sua giovane compagna, che era entrata in travaglio in anticipo.

Si sentiva in ansia per Miranda Bourdon. E non era solo il suo avanzato stato di gravidanza che gli causava apprensione. Nel momento stesso in cui aveva intravisto il suo volto sulla scala dell'albergo aveva avuto un sussulto, come se la conoscesse, e aveva provato un senso di inquietudine. Più tardi però, vedendola chiacchierare con il vecchio, si era convinto che non c'era nessuna possibilità che potesse avere già incontrato una giovane signora così bennata. La sua bellezza, da sola, gliel'avrebbe fatta ricordare. Eppure, la sensazione di averla già incontrata prima era rimasta e, mentre si faceva strada verso le porte aperte, continuò a scervellarsi per ricordare un'occasione o un posto dove avesse potuto incontrare la giovane donna.

Sarebbe entrato nell'abbazia, se non fosse stato per il gruppo di persone che stavano uscendo nel pallido sole. Al centro c'era una gran dama, tenuta diritta da due uomini che sostenevano la sua mole tenendole per i gomiti le braccia molli. Sembrava incapace di camminare senza aiuto e le sue ricche sottane di seta si trascinavano sotto i piedi. La testa, con la sua elaborata pettinatura di riccioli incipriati sopra le imbottiture e un turbante vivace con piume di struzzo, ciondolava di lato e le palpebre palpitavano.

Secondo Tam, la donna non era in uno stato tale da poterla muovere ma uno dei due gentiluomini elegantemente vestiti che la seguiva stava facendo fretta agli uomini che la portavano, perché la mettessero alla svelta nella sua portantina. Per aumentare il trambusto, la cameriera della vecchia signora stava singhiozzando e tentava di mettere dei sali sotto il naso della sua padrona, mentre un'altra donna le batteva la mano flaccida, pronunciando banalità rassicuranti.

Guidava la carica un sacrestano ingrugnato, che faceva strada con le braccia aperte, tenendo la bibbia in una mano e brandendola a destra e a sinistra, come fosse una spada che fendesse le orde nemiche.

Tam si appiattì contro il muro, per permettere a tutta quella gente agitata di passare nel cortile e poi si infilò nella cavernosa abbazia. Trovò Plantagenet Halsey in piedi, di lato a un gruppo di sedie, chino sul suo bastone di malacca, che parlava con un altro dei sacrestani. Miranda Bourdon era seduta lì vicino.

«Mi dispiace che questo incidente sia successo proprio davanti a voi» si scusò il sacrestano, mentre Tam si avvicinava e aspettava un po' discosto. «Come capirete, particolarmente in questo periodo dell'anno, Bath ha molti villeggianti che non sono al massimo della salute. Quelli di costituzione particolarmente delicata richiedono ogni cura e attenzione, sua signoria avrebbe tranquillamente potuto star male nelle Assembly Rooms come qui nell'abbazia. Ed è stato molto meglio che sia successo qui che, per esempio, durante il bagno nel

King's Bath. Sono fiducioso che, se Dio vorrà, tornerà a essere se stessa in men che non si dica.»

Il sacrestano guardò il vecchio e la giovane donna, come se si aspettasse una conferma a quello che aveva detto, e fu sorpreso di vedere Miranda che continuava a fissare diritto, in alto, verso la grande vetrata a est. Il suo profilo delicato era mortalmente pallido e il polso batteva rapido sulla gola delicata. Fu solo quando la giovane donna si asciugò gli occhi con l'angolo di un fazzoletto di pizzo, che si rese conto che aveva pianto. Era così adorabile da guardare, che lasciò che lo sguardo si fermasse più di quanto consentito dalla buona educazione. I suoi occhietti passarono dalle guance bagnate di lacrime alle braccia sottili, sopra il seno pieno e giù dove le mani si intrecciavano sotto un ventre molto rotondo. Spalancò gli occhi fissando di colpo il vecchio, che inarcò lentamente le sopracciglia cespugliose, non solo confermando i subitanei pensieri del sacrestano ma facendo anche arrossire per l'imbarazzo le guance e il naso bulboso.

«Se qualcuno si riprenderà, quella sarà Frances Rutherglen» dichiarò Plantagenet Halsey, conscio dell'angoscia della sua giovane compagna e più per coprire l'acuto imbarazzo del sacrestano che per fornire un'apertura a un'ulteriore discussione. «Quella donna ha la costituzione di un toro e i sentimenti di un merluzzo. Inoltre, non è vecchia come sembra. La biacca al piombo e troppo tabacco da fiuto l'hanno fatta invecchiare prima del tempo.»

«Conoscete lady Rutherglen, signore?» chiese il sacrestano, sentendo di dover dire qualcosa, anche se sentiva un gran desiderio di strisciare sotto la prima sedia vuota. «È uno dei più, oserei dire, *pungenti* membri della nostra congregazione. Ma una benefattrice molto generosa.»

«Non ne dubito. L'unico modo in cui potrà vedere i cancelli del cielo è se li compra!»

Il sacrestano si sforzò di ridere. «Andiamo, signore! Non credo che sia questo il posto per scherzare su sua signoria?»

«E chi sta scherzando?» disse Plantagenet Halsey, mettendolo a tacere. Fece un gesto, indicando l'alto con il pollice. «Lui sa fin troppo bene quello che voglio dire. È ora che prendiamo un po' d'aria fresca, non siete d'accordo, signora Bourdon?»

«Forse la signora... Bourdon vorrebbe restare qui seduta ancora un po'?» suggerì gentilmente il sacrestano. «Il collasso di lady Rutherglen l'ha sconvolta. Comprensibile, viste le... uhm... le circostanze. Forse sua signoria ha preso uno spavento? Forse un topo è corso fuori dal...»

«Non dite stupidaggini! Quella donna ha preso di sicuro uno spavento. Ma ci vuole ben più di un topo per spaventare Frances Rutherglen.»

Miranda guardò il vecchio con i grandi occhi azzurri lucidi di lacrime. «Perché lo dite, signor Halsey?»

«Ha fissato me, ecco perché, madame.»

Miranda sbatté gli occhi e guardò il fazzoletto umido e stropicciato che aveva in grembo. «Voi? Oh... Sì, voi... Ma perché, signore?»

«Le mie esplicite, gli stupidi le chiamerebbero radicali, opinioni su alcuni argomenti offendono l'alta società, specialmente le matriarche cocciute del genere di Frances Rutherglen. Se potesse decidere lei, mi rinchiuderebbe nella Torre.» Il vecchio sorrise imbarazzato. «Sono sicuro che pensano che io non sia degno di entrare nel tempio di Dio.»

«Certamente no, signore...» Fece per dire il sacrestano, ma lo interruppero.

«Voi avete un buon cuore e una coscienza pulita, signor Halsey» dichiarò Miranda. «Lady Rutherglen non ha né l'uno né l'altra...» Fece una mossa improvvisa per alzarsi, e il vecchio e il sacrestano furono pronti ad aiutarla. «Grazie. Io... Io non sono in me.»

«Quello di cui avete bisogno è aria fresca.» Dichiarò Plantagenet Halsey. Con un cenno al sacrestano e un segnale a Tam perché li seguisse, condusse Miranda attraverso la vastità dell'abbazia, con una mano che le teneva il braccio sopra il gomito, l'altra sul suo bastone di malacca. «E una bella ciotola di tè nero al Barr ci rimetterà in sesto.»

«Sì, mi piacerebbe» rispose Miranda con una voce distratta, permettendo al vecchio di accompagnarla fuori dalla porta, all'aperto, nell'affollato sagrato della chiesa.

La portantina di lady Rutherglen era stata sollevata e stava procedendo lentamente verso gli alberi di sicomoro dell'Orange Grove, con i suoi servitori che tenevano il passo dei portatori. Un gentiluomo, con la mano bianca coperta di pizzo appoggiata leggermente alla porta della portantina, stava parlando seriamente con la sua sofferente occupante. Plantagenet Halsey socchiuse gli occhi, studiando la scena, ma si riprese alla svelta, ricordando la sua compagna e si voltò per suggerire di proseguire per la loro strada, trovandola che fissava la portantina che si allontanava. Un'occhiata a Tam, che scrollò le spalle a significare che anche lui si era accorto della preoccupazione della signora Bourdon, e la curiosità del vecchio nei confronti della giovane donna aumentò.

Si chiese se Miranda Bourdon sapesse che Blackwell era morto e che cosa l'aveva portata a Bath, quando un tale viaggio doveva essere due volte più pericoloso nel suo avanzato stato di gravidanza. Si chiese chi era il signor Ninian Bourdon e se quel gentiluomo era il motivo per cui lei aveva lasciato Ellick Farm per venire a Bath. Non da ultimo, se fosse a Bath per partorire. Poi c'era l'angoscia nell'abbazia, proprio poco prima.

Ma non avrebbe trovato le risposte restando sul sagrato della chiesa e stava per suggerire di muoversi quando una voce amabile, insolente, gli arrivò all'orecchio, irritante. Capì immediatamente a chi apparteneva e non fu sorpreso che l'uomo fosse tornato indietro per affrontarlo, in effetti, era contento che l'avesse fatto.

«Povero me, Halsey! Non riesco a decidere che cosa mi faccia restare più di stucco: vedervi uscire da una chiesa o il fatto che abbiate al braccio la creatura più bella su cui abbia mai posato gli occhi.» Le sue sopracciglia si inarcarono leggermente davanti all'evidente stato di gravidanza di Miranda ma il suo sguardo rimase incollato al suo volto. «Posso dirvi che vi trovo bene, signora?»

Prima che Plantagenet Halsey potesse dare libero sfogo a un torrente di ingiurie davanti all'insolenza dell'uomo, Miranda tese una mano guantata. «Come state, signor… Weir?»

Sir Charles Weir si inchinò sulla mano, con un sorrisino compiaciuto al vecchio. «Gentile, da parte vostra, ricordarvi il mio nome, madame. È sir Charles, adesso.» Il suo sguardo cadde nuovamente sulla pancia. «E vedervi bella come l'ultima volta che ci siamo incontrati è una gioia per gli occhi…»

«Grazie… Grazie Sir Charles» rispose educatamente Miranda e ritirò la mano. Senza sapere che cos'altro dire.

«Posso chiedere dove alloggiate?» chiese sir Charles.

«Al-al Barr…»

«… In Trim Street? Un albergo molto rispettabile e che offre delle ottime cene…?»

«Venite pure a trovarci se lo volete, Sir Charles» rispose Miranda, conscia che l'invito le era stato estorto, ma non sentendosi all'altezza di inventare una scusa per rifiutare seccamente. Sperava che il vecchio fosse abbastanza acuto da cogliere l'allusione al suo invito congiunto.

Sir Charles inclinò la testa incipriata. «E con quale nome devo chiedere di voi, signora?»

Il vecchio la sentì tremare e appoggiarsi a lui.

«Nome?» ripeté Miranda, ancora più agitata. «Sì, certo. È Bourdon. Signora Bourdon.»

«Non è il caso che restiate più del dovuto, Weir» gli disse in tono

paternalistico Plantagenet Halsey, aggiungendo, come se fosse la cosa
più naturale al mondo: «Mia nipote ha bisogno di riposo.»

Le sopracciglia dell'uomo politico si inarcarono di colpo a questa
interessante informazione ma non fece commenti e si inchinò a
Miranda con un sorrisino. «Verrò a farvi visita questa sera, signora
Bourdon.» E se ne andò a raggiungere gli altri che circondavano la
portantina di lady Rutherglen, mentre continuava il suo lento
cammino verso i suoi alloggi.

«Grazie, signor Halsey. Vi sono veramente grata» disse Miranda,
con gli occhi sulla schiena di sir Charles Weir. Alzò gli occhi sul
vecchio, con un lieve rossore sulle guance di porcellana. «Perdonatemi
per avervi usato in quel modo, signore e se non desiderate unirvi a me
per...»

«Ne sarei onorato, madame» le rispose, battendole la mano con
fare paterno. «E le mie scuse per essere stato così sfrontato da dichia-
rarvi mia nipote, ma era il modo più veloce di liberarsi di lui.
Dovreste sapere che Weir e io siamo acerrimi rivali politici.»

«Oh, sono piuttosto ignorante del mondo fuori dal mio piccolo
angolo delle Mendips. Un fatto che il signor Bourdon mi assicura di
considerare una delle mie qualità più tenere» confessò Miranda con
una risatina timida. «Senza dubbio sir Charles è molto importante nel
governo, ora. È stato negligente, da parte mia, non congratularmi con
lui per il cavalierato.»

Plantagenet Halsey si fermò di colpo all'angolo fra Trim e Queen
Street e la guardò in faccia. «Weir è stato fatto cavaliere circa cinque
anni fa, madame.»

«Davvero? Sì! Deve essere così, perché non lo vedo da prima della
sua nomina. Che strano che fosse nell'abbazia con lady Rutherglen...»
Rifletté a voce alta e poi sembrò riaversi con un sorriso e tese la mano
guantata al vecchio. «Se volete scusarmi, signor Halsey, ho una
commissione che non può aspettare. E ho camminato abbastanza per
oggi. Conto di approfondire la nostra conoscenza a cena.»

Il vecchio la guardò camminare per un breve tratto lungo Queen
Street, prima di fermare una portantina che la raccolse e sparì dalla
vista svoltando in Quiet Street. A Tam, in piedi accanto a lui, disse a
bassa voce: «Ragazzo mio, controlla dove sta andando. E tieniti a
distanza.» Poi andò verso il Barr con passo baldanzoso, sperando che
Alec avesse finito di giocare al cavaliere errante e fosse tornato, perché
non vedeva l'ora di dirgli che aveva passato la mattina nell'abbazia in
compagnia dell'elusiva Miranda Bourdon.

TREDICI

«*SGUALDRINA*» SPUTÒ LADY RUTHERGLEN SPINGENDO DA PARTE LA sua cameriera, che stava cercando di metterle sotto il naso una piuma bruciata. «Fuori, donna! Fuori!» strillò. «Non sono svenuta, stupida!» Si dimenò per mettersi seduta tra i cuscini di seta e gettò via la coperta infiocchettata che copriva le gonne voluminose, ignorando il bicchiere di chiaretto che sir Charles stava pazientemente aspettando di porgerle. «Come *osa* mostrarsi davanti alle persone rispettabili? E nell'abbazia, tra tutti i posti! E ostentando il frutto della sua lussuria nel tempio di Dio. Puttana. Sgualdrina. *Strega*!»

«Il vostro vino, milady» le ricordò sir Charles.

«E pensare che ha fatto la comunione…!» mormorò lady Rutherglen, con il fazzoletto di pizzo premuto contro le labbra pallide e screpolate. «Faccia di bronzo. Scostumata. *Malvagia*!»

«Halsey è stato tanto stupido da dire che era sua nipote.»

Lady Rutherglen restò a bocca aperta e l'oltraggio diventò ilarità. Scoppiò in una gracchiante risata incredula, ricadendo sulla seta a righe del sofà, ansimate. «Hai sentito… L'hai sentito, George? George! *Sua* nipote? La *nipote* di quello stupido vecchio?» Tossì per liberarsi dal catarro e tese la mano per prendere il bicchiere di chiaretto, di cui sir Charles fu solo troppo lieto di liberarsi. «Bene! Non ci possono essere due persone meglio assortite di un vecchio cacciatore di figa e una figa da bordello!»

Da dietro le pagine spiegate del *Bath Chronicle* si sentì una serie di grugniti, prima che lord George Stanton schiacciasse con noncuranza il giornale sulle gambe accavallate. «Figa da bordello. Che bello scherzo, zia. Figa da bordello! Ah, ah!»

Sir Charles fece un giro per la stanza, per allontanarsi dalla persona repellente di lady Rutherglen, un cadavere in decomposizione aveva più vita di quel guscio di carne flaccida e ossa fragili, e da lord George, che puzzava di cavallo e sudore. Maleducatamente, era andato a cavalcare per evitare di accompagnare sua zia all'abbazia, come aveva fatto il giorno prima, pur di non partecipare a un recital nelle Assembly Rooms, lasciando la vecchia serpe alle cure di sir Charles, che non sarebbe stato sorpreso di sapere che Stanton indossava ancora gli abiti da cavallerizzo del giorno prima, tanto era pungente l'odore che pervadeva la sua persona adiposa.

«Peccato non sia la nipote di Halsey, così non saremmo in questa situazione, no, milady?» commentò sir Charles sarcasticamente, guardando fuori dalla finestra verso il fiume Avon che serpeggiava oltre il Green.

Lady Rutherglen fece una smorfia. «Pensate che gliel'abbia detto?»

Sir Charles scrollò le spalle, fiutando una presa di tabacco. «No. Altrimenti non avrebbe certamente detto che era una sua parente.»

«Avete scoperto dove abita?»

«Sta al Barr in Trim Street.»

«Al Barr?» Stanton fece una smorfia. «Come fa a permetterselo?»

«Già, e inoltre,» rimuginò sir Charles, «perché un albergo così esclusivo dovrebbe permettere a una come lei di alloggiare sotto il suo tetto? Mi chiedo se ha portato con sé la sua bastarda.»

«Oddio! Spero di no.» Lord George rabbrividì. «Non mi dispiace di aver mancato la funzione. Trovarmi faccia a faccia con lei nell'abbazia sarebbe stato intollerabile.» Si appellò alla zia piagnucolando: «Non cercherà di affibbiarmi la marmocchia, vero, carissima zia?»

Gli occhi itterici e acquosi di lady Rutherglen si strinsero. «Con un altro bastardo in arrivo? Non *oserebbe* mai.»

«Eh? Un *altro*?» chiese lord George, come se questa informazione gli fosse penetrata nel cervello in quel momento. «È incinta di un altro bastardo?»

«Sono d'accordo con voi, milady» rispose sir Charles, ignorando il piagnucoloso lord George. «Le sue attuali... condizioni devono sicuramente precludere ulteriori tentativi di ricatto nei confronti di lord George; perché, come può dare la colpa a sua signoria, quando la sua seconda gravidanza conferma che è un essere spregevole? Mi chiedo se il pittore riconoscerà di essere il padre.»

«Beh, questo non è mio!» dichiarò lord George con un grugnito e si ritirò dietro il giornale stropicciato.

«Mi sono autoinvitato a cena da lei, questa sera» li informò sir Charles con un sorriso soddisfatto.

Lord George accartocciò ancora una volta, spietatamente, il giornale già stropicciato.

«*Cenare* con lei?» lord George si mise diritto, con il labbro inferiore sporgente, in un broncio di incomprensione. «Cenare con una sgualdrina? A che scopo? Dopo quello che *mi* ha fatto passare? Sei matto, Charlie?»

Lady Rutherglen tese una mano sottile verso suo nipote e fu contenta quando lui la prese. Lo tirò, finché lui si alzò dalla sedia e si inginocchiò accanto a lei. «Sei un bravo ragazzo, Georgie» sussurrò, pizzicandogli un po' troppo forte la fossetta nel mento carnoso. «Se continuerai a fare il bravo, la zia Frances farà in modo che tu sia il prossimo duca di Cleveley. Ma devi lasciare che sia Charles a pensare. Mi capisci, ragazzo mio?»

«Sì, zia» rispose docilmente lord George, fissando gli occhi ingialliti con repulsione e paura insieme. Fece una smorfia a sir Charles. «Occupati pure tu della baldracca, Charlie!» E per quella frase ricevette una dura tirata d'orecchi. «Ahi! Che-che cosa ho fatto per meritarmelo, zietta?»

«Ragazzo insolente» sibilò lady Rutherglen, maledicendo la memoria della sorella morta che era stata una stupida sentimentale, eppure era riuscita a produrre un figlio che un giorno avrebbe ereditato un ducato, mentre lei, Frances, la sorella più giovane e molto più intelligente, era riuscita a produrre una insignificante, malaticcia e recalcitrante figlia, che era stata solo una delusione e poi aveva avuto il cattivo gusto di morire, prima di poterla maritare. Lasciò andare l'orecchio arrossato del nipote, dicendo con un tono di voce ingannevolmente dolce: «Tratta bene Charles. Ha a cuore solo i tuoi interessi. Ora aiutami ad alzarmi.»

Risentito, lord George ubbidì. Incapace di frenarsi, diede un'occhiataccia a sir Charles sopra la parrucca incipriata della zia. «Siete sicura che abbia a cuore i *miei* interessi e non i suoi?»

Lady Rutherglen guardò sir Charles da sotto le palpebre pesanti, senza ciglia.

«Facendo i nostri interessi fa anche i suoi, George. Non è forse così, Charles?»

Sir Charles si inchinò educatamente, con il volto che non tradiva i suoi sentimenti, e ignorò la smorfia di disprezzo di lord George, esattamente come fece lady Rutherglen, che disse a sir Charles: «Maria Russell e sua figlia arriveranno a Bath oggi. Non voglio quella puttana a meno di cinque miglia dalla città.»

«Come volete, milady» rispose obbediente sir Charles, con un'occhiata a Stanton. «Sarebbe un vero peccato se lady Henrietta dovesse...»

Lord George fece un passo minaccioso verso sir Charles. «Non pronunciare il nome di Hatty in mia presenza! Mai!» urlò. «Conosco il tuo gioco, *segretario*.»

«... trovarsi faccia a faccia con la signora Bourdon» dichiarò sir Charles, ignorando le bizze di lord George. Le sue sopracciglia si contrassero sopra il naso all'insù. «Che cose intendete dire per *gioco*, milord?»

Lord George afferrò convulsamente il braccio sottile della zia. «La zia mi ha detto tutto dei tuoi progetti per Hatty Russell. Come se suo padre potesse permetterti di toccare un solo capello della testa di Hatty, men che meno *sposarla*! Ah!»

«E sua signoria ha idea di che cosa avete toccato voi, milord?»

«Basta! Basta!» ringhiò lady Rutherglen, bloccando entrambi gli uomini con le braccia tese, quando cominciarono a infuriarsi l'uno contro l'altro. «Non voglio le tragedie di Cheltenham, qui!» Diede una piccola spinta sprezzante al petto gonfio di lord George. «Siediti e leggi il tuo giornale, Georgie, e lascia che siamo sir Charles e io a pensare.»

«Qualche idea su perché la signora Bourdon, come si fa chiamare, abbia improvvisamente deciso di uscire dalla tomba per tormentarci, dopo tutti questi anni, milady?»

«Non so perché quella sgualdrina si sia mostrata in società proprio adesso, ma si sbaglia se pensa di riuscire a farmela» ruminò lady Rutherglen, digrignando i pochi denti che le erano rimasti, con lo sguardo fisso oltre la finestra, ricordando. «Pensava di essere così furba a sedurre Georgie proprio sotto il mio tetto, e ancora più furba quando si è fatta mettere incinta da lui. Puah! Come se un bastardo significasse qualcosa! Creatura guasta! Tale madre, tale figlia. La colpa è tutta di Ellen.»

«Date la colpa a mamma?» George sbatté le palpebre, con un'espressione opportunamente vacua, mentre guardava sua zia e poi sir Charles da sopra il giornale aperto. «Zietta? Charlie? Che cosa ha a che fare la mamma con questo dannato imbroglio in cui ci troviamo?»

Lady Rutherglen guardò il nipote, per niente sorpresa. Aprì la bocca secca per rispondergli, poi ci ripensò e fissò lo sguardo su sir Charles.

«Non permetterò a quell'ingrata battona di mettere in pericolo il nostro futuro, Charles. Scoprite se sa del decesso del vicario. Se non lo sa, diteglielo. Potrebbe ancora persuaderla a imboscarsi nuovamente tra i cespugli da cui è uscita. E Charles: prima del tramonto.»

Sir Charles si inchinò. «Ho il vostro permesso di usare qualunque metodo persuasivo ritenga necessario, milady?»

Lady Rutherglen agitò la mano in un gesto sprezzante. «Dopo l'inferno che ha fatto passare a George, a noi tutti? Mandatela all'inferno in una scatola con i miei saluti, per quello che mi importa!»

TAM SEGUÌ LA PORTANTINA CON MIRANDA FINO A MILSOM Street, lì la portantina la fece scendere e lei camminò lungo la strada, con i portatori che la seguivano, come se volesse solo sgranchirsi le gambe, prima di rientrare nello spazio angusto della portantina per continuare la sua strada. Tam si tenne a una distanza discreta ma abbastanza vicino da poter correre in suo aiuto nel caso in cui lei, una giovane donna senza uno chaperon, fosse stata abbordata da qualche sconosciuto. C'erano abbastanza teste che si voltavano nella sua direzione, clienti dei negozi, stallieri, operai sulle impalcature, da far capire che c'era qualcosa in più del fatto che fosse vistosamente incinta e senza accompagnatore. Non era una sorpresa che la sua eccezionale bellezza stesse attirando l'attenzione nella strada. Eppure, lei sembrava non accorgersi dell'effetto che aveva su quelli intorno a lei. O, se notava le teste che si voltavano, le ignorava. Tam avrebbe pensato che la gravidanza fosse una dannazione per una creatura così minuta, invece le si confaceva.

Miranda si fermò di colpo dall'altra parte della strada rispetto a una stretta casa di città strizzata tra la Octagon Chapel e un edificio dalla grande facciata coperta di impalcature. Fuori dalla casa c'erano un cavallo e un carro pieno di casse, grandi pacchi piatti avvolti in panni e mobili alla rinfusa, tenuti insieme dalle corde. Diverse sedie e un cavalletto erano restati sul marciapiede e aspettavano di essere caricati da due ragazzotti dalle braccia robuste, che stavano caricando il carro; un terzo uomo era in piedi vicino alla porta spalancata. Un giovanotto dalla pelle olivastra, che indossava un panciotto dai colori vivaci, uscì dall'edificio dietro a un impiegato, gesticolando selvaggiamente e indicando la casa, il carro carico e poi l'impiegato, che teneva la testa bassa mentre elencava ai due ragazzi in cima al carro una lista di mobili, a voce alta per farsi sentire sopra il rumore delle ruote delle carrozze.

Tam aspettò pazientemente che Miranda continuasse per la sua strada o attraversasse la via trafficata, come se lo sfratto (perché era quello che sembrava a Tam) fosse solo una distrazione rispetto alla sua destinazione finale. Ma lei restò ferma a guardare l'andirivieni dell'ufficiale giudiziario e dei suoi tirapiedi per cinque minuti, prima che la sua portantina la caricasse nuovamente, con i due robusti portatori che fecero marcia indietro per tornare a Milsom Street e sparire dietro l'angolo. Tam osservò il lento procedere e poi diede un'occhiata attraverso la strada alla stretta casa che aveva attirato l'attenzione di Miranda, escludendo tutto il resto di quello che succedeva intorno a lei. E lì, sul marciapiedi, che parlava con l'ufficiale giudiziario e l'ometto gesticolante con il panciotto colorato, c'era lord Halsey.

PRIMA CHE CI FOSSE UN VARCO NEL TRAFFICO DI CARROZZE, carri e cavalieri, e Tam riuscisse ad attraversare Milsom Street, Alec era sparito all'interno della casa dalla facciata stretta e l'ufficiale giudiziario stava ordinando ai suoi uomini di scaricare il carro del suo contenuto confiscato e riportarlo all'interno. Tam saltò davanti a due uomini, che stavano destreggiandosi con una pesante cassettiera bassa di mogano, ed entrò nell'edificio, prendendo le scale verso il primo pianerottolo, dove altri due uomini stavano attentamente inclinando quello che sembrava il piano di un tavolo avvolto in una tela attraverso l'apertura della porta. A dare loro istruzioni c'era l'ometto dal panciotto colorato, che agitava le mani e saltellava sulle punte dei piedi. Parlava a raffica in quello che Tam, grazie al latino che aveva studiato, immaginò fosse italiano e quindi non era di molto aiuto ai due uomini carichi. Eppure era ovvio, dalla sua espressione e dal tono della voce, che il loro carico era prezioso.

Quando gli uomini riuscirono a passare la porta senza disastri, Tam seguì l'italiano nella stanza e trovò il suo padrone che passeggiava nello studio di un pittore. La stanza era lunga quanto l'edificio e larga la metà. A un'estremità c'era un paravento decorato, che divideva un lettino da una piccola cucina, dominata da un grande focolare incassato. Sopra il letto, una scala di ferro a chiocciola portava a un soppalco con un camino, un grande letto di mogano a baldacchino e diversi mobili. Il resto dello spazio cavernoso era dedicato alla pittura. Il pavimento di legno, una volta lucido, era chiazzato di pittura, le pareti gemevano, sotto il peso di un grande assortimento di ritratti e vedute, e un lungo tavolo da lavoro, spinto sotto due finestre a ghigliottina, era coperto dagli strumenti di lavoro. Tele arrotolate erano impilate alla bell'e meglio accanto al tavolo da lavoro e parecchi grandi quadri finiti, in pesanti cornici dorate, erano accuratamente appesi in mostra lungo il resto della parete. Qui i due uomini, che avevano spacchettato le tele, stavano mettendo a posto altri tre quadri incorniciati sotto la direzione agitata dell'italiano.

Appena i due uomini se ne andarono, due loro colleghi arrivarono con la pesante cassettiera e, dietro a loro, un altro che portava una sedia imbottita dalle gambe sottili e un paio di cavalletti. L'italiano indicò a gesti dove mettere i mobili e poi li cacciò fuori. Alla fine di questo andirivieni, Tam pensò fosse ora di rendere nota la sua presenza al suo padrone, ma l'italiano si rivolse a lord Halsey per primo.

Alec dava la schiena all'attività e stava distrattamente sfogliando un fascio di schizzi a inchiostro e carboncino impilati su una sedia, accanto al tavolo da lavoro. Uno schizzo a matita in particolare attirò la sua attenzione. Sembrava un abbozzo preliminare del quadro della madre e della figlia orrendamente sfregiato alla mostra di Oxford Street, dato che riconobbe la composizione delle figure e il panorama. Uno studio più dettagliato e più grande del volto della madre occupava la parte inferiore del foglio. Era indiscutibile che possedesse una grande bellezza, ma c'era qualcosa nella sua espressione che rifletteva una bontà d'animo e di propositi, e parlava sia dell'eccezionale talento dell'artista sia della modella. Si sentì di colpo molto triste per Talgarth, per aver perso il suo dipinto, ma fu riscosso dalla sua momentanea malinconia dal piccolo italiano, che cadde sulle ginocchia e procedette a ricoprire la sua lunga mano bianca di baci.

«*Grazie, signore*! *Grazie*! Avete salvato Nico! *Grazie*! *Grazie*!»

«*Basta*! Smettetela subito e alzatevi!» gli ordinò Alec in italiano, staccandogli le dita quando la presa dell'ometto si trasferì alle corte falde della sua redingote di velluto blu scuro. Sorrise a Tam, in piedi in mezzo al vasto spazio. «Sono contento di vederti, Tam. Capisci l'italiano?»

«Non molto, milord» rispose Tam, avvicinandosi con un'occhiata sospettosa all'italiano che si stava umiliando.

«Allora Nico dovrà fare del suo meglio con il poco inglese che parla. *Sì*? E si deve alzare. *Subito*!»

«*Sì, signore*» rispose Nico, ubbidendo e alzandosi. «Nico non può ringraziare abbastanza, *signore*. Io dico al signor Vesey delle richieste di pagamento, ma lui le ignora sempre. Sempre! Io gli dico che non può ignorare i conti e aspettarsi che mangiamo. Ma lui è troppo orgoglioso per chiedere aiuto alla famiglia. Così arriva l'ufficiale giudiziario.»

«Come vengono pagati di solito i conti del signor Vesey?»

«Oh, un servitore della *signora* Jamison-Lewis, la bella sorella del *signor* Vesey, raccoglie le fatture ogni due mesi. E lei paga i conti. Questa volta, il *signor* Vesey ha deciso di portare i conti con lui a Londra. Io gli ho detto che avrebbe dimenticato di consegnare i conti alla *signora* Jamison-Lewis. Ed è quello che è successo!»

«La sorella del signor Vesey paga i suoi conti? E voi, voi leggete e scrivete per conto del signor Vesey?» chiese tranquillamente Alec, mentre sfogliava la pila di schizzi a carboncino. Quando non ci fu risposta, alzò gli occhi e vide Nico che guardava Tam con sospetto. «Tam è il mio *servitore*… Il mio *valletto*. *Capite*?» Quando Nico annuì, aggiunse: «So che il signor Vesey non sa né leggere né scrivere.»

«Sì, milord, ma al *signor* Vesey non piace che la gente lo sappia. Dice che solo i contadini non sanno leggere e scrivere e lui, il *signor* Vesey, non è un contadino. Ma io gli dico, fate scrivere a me, Nico, le lettere in inglese. Io scrivo l'inglese,» aggiunse fiero, «meglio di come parlo. Quando leggo le lettere al *signor* Vesey, io le traduco in italiano. Così è più facile per tutti e due. Il signor Vesey parla benissimo la mia lingua.»

Alec alzò un angolo della pergamena che stava ammirando. «Conoscete questa signora?» chiese a Nico, e quando vide Tam trasalire e spalancare gli occhi riconoscendola, lo guardò per avere una risposta.

«La signora Bourdon, milord» rispose Tam, proprio mentre Nico cominciava a scuotere la testa.

«Già, naturalmente» rispose placido Alec e, prima che potesse ripetere la domanda al piccolo italiano, Tam aggiunse:

«Il signor Halsey e io abbiamo fatto la sua conoscenza sulle scale del Barr. Il signor Halsey è invitato a cenare con lei, stasera.»

«Vedo che il bernoccolo in testa non ha diminuito il suo fascino,» disse scherzosamente Alec e ripeté la domanda.

«Nico, lui non ha mai incontrato questa *signora*. Ma gli uomini, loro vorrebbero» rispose Nico nel suo inglese incerto. «Lei è molto bella e così è naturale che il *signor* Vesey l'ha disegnata. Ma il signor Vesey mi ha detto che non devo mai vendere le sue immagini, *mai*.»

«Il *signor* Vesey ha ricevuto offerte per i suoi ritratti?»

Nico fece una faccia rassegnata. «Il *signor* Vesey, lui le ha fatto una promessa. Può fare gli schizzi ma non dipingerla. E non deve mai vendere le sue immagini. Mai. Il *signor* Vesey ha mantenuto la promessa di non venderli ma non è stato capace di resistere alla tentazione di dipingerla, partendo dai suoi schizzi. Lei non lo sa. Ma io non le ho mai fatto quella promessa. *Mai.*»

«Il *signor* Vesey e questa donna sono amanti?» chiese brutalmente Alec, in italiano.

L'ometto sorrise e fece un gesto di imbarazzo esagerato, alzando le spalle, come se non avesse capito la sua lingua natia. Quando Alec ripeté la domanda, Nico gli rispose anche lui in italiano, dicendo, con un piccolo sorriso d'intesa: «Il *signor* Vesey ha fatto l'amore con lei molte, molte volte, ma solo con i suoi pennelli. Mi capite, milord, *sì*?»

Alec finse di non capire.

«Perché lei ha respinto le sue avance o perché la dipendenza del vostro padrone agli oppiacei l'ha reso impotente?»

Nico sembrò momentaneamente stupefatto ma quando Alec continuò a guardarlo fisso, abbassò gli angoli della bocca e scrollò le spalle. «Lui è innamorato della bella *signora*, è vero, ma avete colpito nel segno, milord.»

«Il vostro padrone vi ha fatto scrivere delle lettere a lord George Stanton in favore della bella *signora*?»

«Stanton? No, non conosco quel nome» rispose Nico, anche se Alec notò che non riusciva a sostenere il suo sguardo. «Perché dovrei scrivere delle lettere per lei, quando lei può scriverle da sola? Ho le lettere che ha scritto dalla fattoria al *signor* Vesey.»

«Le lettere menzionavano un certo lord George Stanton?»

«Ve l'ho detto: Nico non ha mai sentito quel nome prima. E ve lo dico per niente,» aggiunse con una smorfia, «le lettere della *signora* sono piene di stupidaggini femminili sulla marmellata e sul tempo e sulla sua piccola *bambina*. Molto noiose, ve lo assicuro, milord. Così, meno male che è bella, perché i suoi ritratti ottengono un buon prezzo per Nico.»

Alec sorrise all'evidente disgusto dell'italiano per le faccende importanti per le donne ma gli chiese serio: «Perché avete venduto i suoi ritratti?»

«Perché il *signor* Vesey e io dobbiamo mangiare e stare al caldo» rispose Nico, difendendosi rabbioso. «Il mio padrone pensa solo all'arte e a nient'altro. Il cibo non è importante per lui ma per Nico è molto importante. Uno di noi deve essere pratico, *no*?»

«Sì, ovviamente» rispose placido Alec, aggiungendo in inglese, a beneficio di Tam: «Chi ha comprato gli schizzi?»

«Un gentiluomo; è molto persistente. Lui viene qua due, tre, forse cinque volte» disse Nico in inglese. «Vuole tutti i ritratti della bella signora. Dice è molto importante. Io gli dico niente quadri di lei qui. Non gli dico del quadro grande che il *signor* Vesey lui porta a Londra per mostra importante. Tutto il resto io dico è *immondizia*, non importante. Solo schizzi come questo, su pezzetti di carta.»

«Ma il gentiluomo li voleva comunque?»

Nico sorrise e spalancò le braccia. «*Moltissimo*! *Moltissimo*! Voleva comprate *tutte* le sue immagini! Io penso che il *signor* Vesey a lui non importa quando capisce che Nico lui ha preso abbastanza delle vostre ghinee inglesi per pagare il cibo e il vino e le nuove giacche! Questo,» aggiunse con un broncio, dando un colpetto indifferente con il pollice alla pergamena che Alec teneva ancora in mano, «io non sapevo che c'era, altrimenti vendevo anche questo.»

«Il gentiluomo vi ha detto come si chiamava?» chiese Alec, allontanandosi dal tavolo per esaminare una fila di ritratti incorniciati ammucchiati contro la parete, con Nico e Tam che lo seguivano, e il piccolo italiano che dava una spallata a Tam per stare un passo dietro ad Alec.

«No, milord. Non lo dice mai e viene quando è buio, quando c'è solo Nico, qui.» Il piccolo italiano fece una smorfia. «Io penso che lui viene con il buio perché è molto, *molto* brutto.»

«Brutto? In che senso?»

Nico si picchiettò leggermente le guance con la punta delle dita. «*Vaiolo*. Cicatrici. Sono molto, *molto* brutte.»

«Molyneux!» esclamò Tam.

«Lui mi dà le ghinee inglesi in anticipo e io ho gli schizzi tutti legati con un nastro pronti per lui il giorno che il *signor* Vesey va a Londra. Ma Nico non parla più con lui.»

Alec distolse lo sguardo da diversi ritratti realistici, e quindi poco lusinghieri, di quelli che sembravano essere membri minori della nobiltà e piccola aristocrazia del Somerset. Senza dubbio, erano ancora lì nello studio del pittore e non adornavano il posto d'onore sopra le mensole di marmo del camino dei modelli, perché si erano rifiutati di riconoscere la verità. «Il gentiluomo non è tornato a prendere gli schizzi che aveva comprato?»

Nico scosse la testa. «No, lui viene ma aspetta dall'altra parte della strada. Io vedo quando sono fuori a istruire gli uomini come mettere sul carro la tela più importante per la mostra. Quando entriamo a prendere altre tele, ho altri problemi. La *signora dell'aristocrazia* lei è qui con la sua cameriera spaurita e lei è molto arrabbiata, come al solito. Si lamenta. Si lamenta sempre ma il *signor* Vesey rifiuta di modificare il ritratto.» L'italiano sogghignò mostrando gli spazi tra i suoi denti, per altro bianchi e puliti. «Il *signor* Vesey, lui dice che il ritratto è già abbastanza lusinghiero. Il *signor* Vesey è testardo ma ha ragione. Lei rivuole i suoi soldi; lei paga metà della commessa adesso, metà alla fine. Noi prendiamo metà e la spendiamo, come sempre. Nico lui solo capisce una parola su cinque della tirata, così io fingo di essere ignorante come sempre. È meglio, con donne come quella. Specialmente con una con un coltello in mano.»

«*Coltello*?»

«*Sì*, milord. Lei lo prende dal tavolo e lo agita in giro come una pazza. La sua cameriera molto spaventata di lei con il coltello. Resta indietro. Io capisco. Solo naturale che lei preoccupata. La *signora dell'aristocrazia* molto, *molto* arrabbiata. Lei furiosa. Io penso che lei forse è vicina ad avere dolore di cuore.»

«Quindi, se il gentiluomo non ha preso gli schizzi, chi l'ha fatto? Questa signora?» chiese Alec con infinita pazienza, con un occhio a Tam, che stava stringendo inconsciamente i pugni per l'irritazione.

«Io vedo dalla finestra che l'uomo aspetta ancora ma non viene dentro. Io non do torto, con la *signora dell'aristocrazia* che fa tanto rumore e problemi» rispose, andando verso il tavolo da lavoro. «Lei preso il fascio che appartiene all'uomo, lo getta alla cameriera e esce, così! E ancora con coltello in mano. Come se aveva pagato per gli schizzi! *Sì*, è vero, vi dico! Io la seguo ma resto indietro, perché lei ha ancora il coltello e ancora molto arrabbiata. Lei li prende e io non la vedo *mai* più. Molto strano. Ora per favore aspettate, milord, e Nico vi dà qualcosa per il vostro grande impegno a suo favore.»

«La tela che era già legata sul carro, c'era qualcuno insieme, mentre stavate trattando con la *signora dell'aristocrazia*?»

«No, milord. La *signora dell'aristocrazia* ha ordinato ai due uomini che stavano caricando il carro di venire nello studio come testimoni» disse Nico in italiano. «Testimoni per che cosa, vi chiedo, quando era il suo comportamento che era molto brutto? E ovviamente gli uomini erano spaventati dal coltello e di che cosa poteva fare, che hanno aspettato qui per parecchi minuti, prima che io venissi a prenderli per riportarli di sotto al carro. Io non li biasimo.»

«E la tela della signora Bourdon e di sua figlia? Era ancora assicurata sul carro?»

Nico alzò le spalle e fece sporgere il labbro inferiore. «Che posso dire? I miei occhi erano fissi sul coltello in mano alla *signora dell'aristocrazia*.»

«Il nome di questa *signora dell'aristocrazia*?» chiese Alec.

«Sì, sì, ve lo mostro ma prima ho qualcosa per voi...» Nico ritornò, tenendo in mano lo schizzo che Alec aveva ammirato, e disse, tornando all'inglese approssimativo, con un'occhiata per assicurarsi che Tam stesse guardando e ascoltando. «Voi per favore accettate, milord, da Nico. È una piccola cosa ma Nico è molto grato che mandate via il fastidioso ufficiale giudiziario.»

Quando Alec prese la pergamena, batté le mani e andò in fretta verso le tele incorniciate appoggiate alla parete. Ne estrasse un po' a fatica una dal gruppo e la appoggiò contro lo schienale di una sedia. «Eccola. La furiosa *signora dell'aristocrazia*. Forse voi pensate che il *signor* Vesey è crudele? Ma vi dico, lei ha un cuore molto brutto. Il *signor* Vesey lo ha solo dipinto e mostrato al mondo. *Sì?*»

Alec non poteva essere più d'accordo. Il ritratto era di lady Rutherglen.

USCENDO DALLO STUDIO DI VESEY, TAM SI CHIESE CHE COSA avesse in mente sua signoria quando fece un passo indietro fino al bordo del marciapiede, per vedere meglio l'insieme di case di città e negozi che correvano lungo questa parte di Milsom Street. La domanda del suo padrone lo colse alla sprovvista.

«Quante porte rosse vedi, Tam?»

Tam arricciò il naso lentigginoso e raggiunse il suo padrone sul lato della strada, con la schiena rivolta al traffico di carrozze e cavalli.

«Porte rosse? Due, signore.» Indicò. «Questa che appartiene allo studio del pittore, anche se non si può proprio chiamare rossa, ma quella porta, la prossima, quella con le impalcature che coprono la facciata, è un bel rosso vivace, signore.»

Alec sorrise e batté sulla spalla di Tam, prima di continuare per la strada, con il valletto che si affrettava dietro di lui. «Sì, Tam, un bel rosso vivo e *fresco*.»

QUATTORDICI

Alec e Tam camminarono in silenzio per tutto il resto di Milsom Street, diretti al centro della città, nonostante Alec desiderasse chiedere a Tam della signora Bourdon e Tam fosse curioso di sapere il significato della porta rosso vivo e fresco. Invece, Alec chiese educatamente dell'esame di Tam davanti alla Venerata Società degli Apotecari. Sapeva dell'intenzione di sir Septimus Bott di mandare tre membri anziani della società a ispezionare il posto di lavoro di Tam. Mentre suo zio e il suo valletto erano partiti per Bath, comodi nella carrozza da viaggio di Alec, lui aveva deciso di andare a cavallo, per avere qualche ora in più per lavorare agli affari della tenuta con il suo sovraintendente. Quindi era ancora in casa, quando era stata consegnata la lettera dello stimato sir Septimus.

Il biglietto di sir Septimus era pomposo e pieno di verbosa retorica, e lo informava dell'imminente visita al numero 1 di St. James Place, evidenziando la disapprovazione della società per il doppio ruolo di Tam di valletto e speziale. Sir Septimus aveva messo in chiaro che non avrebbe preso in considerazione l'ammissione di Tam nella società, fintanto che fosse rimasto al servizio come valletto di un nobiluomo. Uno speziale doveva dedicare tutte le sue energie alla professione scelta. E Tam aveva ancora un anno dei sette di apprendistato da fare, qualunque fosse il risultato del suo esame.

La lettera era un affronto appena velato ad Alec e scritta per tenere Tam al suo posto, perché come poteva mai un giovane che aveva perso il suo maestro (e quindi anche il suo apprendistato) in una spiacevole circostanza ed era diventato un valletto per poter mangiare, sperare di completare il suo apprendistato senza godere dell'indipendenza finanziaria? E la lettera di sir Septimus era esattamente la scusa che serviva ad Alec per assicurarsi che il ragazzo tornasse ai suoi studi a tempo pieno. Aveva già messo in moto le cose, facendo pubblicare un'inserzione per cercare un valletto adatto. E con un'educata risposta a sir Septimus, aveva chiesto il nome di un maestro speziale che volesse accettare il peso aggiuntivo di un altro apprendista per l'anno che serviva a Tam per completare il suo apprendistato. Tutte le spese sarebbero state, ovviamente, a carico di lord Halsey.

Quando Alec entrò nell'ambiente elegante del Barr di Trim Street, era riuscito a mitigare le paure di Tam riguardo all'imminente visita degli amici di sir Septimus Bott e scartato come fantasiosa l'idea che ci fosse qualche intento sinistro dietro le domande che gli avevano fatto gli esaminatori. Pensava che quello fosse un buon momento per annunciare a Tam che sarebbe tornato ai suoi studi a tempo pieno, e poi, come dal nulla, apparve Jeffries che conversava a bassa voce con uno dei servitori dell'albergo e il momento giusto passò.

Quando vide la faccia ingrugnata di Hadrian Jeffries, la rabbia silenziosa di Tam fu palpabile.

Jeffries mandò immediatamente via il servitore e si fece avanti con un inchino, per aiutare Alec a togliersi il cappotto, che si mise sul braccio per prendere poi i guanti di pelle, senza uno sguardo a Tam, mentre diceva ad Alec con voce atona, con una veloce occhiata ai calzoni sciupati dal viaggio e agli stivali polverosi:

«Sono riuscito a far riservare per vostra signoria l'uso esclusivo della vasca da bagno più grande dell'albergo. La stanno sistemando mentre parliamo.» E mentre Alec saliva le scale con un cenno, lo seguì standogli alle calcagna, così che a Tam restò la visione della stretta schiena dell'ossequioso cameriere e della perfetta treccia di capelli legata con un perfetto nastro di seta nera. «E ho ordinato che preparino subito il bagno. Vostra signoria preferirebbe indossare la redingote di seta verde veneziano o quella di velluto blu notte, per la cena? Sono entrambe perfette per il panciotto di seta color crema che ho scelto. E penso che un nastro di seta crema co...»

«Una qualunque, Jeffries» lo interruppe gentilmente Alec, pensando che un lungo bagno nell'acqua calda profumata era proprio quello che ci voleva per i suoi muscoli doloranti, dopo una notte insonne passata su un duro sofà di crine, con Selina rannicchiata accanto a lui per metà della notte e l'altra metà passata ad ascoltare una bambina molto confusa che si era svegliata singhiozzando che voleva la madre, per essere tranquillizzata, ma senza molto successo, da Selina, dalla sua cameriera o da entrambe. Sorrise tra sé. Non invidiava il viaggio di Selina verso Bath, con il suo sonnolento fratello e una spaventatissima Sophie come compagni di viaggio, e senza dubbio avrebbe ricevuto un resoconto completo quando fossero arrivati al Barr. Il bagno lo attirava sempre di più. Sospirò. «Fatemi sapere appena il bagno è pronto. Prima devo parlare con il signor Halsey. Grazie, Jef...»

«Signore! Milord!» Era Tam, che aveva superato Jeffries sul pianerottolo per arrivare accanto ad Alec. «Questo è il mio lavoro, non il suo e io non...»

«Non una parola» disse secco Alec e diede un'occhiata furiosa a Jeffries, quando il cameriere si lasciò sfuggire un verso di disapprovazione, immediatamente ringoiato, insieme al sorrisino sdegnoso, con gli occhi che si abbassavano sulle lucidissime scarpe di pelle nera. «Vi ricordo che questa sistemazione è temporanea, signor Jeffries. Se sperate di migliorare la vostra posizione, dovrete cercare di migliorare prima voi stesso. Andate.»

Il cameriere si inchinò, senza guardare Tam e con gli occhi fissi sul pavimento. Si allontanò e uscì, mentre Alec si rivolgeva a Tam, che ebbe il buonsenso di tenere anche lui la bocca chiusa e abbassare gli occhi, anche se il fatto che ondeggiasse sui talloni, con le mani strette dietro la schiena, era un'indicazione sufficiente che trovava difficile contenere la sua rabbia.

«Non schiacciare quel meraviglioso schizzo» disse Alec a bassa voce. «Vorrei mostrarlo al signor Halsey. Vai nelle sue stanze, vi raggiungerò entrambi subito dopo il tè.» A quell'invito Tam si illuminò visibilmente ma il ragazzo aveva un'espressione diffidente e Alec aggiunse con un mezzo sorriso: «Dobbiamo discutere il tuo futuro nella mia casa. Non perché devi lasciarla, ma qual è il tuo posto in casa mia. Dopo cena. Charles?» disse, celando a malapena la sorpresa, girandosi per salutare sir Charles Weir, che stava salendo lo scalone dietro a un portiere dell'albergo.

Sir Charles si fermò sulle scale e alzò gli occhi, solo due gradini più sotto rispetto ad Alec. Era così immerso nei suoi pensieri che dapprima fu stupito che qualcuno lo chiamasse e poi, vedendo a chi apparteneva la voce pacata, fu subito sulla difensiva, ricordando la precedente conversazione nella casa di città di Alec. Si inchinò educatamente. «Halsey.»

«Non sapevo che i Russell fossero ospiti in questo albergo» disse Alec con un sorriso amichevole, con uno sguardo significativo al bouquet di fiori freschi che sir Charles aveva nella mano destra, una

profusione di salvia viola e rossa, dalie, crochi selvatici e fucsie, che sir
Charles abbassò rapidamente, come se non volesse che Alec fosse testi-
mone del suo dono, eppure sapendo che era troppo tardi. «A lady
Henrietta piace il colore viola?»

«No. Sì. Non lo so per certo, milord» bofonchiò sir Charles, schia-
rendosi la gola. «I Russell affittano sempre una casa a Queen Street.»

«Ah, vedo…» Rispose Alec con un sorrisino. «Scusa la mia indiscrezione.»

Sir Charles fece un cenno con la mano, riprendendo la padro-
nanza di sé. «No. No. Era naturale che lo pensassi… ma eri al Drury
Lane. Hai visto la dichiarazione fatta da Sua Grazia e lord Russell.»
Raggiunse Alec sul pianerottolo. «Non hanno ancora detto niente.
Non c'è stato un annuncio però era evidente a tutti che cosa significasse la loro aperta tregua, o meglio, *chi* stavano per usare per suggel-
lare la loro pace politica.»

«Certamente, se non c'è ancora stato un annuncio…» Alec scrollò
le spalle. «Conosci Sua Grazia meglio di chiunque altro… ma io non
dispererei, fino a che l'annuncio del fidanzamento non sarà stampato
sui giornali.»

Sir Charles sorrise e scosse la testa. «Per essere un diplomatico, sei
deplorabilmente romantico.»

Alec fece una smorfia. «Si tratta solo di separare il privato dal
pubblico. Certamente perfino Sua Grazia riesce a fare questa
distinzione?»

Sir Charles alzò una mano coperta dai pizzi.

«Per favore, era un complimento. Non l'ho detto con l'intento di
deriderti, ma con sincerità. Ma come hai detto, conosco Sua Grazia
meglio di chiunque altro e quindi puoi credermi quando dico che non
fa nulla, non un gesto simile, senza averlo attentamente ponderato.
Ogni azione ha un motivo. Ogni decisione viene presa dopo aver
esaminato ogni possibile conseguenza.»

«Un politico consumato. Eppure, che vita privata opaca…»

Sir Charles non capiva se Alec stesse semplicemente denigrando il
duca, oppure se stesse solo facendo un'osservazione, visto il sorriso che
accompagnò il commento. Un sorriso diabolicamente bello, usato con
grandi risultati in diplomazia, pensò sir Charles con una fitta di invi-
dia. Sospirò e fece un piccolo inchino ad Alec, con il grande bouquet
appoggiato al braccio sinistro, conscio che il portiere stava ancora
aspettando, con gli occhi bassi sul pavimento ma sicuramente con le
orecchie ben aperte.

«Devi scusarmi» disse educatamente, con un'occhiata al portiere. «Non posso far aspettare la mia ospite per il tè.»

E con un altro cenno della testa fece segno al servitore di proseguire lungo il corridoio, con Alec che continuava a guardarlo, aggrottando leggermente la fronte, perché sir Charles aveva sospirato pesantemente senza accorgersene, tanto era sprofondato nei suoi pensieri.

Quel sospiro preoccupò Alec. Era come se il suo vecchio compagno di scuola avesse un gran peso sulle spalle che non riusciva a togliersi. Era sincero quando aveva detto che il fidanzamento di lady Henrietta con il duca di Cleveley non era ancora deciso e che Charles doveva continuare a sperare. Eppure, sembrava che sir Charles avesse rinunciato a ogni speranza, ma tanto alla svelta da offrire dei fiori a un'altra? Alec non se l'era sentita di dirgli che annidato tra la profusione di petali viola e rosso scuro c'era un bombo inerte. Sperava, per il bene di sir Charles, che l'insetto cadesse e rimanesse inerte, prima di offrire i fiori. Un po' di calore avrebbe potuto svegliarlo e causare al suo amico più guai di quanto valesse il gesto di portare un mazzo di fiori.

Sir Charles si sarebbe stupito enormemente, sapendo che il suo amico era preoccupato per lui, poiché, appena aveva voltate le spalle ad Alec Halsey, si era nuovamente concentrato sul compito che aveva davanti. Sapeva che era il modo giusto di agire, in effetti, era l'unica alternativa che gli restava, se voleva sperare di mantenere una qualunque influenza, politica o altro, sull'erede legittimo del duca di Cleveley.

Eventuali ripensamenti furono spazzati via quando fu accompagnato alla porta dell'appartamento dell'Arco, la suite più grande e meglio arredata in quell'albergo esclusivo, che aveva tra la sua scelta clientela duchi, marchesi, conti e principesse straniere. E ora era occupata, pensò sir Charles, sforzandosi di non digrignare i denti ma di stamparsi in faccia un sorriso educato, da una bella sgualdrina senza cuore la cui stessa esistenza minacciava di rovinarli tutti.

«Sei in ritardo!» borbottò Plantagenet Halsey a Tam. Ma non c'era rimprovero o passione nella voce, solo preoccupazione. «Mi sono preoccupato inutilmente quando la signora Bourdon è tornata qua in portantina e tu non eri due passi dietro di lei.» Guardò nuovamente la porta quando si aprì ed entrò suo nipote. «Ma ora vedo chi ti ha trattenuto. Lei come sta?» chiese, ignorando il sorriso di suo nipote. «E quel gracilino di suo fratello?»

«Selina sta bene, suo fratello un po' meno ma sta migliorando, anche se non può ancora essere lasciato a cavarsela da solo. Dovrebbero arrivare a Bath prima del tramonto. C'è stato un incidente.» Alec raccontò loro del rapimento della piccola Sophie da parte di Billy e Annie Rumble, della morte di Billy per mano di una o più persone sconosciute, ma che presumeva fosse il gentiluomo di Londra, che aveva promesso a Billy qualche ghinea per portar via Sophie da casa sua, aggiungendo: «Capirete che non è il caso di parlarne alla signora Bourdon, finché non sarà di nuovo con la figlia.»

«Perbacco! Quella povera donna uscirebbe fuori di sé. Che cos'hai lì?»

Il vecchio osservò Alec che srotolava lo schizzo a carboncino di Miranda Bourdon fatto da Talgarth, sul tavolo che era stato preparato per il tè con le migliori argenterie e porcellane dell'albergo. Alec mise una zuccheriera d'argento e un barattolo di marmellata sopra gli angoli opposti della pergamena, per impedire al foglio di arrotolarsi di nuovo.

«Che ne pensate?» chiese Alec.

Il vecchio guardò da sopra la spalla del nipote. «C'è una lodevole somiglianza.»

La risata di Alec conteneva una nota di scetticismo. «Lodevole?»

Il vecchio scambiò un'occhiata con Tam e sorrise malizioso. «Non l'hai vista di persona, ragazzo mio.»

Andando alla credenza, Alec versò il caffè in tre tazze.

«Affascinato, zio?»

«Lo sarai anche tu. Mi ha invitato a cenare con lei, e tu verrai con me e giudicherai da solo.»

Quando Tam esitò a prendere la tazza di caffè che gli porgeva, Alec disse gentilmente: «Se devi sederti alla mia tavola, devi imparare ad accettare con serenità la tua nuova posizione in casa mia. Il che significa che occasionalmente io potrei versarti una tazza di caffè.»

«Ma, signore…»

«Come giovane uomo di mezzi non potrai più essere il mio valletto» dichiarò Alec, scambiando un'occhiata con suo zio. «Il signor Blackwell ti ha lasciato mille sterline…»

«*Mille sterline?*» esclamò Tam, con la tazza che aveva in mano che tintinnava sul piattino. Fissò Alec, poi il vecchio e poi ancora Alec. «A me, signore? *Mille* sterline?»

«Per completare la tua educazione, ragazzo mio» aggiunse Plantagenet Halsey, prendendo la tazza di caffè che gli offriva Alec. «E, secondo me, anche il modo migliore di usare il malloppo di un uomo.»

«Proprio così, zio. E come un giovanotto di mezzi,» continuò tranquillamente Alec, sorseggiando il suo caffè, «tu, Tam, avrai tutto il tempo che ti serve per finire il tuo apprendistato, seduto alla mia tavola.»

«Dovreste prendere voi i soldi, signore» suggerì Tam. «Ve li devo per tutto quello che avete fatto per me: per il dispensario.»

Alec sorrise e scosse la testa. «Un bel gesto, Tam, ma no, grazie. Il lascito è tuo e devi usarlo saggiamente. Se vorrai ripagarmi, lo farai finendo il tuo apprendistato e onorando la memoria del Mastro Speziale Dobbs e del signor Blackwell. Ora dimmi,» chiese, cambiando argomento perché Tam era vicino alle lacrime, «che cosa ti ha portato in Milsom Street?»

«Ho seguito la signora Bourdon dall'abbazia, come mi ha chiesto il signor Halsey, signore, ed è lì che l'ha portata la portantina. È rimasta ferma dall'altra parte della strada a osservare gli uomini che caricavano il carro, poi è risalita sulla portantina ed è tornata indietro.» Sorrise imbarazzato, prendendo una fetta di pan di spezie dal piatto che gli porgeva Alec. «Grazie signore. Ho pensato che la portantina la riportasse direttamente qua?»

«È così. Non so che cosa aveva in quella testolina, per girovagare per tutta la città, nelle sue delicate condizioni.»

«*Delicate*?» Alec fece una smorfia. «È incinta?»

Plantagenet Halsey risucchiò in dentro le guance magre, con un'occhiata a Tam. «Parecchio, ehm… incinta, ragazzo mio.»

«Mi chiedo che cosa le sia venuto in mente, per venire a Bath in un momento del genere?»

Il vecchio inarcò le sopracciglia cespugliose. «Il signor Ninian Bourdon, forse?»

Alec era scettico e sorseggiò in silenzio il suo caffè, osservando Tam mangiare la sua fetta di dolce fino all'ultima briciola che c'era sul piatto. Offrì al ragazzo una seconda fetta, che fu accettata con un altro sorriso timido.

«Jeffries dice che il proprietario dell'albergo non è molto contento di avere una donna in stato di gravidanza così avanzato nel suo albergo. Non è un bene per gli affari. Ma Jeffries dice che il proprietario non ha più intenzione di fare nemmeno un accenno alla signora Bourdon, non dopo averle consegnato il biglietto con il tuo sigillo. Quindi, la tua investitura a marchese è tornata utile, dopo tutto.»

«Jeffries si è introdotto bene, potrebbe risultare utile» commentò Alec, ignorando il sorrisino di suo zio e il borbottio quasi impercettibile di Tam sui camerieri *parvenu*.

«Uno degli scontrosi camerieri con naso all'aria ha detto a Jeffries che la signora Bourdon non è per niente una signora ma la donnina di un nababbo. Che sfacciataggine!»

«Potrebbe essere più vicino alla verità di quanto tu creda» rispose sommessamente Alec e fu sorpreso quando le guance di suo zio si imporporarono immediatamente per l'imbarazzo. «Oh povero me, siete *veramente* cotto, Selina me l'aveva detto!»

Il vecchio digrignò i denti. «Davvero? Ah! Ogni scusa è buona per scornarmi con la cara signora Jamison-Lewis, quando arriverà!»

Tam sentì di dover contribuire alla conversazione, in particolar modo quando Hadrian Jeffries stava facendo le capriole per ingraziarsi sua signoria. Inoltre, doveva dar voce a quel ricordo appena accennato riguardo alla signora Bourdon, se non altro perché il suo padrone potesse rassicurarlo che la sensazione di aver già incontrato la signora Bourdon in passato era assurda e che quindi poteva essere scartata senza problemi.

«Signore, non pensate... Con il signor Vesey che faceva tutti quegli schizzi della signora Bourdon e il fatto che lei stesse aspettando fuori dallo studio oggi... non pensate che loro... che lui e lei... So che il suo valletto dice il contrario, ma non posso impedirmi di pensare, che visto che lei è incinta...» Deglutì quando Plantagenet Halsey lo fissò e sua signoria inarcò un sopracciglio guardando il vecchio, senza dire niente. «Forse è per quello che è venuta a Bath? Per stare con lui. Ed è andata allo studio oggi per vedere se era tornato da Londra. So che si fa chiamare signora Bourdon ma proprio come dice il cameriere dell'albergo, e dovete perdonare la mia impertinenza, signore,» si scusò con Plantagenet Halsey, «ma io so per certo che molte donne non sposate di una certa età lo fanno. Non che la signora Bourdon abbia l'età per farlo, ma ha una bambina e un altro in arrivo. E nella parrocchia di St. Jude c'erano parecchie donne che si chiamavano signora questo-o-quell'altro ma, da quello che ne sapevo io, non avevano un marito. Il signor Blackwell diceva che si chiamavano signora per nascondere la loro vergogna e quella dei loro marmocchi, che non avevano un padre che li riconoscesse... Voi mi capite, vero, signore?»

«Sì, Tam» rispose serenamente Alec. «Il tuo scetticismo riguardo le asserzioni dell'agitato valletto che il signor Vesey e la signora Bourdon non sono amanti è giustificabile. Ero incline a credere a Nico, quando ha detto che il signor Vesey vedeva la signora Bourdon in modo completamente platonico, quasi in modo riverente: sfumata e con un'aureola. Ma forse devo correggere la mia fiducia nella dichiarazione del valletto, dopo aver scoperto che la signora Bourdon aspetta un figlio?»

«Io sono disposto a baciare il venerabile ditone di Cleveley se è l'amichetta di un pittore, o la moglie di un acquerellista!» esclamò il vecchio, con un dito che tamburellava sullo schizzo di Talgarth Vesey. «E state attenti quando la incontrerete, vista la bassa opinione che tutti e due avete di lei!»

Tam tenne a freno la lingua, senza più essere tanto sicuro riguardo al sospetto che lo assillava di aver già incontrato la signora Bourdon. Consumarono in silenzio altro caffè e torta, e alla fine Alec si alzò per congedarsi, il colpetto alla porta esterna era di Hadrian Jeffries, con la gradita notizia che l'acqua calda profumata della grande vasca di rame lo stava aspettando.

«Non avevo il diritto di denigrare una donna che non conosco ancora, zio, e me ne scuso.» Pensando alla sua situazione, aggiunse sommessamente: «Non si dovrebbero fare ipotesi sulla reputazione di una donna, se, per qualche motivo, si trova ad essere l'amante di un uomo.» Diede un'occhiata a Tam e vide che il ragazzo aveva appoggiato la tazza sul piattino e aveva abbassato gli occhi sulle briciole nel suo piatto. Si chiese se fosse per l'imbarazzo, o il senso di colpa, o entrambe le cose. «Eppure, solo perché la signora Bourdon sembra e si comporta come un angelo virtuoso, zio, non è detto che lo sia. Il commento di Tam, il fatto che Weir creda che sia complice di Talgarth nel ricattare Stanton, e se si considera che ha già messo al mondo una bambina bastarda ed è incinta di un secondo...»

«Beh, io non la bevo!» ribatté testardamente il vecchio. «Tu puoi pensare che io sia un vecchio pazzo innamorato, e non me ne importa un bel niente, ma lei proprio non mi sembra il tipo che possa essere complice di un ricatto. C'è qualcosa in lei... vorrei riuscire a definirlo... La maggior parte delle ragazze nella sua situazione sono sgualdrinelle sfacciate o piagnucolone emotive, eppure lei va per la sua strada, senza uno chaperon, ignorando la mancanza di rispetto del personale dell'albergo, con la testa alta e stringe educatamente la mano a questo vecchio che non sa chi sia, e gli permette volentieri di scortarla in chiesa. In chiesa! Che Dio la benedica. Ora vattene e fai un bel bagno» aggiunse burbero, quando il nipote non riuscì a trattenere un sorriso; niente poteva nascondere l'allegria nei suoi occhi azzurri. «Un bel bagno meditativo ti darà tempo di riflettere su quello che ti ho detto. Quando tornerai per cenare con me e finalmente la incontrerai, vedrai che non sono un bavoso pappamolla riguardo a quella donna!»

Alec fece un piccolo inchino a suo zio e se ne andò in silenzio. Tam stava per seguirlo, per scoprire da solo quale devastazione avesse causato Hadrian Jeffries con i suoi modi schizzinosi; senza dubbio aveva risistemato secondo i suoi esigenti standard quello che Tam aveva attentamente tolto e riposto dai *portemanteau* di sua signoria, quando dalla porta di servizio entrò camminando timidamente una giovane donna, con le mani che stropicciavano il davanti del semplice abito di mussolina, l'espressione preoccupata.

Tam e il vecchio pensarono che fosse venuta per sparecchiare ma quando esitò sulla soglia, fece una rapida riverenza e rimase ferma aspettando che le parlassero, Plantagenet le fece segno di entrare. Fu l'occhiata che diede a Tam che lo convinse a restare, per sentire che cosa aveva da dire.

«Signore, il portiere dell'albergo mi ha detto che queste erano le stanze del signor Plan-il signor Plant... del signor Halsey. Siete voi, signore?» Quando il vecchio annuì, la ragazza fece un'altra riverenza. «Molto bene, signore. La signora Bourdon mi ha riferito che siete stato molto gentile con lei. Non c'è nessun altro, nessun altro a Bath che la conosce... Il signor Vesey non è al suo studio...»

Quando il vecchio si chinò in avanti, scambiando uno sguardo preoccupato con Tam, la ragazza lasciò sfuggire un sospiro tremante.

«Stava bene, finché non è arrivato il suo visitatore. Lui l'ha sconvolta signore. Non so che cosa le abbia detto perché sono andata a occuparmi del tè. Ma si capiva che solo il fatto che fosse lì non andava bene. Volevo restare ma la signora Bourdon mi ha mandato a prendere il tè e sono stata via talmente a lungo, tutti in questo posto vogliono il tè alla stessa ora, e poi la governante non voleva mettersi a cercare un vaso per i fiori che lui le aveva portato, e poi quando hanno trovato il vaso e sono tornata nelle nostre stanze, lui se n'era andato e lei era in uno stato terribile. Tremava tutta ed era bianca che più non si può.»

«Siete la cameriera della signora Bourdon?»

La ragazza annuì vigorosamente.

«Sì, signore. Janie. Mi chiamo Janie. Janie Rumble. Sono la cameriera della signora Bourdon da qualche anno.» Fece un'altra riverenza, poi lasciò andare le sottane accartocciate, passando lo sguardo da Plantagenet Halsey a Tam. «Verrete, vero?»

Plantagenet Halsey si alzò lentamente in piedi e Tam gli passò il bastone con la testa di malacca. «Certamente» rispose fermamente.

Janie fece un'altra riverenza.

«È molto gentile da parte vostra, signore. Ma è lui che vuole» disse, con un cenno a Tam. Quando Plantagenet Halsey e Tam si scambiarono uno sguardo stupito, aggiunse: «È stata *molto* precisa.»

«Ha chiesto di *Thomas Fisher*?»

«No, signore, non ha detto il nome.» Janie guardò Tam. «È questo il vostro nome, Thomas Fisher?»

Tam annuì, troppo sorpreso per parlare.

«Ne siete certa, ragazza?» chiese il vecchio, senza fare pressioni.

«Sì, signore. Ha detto di andare a prendere il ragazzo dai capelli rossi che era con il signor Plant… con voi, signore.» Guardò ansiosamente Tam. «Andrete da lei, vero, signor Fisher? Ha bisogno di voi. Dice che solo voi potete aiutarla in un momento come questo?»

Tam ritrovò la voce. «Ha bisogno di me, Miss Janie? Momento? Che momento è questo?»

Janie lo guardò come se la cosa fosse lampante.

«Il bambino. Il bambino sta per arrivare.»

UN'ORA PRIMA, SIR CHARLES AVEVA ORDINATO AL PORTIERE DI bussare alla porta dell'appartamento dell'Arco. C'era stato un attimo di esitazione, quando il portiere aveva informato la cameriera che aveva aperto che sir Charles Weir era venuto a trovare la signora Bourdon. Miranda aveva detto a Janie che avrebbe cenato con un certo signor Plantagenet Halsey e sir Charles Weir, e di chiedere ai camerieri dell'albergo di apparecchiare il tavolo per quella sera. Poi si era ritirata in camera a riposare. Dormiva ancora, quando il visitatore inaspettato fu fatto entrare in salotto, e Janie gli chiese di sedersi sul sofà a righe mentre andava a svegliare la sua padrona; sir Charles si era scusato, dicendo che doveva proprio parlare con la signora Bourdon in quel momento e non più tardi. Janie aveva fatto una riverenza e ubbidito, il tono di comando di sir Charles era tale che aveva capito che sarebbe stato inutile cercare di scoraggiare il visitatore con la sincera scusa che la sua padrona aveva bisogno di riposare, in un momento simile.

Sir Charles continuò ad aspettare, tenendo in mano il mazzo di fiori e sentendosi imbarazzato e, quando passarono cinque minuti, cominciò a chiedersi se dopo tutto il suo stratagemma fosse necessario. E poi Miranda era apparsa sulla porta, con i capelli in disordine e le guance rosse come mele dopo il sonno, una pesante vestaglia di seta sopra la camicia da notte, che faceva ben poco per nascondere la sua avanzata gravidanza, anche se aveva un aspetto celestiale. A sir Charles ricordava un dipinto medievale della Madonna incinta. Mancava solo l'aureola. Sentì una fitta di nostalgia. In quel momento, non aveva mai odiato tanto i suoi rapporti con l'illustre casata dei Cleveley, in particolare con lord George Stanton. Avrebbe voluto che il nobiluomo si fosse strozzato con il proprio vomito anni prima, cinque anni prima, a voler essere precisi.

Miranda si bloccò vedendo il parlamentare ma mascherò in fretta qualunque sentimento di disagio e attraversò la stanza con un sorriso e la mano tesa. Sir Charles si inchinò educatamente e le offrì cautamente i fiori. Janie venne avanti in fretta e prese il bouquet.

«Che magnifici colori autunnali, sir Charles» disse Miranda, annusando esitante la composizione floreale quando Janie gliela presentò ma tirandosi indietro all'odore prepotente della salvia. «In cucina avranno un vaso, Janie. Puoi cercarne uno, mentre vai a prendere il tè. Tè, sir Charles?» Poi lo invitò a sedersi sul divano, dicendo in tono di scusa: «Temo che se mi siedo adesso non sarò in grado di alzarmi. Janie? Il tè...» Ricordò alla ragazza quando Janie si fermò indecisa accanto alla porta di servizio, che si apriva sulla scala posteriore che portava alle cucine, i fiori appoggiati sul sedile sotto la finestra con la vista su tutta Trim Street.

Sir Charles non si sedette e non parlò finché Janie, che aveva fatto una riverenza ed era uscita con riluttanza, ebbe chiuso la porta di servizio. Poi si rivolse a Miranda con un'espressione che lei trovò difficile da interpretare. Era come se l'uomo stesse cercando di penetrarle sotto la pelle, in qualche strato che conosceva solo lei e nessun altro. Il suo esame la fece arrossire e arretrare lentamente verso il sedile sotto la finestra, mentre faceva del suo meglio per farla sembrare un'azione normale e non come se volesse mettere più distanza possibile tra lei e il suo ospite indesiderato, con una mano sul ventre arrotondato, come se il suo bambino avesse bisogno di protezione. La sua azione fece sorridere l'uomo, fiducioso di avere nuovamente il coltello dalla parte del manico; ogni sentimento di rimorso era sparito con la cameriera. Le parlò con una voce completamente diversa da quella che aveva usato quando era presente Janie.

«Non vi farò perdere tempo, e nemmeno voi lo farete perdere a me» disse freddamente, facendo un passo verso di lei. «Voi sapete perché sono qui e senza dubbio potete indovinare chi mi ha mandato.»

Miranda impallidì sentendo quel tono e finse di interessarsi al bouquet, alzandolo e poi appoggiandolo contro la mensola della finestra come aveva fatto Janie e poi, con un profondo respiro e sperando che il suo volto non gli comunicasse il senso di disagio, si voltò verso di lui con un sorriso enigmatico.

«Quanto al perché, non ne ho idea, sir Charles. E visto che devo indovinare il chi, forse mi farete la cortesia di dirmelo?»

«*Cortesia*?» Sputò la parola. «Come potete parlare di cortesia, quando è stata sicuramente la vostra *scortesia* che ci ha portato a questa impasse?»

«Potrei sapere che scortesia avrei fatto a voi… o ad altri?»

«Signora, potremmo discuterne tutto il giorno. Avete avuto anni, per rimuginare sulla follia delle vostre azioni scostumate. In effetti, la vostra promiscuità ha prodotto il peggior frutto possibile e ora siete davanti a me, con la vostra vergogna in mostra, e fingete di non sapere che cosa avete fatto? Che abbiate avuto la sfacciata audacia di mostrarvi in quello stato vergognoso in mezzo alla gente perbene, entrare nella casa di Dio come se ne aveste il diritto! Non mi meraviglia che lady Rutherglen abbia avuto un collasso.»

Miranda fece una pausa e respirò nuovamente a fondo, le parole del politico non avevano senso; la sua rabbia era sconcertante. Non dubitava della sua sincerità. Eppure, la menzione di lady Rutherglen le strappò una risposta.

«Mi dispiace che lady Rutherglen si sia sentita angosciata ma, visto che sua signoria non mi ha mai accordato un grammo di considerazione dal giorno della mia nascita, e addirittura non mi riconoscerebbe se mi guardasse in faccia, non mi sento proprio in obbligo di offrirvi parole che le siano di conforto.»

«*Obbligo*? Buon Dio, signora, quella donna vi ha allevato, vi ha nutrito e vestito, e come la ripagate? Dimenticando la vostra educazione raffinata, un'educazione che avete potuto avere perché sua signoria è stata obbligata, suo malgrado, a riconoscere la parentela di sangue, ma l'ha comunque fatto, per senso di carità cristiana. E voi come la ripagate? Fornicando con il primo idiota che vi ha offerto un mazzetto di fiori e vi ha fatto l'occhiolino!»

Si fissarono attraverso il tappeto: il volto di Miranda pallidissimo, le guance di sir Charles soffuse di sangue. Uno che voleva che l'altra accettasse le accuse; l'altra chiedendosi come meglio confutarle senza esporre se stessa e tutto quello che aveva caro. Gli unici suoni nella stanza erano quelli che venivano dalla strada sotto l'arco, attraverso le finestre a ghigliottina sopra il sedile, che erano state aperte per permettere all'aria fresca di entrare nel salotto: ruote di carri e il clip-clop degli zoccoli dei cavalli sopra i ciottoli, le cantilene di un venditore di frutta e il ronzio basso di un'ape…

«Con idiota, Sir Charles, vi riferite a lord George?»

«Sapete perfettamente che è a lord George Stanton che mi riferisco, signora!» sibilò. «Come se poteste fingere di non saperlo! Come se vi importasse un fico secco se è o no un idiota! I vostri motivi erano chiarissimi fin dall'inizio. Potete anche essere stata capace di usare le vostre arti femminili su un cretino come George, non è una gran fatica, ma non sareste mai riuscita nei vostri disegni, vivendo sotto l'occhio attento di lady Rutherglen e di Sua Grazia di Cleveley. E non ci riuscirete nemmeno ora!»

«Quali erano quei disegni, Sir Charles?»

Weir la fissò come se le fosse spuntata una seconda testa, tanta era la sua incredulità. O era incredibilmente ingenua, oppure aveva la testa vuota come George Stanton, forse, dopo tutto, erano fatti l'uno per l'altra. Sbuffò.

«Andiamo! Come il resto della vostra razza, avete usato tutti i trucchi a disposizione dell'armeria di una puttana; lo avete irretito, gli avete aperto le gambe e vi siete fatta mettere incinta, tutto nella speranza che vi sposasse!»

Miranda trasalì a quel discorso volgare ma non si ritrasse davanti alle accuse.

«Perché dovete farne una storia sordida, Sir Charles? È altrettanto plausibile che lord George fosse innamorato…»

«Innamorato? *Innamorato*? *George*?»

Sir Charles fece un passo avanti, come se avesse bisogno di vedere meglio Miranda per digerire le sue parole. Era a un solo passo da lei.

«Perché trovate l'idea così sorprendente, Sir Charles?» chiese fermamente, sforzandosi di mostrarsi calma, nonostante non lo fosse proprio. Si allontanò di un passo, non le piaceva che fosse così vicino. «Lord George è capace di una simile emozione, l'ho visto io. Lui…»

Weir scosse una mano, come se stesse scacciando un insetto.

«No. No. No, signora. Quello che avete visto è quello che volevate credere di vedere. Siete veramente così stupida da non riuscire a distinguere la lussuria dall'amore? E se fosse vero, allora mi dispiace per voi, ma non cambia il fatto che una volta che vi siete trovata incinta di lui, avete fatto del vostro meglio per intrappolarlo e farvi sposare.»

«Forse non sono io quella che vede le cose al contrario» ribatté Miranda, con un'occhiata alla porta di servizio e poi, oltre la spalla di Weir, alla porta che conduceva al pianerottolo, dove un servitore dell'albergo restava seduto, pronto a eventuali chiamate degli ospiti dell'albergo. Se solo fosse riuscita ad arrivare alla porta, il servitore sicuramente avrebbe sentito la sua voce? «Forse lady Rutherglen vi ha persuaso che non c'era amore, dato che lei stessa è sicuramente priva di una tale emozione e quindi non riconoscerebbe l'amore se le fosse offerto su un vassoio d'argento. Lord George era innamorato e, se non fosse stato per le azioni sconsiderate di altri, molti anni prima, la tragedia si sarebbe potuta evitare e questo rende la situazione miseranda…»

Sir Charles vide l'occhiata furtiva alla porta di servizio e, mentre lei parlava, attraversò la stanza e la chiuse, mettendosi la chiave nella profonda tasca ricamata della redingote. Davanti a quel gesto, Miranda sospirò sconfitta ma non si spostò dal sedile sotto la finestra. Aveva il sole sulle spalle, la brezza che entrava dalla finestra le accarezzava i polsi e il ronzio del bombo annidato nel mazzo di fiori stava crescendo di intensità, a mano a mano che il calore del sole lo risvegliava. Sperava che Janie tornasse presto. Ma, con la porta di servizio chiusa a chiave, che cosa avrebbe potuto fare? Una fitta di disagio le fece portare la mano alla pancia, portò l'altra dietro la schiena, cercando di toccare il mazzo di fiori. Se solo fosse riuscita a prendere i fiori, gettargli il bouquet, distrarlo a sufficienza per arrivare alla porta… Ma l'idea morì quasi subito; i fiori erano fuori portata.

«Madame, non sono venuto qui per discutere con voi» disse sir Charles con sicurezza, ora che aveva chiuso la porta e aveva la chiave. Inoltre la donna non era in condizioni tali da poter scappare. «Né mi importa granché delle patetiche emozioni di lord George. Quello che so è che in questo momento lui non vuole avere niente a che fare con voi, né con la vostra prole bastarda. Che abbiate pensato di poterlo ricattare per fargli riconoscere di essere il padre della vostra bastarda…»

«Ricattare? George? Per fargli riconoscere di essere il padre di Sophie?»

Miranda sembrava talmente confusa che sir Charles quasi le credette e per un momento rimase muto. Lei vide la sua momentanea confusione ed ebbe una scintilla di speranza di poterlo distogliere da qualunque azione minacciosa si fosse proposto, arrivando da solo nelle sue stanze e chiudendo a chiave la porta di servizio. La sua unica speranza era di restare calma e cercare di dissuaderlo con il buon senso, perché aveva sentito dire che non era un uomo irragionevole. Una volta era stato un leale funzionario di casa Cleveley; ora non era un uomo politico? Non teneva alla sua reputazione e alla sua posizione in società? C'era solo un modo per scoprirlo.

«Che motivo avrei mai potuto avere per denunciare George come il padre di Sophie, sir Charles? Non lo vedo e non lo sento da cinque anni, ed è esattamente quello che voglio. Non desidero che George sia riconosciuto come il padre di Sophie perché, se così fosse, verrebbe alla luce l'ignominia del suo lignaggio ed è una cosa che intendo tenere segreta, sia a lei sia al mondo, fino al mio ultimo respiro.»

Miranda fece una smorfia e si sedette sul sedile sotto la finestra, con entrambe le mani intorno al ventre rotondo, perché la fitta si era trasformata in un forte crampo. Fece un respiro profondo, si sforzò di non farsi prendere dal panico e alzò gli occhi su sir Charles. La sua espressione preoccupata e la confusione che si vedeva sul suo volto erano stranamente confortanti.

«Certamente potete capire che esporre al ludibrio del mondo quella bambina sarebbe l'ultima cosa che vorrei. Non dovrà mai sapere chi sono i suoi veri genitori. Lei è la parte innocente in questa storia. Non riesco a immaginare che lord George desideri fare altrimenti.»

Sir Charles era ancora confuso ma un po' della sua animosità era svanita.

«Allora, se non siete complice nel ricatto a lord George, come pretendete, si stanno approfittando anche di voi, madame. Confidarvi con il pittore non è stato saggio da parte vostra, perché gli avete dato i mezzi non solo per ricattare lord George ma di fare proprio la cosa che volete tanto disperatamente evitare, cioè esporre la bambina al mondo.»

«Il pittore?»

«Talgarth Vesey, signora. Lord George ritiene che le lettere minatorie siano state scritte dal pittore per conto vostro.»

Miranda scosse la testa.

«No, Sir Charles, non è possibile. Non mi sono confidata con il signor Vesey. Non l'avrei mai fatto per i motivi che vi ho spiegato. È stato un buon amico per me e per Sophie, e la sua compagnia ci piace in quanto tale. Le sue visite sono state un cambiamento gradito nella nostra vita quotidiana lontane dal mondo. Ma dovete credermi: non ho mai confidato la mia situazione o le circostanze della nascita di Sophie, eccetto che a una persona. Lord George è sicuro che le lettere vengano dal signor Vesey?»

Sir Charles annuì in silenzio e poi sorprese Miranda allargando le corte falde della redingote e sedendosi sul sedile sotto la finestra senza essere invitato, con il mazzo di fiori premuto contro la schiena, disturbando il bombo, che ronzò irritato e alzò in volo il suo corpo tozzo.

«È il reverendo Blackwell la persona con cui vi siete confidata?» chiese quasi sussurrando, come timoroso che qualcuno lo sentisse.

«Il signor Blackwell?» Miranda aggrottò la fronte, sbalordita. «No, Sir Charles. È lui che si è confidato con me.»

«Confidato con voi? Ma...»

Lasciò la frase in sospeso, aspettando che Miranda gli desse una spiegazione.

Un altro forte crampo pulsò attraverso il corpo di Miranda, che strinse le labbra e fece un respiro profondo, prima di dire francamente al politico: «Certamente capirete che il signor Blackwell ha altrettanti motivi di George di assicurarsi che il lignaggio di Sophie resti un segreto per tutti, perché se esponesse Sophie al ludibrio del mondo, esporrebbe anche George, non solo al ridicolo e alla derisione ma a un fato molto peggiore, visto che il più grande desiderio di George, che lui vede come un diritto divino, è di essere il prossimo duca di Cleveley.»

Sir Charles era così confuso dalle dichiarazioni di Miranda che stava ancora digerendole quando esclamò, tanto per dire qualcosa per riempire il silenzio e deflettere il suo sguardo penetrante:

«Sapete che il reverendo Blackwell ha recentemente sofferto di un attacco cardiaco ed è morto?»

Un altro crampo doloroso fece chiudere strettamente gli occhi a Miranda, derubando sir Charles della sua iniziale reazione alla notizia e quando lei tirò nuovamente il fiato, e fissò il suo sguardo aperto direttamente, c'erano lacrime nei suoi occhi. Non sapeva se le lacrime fossero dovute al dolore o alla notizia della morte del vicario.

«No, non lo sapevo» gli confessò e, prima che potesse fare altre domande sul vicario deceduto, disse senza fiato: «Sir Charles... vi imploro... aprite la porta di servizio e chiamate la mia cameriera... subito.»

«Dov'è la bambina di lord George Stanton?» chiese Sir Charles, ignorando la sua richiesta, con qualcosa che gli solleticava l'orecchio, facendogli sventolare inconsciamente la mano in aria, accanto alla guancia. «È qui con voi, madame?»

«Per favore... il bambino non aspetterà né voi né me. La porta...»

«Ditemi dove si trova Sophie Stanton, signora!»

«Sophie Stanton?» Gli occhi di Miranda si spalancarono a quella domanda. «Allora non lo sapete... George non si è confidato con voi...»

Sir Charles frugò nella tasca della redingote e ne tolse la chiave della porta di servizio, tenendola tra il pollice e l'indice davanti agli occhi di Miranda.

«Ditemelo e farò quello che dite.»

Miranda chiuse di nuovo gli occhi su una smorfia di dolore, pregando che i crampi si attenuassero finché fosse tornata Janie. Rabbrividì, tirando un altro profondo respiro, e quando aprì gli occhi fu per trovare sir Charles che teneva ancora alzate le chiavi (quell'uomo non si rendeva conto di quello che le stava succedendo?) e capì che, se non gli avesse dato una risposta soddisfacente, non l'avrebbe lasciata stare e non avrebbe fatto quello che lei gli stava chiedendo, quindi pronunciò il primo nome che le venne in mente.

«Lord Halsey! Lui lo sa. La porta... Sir Charles *per l'amor del cielo*. *Devo* avere la mia cameriera!»

Il nome attraversò la mente di sir Charles, che però continuò a tenere le chiavi appena fuori della sua portata, fissandola, colpito non dalla sua bellezza, che era evidente, ma dalla sua sicurezza, impressionante in qualcuno così giovane e ignorante del mondo, tanto più vista la sua attuale situazione, perché sicuramente era entrata in travaglio. C'era qualcosa di splendido e innato in lei, come se il suo omaggio le fosse dovuto, automaticamente. Con sua somma meraviglia, si trovò a chinarsi sotto il peso della noblesse oblige e lasciò che le sue parole gli penetrassero finalmente in testa.

Blackwell ha altrettanti motivi di George di assicurarsi che il lignaggio di Sophie resti un segreto per tutti, perché se esponesse Sophie al ludibrio del mondo esporrebbe anche George...

Che cosa voleva dire?

Allora non lo sapete... George non si è confidato con voi...

Che cosa sapeva lei che lui non sapeva? E che cosa gli stava nascondendo quel pazzo di George? Lo stavano prendendo in giro? Chi poi? Stanton? Lady Rutherglen? Questa puttana dalla faccia d'angelo? Per la prima volta da molto tempo, sentì che non aveva la situazione sotto controllo. A lui piacevano l'ordine e la prevedibilità, sapere qual era il suo posto nel mondo; solo in quel modo poteva lavorare ed essere sicuro. Ora, in meno di un'ora passata in compagnia di una donna che si faceva chiamare signora Bourdon, aveva il presentimento che la sua ordinata esistenza stesse per disfarsi e cadere a pezzi.

Il suo cuore cominciò a battere più forte e le tempie a pulsare.

Sentì ancora un solletico all'orecchio, qualcosa ronzava irritante e, senza distogliere gli occhi da Miranda, che lo stava guardando fisso nel breve intervallo tra due debilitanti contrazioni, sferzò l'aria accanto ai riccioli arrotolati e incipriati della parrucca sopra il suo orecchio destro.

«Non dovete disturbarla, altrimenti penserà che la state minacciando» gli suggerì Miranda, con le mani che lisciavano dolcemente il ventre, rassicurando il bambino, con lo sguardo sul bombo che, essendosi svegliato a sufficienza da sollevarsi dai petali rosso scuro di una fucsia, ronzava accanto all'orecchio di sir Charles, per poi essere spostato con una manata e impigliarsi nei pizzi che gli coprivano i polsi. «Restate fermo e l'ape prenderà il volo e si poserà da qualche altra parte, ma se cercherete ancora di colpirla, finirà per pungervi.»

Ma sir Charles non sentì il suo avvertimento, né notò il bombo che strisciava fuori dalle pieghe del pizzo che gli copriva la mano, perché il pulsare alla testa lo stava divorando, pieno di dubbi e con il panico che montava. E col il panico arrivò un terribile disagio, che gli fece rivoltare lo stomaco, accelerare il cuore e coprire di gocce di sudore la testa rasata sotto la parrucca accuratamente incipriata. Fissò attentamente la giovane donna seduta davanti a lui sul sedile della finestra, che non batté ciglio per la paura davanti al suo sguardo aperto, finché le sue parole e il suo volto furono scolpiti nel suo cervello. E fu allora che ebbe la rivelazione e capì: loro, lady Rutherglen, lord George Stanton e certamente lui stesso, erano stati ingannati, tutti erano stati completamente e splendidamente imbrogliati.

Preso dal panico scattò, afferrando il polso di Miranda, e la tirò verso di sé.

«Chi siete?» le chiese con un sussurro terrorizzato, roco. «Dio del cielo, signora, ditemi chi siete!»

Il bombo alzò l'addome e infilò il suo pungiglione in profondità nel morbido polpastrello del pollice di sir Charles Weir.

QUINDICI

Alec si stava godendo il suo bagno e rilassando le membra stanche nell'acqua calda e profumata della grande vasca di rame, scivolando a tratti nel sonno e risvegliandosi, mentre il calore aromatico lo aiutava, anche se solo temporaneamente, a calmare la mente inquieta, piena di domande senza risposta sull'avvelenamento di un povero vecchio vicario e l'assassinio di un ragazzo storpio lontano da casa sua.

Gli tornò in mente il corpo afflosciato e senza vita del povero Billy Rumble, il cui unico desiderio era di scappare per mare, di vivere i suoi giorni pieni di avventure. Invece, la sua giovane vita era stata stroncata da una stoccata al cuore; i suoi ultimi momenti passati da solo, al buio, in un box deserto. Lo spietato assassinio di Billy Rumble e il mancato rapimento di Sophie Bourdon lo tormentavano, e abbassò le larghe spalle nell'acqua calda, chiedendosi chi era il «gentiluomo di Londra» che aveva promesso qualche ghinea a Billy Rumble per rapirla. Gli orecchini a goccia di diamanti, che valevano una fortuna per quelli come Annie e Billy Rumble, dovevano essere un ulteriore incentivo a consegnare la piccola Sophie; Ora uno di quegli orecchini pendeva dall'orecchio della sua innamorata.

Sorrise alla visione di Selina, seduta davanti a lui alla locanda, con i riccioli color rame in disordine dopo il viaggio, un solo orecchino che le pendeva dall'orecchio, con i diamanti che scintillavano alla luce della candela. Gli stava sorridendo, con il mento appoggiato al pugno, gli occhi neri pieni di malizia. Senza dubbio, prima di arrivare a Bath, avrebbe avuto tutta una serie di scuse pronte da presentargli sul motivo per cui non riusciva a decidere di diventare sua moglie e tutta una serie di ragioni perché era meglio che restasse la sua amante.

Che cosa gli stava nascondendo Selina? Eppure, si era confidata con il duca di Cleveley. Quanto alla rivelazione che lei e il duca erano stati amanti, che aveva abortito il figlio del duca… Quello era un altro capitolo della sua vita che Alec non voleva esplorare. Eppure, qualcosa gli diceva che la sua relazione con Cleveley e le sue conseguenze, in qualche modo avevano a che fare con il suo futuro con Selina.

Avrebbe voluto scacciare dalla mente ogni pensiero riguardante il duca, ma doveva invece pensarci, perché riteneva che il nobiluomo fosse in qualche modo coinvolto nella morte di Blackwell. Alec non aveva dubbi che il vicario fosse stato avvelenato. Non credeva che il duca avesse avvelenato Blackwell, non era un codardo. Ma l'aveva fatto fare a qualcun altro? Cleveley era stato nominato esecutore testamentario di Blackwell e, come tale, sapeva che il povero vicario era in realtà un uomo facoltoso, membro della nobiltà; ma il duca sapeva che George Stanton era il figlio di Blackwell? Si sarebbe lasciato implicare irreparabilmente nel comportamento disgustoso di Stanton e avrebbe coperto la seduzione e la conseguente gravidanza di Miranda Bourdon cinque anni prima, se avesse conosciuto la vera identità del suo figlioccio? Le azioni di Cleveley erano ancora governate dal malinteso che lord George Stanton fosse il suo figlioccio e quindi il suo erede? O forse aveva scoperto la verità eppure, non avendo figli, continuava a sostenere lord George come futuro erede al ducato di Cleveley? Se era così, Blackwell e il duca avevano cospirato per tenere nascosta la vera paternità di Stanton? Il codicillo sembrava avvalorare questa ipotesi.

Un documento veramente straordinario quel codicillo, che aumentava il maelstrom di mistero che circondava la morte di Blackwell.

C'erano altri protagonisti, collegati in qualche modo a Blackwell, se non alla sua morte, e Alec doveva ancora esaminarli, come l'oppiomane fratello di Selina e l'enigmatica Miranda Bourdon. Era stato veramente lord George a vandalizzare il ritratto di Talgarth di Miranda e sua figlia, come aveva suggerito Weir, oppure c'era una ragione meno sinistra ma non meno emotiva per la distruzione del ritratto? Alec credeva che il dipinto fosse stato distrutto prima di lasciare Milsom Street. Se, come aveva suggerito Charles Weir, era stato George Stanton a usare il coltello e la vernice sul dipinto, avrebbe voluto dire che aveva visitato lo studio del pittore, ma quando? Il valletto italiano di Talgarth non aveva mai menzionato né descritto il corpulento nobiluomo.

Da quello che gli aveva detto Nico, Alec si sentiva incline a scartare Stanton come vandalo e questo lo portava a chiedersi se un sospettato più credibile non fosse la furiosa lady Rutherglen armata di coltello, che aveva colpito il dipinto prezioso in un accesso di velenosa ripicca. E che dire del valletto del duca, Molyneux, e delle sue visite allo studio del pittore? Che ragioni aveva di comprare tutti i ritratti di Miranda Bourdon? Che lo stesse facendo per conto del suo padrone era fuori questione; ma per quale motivo? Il duca stava ancora aiutando il suo figlioccio a cancellare tutte le tracce della ragazza che George Stanton aveva violato, ma a che scopo? Volevano far tacere per sempre anche la donna? Era quella la fine che volevano far fare a Miranda Bourdon?

Miranda Bourdon. Quella donna restava un enigma. Alec non vedeva l'ora di fare finalmente la sua conoscenza e così valutarla. Di una cosa era sicuro, mentre cercava di sbrogliare i suoi pensieri e le molte domande senza risposta, ed era che Miranda Bourdon era il tramite per dare un senso alla morte di Blackwell e Billy Rumble. Prima gliel'avessero presentata meglio sarebbe stato, decise, mentre scivolava nella semi-incoscienza, solo per essere svegliato cinque minuti dopo dall'acqua calda che si mischiava con quella tiepida ai suoi piedi.

Era Jeffries.

Stava attentamente versando acqua calda nella vasca, accanto ai piedi di Alec, da una pesante caraffa di rame, mentre indicava in silenzio a un robusto lacchè proveniente dalle cucine di depositare i due secchi di acqua calda ai piedi della vasca e poi andarsene. Mise da parte la caraffa, per prendere due pesanti lenzuoli da bagno dal sedile imbottito di una sedia accanto al tavolino da toilette, appoggiandoli con cura su uno sgabello più vicino alla vasca. Poi andò nella stanza da letto e tornò con una banyan di seta rossa foderata di damasco giallo, drappeggiandola sopra lo schienale; poi restò fermo, ad aspettare.

Alec aprì un occhio e, con un movimento brusco della testa, rimandò indietro un pesante ricciolo scuro che gli era caduto sugli occhi, non perché avesse sentito la presenza silenziosa del valletto ma per un chiaro e irritante suono tamburellante. Con le mani intrecciate davanti a sé, le dita della mano sinistra di Jeffries tamburellavano incessantemente sul dorso della mano destra, eppure la sua lunga faccia pallida, con le narici dilatate rivolte verso l'alto e il mento con la fossetta, non rivelava assolutamente i suoi pensieri. La bocca era tesa e

Jeffries fissava un punto del pavimento, a mezzo metro circa dalla punta delle sue lucidissime scarpe. Il lieve inarcamento delle folte sopracciglia diritte e il tamburellare persistente avvertirono Alec che qualcuno, o qualcosa, aveva contrariato l'abitualmente impassibile Hadrian Jeffries.

Con un profondo sospiro, Alec fece scivolare le spalle verso la sponda della vasca fino a sedersi diritto e si passò la mano sul volto bagnato e nei capelli, sapendo che le sue riflessioni e il suo breve periodo di solitudine erano finiti. Chiese altra acqua calda e Jeffries tornò immediatamente in vita.

Risciacquato, asciugato e con il corpo nudo avvolto nella vestaglia, Alec si sedette al tavolino da toilette e tolse l'umidità dai capelli neri che gli arrivano alle spalle, con un occhio su Jeffries, che non aveva ancora detto "ba". Alec sorrise tra sé, sapendo che l'uomo stava scoppiando dalla voglia di parlare ma che avrebbe tenuto a freno la lingua finché non avesse ricevuto il permesso di farlo, il perfetto "gentiluomo di un gentiluomo". Ma Alec voleva la perfezione? John, che era stato il suo valletto prima di Tam, era stato tanto vicino alla perfezione quanto era possibile per un valletto ma era stato anche una noia assoluta. Hadrian Jeffries era una noia? Non ne aveva idea. In effetti, non sapeva niente di Hadrian Jeffries, oltre al fatto che era cameriere in casa sua da due anni. Mentre alla maggior parte dei nobiluomini non interessava assolutamente di sapere più del nome del loro valletto e che facesse bene il suo lavoro, Alec era turbato di non sapere altro che il nome di quell'uomo. Senza dubbio, suo zio avrebbe avuto qualcosa a che ridire sulla sua mancanza, o, meglio, l'assenza totale di interesse per i suoi domestici. Suo zio aveva sempre cura di conoscere i suoi servitori come persone e aveva instillato la stessa eccentrica abitudine in suo nipote. Alec sorrise. Suo zio si prendeva la briga di sapere tutto quello che c'era da sapere anche sui servitori degli altri, e questo significava che avrebbe saputo tutto quello che c'era da sapere sul signor Hadrian Jeffries.

Alec gettò da parte l'asciugamano bagnato e si tirò indietro i riccioli neri, per legarli sulla nuca con un nastro che trovò sull'ordinatissimo tavolo da toilette. Bene, era la prima volta! Tutti i suoi articoli da toletta: spazzole con il dorso di tartaruga, spazzole per gli abiti, pettine d'avorio, rasoio affilato, l'astuccio d'argento cesellato, con il coperchio incernierato leggermente aperto nel caso volesse usare gli strumenti che conteneva, un rotolo ordinato di nastri di seta neri, la lima per le unghie, messa ad angolo retto rispetto alla serie di spazzole, colonia al legno di sandalo di Floris, due paia di

lucidissime fibbie per le scarpe; perfino il bottone inciso apparte-
nente alla livrea dei Cleveley che gli aveva dato Tam (doveva averlo
lasciato nella tasca della sua redingote), tutto era disposto ordinata-
mente, perfino troppo, e secondo uno schema, noto solo a Jeffries,
che dettava l'esatto posizionamento di ogni strumento per la cura
personale.

«Allora, Jeffries, chi vuole parlarmi urgentemente? Oppure c'è
qualcosa di molto più divertente che vorreste dirmi? Il signor Fisher
ha incendiato le cucine o il signor Halsey ha insultato uno degli ospiti,
apostrofandolo sull'immoralità dei mercanti di schiavi di Bristol?»

Hadrian Jeffries non mosse un muscolo del viso. Però abbassò le
sopracciglia.

«Il signor Barr desidera parlare con voi, immediatamente, milord.
È stato molto insistente. Gli ho detto che doveva aspettare i comodi di
vostra signoria e l'ho mandato via. Volete che vi vesta, ora, milord?»

Alec vide lo sguardo di disapprovazione rivolto ai suoi piedi nudi e
si alzò, togliendo le mani dalle tasche della banyan. «Molto bene, devo
apparire al colmo dell'eleganza per la cena con la signora Bourdon,
altrimenti mio zio non mi perdonerà mai.»

«È della signora Bourdon che voleva parlarvi il signor Barr,
milord» disse Jeffries, prendendo la banyan e porgendo calze e indu-
menti intimi.

«Parlarmi? Sembra minaccioso. Il signor Barr era minaccioso?»

«Sì, milord. Ha cercato di fare del suo meglio ma era in un tale
stato di agitazione che non è riuscito a trasmettermi i suoi desideri in
modo coerente.»

Alec infilò dalla testa una camicia di lino appena stirata, si mise un
paio di calzoni di velluto dicendo, dopo aver infilato la svolazzante
camicia nei calzoni e aver abbottonato la patta: «Agitazione? Per non
aver potuto incontrare la mia stimata persona o per qualcos'altro?»

«Era già agitato quando ho aperto la porta dopo il suo incessante
bussare, milord. Non aver potuto parlare con la stimata persona di
vostra signoria ha solo aumentato la sua agitazione.»

Alec sbuffò mentalmente, in piedi davanti al lungo specchio,
mente si annodava con destrezza la lavallière di lino intorno al collo.
Quell'uomo non riconosceva l'ironia? *Stimata persona*, proprio! Tam
avrebbe sorriso. Forse Jeffries era nervoso e bisognava accordargli il
beneficio del dubbio? Permise a Jeffries di infilargli un panciotto di
seta color ostrica con le tasche e i bottoni ricamati e di affaccendarsi
un momento per farlo aderire perfettamente, poi gli fece segno di
spostarsi, per sedersi sullo sgabello per infilare i piedi in un paio di

lucide scarpe di pelle nera; Jeffries gli affrancò le semplici fibbie d'argento.

«Sapete perché Barr fosse tanto angosciato?»

«Uno degli ospiti… No, era un visitatore di uno degli ospiti. Sì, esatto,» spiegò il valletto soddisfatto, rialzandosi per mettersi accanto al tavolino da toilette, «un gentiluomo che visitava l'ospite nell'appartamento dell'Arco ha causato un trambusto…»

«L'Arco?» Jeffries aveva la completa attenzione di Alec. «Le stanze della signora Bourdon?»

«Sì, milord. Ecco perché il signor Barr insisteva per parlare con voi. Dice che voi conoscete la signora Bourdon e…»

«Prima parlatemi del visitatore della signora Bourdon.»

«Come ho detto, milord, il visitatore ha causato un tafferuglio tra i clienti. Secondo il ragazzo che porta l'acqua… Chiedo scusa, milord,» disse bruscamente Jeffries, con una traccia di colore sulle guance, «non dovrei ripetere quello che non ho visto di persona.»

«Potete farlo, se ritenete che la fonte sia affidabile. E, Jeffries, è "signore" e non milord. Siete il mio valletto.»

Con sorpresa di Alec, Jeffries arrossì, sorrise e annuì.

«Il visitatore…?» disse Alec con tutto il distacco che riuscì a fingere, perché credeva di sapere che il visitatore della signora Bourdon non fosse altri che sir Charles Weir. «Non risparmiate i dettagli, se li ritenete pertinenti.»

«Secondo il ragazzo che porta l'acqua calda,» disse Jeffries, riprendendo la compostezza, «uno dei ragazzi che era alla base delle scale e stava aiutando un'anziana signora con i suoi *portemanteau*, ha visto il visitatore scendere a precipizio le scale, due gradini per volta e senza curarsi di chi stava arrivando. Il visitatore si è scontrato rudemente con le signorine Musgrave, due anziane zitelle, che mi dicono siano le zie del barone Stoke e habitué di questo albergo, e una delle signorine Musgrave è caduta contro la ringhiera e ha lasciato cadere una cappelliera, e due cappellini sono finiti sotto i piedi di un cameriere che si era precipitato ad aiutarla. Il ragazzo dice che il visitatore aveva il braccio sinistro piegato contro il petto e si teneva il polso, come se l'avesse rotto oppure come se si fosse scottato con l'acqua bollente. Ma non è questo il peggio, Mi-signore» disse, tirando finalmente il fiato. Quando Alec annuì, continuò. «Il visitatore aveva un'espressione sul viso che il ragazzo è riuscito solo a descrivere come di puro terrore. Come il volto di un criminale assassino che stia per penzolare dalla forca a Tyburn e sappia che è destinato all'inferno. Era quel tipo di faccia.» Jeffries assunse un'espressione di disapprovazione. «Uno dei camerieri, un tipo molto insolito che è stato ripreso nel momento stesso in cui ha fatto la domanda, è stato tanto sfacciato da chiedere al gentiluomo terrorizzato se avesse visto un fantasma!»

Quando Jeffries fece una pausa ad effetto, Alec si rese conto che era l'imbeccata per chiedere l'ovvio.

«E il visitatore aveva visto un fantasma?»

Il valletto annuì, con gli occhi sgranati. «Sì, signore. È esattamente quello che ha risposto. Che un fantasma era tornato a perseguitarci tutti!»

«Sono le parole esatte del visitatore? *Un fantasma era tornato a perseguitarci tutti?*»

«Parola per parola, signore.»

Alec non riuscì a nascondere la sua sorpresa; non al pensiero di uno spettro che infestasse l'edificio, ma che sir Charles Weir, uno degli uomini più equilibrati che conosceva, avesse reagito in quel modo melodrammatico, anche se fosse veramente stato alla presenza di un'apparizione. Alec era dell'idea che probabilmente Weir avrebbe freddamente chiesto allo spettro se era veramente uno spirito, piuttosto che mostrare segni di panico, anche se fosse stato convinto di essere alla presenza del soprannaturale. Quindi, che cosa aveva visto il suo vecchio compagno di scuola in quest'apparente spettro che lo aveva turbato tanto da causare un momentaneo cambiamento del suo abituale modo di ragionare e di comportarsi?

«Sapete che cosa ha fatto poi il visitatore, signore?»

Alec non ne aveva idea; quello che ora sapeva era che Jeffries aveva una tendenza a essere melodrammatico e che si aspettava che lui facesse la domanda, quindi gliela fece:

«Che cosa ha fatto il visitatore?»

«Mi imbarazza dirlo, signore, ma si è coperto il volto con le mani ed è scoppiato a piangere, come un bambino che fosse caduto e si fosse fatto male, oppure che fosse stato rimproverato dalla bambinaia per un cattivo comportamento. È stata una cosa veramente vergognosa. Signore,» aggiunse Jeffries, con un sussurro e un'occhiata furtiva alle spalle, «credete che il Barr sia infestato?»

Non solo incline al melodrammatico, ma credeva anche ai fantasmi! Era lieto di poter correggere la sua impressione iniziale di Jeffries: non tedioso, solo nervoso, mentre cercava di fare del suo meglio per essere il perfetto "gentiluomo di un gentiluomo". Guardò l'allineamento perfetto dei suoi strumenti da toilette e si fermò sul rasoio. Comunque, l'ultima cosa di cui aveva bisogno era un valletto portato al nervosismo, in qualunque situazione.

«No,» rispose decisamente Alec, «non credo che il Barr sia infestato. Il tipo che vi ha confidato la faccenda, vi ha detto dove ha visto lo spettro, il visitatore?»

«Il visitatore non ha menzionato una stanza specifica, signore, ma una persona.»

«Una persona?» Alec era sorpreso. «Ha *riconosciuto* il fantasma?»

Jeffries annuì vigorosamente, con gli occhi sgranati.

«Sì, signore. Suppongo sia questo il motivo per cui il signor Barr insisteva tanto per parlare con voi.»

«Con me? Di un fantasma? Perché?»

Jeffries si avvicinò allo sgabello, come se non volesse farsi sentire dai vivi o dai morti.

«È la persona che occupa l'appartamento dell'Arco» disse sussurrando, con gli occhi che dardeggiavano a destra e a sinistra per poi tornare ad Alec. «La signora Bourdon, è lei il fantasma.»

PLANTAGENET HALSEY FECE UNA SMORFIA DI DOLORE raddrizzando le ginocchia artritiche ma era deciso a tendersi al massimo della sua altezza, per fissare negli occhi il cameriere ben piantato che bloccava l'accesso all'appartamento. Il servitore era largo quanto era alto e riempiva completamente lo specchio della porta, le gambe rivestite dalle calze con i muscoli dei polpacci impressionanti erano allargate, e le braccia muscolose con gli avambracci enormi erano incrociate contro il petto massiccio. Era proprio il tipo forzuto che si poteva trovare come buttafuori in un bordello di Bristol, quando i marinai dei mercantili erano in licenza a terra, eccetto che l'enorme bruto indossava una livrea e la redingote aveva i bottoni d'argento. Che cosa ci faceva al Barr? Ma il vecchio non aveva né il tempo né la voglia di scoprirlo. Voleva solo che quel tizio la smettesse di ostruire il passaggio verso le stanze della signora Bourdon e voleva che lo facesse immediatamente, quindi lo aveva ordinato al forzuto muto e a ogni altro servitore che era stato mandato per calmarlo, finché il proprietario dello stimato albergo, il signor Barr in persona, era comparso davanti a lui, con l'espressione studiata per essere accomodante quanto era intrattabile quella del vecchio.

«Fate spostare quel bruto,» ordinò Plantagenet Halsey, minacciando con il suo bastone di malacca, «e aprite quella porta!»

Tam e Janie schivarono il bastone che si agitava mettendosi dietro al vecchio, mentre il proprietario tirava indietro la testa, con la punta del bastone che mancava per un pelo il suo mento appuntito. Un paio di camerieri in piedi sulla scala fecero un passo in avanti, felici di essere testimoni di un alterco tra il loro altezzoso datore di lavoro e il vecchio e aggressivo ospite. Con un visitatore che poco prima si era precipitato dalle scale gridando di aver visto un fantasma, la giornata si stava dimostrando una di quelle di cui valeva la pena parlare davanti a una pinta di birra al pub.

«Devo mio malgrado informarvi, signore, che non mi è possibile aprire quella porta» disse il signor Barr, nel modo più conciliante possibile e con il sorriso di pietra riservato ai visitatori che chiedevano il costo giornaliero per soggiornare nel suo esclusivo albergo; se uno doveva chiedere, allora non se lo poteva permettere.

«Non è possibile? Certo che è possibile, dannazione!» ringhiò il vecchio. «La signora Bourdon ha richiesto la nostra presenza ed è quello che avrà!» Fissò malevolo l'impassibile armadio sulla porta e poi tornò a guardare Barr, brandendo il bastone e minacciando il proprietario e il servitore. «Dite a questo bifolco di spostare la sua enorme carcassa!»

Il signor Barr si portò le mani al petto e continuò a sorridere, conscio della folla che si stava radunando nel corridoio in cima alle scale. Insieme ai due camerieri curiosi, che fingevano di star facendo il loro lavoro, aspettando nel corridoio nel caso qualche cliente richiedesse i loro servigi, ma con le orecchie ben aperte, c'era una delle due signorine Musgrave, la cui mano guantata stava frugando in fondo alla sua reticella foderata di velluto come se stesse cercando qualcosa e dietro a lei la sua cameriera. E alle spalle del vecchio c'era il suo giovane compagno dai capelli rossi e, per qualche motivo che il proprietario proprio non riusciva a immaginare, la smorta cameriera della signora Bourdon era al suo fianco.

«Mio caro signore. Signor Halsey. Le mie scuse più sentite perché quel gigante muto vi ostruisce la strada, ma non posso fare quello che chiedete. Credo che sia meglio aspettare l'arrivo di lord Halsey, che avrà la libertà di parlare richiesta dalla situazione.»

La menzione di suo nipote raffreddò un po' l'animo di Plantagenet Halsey, che continuò comunque a parlare in tono belligerante.

«*Libertà di parlare*? Questa non è una partita a carte o la soirée di qualche vecchia dama dimessa! Non c'è tempo per la conversazione!»

«C'è sempre tempo per la conversazione, caro signore. E devo insistere. È a sua signoria che esternerò le mie più pressanti preoccupazioni.»

«*Preoccupazioni*?» si infuriò il vecchio, con un'occhiata furente al gruppo di spettatori, prima di rivolgersi ancora al proprietario. Facendo un passo avanti ringhiò sotto voce: «Avete idea di che cosa sta succedendo dietro quella porta?»

Gli occhi del proprietario si spalancarono e rimase a bocca aperta.

«Non è abitudine di questo albergo esclusivo, né lo sarà mai finché io ne sarò il proprietario, avere idea di quello che succede dietro le porte chiuse e nelle stanze occupate dai miei stimati clienti, signor Halsey» dichiarò sbuffando e abbastanza forte perché il gruppo di spettatori potesse sentire. «Il Barr serve la buona società...»

«Buona quanto l'oro nelle monete che portiamo, purché ne passi abbastanza nei vostri palmi unti!»

Si sentì un verso e una specie di grugnito arrivare da uno dei camerieri che origliava, e che abbassò immediatamente il mento sul petto, nascondendosi dietro all'anziana signorina Musgrave, con la schiena contro la tappezzeria.

«Signore! Signor Halsey!» esclamò il signor Barr. «Vi devo dire che...»

Ma Plantagenet Halsey aveva smesso di ascoltare. Per quanto volesse picchiare il bastone sulla testa del pomposo signor Barr, tali erano la sua rabbia e la sua frustrazione, preferì voltarsi verso Tam che, a un movimento brusco della testa grigia, si avvicinò all'orecchio.

«Fatti portare dalla ragazza nelle stanze della signora Bourdon passando dalla scala di servizio. Se qualcuno del personale ti infastidisce, hai il mio permesso di stenderlo. Il tuo dovere principale è di occuparti della signora Bourdon. Chiaro?»

Tam annuì con l'espressione grave e, con un segnale a Janie, i due si voltarono e sparirono, con Janie che indicava la strada, attraverso un labirinto di corridoi di servizio verso le cucine.

Pensando che il vecchio avesse mandato il giovane e la ragazza a cercare lord Halsey, il proprietario disse in tono di sufficienza: «Ho già richiesto la presenza di lord Halsey, signore. Sto solo aspettando i suoi comodi.»

«Vi ha mandato a quel paese, *aye*?» Plantagenet Halsey indicò nuovamente con il bastone il servitore che presidiava la porta. «Che cosa vi aspettate che possa fare sua signoria riguardo alle condizioni della signora Bourdon? Lui non è uno speziale e non è...»

«Sì! Sì! Per favore, non c'è bisogno di declamare l'ovvio. Se avessi saputo...»

«... un ostetrico.»

«... che le *condizioni* della donna erano così avanzate, l'avrei avvertita che prendere residenza nell'appartamento dell'Arco non era la migliore delle scelte. Il Barr è un indirizzo rispettabile, per gente di buona famiglia e distinta. Una residenza privata sarebbe stata più adatta ai suoi scopi.» Guardò oltre la testa grigia del vecchio, fissando l'anziana signorina Musgrave, che aveva finito di frugare nella sua reticella senza cercare niente in particolare e che ora lo stava guardando sfacciatamente, e abbassò la voce a un sussurro da cospiratori: «Se avessi saputo quello che ho scoperto solo questa mattina, non avrei accettato i soldi immorali del *signor* Bourdon, nonostante abbia pagato profumatamente per l'uso esclusivo dell'appartamento dell'Arco, e intendo restituirgli il saldo dei suoi soldi immorali appena possibile.»

«Come? *Soldi immorali*? Di che diavolo state parlando, Barr? La donna in questa stanza è sposata e se state insinuando qualcosa di diverso, io...»

«Questo è quanto vuole far credere a tutti» lo interruppe coraggiosamente Barr, con la voce che era solo un sussurro. «Ma, dopo quello che mi è stato rivelato questa mattina, ho dei seri dubbi che la cerimonia nuziale che è si è svolta nell'appartamento dell'Arco che ora occupa sia stata un'unione cristiana sotto gli auspici della Chiesa e dello Stato.»

Il vecchio digrignò i denti.

«Non mi interessano le vostre insinuazioni, Barr. Spiegatevi!»

Nonostante lo sguardo furente del suo ospite, il proprietario si avvicinò di un passo.

«Ditemi, signore, non è uno strano insieme di circostanze che meno di dodici mesi fa questa giovane donna sia stata unita in matrimonio al signor Bourdon nelle stesse stanze che occupa adesso, e non nella casa del Signore, che è il posto normale e corretto, e dal più strano dei chierici, un tipo dimesso che sembrava più un mendicante che un vicario, con due *servitori* per testimoni del matrimonio? Ovviamente, ho rispettato il desiderio di intimità del signor Bourdon e in quel momento non l'ho ritenuto così strano...»

«La borsa spalancata di Bourdon ha fatto smettere alle rotelline del vostro cervello di girare, vero, Barr?» fu la battuta di Plantagenet Halsey, anche se aveva drizzato le orecchie, sentendo la descrizione del chierico. Doveva essere Blackwell. Agitò il suo bastone. «Avete detto *circostanze*. Cos'altro?»

Il proprietario fece un sorrisino compiaciuto di superiorità, pensando che il suo ospite stesse cominciando a pensarla come lui.

«La coppia appena sposata ha passato una settimana nascosta nell'appartamento e poi è partita, per dove non lo so! La signora

Bourdon è stata in quell'appartamento in tre diverse altre occasioni dal giorno del suo matrimonio. Arrivava da sola, senza suo marito e nelle circostanze più disdicevoli!»

Si sentì ansimare e poi un colpo di tosse. Venivano dall'anziana signorina Musgrave. Illudendosi con sicumera che lo zio di lord Halsey stesse cominciando a mostrare segni di pensarla come lui, Bernard Barr aveva permesso alla sua voce di alzarsi sopra a un sussurro. Si affrettò a tossire e ad abbassarla di nuovo.

«E anche se avevo i miei sospetti a quel tempo, non sono uno che non crede ai miei clienti ma, dopo quanto ho scoperto nelle pagine della lettera che mi è stata indirizzata da…»

«Disdicevoli?» lo interruppe Plantagenet Halsey, con lo sguardo duro, parlando in un sussurro.

«Non definite disdicevole che una donna dimori in un albergo senza la sua cameriera al seguito e che porti con sé una bambina che chiunque sappia fare due più due capirebbe immediatamente che non è nata nel vincolo del matrimonio con il signor Bourdon?»

«Ha ricevuto visitatori, mentre soggiornava qui?» chiese il vecchio, ignorando convenientemente la domanda pertinente del proprietario.

Gli occhi di Bernard Barr si spalancarono. «Chiedo scusa? Questo, signor Halsey, è un albergo rispettabile!»

«Quindi, bambina a parte, la signora Bourdon non ha visto nessuno, nessun gentiluomo che la venisse a trovare?»

«Quanto a quello, signore, la mia posizione come proprietario di questo stimatissimo albergo mi impedisce di rispondervi» rispose Barr, con il viso arrossato, pensando al suo più recente visitatore proprio quella mattina: un gentiluomo ben vestito con un mazzo di fiori la cui uscita era stata, a dir poco, melodrammatica e aveva fatto corrugare troppe fronti e sollevato troppe domande.

Allora la signora Bourdon aveva avuto visitatori, e maschi per di più! Questo non voleva dire che ci fosse qualcosa di scorretto nelle visite e Plantagenet Halsey si rifiutava di crederlo, per quanto Barr insinuasse il contrario. Si sarebbe attenuto alle sue prime impressioni della signora Bourdon, finché la donna stessa non gli avesse detto il contrario. Sospirò. Era oltremodo irritato con questo trombone moralista e, avendo dato a Tam un tempo che considerava sufficiente per entrare nell'appartamento dalla scala di servizio, la sua ansia per il benessere di Miranda Bourdon si era moltiplicata. Indicò con la punta del bastone il cameriere muscoloso immobile, rivolgendosi però al proprietario. «Non rimarrà a lungo un albergo di ottima reputazione se la signora Bourdon non riceve le cure e la considerazione che lei e il suo nascituro richiedono, e se siete la causa della loro morte! Ora dite al vostro grosso bifolco di spostare la sua carcassa elefantiaca e aprire quella porta, e non riprovate con la fesseria che avete bisogno che sia presente mio nipote!»

«Ma, signor Halsey, signore. Ve l'ho detto, io...»

«Aspettate!» lo interruppe il vecchio, a un pensiero improvviso, con il bastone che si muoveva tra il cameriere immobile e il proprietario. Diede qualche colpetto sul petto a Barr. «Che lettera?»

Lo sguardo di Barr si abbassò sul bastone puntato sul suo petto e tremò.

«Lettera?»

«Dite di aver scoperto qualcosa sulla signora Bourdon in una lettera che vi hanno mandato. Chi l'ha mandata? Quando?»

«Ah! Sì, la lettera. Uno scritto molto illuminante, che ha confermato i miei sospetti riguardo all'ospite dell'appartamento dell'Arco e suo...»

Il vecchio colpì ancora il petto del proprietario.

«Chi. Quando.»

Barr rise nervosamente e toccò leggermente con le dita la punta del bastone, che non si spostò.

«Ho ricevuto la lettera oggi, signore. È stata consegnata con la posta di stamattina e stavo leggendo il suo strabiliante contenuto, quando il gentiluomo che ha visitato questo appartamento ha fatto la sua precipitosa uscita dall'albergo.

«Chi.»

«Lady Rutherglen.»

«*Rutherglen?*»

Barr emise un involontario guaito, non in risposta all'esclamazione tuonante del vecchio ma perché il bastone lo aveva colpito forte allo sterno.

«Scusate» mormorò Plantagenet Halsey e lasciò cadere il bastone. «Mandate a prendere quella lettera. Sono certissimo che lord Halsey sarà molto interessato alla dissertazione calunniosa di sua signoria! E ora,» aggiunse con un altro sospiro, con il bastone che ondeggiò verso l'alto e puntò al cameriere immobile di guardia alla porta dell'appartamento dell'Arco, «dite al gorilla di spostarsi!»

«Ma, signore, è quello che sto tentando di dirvi. Non posso ordinarglielo per due buone ragioni.»

«Dannazione! Per l'amor del cielo, uomo! Che dannate ragioni?»

I due camerieri, la signorina Musgrave, la sua cameriera e tre ospiti, un agricoltore recentemente nominato cavaliere, sua moglie e il suo giovane figlio, che si erano appena uniti sul pianerottolo al gruppetto di spettatori che origliavano, si chinarono tutti in avanti, aspettando la risposta alla domanda esplosiva del vecchio.

«Prima di tutto quella porta è stata chiusa dall'interno e, secondo, io presumevo che fosse per ordine di lord Halsey ed è per quello che desideravo parlare con lui perché, come i vostri occhi possono sicuramente attestare, c'è effettivamente un cameriere muto delle dimensioni di un gorilla che ostruisce la porta. E se non appartiene a lord Halsey, allora io, come voi, signore, non so assolutamente per ordini di chi stia di guardia a questo appartamento.»

JANIE TROVÒ LA CHIAVE DI RISERVA PER LA PORTA DI SERVIZIO dell'appartamento dell'Arco appesa a un gancio nell'office della governante e la prese senza chiedere. Non aveva né il tempo né la voglia di spiegarsi. E farlo avrebbe causato pettegolezzi inutili sulla sua giovane padrona; ci avrebbero comunque pensato abbastanza presto gli eventi. Il giovanotto dai capelli rossi non sembrò curarsi del furto, anzi il suo sorriso cupo sembrava offrire una briciola d'incoraggiamento, mentre Janie toglieva la chiave dal gancio e la spingeva nella manica, nascondendola e tenendola a posto con le braccia conserte. Pregò che non scivolasse e cadesse facendo rumore sul pavimento di pietra, mentre zigzagavano tra i servitori della cucina, troppo presi a preparare i pasti serali per preoccuparsi di fare domande a due servitori sconosciuti e che quindi appartenevano agli ospiti di sopra.

Quando Janie era salita in precedenza nelle stanze attraverso la stretta scala di servizio portando un vaso per i fiori, era rimasta sorpresa e allarmata scoprendo che la porta di servizio era chiusa a chiave. Aveva grattato sul pannello e chiamato la sua padrona e, non ricevendo risposta, stava per scendere nuovamente per prendere il corridoio coperto dai tappeti usato dagli ospiti per entrare dalla porta principale, quando aveva sentito chiamare debolmente. Era la signora Bourdon e un gemito involontario e un piagnucolio le avevano fatto capire che c'era la possibilità che la sua padrona fosse entrata prematuramente in travaglio; che la porta restasse chiusa intensificò il timore di Janie. E poi la signora Bourdon le aveva gridato di andare a prendere l'amico del signor Plantagenet Halsey, il giovanotto con i capelli rossi. Lui poteva aiutarla e Janie non doveva mandare a cercare un medico o una levatrice, solo il giovanotto con capelli rossi. E di fare in fretta!

Janie aveva promesso ma era scettica, eppure si disse che una donna che stava soffrendo i dolori del parto poteva avere qualunque cosa desiderasse, se serviva a lenire le sue sofferenze. Che cosa potesse fare quello sbarbatello di Thomas Fisher per lei, proprio non lo capiva. Non era un ostetrico ed era troppo giovane per essere un medico, eppure, quando si guardò dietro la spalla, mentre lui la seguiva sulla scala a chiocciola di pietra, si sentì rassicurata dalla sua feroce determinazione.

La chiave girò nella serratura e aprì la porta, con grande sollievo di Janie e Tam. Tam lasciò andare avanti Janie e la ragazza gli diede un'occhiata curiosa, prima di precipitarsi in camera dal salotto, perché Tam si stava togliendo la redingote.

C'erano fiori sparpagliati sul tappeto, dal sedile sotto la finestra fino al camino, dove bruciava ancora un focherello, come gettati con violenza, i petali delicati della fucsia, della salvia rossa e delle dalie, schiacciati, gli steli spezzati. Tutto il resto nella stanza, i cuscini di damasco e ricamati sul sedile sotto la finestra, due poltrone, un basso tavolino di noce e il cestino con il cucito, a una prima occhiata di Tam, non sembrava essere stato disturbato. Non c'erano segni di lotta o di pericolo, se non l'ingiustificata distruzione di un mazzo di fiori autunnali. Tam seguì la cameriera attraverso la stanza, gettando la redingote sullo schienale di una delle poltrone, eppure, sulla soglia della camera si fermò e aspettò. Non era il caso di precipitarsi dentro senza farsi annunciare e, nonostante la cameriera avesse detto che la signora Bourdon aveva chiesto di lui, aspettò che lo chiamassero.

Si tolse i semplici volant bianchi e arrotolò le ampie maniche della camicia fino ai gomiti. Sei anni di esperienza come apprendista di un Maestro Speziale gli tornarono immediatamente alla mente, relegando in secondo piano ogni altra considerazione o paura di un giovanotto non ancora ventenne, e si concentrò sulla paziente di là, nella stanza da letto. Doveva mandare a prendere la sua cassetta portatile da speziale nell'appartamento del signor Halsey. Aveva bisogno di sapone, acqua calda e teli da bagno. Presumeva ci fosse un portacatino nella stanza. La caraffa di porcellana doveva essere riempita con acqua calda, il catino sciacquato e riempito di nuovo. Un mattone caldo avvolto in un panno morbido, per tenere al caldo il neonato, quello poteva prenderlo la cameriera in cucina, quando fosse arrivato il momento. Un bricco di tè, anche, una tazza corretta con un forte narcotico per aiutare ad alleviare il dolore della signora Bourdon. C'erano diversi farmaci tra cui scegliere fra le bottigliette accuratamente etichettate, nascoste nel sottofondo della cassetta di mogano, ma doveva scegliere quello giusto e somministrare la dose corretta, per assicurarsi che la madre fosse ancora in grado di spingere quando necessario. Qual era la dose giusta secondo la farmacopea per...

Un grido d'angoscia, poi una specie di lamento, un guaito, interruppero le sue riflessioni farmaceutiche e spalancò la porta della camera, senza più pensare alle buone maniere, e in due passi fu accanto al letto a baldacchino, dove Janie si mise in mezzo.

«Io non so che cosa fare! Ditemi che cosa posso fare per lei!»

Tam guardò oltre la cameriera angosciata. Miranda Bourdon aveva le braccia avvolte strettamente intorno alla colonnina scolpita del letto, con la testa abbassata, e stava gemendo piano. Lo sguardo di Tam guizzò oltre la vestaglia sulla camicia e il cuore cominciò a battergli forte alla vista della macchia scura che si stava allargando. Si erano rotte le acque.

«Lei ha bisogno che siate forte, signorina» disse a Janie con voce stridula. «E voi dovete fare esattamente quello che vi dico, quando ve lo dico.»

Si liberò dalle sue mani e tenne la cameriera tremante a distanza di braccio, per guardarla negli occhi pieni di lacrime e dirle di che cosa aveva bisogno. Le fece ripetere i suoi ordini e quando la ragazza annuì, più calma, la lasciò andare e si fece avanti, dicendo fermamente ma gentilmente a Miranda: «Signora, avete chiesto di me. Sono Thomas Fisher. Sono qui per aiutarvi.»

Miranda emise un gemito e tremò quando la colpì un'altra contrazione, più forte della precedente. Fece una serie di respiri superficiali, con le braccia che si stringevano intorno alla colonnina, e finalmente guardò Tam attraverso i capelli in disordine. Il terrore negli occhi azzurri era palpabile.

Tam deglutì. La sicurezza che lo aveva accompagnato nella stanza, di essere capace quanto ogni ostetrico di mettere al mondo un neonato (non aveva forse aiutato il suo maestro a mettere al mondo più di due dozzine di bambini nella parrocchia del signor Blackwell a St. Jude?) sparì in un attimo di panico, davanti a quello che rivelava il terrore negli occhi della ragazza.

I parti durante i quali aveva assistito il suo maestro avevano messo al mondo i bambini dei più poveri di Londra, parti in cui le madri avevano dato alla luce il loro terzo o quarto bambino, qualche volta era il sesto o il settimo e, anche se nella limitata esperienza di Tam erano comunque eventi emozionanti, il suo maestro li aveva considerati piuttosto banali. Non c'erano state complicazioni e solo uno dei bambini non era sopravvissuto e solo perché quella piccola vita aveva cercato di affacciarsi troppo presto al vasto mondo.

Nonostante le donne morissero di parto ogni giorno, Tam ringraziava la provvidenza di essere stato testimone di un solo evento così tragico, era stata anche la sua prima esperienza di un parto, quindi si era impresso nella memoria. Il suo maestro era stato chiamato a St. Jude per quello che pensava fosse un parto semplice; aveva assistito la ragazza per gli ultimi due mesi di gravidanza ed essendo una creatura sana e vigorosa non era probabile che avesse difficoltà a partorire. Aveva offerto a Tam di accompagnarlo, dicendogli che, qualora se ne fosse presentata l'opportunità, lo avrebbe fatto assistere, ma doveva giurare di mantenere il segreto; questa madre e suo figlio erano diverse da qualunque altra il suo maestro avesse assistito a St. Jude e Tam doveva dimenticare quello che avrebbe visto e sentito. Era chiaro? Tam aveva prontamente acconsentito.

E quindi non si era sorpreso scoprendo che la giovane partoriente era solo una ragazza, non oltre i quindici anni di età, quello che lo sorprese furono le sottili mani bianche, con le unghie non rovinate ma curate, le mani di una dama che non aveva fatto un'ora di lavoro manuale in tutta la sua giovane vita, mani che non avevano conosciuto l'abietta povertà di St. Jude. La sorpresa divenne meraviglia, quando si rese conto che c'erano due giovani ragazze: una incinta e una no; entrambe con riccioli scuri e lineamenti fini; entrambe eccezionalmente belle.

Era stato facile fare quello che il suo maestro gli aveva chiesto e dimenticare di essere stato presente al parto della giovane madre, perché era stata l'esperienza più traumatica della sua giovane vita. Aveva avuto quasi quindici anni e, anche se aveva già visto tanta povertà, malattie e morte nei suoi tre anni di apprendistato, fino a quel momento niente lo aveva preparato al trauma di vedere un bambino strappato dalla pancia della madre morente. Il suo maestro aveva salvato la vita dell'infante ma la madre era morta di sfinimento e per la perdita di sangue, incapace di continuare a spingere, con il neonato che non era capace, o che non voleva, entrare nel canale del parto.

Tam era rimasto seduto rannicchiato con la cugina della madre, in un angolo freddo di una stanzetta buia, umida, che puzzava di sangue e sudore, e che non risuonava più degli urli di agonia della madre, silenzioso e dimenticato. E poi il suo maestro e il vicario avevano preso la decisione di tagliare e togliere il bambino dalla madre. E, prima che Tam potesse portar via la cugina dalla stanza, prima di avere il tempo di oscurarle la vista, l'atto spaventoso era stato compiuto e la bambina era stata tirata fuori per le gambine. Un dito le era stato infilato in bocca per toglierne il muco, in modo che potesse respirare. E poi aveva strillato, oppure era stata la ragazza accanto a lui a gridare? Non riusciva a ricordare e aveva cercato di dimenticare. Gli incubi ricorrenti della pancia della madre tagliata e aperta, e l'estrazione dell'infante ci avevano messo molto di più a sbiadire.

Quattro anni dopo era lì con una giovane donna che stava per partorire, non più l'assistente di uno speziale-medico esperto ma da solo, ancora un apprendista ma il suo unico aiuto e conforto. La ragazza sembrava terrorizzata, proprio come si sentiva lui. Con tutta la forza di volontà che riuscì a raccogliere, si sforzò di concentrarsi sul compito che aveva davanti a sé e mise da parte ogni altra considerazione. Lui *era* uno speziale. Sicuramente aveva superato l'esame per entrare a far parte della Venerata Compagnia degli Apotecari. Era in grado di aiutare questa giovane donna a partorire un bambino sano. Continuava a ripeterselo mentre si avvicinava rapidamente al letto e tirava indietro le coperte, lisciava le lenzuola e tirava i cuscini, ammucchiati contro la testata di mogano scolpito, a metà strada lungo il letto, per permettergli di esaminarla più facilmente dai piedi del letto.

Preparato il letto in modo confortevole, Tam prese Miranda per il gomito e gentilmente le tolse le braccia dalla colonnina, mormorando parole di incoraggiamento e conforto mentre la portava verso la testata del letto, continuando a pensare che, nonostante non fosse un tipo da farlo, avrebbe potuto scommettere tutti i suoi magri averi, e tutto quello che apparteneva al suo padrone, lord Halsey, che Miranda Bourdon stava per partorire il suo primo figlio.

«Non so che cosa fare, Thomas» lo supplicò Miranda, con le parole stranamente simili a quelle di Janie, confermando i timori di Tam. «Voi sì, voi potete aiutarmi.»

«Vi aiuterò, signora. Mi prenderò buona cura di voi e del bambino. Ecco, sedetevi sulla sponda del letto per un momento. Janie tornerà presto e sarò in grado di darvi qualcosa che vi aiuti ad alleviare un po' il dolore. Non preoccupatevi, non vi lascerò finché un medico...»

Miranda gli afferrò forte il braccio.

«No, niente medici e niente levatrici. Nessun altro. Solo voi... Voi eravate là... *Noi* eravamo là... Vi ricordate, Thomas?»

Tam alzò gli occhi dalle dita di Miranda sporche di sangue per guardarla negli occhi azzurri. All'inizio non aveva idea di che cosa stesse parlando e, anche se sospettava che il dolore la stesse facendo farneticare, la ragazza era molto calma e lucida per essere una giovane donna in travaglio. E poi le parole che seguirono lo fecero ripiombare nel terrore della notte che aveva appena ricordato e si chiese, anche lui, se Miranda Bourdon non fosse veramente un fantasma.

«Lo scialle, Thomas. Che cos'è successo allo scialle di Sophie?»

S E D I C I

ALEC CAMMINAVA LUNGO IL CORRIDOIO VERSO IL PIANEROTTOLO davanti dall'appartamento dell'Arco, verso una zuffa verbale. Una vera folla si era raccolta di fronte alla porta, mentre un gruppetto di curiosi si era fermato sugli ultimi gradini della scala, senza andare ne su né giù, ma facendo del loro meglio per fingere di non stare in effetti origliando.

La signorina Musgrave riconobbe l'alto e attraente lord Halsey e, con un veloce sussurro e una risatina all'orecchio della persona davanti a lei, la folla si aprì, mentre il sussurro andava da uno spettatore all'altro, permettendo ad Alec di arrivare facilmente da suo zio e dal proprietario, che erano arrivati a un'impasse nella loro animata discussione. Ma fu sul robusto cameriere, con le braccia come tronchi e le gambe larghe che riempiva lo specchio della porta, che lo sguardo perspicace di Alec si fermò, incuriosito. I suoi occhi azzurri guizzarono dal volto impassibile all'abbigliamento in ottime condizioni del cameriere, fissandosi sui bottoni d'argento della redingote, che gli fecero inarcare di qualche millimetro il sopracciglio sinistro; senza mettersi gli occhiali, non era in grado di riconoscere l'incisione ma aveva un'idea molto precisa di che cosa poteva essere e il suo polso accelerò, anche se fu in grado di dire gentilmente al proprietario, che stava aspettando i suoi comodi con un sorriso servile:

«Volevate parlare con me, Barr?»

«Sì, milord.»

Alec voltò la testa verso i curiosi. «Senza un pubblico...»

Mentre il proprietario si affrettava a disperdere la piccola folla,

Alec disse a suo zio, sottovoce, con un gesto della testa verso la porta: «Notato i bottoni d'argento, zio?»

Plantagenet Halsey non aveva guardato attentamente il gigantesco servitore. Le sue sopracciglia cespugliose scattarono verso l'alto e fu sufficiente a convincere Alec che la sua sensazione era corretta e sorrise, quando il vecchio disse, meravigliato:

«Bene, che io sia dannato! Api!» Per aggiungere subito dopo, digrignando i denti e con lo sguardo pallido scintillante sul nipote: «Lo sapevo!» sibilò. «Ti avevo detto che Cleveley era dentro fino al collo negli affari sporchi di Stanton!»

«Quello che mi incuriosisce è come facesse Sua Grazia a sapere che la signora Bourdon sarebbe stata al Barr e non alla fattoria e, se lo sa, sa anche che sua figlia non è né alla fattoria né qui con sua madre? E che cosa spera di ottenere, tenendola prigioniera in un albergo?»

Plantagenet Halsey puntò il bastone nella direzione del servitore. «Beh, è una dannata perdita di tempo sorvegliare la sua porta perché la povera donna è entrata in travaglio, quindi non potrebbe scappare nemmeno se lo volesse.»

«Travaglio? Sta avendo il bambino, *adesso*?»

Il vecchio sorrise al panico nella voce del nipote. «*Aye*. C'è il ragazzo con lei.»

«Tam? *Tam* sta facendo nascere il suo bambino?»

«Riesci a pensare a qualcuno più competente?»

Alec tirò da parte suo zio, fuori dalla portata d'orecchi del proprietario e del cameriere: «Beh sì, se conoscessi il nome di un qualunque medico o ostetrico nelle vicinanze! Zio, l'avete detto voi stesso, Tam è un ragazzo. Dubito che abbia visto una donna completamente nuda; e per quanto riguarda… *lì in basso*, non riesco a immaginare una situazione che abbia richiesto che lui…»

«Perdinci! Lo credi così ignorante!» disse il vecchio con un sorriso, scuotendo la testa brizzolata. «Beh, non lo è, e da parecchi anni. Che cosa pensi che facesse con le sue capacità di speziale? Giocare a dispensare medicine dietro il bancone di un negozio e nient'altro?»

«Se potessi deciderlo io, sì. Questo è quanto farebbe un ragazzo dell'età di Tam» dichiarò Alec irritato, con le guance appena rasate che arrossivano e un'occhiata al proprietario, che stava indicando a gesti ai suoi due camerieri di andarsene in fretta. «Che altri abbiano sfruttato le sue abilità in passato, portandolo in posti ripugnanti e insicuri come St. Jude, beh, non posso farci niente. Ma posso e farò qualcosa per la situazione attuale di Tam.»

«Le donne povere non sono diverse dalle loro ricche sorelle quanto ad avere bisogno di medicine e pomate per tutti i generi di malesseri femminili» lo interruppe il vecchio, belligerante. «E non ci sono molti medici che si avventurerebbero in una parrocchia come St. Jude per aiutare una povera donna che sta per partorire, o in qualunque altra situazione! Blackwell era fortunato di avere i servigi di Dobbs e di Thomas...»

«L'avete detto, Dobbs *e* Thomas. Tam non ha più un maestro. È da solo in quella stanza, con una giovane donna con i dolori del parto. E se qualcosa andasse storto? A chi potrebbe chiedere lumi? E se la donna o il bambino dovessero morire? Tam potrebbe essere ritenuto responsabile!»

«Dovresti avere più fiducia nell'abilità del ragazzo» borbottò Plantagenet Halsey imbarazzato, sapendo che il nipote aveva ragione. «Io mi fido.»

«Io ho piena fiducia nelle sue capacità, zio» disse Alec con grande pazienza. «È l'imprevedibilità di un parto che mi fa drizzare i capelli. Barr!» ordinò, voltandosi verso il proprietario che era nel pieno della conversazione con un servitore, che era salito a due gradini per volta e ora stava indicando il foyer. «Barr!»

Il proprietario congedò il servitore con un gesto della mano e si affrettò ad andare da Alec, cercando di fingere un'aria di sollecitudine, mentre si asciugava il sudore dalla fronte. Si rimise in fretta in tasca il fazzoletto umido. «Sì, milord. Un alterco nel foyer richiede la mia imm...»

«Tra un momento. Avete un medico abituale che visita i vostri clienti quando si ammalano?»

«Sì, milord. Il dottor Ketteridge è molto amabile e competente...»

«Mandate immediatamente a cercarlo.»

«Ma, milord, gli ospiti...»

Alec guardò freddamente il proprietario, chiudendogli immediatamente la bocca, e chinò la testa verso il servitore della stazza di un gorilla.

«C'è un altro modo di entrare nell'appartamento, oltre a quello usato dagli ospiti; il dottor Ketteridge può entrare dalla porta di servizio. Poi voglio che mettiate il vostro servitore più robusto a guardia di quell'entrata, per impedire intrusioni indesiderate. Nessuno deve entrare nell'appartamento dell'Arco senza il mio permesso. Aprirò io la porta al medico.»

«Un servitore a guardia della porta. Nessuno deve entrare senza il vostro permesso, vostra signoria farà entrare il dottor Ketteridge dalla porta di servizio. Sì, milord. Provvedo subito. Per favore, ora scusatemi» rispose docilmente il proprietario, con la testa che andava su e giù a ogni frase pronunciata.

Con un profondo inchino e le spalle curve, Barr se ne andò trascinando i piedi.

Aveva passato quasi vent'anni a far diventare il Barr di Trim Street un albergo esclusivo, con solo la clientela più selezionata. In effetti, proprio quel giorno sotto il suo tetto c'erano un marchese, le nipoti di un duca, per non parlare di una viscontessa vedova di impeccabile virtù e ora questo: una donna, il cui stato matrimoniale era disputabile, era entrata in travaglio e avrebbe messo al mondo la sua questionabile prole proprio nel suo albergo e, con Ketteridge chiamato ad assisterla, non sarebbe riuscito a tenere segreto l'avvenimento. Quale membro dell'alta società sarebbe venuto a stare in un albergo che aveva dato ospitalità a una donna incinta di dubbia virtù? La situazione era tale da mandarlo a cercare la sua polvere per il mal di testa ma c'era un'altra situazione che rendeva inutile la polvere per il mal di testa. Tanto valeva puntarsi la pistola alla testa e porre fine alla sua miserabile vita. Predisse che prima di sera metà dei suoi ospiti se ne sarebbe andata. Nessun albergo che conosceva si era mai ripreso da un fantasma in sede.

Un tonfo, seguito da un alto ululato, che era dovuto più allo shock che al dolore, attirarono Alec e suo zio nel corridoio, dietro a Barr. Un cameriere apparve accanto al suo padrone, dopo aver salito le scale quasi carponi, senza fiato e con i capelli che spuntavano in fuori sopra l'orecchio sinistro arrossato, sembrava gli avessero dato uno scappellotto sull'orecchio.

Il proprietario emise un lungo sospiro.

«Lady Rutherglen dice che non le interessano le vostre stupide scuse, signore» abbassò la voce e, come aveva fatto Hadrian Jeffries, diede un'occhiata a destra e poi a sinistra prima di tornare a guardare il suo padrone. «Sua signoria pretende, sì, è questa la parola che ha usato, *pretende* che le mostriamo il *fantasma*. Poi vi ha chiamato in un sacco di modi che ho dimenticato, ma uno lo ricordo: verme immondo. Signore!»

ALEC GUARDÒ IL PROPRIETARIO AGITARE LE MANI DAVANTI AL cameriere dagli occhi sgranati che, nonostante l'orecchio arrossato, era più preoccupato che ci fosse un fantasma nell'edificio che di essere fisicamente aggredito dalla serpentiforme lady Rutherglen. Con Barr fuori dalla visuale, Alec si voltò a guardare suo zio, che sembrava confuso, e gli raccontò brevemente quello che Hadrian Jeffries gli aveva detto della melodrammatica uscita di sir Charles Weir dal Barr.

«E hanno sentito Weir esclamare che *un fantasma era tornato a perseguitarci tutti*,» ripeté il vecchio, incredulo, «e poi è scoppiato… *in lacrime?*»

«E non molte ore dopo, lady Rutherglen cala sul Barr pretendendo di vedere il fantasma. Affascinante, vero?»

«Quella donna è una minaccia e Weir un codardo piagnucoloso. Non capisco perché stai sorridendo!»

«Non ho mai incontrato un fantasma prima d'ora.»

«Sii serio! Sono d'accordo che quella vespa dal cuore di pietra potrebbe far scappare un fantasma ma non è che sia qui per fare un favore a Barr. Hai sentito quel servitore, è venuta per vedere un fantasma. *Un fantasma!*»

«Sì.»

Plantagenet Halsey si appoggiò al bastone e guardò, oltre le spalle larghe del nipote, il cameriere immobile che riempiva lo specchio della porta dell'Arco e scosse la testa con una smorfia. Quando il sorriso di Alec si fece più ampio, il vecchio ebbe un lampo di comprensione. Non aveva senso ma lo disse comunque.

«È qui per vedere la signora Bourdon?»

«Sì.»

«Perché?»

«Perché è lei il fantasma.»

L'esclamazione del vecchio fu esplosiva.

«Miranda Bourdon è un fantasma?»

Alec prese a braccetto lo zio e camminarono insieme lungo il corridoio che conduceva alla scala di servizio.

«Che lei sia un fantasma risponde a molte domande.»

Plantagenet Halsey si chiese se il nipote aveva ingerito troppa dell'acqua del suo bagno, che gli aveva scombussolato il cervello. Eppure, sembrava in possesso delle sue facoltà mentali e quindi lo assecondò, se non altro per vedere dove lo portavano le sue idee inaspettate.

«Davvero?»

«Sì, ma ne lascia qualcuna senza risposta e a quelle può rispondere solo la signora Bourdon.»

«Davvero?»

Si fermarono nell'alcova scarsamente illuminata fuori dalla porta di servizio.

Alec sorrise all'espressione di confusione interessata di suo zio. Era un'espressione che ricordava dall'infanzia, metà studiato interesse e metà incredulità repressa, quando Alec gli parlava all'infinito delle solite cose che sogna un ragazzino: avventure nei sette mari, essere un pirata, volare come un uccello su fino alle stelle; che cosa c'era dall'altra parte del mondo se uno scavava abbastanza a fondo e per abbastanza tempo; dove si nascondevano i mostri durante il giorno?

«Non esistono fantasmi nel vero senso della parola» rispose placidamente. «Ma Miranda Bourdon è risorta dai morti del passato di lord George: quindi è un fantasma. Anche se, perché Weir abbia dichiarato molto pubblicamente che era un fantasma tornato a perseguitarlo, quando sa chi è e l'ha accusata di aver ricattato lord George, non solo è sorprendente ma eccezionalmente interessante...»

«Davvero?»

«Sì» confermò Alec. «Una dichiarazione pubblica è l'ultima cosa che lord George, Weir e il duca vorrebbero perché attira l'attenzione proprio sulla persona che desiderano fermamente tenere chiusa nell'armadio. Charles ha cercato di ricattarmi per farsi aiutare a impedire all'intera sordida faccenda di diventare pubblica. È proprio quello, che la società venga a sapere dell'orribile comportamento di lord George, che voleva disperatamente evitare. E invece è qui in un albergo a fare dichiarazioni melodrammatiche e a trasformarsi in un idiota farneticante, dicendo che la signora Bourdon è un fantasma? Non ha senso, ovviamente la faccenduola di dissuadere Miranda Bourdon dal rivelare il vile comportamento di lord George non è andata come voleva Weir e, qualunque piano abbia accuratamente programmato per il suo futuro e, credetemi, zio, Charles non esce di casa senza sapere ora per ora che cosa farà in quella giornata, eravamo a scuola insieme e...»

«Quell'ebete con la bocca cucita!»

«... quei piani ora sono rovinati, forse irreparabilmente. Ma questo non spiega la natura molto pubblica della sua delusione.» Alec fece una pausa riflettendo. «Perché sia coinvolta lady Rutherglen mi lascia confuso...»

«Davvero?» chiese Plantagenet Halsey, cercando di seguire i complessi ragionamenti del nipote.

«Lady Rutherglen è arrivata correndo alle calcagna di Weir per affrontare il fantasma, il che significa che è perfettamente al corrente del sordido passato del nipote e che anche lei è tesa ad assicurarsi che il tentativo di ricatto di Miranda Bourdon non diventi pubblico. Ma proprio lo spettacolo che sta dando ha attirato l'attenzione sulla signora Bourdon...»

«Se quella giovane donna sta ricattando qualcuno, io divento un Tory!»

«*Presunto* ricatto, consentimelo» rispose Alec con un sorriso. «Mi rendo conto che lord George è il nipote di lady Rutherglen ma sarebbe certamente stato meglio lasciare questa faccenda al duca perché se ne occupasse... Anche se... Sua Grazia potrebbe essere ancora nella sua tenuta... Che uno dei suoi servitori in livrea sia di guardia alla porta dell'appartamento della signora Bourdon indica che sa che lei è qui e suggerisce che intenda farsi vivo; il suo servitore deve assicurarsi che lei non, ehm... *punti alla luna.*»

«Pensi che intenda affrontarla riguardo a Stanton?» Quando il nipote si prese un momento per rispondere, il vecchio disse enfaticamente: «Non gli permetterò di toccare un capello della sua preziosa testa.»

Alec sorrise amorevolmente alla spudorata cavalleria di suo zio. «Olivia mi ha assicurato che Cleveley non è portato alle tattiche da bullo, quindi puoi ritirare la tua scintillante armatura. Il duca è più circospetto nei suoi modi di affrontare le cose. Vedi il gigante davanti alla porta.»

«Allora pensi che Weir sia andato piagnucolando, con il cappello in mano, da lady Rutherglen dopo il suo piccolo spavento per via dello spettro?» borbottò Plantagenet Halsey, sentendosi un po' stupido per la sua esclamazione.

«Sembrerebbe di sì, visto che lady Rutherglen è dabbasso che dà ordini. Anche se, come lo spettacolo di Weir, il fatto che lei sia qui e in quello stile così melodrammatico, pubblicizza ancor più la presenza della signora Bourdon e farà aumentare la curiosità tra la scelta clientela del Barr, che si chiederà perché dei membri particolarmente retti della buona società sono così agitati per la sua presenza.»

«Beh, hanno disturbato il nido della vecchia vespa e per la terza volta in un giorno.»

«La terza?»

«Ha avuto la sfrontatezza di mandare a Barr una lettera con la posta di questa mattina, calunniando Miranda Bourdon e dichiarando che non è degna di abitare in questo albergo. Ha fatto ogni genere di insinuazione sulla sua moralità, dicendo che aveva ricevuto visitatori maschi e roba del genere. Ubriacona lasciva!» Quando suo nipote rimase in silenzio, il vecchio aggiunse, come leggendo i pensieri di Alec: «Lo so, ti stai chiedendo, come me, perché avrebbe dovuto fare una cosa così avventata quando, come dici tu, attira l'attenzione su Miranda Bourdon. Mettendo nero su bianco le sue dichiarazioni, ha legato il proprio nome a quello della signora Bourdon, e senza dare spiegazioni. Ovviamente, non aveva intenzione di menzionare il motivo, non credo che voglia sciorinare i panni sporchi di Stanton, no?»

«No. La terza?» chiese Alec, un po' impaziente, acutamente conscio che più aspettavano, più tempo Tam restava solo con una donna che stava per partorire.

«Quando la signora Bourdon e io eravamo all'abbazia per la funzione delle undici, Frances Rutherglen ha avuto una specie di attacco e la signora Bourdon ha fatto l'acuta osservazione che lady Rutherglen non aveva né un buon cuore né una coscienza pulita. Io mi sono detto d'accordo, ma non ci ho pensato troppo, al momento. Ma ripensandoci, non è mai stata pronunciata una parola più veritiera su sua signoria e da una giovane donna che, fino a oggi, non avrei mai immaginato che avrebbe distinto lady Rutherglen da Eva! La povera bambina aveva le lacrime agli occhi quando l'ha detto, oltre a tutto. Strano.»

«Sì» rispose calmo Alec, anche se la rivelazione di suo zio gli fece accelerare il polso, perché rafforzava i suoi sospetti che il collegamento tra Miranda Bourdon e lady Rutherglen andasse ben oltre la semplice conoscenza. «Un gigante a guardia della sua porta certamente impedirà un colloquio con la signora Bourdon, il che potrebbe essere sufficiente a rispedire a casa sua lady Rutherglen. Dobbiamo ringraziare il duca per aver fornito una sentinella. Ora dovete scusarmi, zio.»

«Questo non significa che Cleveley non sia nella melma fino al collo!»

Alec aprì la porta di servizio.

«Al contrario» rispose Alec con un sorriso enigmatico. «Quello che mi avete appena detto mi conferma che il duca ha dei legami talmente stretti con questo imbroglio che potrebbero soffocarlo.»

«Bravo! Spero che quei legami gli blocchino il sangue, allora potrebbe capire, almeno in parte, che cosa provano quei poveri disgraziati sulle fregate di Sua Maestà!»

Con quella dichiarazione soddisfatta di suo zio, Alec sparì nei bui recessi del corridoio di servizio e Plantagenet Halsey ritornò sul pianerottolo fuori dall'appartamento dell'Arco, dove intendeva accamparsi finché non avesse saputo come se la stava cavando Miranda Bourdon. Un servitore gli portò una sedia, un tavolino con un candelabro e l'ultimo giornale. Plantagenet Halsey ordinò che gli portassero la cena su un vassoio, e di far portare qualcosa da mangiare e bere al forzuto in piedi davanti alla porta e che, visto che era una montagna d'uomo, la cucina avrebbe fatto meglio a fornire una montagna di cibo per tenerlo in piedi perché, se c'era qualcosa che sapeva dei parti, anche se era una conoscenza limitata alla nascita di suo nipote, era che il procedimento poteva richiedere da qualche ora a qualche giorno. Poi aprì il giornale e, voltandolo verso la luce della candela, si sistemò dietro le pagine, con un sorrisino sul volto quando il colosso muto sulla porta lo ringraziò con una voce dolce; un gigante gentile dopo tutto.

«Lo scialle, Thomas. Ho sferruzzato uno scialle per la bambina» spiegò Miranda, seduta cautamente sulla sponda del materasso, con le braccia rigide e le dita che stringevano forte le morbide coperte, mentre un'altra contrazione le faceva chiudere gli occhi e stringere denti. Quando riuscì a respirare di nuovo liberamente guardò Tam, che stava lavandosi le mani nel catino di porcellana sul portacatino di mogano. «Quando mi hanno messo al petto Sophie, non era avvolta nello scialle. Dovete ricordare...»

«Sì. Sì, lo ricordo» rispose sommessamente Tam e si accucciò davanti a lei. Quando lei annuì, con le lacrime agli occhi, Tam deglutì il groppo che aveva in gola e le strinse la mano. «Ma non ricordo tutto, signora. A essere sincero, ho cercato con tutte le mie forze di dimenticare quell'intera notte.»

«Anch'io» confessò Miranda. «Ma non ho mai dimenticato la vostra gentilezza. Voi... Noi eravamo poco più che bambini. Nessuno dovrebbe essere testimone di tali orrori. Da allora avete mai...»

«No, mai» rispose in fretta Tam. «Ho assistito ad altri parti ma niente di così orribile come quella notte.» Sorrise, sperando di proiettare fiducia, dentro di sé era una massa tremante di nervi. «Questo sarà diverso. Sarà come sono i parti: dolorosi e lenti, perché è il vostro primo, ma voi e il bambino ve la caverete. Lo prometto.»

Raddrizzò le gambe mentre un'altra contrazione faceva gridare Miranda, che si portò una mano al ventre. Gemette e, quando fu in grado di controllare la respirazione, disse, piena di paura:

«Voglio credervi, Thomas. Ma il dolore è... *insopportabile*... io ho tanta... ho tanta paura. Sono *terrorizzata*.»

«Il signor Blackwell ha preso lo scialle,» disse Tam, perché era la verità e per distrarla dalla sua paura.

«Charles Weir mi ha detto che il signor Blackwell è morto, è vero?» Quando Tam annuì, Miranda chinò la testa. Caddero delle lacrime sulla camicia macchiata. «Era un brav'uomo, Thomas. Veramente un brav'uomo.»

«Sì, è vero, signora» rispose Tam, anche lui con le lacrime agli occhi.

Si passò in fretta una mano sul volto e tirò su rumorosamente con il naso. Non era il caso di piangere come un bambino! Che fiducia avrebbe mai potuto avere in lui, allora? Quando Miranda fece per alzarsi, Tam fu pronto ad aiutarla, con un braccio intorno alle spalle.

Camminarono lentamente per la stanza, dal letto a baldacchino alla finestra a bovindo, dove Tam aveva aperto le tende e alzato il vetro per lasciar entrare luce e aria; dalla finestra al portacatino e poi di nuovo al letto. Non poteva esserne sicuro finché non l'avesse esaminata, ma le esperienze passate gli dicevano che il bambino non sarebbe arrivato ancora per parecchie ore, se non un giorno intero.

Aspettò, mentre Miranda si rannicchiava per il dolore per un'altra contrazione, respirando a fatica per poi tranquillizzarsi, prima di dire gentilmente:

«Il signor Blackwell voleva che la mamma di Sophie fosse sepolta con qualcosa che apparteneva alla sua bambina. Ho sentito che lo diceva al signor Dobbs. Ricordate il signor Dobbs?» Parlava a vanvera, cercando di tenere calma Miranda, e se stesso. «Era il mio maestro e uno speziale e, quando serviva, un ostetrico. Ha fatto nascere tanti bambini a St. Jude. Sono andato tante volte con lui. Il signor Blackwell ha detto che lo scialle era qualcosa di personale che avrebbe unito la madre alla bambina. Non voleva che fosse sepolta da sola. Disse che avrebbe potuto usare lo scialle in paradiso. Così lo ha preso.»

Miranda annuì, soddisfatta. «Ne sono felice. Lui amava Miriam nonostante la sua natura ribelle. È stato un buon padre per lei.»

«Padre? Allora non era vostra sorella? Era la *figlia* del signor Blackwell?»

Un'altra contrazione e Miranda rabbrividì e gemette, aggrappandosi a Tam.

«Le mie scuse, signora. Non ho il diritto di chiederlo. È solo che... Se c'è una cosa che ricordo chiaramente, come se fosse ieri, è che voi due vi assomigliavate tanto. E quando la bambina ha avuto bisogno di nutrirsi si è attaccata al vostro petto e voi siete stata in grado di nutrirla. Ma se il signor Blackwell era suo padre...»

«Il vostro maestro, il signor Dobbs? Mi ha incoraggiato lui. Ha detto che se non avessi permesso alla bambina di succhiare sarebbe morta. Ha detto che tutte le balie che conosceva erano delle sgualdrine piene di gin.» Rise al ricordo e Tam la imitò. «Lo avevo dimenticato.» Sorrise a Tam. «Anche il vostro maestro era un brav'uomo, Thomas.»

Tam sentì nuovamente le lacrime pizzicargli gli occhi e imprecò silenziosamente, dicendosi che si stava comportando come una ragazza; bello speziale sarebbe stato! Si schiarì la voce e annuì.

«Sì. Sì, lo era veramente. E un ottimo speziale. Non ce n'era uno migliore.»

«Si chiamava Miriam. Siamo cresciute come sorelle e per tantissimo tempo abbiamo creduto di essere veramente sorelle. Ci assomigliavamo tanto,» disse Miranda, sorridendo al ricordo, «che potevamo farci passare l'una per l'altra, e qualche volta l'abbiamo anche fatto. Così vicine, così simili. Ma con temperamenti così diversi… Ci siamo rese conto da adolescenti che perché fossimo sorelle, sarebbe stato necessario che mio padre o mia madre avessero avuto una relazione. Un pensiero assolutamente ridicolo.

«So che non è rispettoso e potete essere sconcertato dalle parole di una figlia, Thomas, ma mia madre è una creatura senza amore e dal cuore di pietra e mio padre, se mai avesse avuto dei figli al di fuori del matrimonio, non li avrebbe certamente portati a casa. E poi, un giorno, Miriam mi confidò che suo padre era il signor Blackwell! Proprio così, mi disse. Non sapeva niente di sua madre e il signor Blackwell non voleva dirle niente, per quante volte lo avesse supplicato. Vorrei sedermi di nuovo, Thomas. E voi dovete fare quello che dovete.»

«Sì, signora, devo» si scusò Tam, con la voce ferma, anche se le rivelazioni sul signor Blackwell gli facevano girare la testa. «Se volete per favore sdraiarvi in fondo al letto con la testa sui cuscini dove li ho sistemati, vi esaminerò per determinare quant'è la dilatazione e, quando la vostra cameriera ritornerà con la mia cassetta dei medicinali, vi darò qualcosa per il dolore. Il medico…»

«*No*, niente medici. È stato il medico che ha *ucciso* Miriam. Se avesse ascoltato il vostro maestro. Se il signor Blackwell non avesse mandato a prendere un-un segaossa…»

«È stato obbligato a farlo, pensava fosse la cosa giusta da fare. Era così debole. Perfino il signor Dobbs aveva perso le speranze… Non potete biasimarlo per quello. Due giorni di difficile travaglio…»

«Ma tagliarla come ha fatto… Si è aperto un varco dentro di lei. È stato sanguinario e brutale…» Alzò la testa dal cuscino per guardare Tam oltre il ventre rotondo. «Promettetemelo, Thomas. Niente medici.»

«Lo prometto, ma chiamerò un medico se la vostra vita o quella del bambino fossero in pericolo.» Dichiarò Tam senza mezzi termini. «Non farlo sarebbe non fare il mio dovere e non infrangerò il giuramento che ho fatto.»

«Non mi deve tagliare. A meno che io sia proprio morta. *Voi* dovrete accertarvi che sia morta. Promettetemelo.»

«Sì, signora, lo prometto.»

Miranda lasciò ricadere la testa sul cuscino, soddisfatta, e fissò il baldacchino a pieghe sopra la testa, cercando di non pensare a Tam tra le sue gambe aperte, anche se non riusciva a fermare il rossore che le invadeva le guance. Ma la contrazione seguente, più forte dell'ultima, dissolse la sua modestia e urlò e imprecò a lungo e forte in francese.

«Così si fa, signora» la incoraggiò Tam. «Gridate quanto volete se aiuta.»

Miranda riuscì a fare una risatina tra un respiro affannoso e l'altro.

«Mi dispiace, Thomas. Parlate francese?»

«Abbastanza bene da sapere che quello che avete appena detto farebbe diventare viola le orecchie di una vecchia signora perbene, se è quello che mi state chiedendo. Lord Halsey è un linguista eccezionale e quindi sono riuscito a imparare qualche frase scelta in francese.»

«Lord Halsey?»

Tam fu svelto a vederlo come un invito a chiacchierare della sua storia e come era diventato il valletto di Alec, acutamente conscio di quanto dovesse essere disagevole per lei stare con lui in una posizione così intima, quindi la accontentò: tutto per distoglierle la mente dall'indelicatezza della situazione corrente; tutto per distogliere la propria mente dall'enormità del compito che aveva davanti a sé.

Quando Janie tornò in camera, trovò Tam tra le gambe spalancate della sua padrona. Ma quello che le fece quasi perdere la presa sulla cassetta da speziale non fu lo shock della visione che le si presentò, che di per sé era già un colpo, ma il fatto che la sua padrona e il giovane speziale si parlassero in termini amichevoli, come se fosse la cosa più naturale al mondo e stessero conversando davanti a una tazza di tè e fette di pane e burro.

Quando Tam si raddrizzò, tirò gentilmente la coperta sulle gambe nude della sua padrona e poi andò a lavarsi le mani nella bacinella, Janie appoggiò la cassetta da viaggio e lo seguì.

«È tutto come dovrebbe essere, signor Fisher?» sussurrò.

«Sì, ma non è ancora abbastanza avanti da poter spingere. Manca ancora tanto.»

Janie annuì, con un'occhiata a Miranda che gemeva piano tra i cuscini, svuotò l'acqua sporca in un secchio, riempì la bacinella di porcellana decorata con l'acqua fresca e bagnò un panno per metterlo sulla fronte di Miranda.

«Ho fatto portare della birra e uno spuntino freddo per voi. È in salotto. Ho pensato che l'avreste preferito là.»

«Grazie, signorina, siete stata molto premurosa.»

«Mi chiamo Janie. Pensavo doveste sapere,» disse, non riuscendo a impedire al suo volto di diventare di fiamma, «che c'è un bel gentiluomo seduto sul sedile sotto la finestra. Riccioli neri e assomiglia a una di quelle statue che il signor Talgarth ha in un album che una volta mi ha fatto vedere. Lo conoscete?»

«Una statua greca?» Tam sorrise. «Sì, è sua signoria, lord Halsey. Darò alla signora Bourdon qualcosa per attenuare il dolore e poi andrò a vedere sua signoria per un attimo, ma tornerò subito. Va bene se vi lascio da sola con la vostra padrona?»

«Naturalmente! Mi occupo di lei da quando...»

«No. No. Non intendevo offendervi, Janie. Ho solo pensato che in queste circostanze...»

«Preparate la vostra pozione e poi andate a mangiare, signor Fisher.»

«Thomas. Thomas» lo chiamò Miranda, pensando che Tam stesse per lasciare la stanza quando non riuscì più a vederlo. «Ho un'altra promessa da chiedervi...»

Dal fondo del letto, dove stava rovistando nella sua cassetta, Tam alzò gli occhi e fece un cenno a Janie, che stava tamponando la fronte di Miranda con un panno bagnato, che disse: «Vi sta ascoltando, signora. Sta preparando una pozione per aiutarvi con il dolore.»

Miranda strinse la mano di Janie e le sorrise, includendola così nella richiesta, quando disse a Tam: «Nessuno deve sapere il sesso del bambino, dovete dichiarare che il neonato è una femmina. Non importa se è un maschio, dovete dire che è una bambina. Vi prego. Per il bene del bambino. È quello che vorrebbe il signor Bourdon. Promettetemelo, Thomas. Janie?»

Tam e Janie si scambiarono uno sguardo preoccupato prima di annuire entrambi, accettando in silenzio una richiesta che entrambi personalmente ritenevano piuttosto strana, eppure l'ulteriore conferma verbale di Tam e il cenno della testa di Janie soddisfecero Miranda, che tornò a fissare il baldacchino sopra la testa, tesa, chie-

dendosi quando sarebbe arrivata la contrazione seguente, pregando
che il bambino arrivasse presto.

«Avete mai assistito a un parto, Janie?» chiese Tam.

«Certo che sì! Ero lì per due dei parti della mia mamma.»

Janie mise un bicchiere di cordiale accanto alla cassetta da speziale,
con un'occhiata sopra la spalla di Tam, incuriosita dal suo contenuto,
che ora era in mostra con i due sportelli di mogano aperti sulle
cerniere di lucido ottone. Tam aveva aperto due cassettini, entrambi
pieni di quelli che Janie suppose fossero strumenti medici: candele, un
piattino di ceramica, una bilancina di ottone ripiegata con i suoi pesi e
diversi barattoli di unguento in porcellana. Tam tolse il doppiofondo
dalla cassetta, mettendo in mostra uno scompartimento segreto con
delle bottigliette di forma e altezza uguali. Delle piccole etichette,
accuratamente scritte e legate con delle cordicelle intorno al tappo di
vetro di ogni bottiglia, dicevano: mandragora, mitridatium, lauda-
num, teriaca; ma per Janie, che non sapeva né leggere né scrivere, non
avevano nessun significato. Era il liquido che fissava. Alcune bottigliette erano piene di erbe infuse nel liquido, una era di porcellana
bianca e blu, un'altra di vetro trasparente; tutte erano marcate con una
parola a grandi lettere rosse: veleno. Riconobbe la forma di questa
parola. La zia Rumble teneva una bottiglia con quella parola dietro
allo stipo della farina nella dispensa.

Quando Tam scelse una particolare bottiglia e contò delle gocce
nel cordiale, agitando delicatamente il bicchiere in modo che la medi-
cina si dissolvesse, Janie non riuscì a contenere la curiosità, o la trepi-
dazione; i medicinali la mettevano a disagio.

«Che cosa state mischiando nel cordiale, signor Fisher?»

«Si chiama mitridatium, attenuerà il dolore.»

Janie cercò di annusare il bicchiere. C'era un certo odore di
senape. «Che cosa c'è nel mitri-mitri… Che cosa contiene?»

Tam sorrise a quel tono, non la biasimava per la sua cautela.
«Troppi ingredienti per elencarli tutti. Oppio, mirra, zenzero, cannella
e così via. È quello che usano tutti i farmacisti per alleviare il dolore.
Quindi non preoccupatevi, non causerà danni alla vostra padrona.»

Janie prese il bicchiere quando glielo tese ma non si spostò dai
piedi del letto. «Non la farà star male, vero?»

«No, si sentirà solo più rilassata» le disse calmo, mettendo al sicuro
i veleni nella cassetta da viaggio, dietro il falso divisorio. Quando Janie
continuò a non muoversi, aggiunse, con un tono che sperava conte-
nesse una nota di severità:

«Se volete assistermi e aiutare la vostra padrona a superare questo travaglio, Janie, dovete fare quello che vi chiedo.» Come se fosse stato un segnale, Miranda emise un grido pieno di dolore e angoscia che fece correre Janie in suo aiuto. *Perché lo sa Dio*, si disse Tam, mentre richiudeva gli sportelli della cassetta, *che mi serve tutto l'aiuto che posso avere.*

DICIASSETTE

Janie era presa a correre avanti e indietro tra la stanza da letto e la cucina, sbrigando le commissioni per Tam. A un certo punto, due cameriere dagli occhi sgranati ma con la testa bassa la seguirono con una grande vasca di rame e lenzuola pulite. Era preoccupata per la sua padrona e l'andamento del travaglio, eppure era conscia di lord Halsey che la osservava dal sedile sotto la finestra. Si permise anche una lunga occhiata di traverso, quando Alec si voltò verso la finestra, attirato dal rumore dell'arrivo di un tiro a sei, mentre i suoi occupanti scendevano sulla strada acciottolata di sotto. Era l'uomo più bello che avesse mai visto, con i capelli neri ondulati, la pelle olivastra e il profilo spigoloso. Risplendente in velluto e pizzi, era ancora più bello del signor Talgarth, che la lasciava ammutolita e le faceva girare la testa, quando veniva a trovare la sua padrona.

Nelle difficili circostanze attuali, e sapendo che sarebbe arrossita fino ai capelli se sua signoria avesse osato parlare con lei, decise di continuare con i suoi compiti come se lui non fosse nella stanza. La tattica funzionò finché il valletto di sua signoria si materializzò sulla porta di servizio. Janie aveva la testa bassa e non guardava avanti, e si scontrò con il signor Hadrian Jeffries, non solo disturbando il contenuto del vassoio di lui ma addirittura stropicciandogli il davanti della redingote immacolata.

Guardare la cameriera e il valletto che cercavano di scansarsi, con la ragazza che si profondeva in scuse mentre l'oltraggiato ma contenuto Jeffries si lisciava le pieghe sulla redingote, fornì ad Alec un piccolo diversivo, benvenuto dopo le due ore cariche di tensione passate fermo e in silenzio sul sedile, ad ascoltare le grida e i gemiti di una donna in travaglio che arrivavano dalla stanza accanto. Sperava che il medico arrivasse presto. Secondo il suo orologio d'oro da taschino, erano passate almeno due ore, forse di più, da che Ketteridge aveva mandato un messaggio, scusandosi per essere stato trattenuto; un bambino con delle scottature e un anziano paziente che era scivolato e si era rotto il femore al King's Bath.

Dopo pochi minuti dal messaggio di Ketteridge, un biglietto sorprendente di lady Rutherglen, consegnato da uno dei camerieri dell'albergo, ordinava ad Alec che le fosse consentito l'accesso immediato all'appartamento dell'Arco, altrimenti avrebbe fatto in modo che i gendarmi locali forzassero l'ingresso della stanza. Perché poi dovesse entrare non era indicato, che pretendesse di entrare era interessante. Il rifiuto di Alec, unito alla costante presenza del cameriere grosso come un orso all'entrata dell'appartamento, doveva averla convinta ad andarsene, perché non ebbe più sue notizie finché non apparve Jeffries dalla porta di servizio.

Jeffries risistemò la scrivania e la sedia dalle gambe sottili più vicino al sedile, per cogliere la luce morente del pomeriggio, poi produsse carta, penna e inchiostro, e un paio degli occhiali dalla montatura dorata di Alec, che allineò con precisione matematica sul piccolo scrittoio. Accese un candelabro, lo appoggiò sul ripiano della scrivania e, con un inchino verso Alec, che lo stava guardando con educato interesse senza dire nulla, uscì dalla stanza per ritornare pochi minuti dopo con due sguatteri alle calcagna, uno che portava un vassoio carico di piatti coperti dalle campane d'argento, l'altro con un servizio da caffè.

«La cena, milord» intonò Jeffries, senza che un solo muscolo del volto si muovesse, sentendo i lamenti e i gemiti che provenivano dalla stanza accanto.

Alec fu impressionato e un po' innervosito. Quel tipo avrebbe tranquillamente potuto essere in un'elegante sala da pranzo, con quell'atteggiamento sussiegoso.

«Mi sono preso la libertà di portare gli strumenti per scrivere, milord» aggiunse inutilmente Jeffries, quando Alec guardò la scrivania e la sedia. Consegnò due lettere ad Alec. «In modo che possiate rispondere a vostro piacere. Pensavo che, forse, ne avreste avuto il tempo...»

Ah, allora Jeffries aveva qualche idea di quello che stava succedendo nella stanza accanto, non era completamente privo di sentimenti!

Alec riconobbe la calligrafia e il sigillo su una delle lettere, veniva dalla sua madrina, la duchessa vedova di Romney-St. Neots. L'altra era di lady Rutherglen. La lettera della sua madrina poteva aspettare e se la infilò in una tasca della redingote; ruppe il sigillo della seconda lettera e la tenne davanti a sé finché la scrittura fu a fuoco. Macchie di inchiostro punteggiavano le frasi, come se la lettera fosse stata scritta in fretta o con grande agitazione. Alec era incline alla seconda spiegazione, per via della prosa emotiva di sua signoria; frasi come *prendersi gioco della giustizia*, *inganni astuti* e *oltraggioso abuso di fiducia* saltavano fuori dalla pagina insieme alla prevedibile richiesta che Alec le consentisse l'accesso all'appartamento e che non aveva il diritto di negarle di entrare e *vedere lei stessa la creatura*.

Un'interessante scelta di appellativo, *creatura*, per una giovane donna che suo zio era convinto che fosse, senza dubbio alcuno, tutta dolcezza e luce, e l'avrebbe difesa a morte, ponderò Alec mentre mangiava educatamente le fettine di agnello che gli erano state servite. L'inchiostro di lady Rutherglen trasudava bile, ma c'era un sottofondo di qualcos'altro... Paura? Sì, ecco. Lei *temeva* la giovane donna nella stanza accanto che, in quel momento, emise un tale lamento che perfino Jeffries fece un saltello.

Alec si chiese se l'ansia che sentiva per l'imminente nascita fosse quello che provavano gli uomini sul punto di diventare padri, quando le loro mogli erano in travaglio, e si chiese se avrebbe mai avuto quell'opportunità con Selina, se mai erano destinati a sposarsi e ad avere una famiglia. Non aveva riflettuto a fondo su quell'aspetto del loro matrimonio: i figli. Era talmente teso a portare all'altare la donna che amava e farla diventare sua moglie che tutte le altre considerazioni erano secondarie. Ora che, curiosamente, era un involontario testimone di una donna che stava soffrendo i dolori del parto per mettere al mondo una piccola vita, si rese conto che voleva figli suoi, e molto.

Desiderava che Tam uscisse dalla stanza, anche solo per assicurarsi che il ragazzo se la stesse cavando con la responsabilità delle vite di una madre e del nascituro. Troppa responsabilità per uno così giovane, secondo Alec, nonostante tutta l'esperienza che Tam aveva accumulato come apprendista di uno speziale. Era ancora quello, un apprendista, e ancora non aveva raggiunto l'inebriante posizione di membro della Venerata Società degli Apotecari. Nonostante la fiducia incrollabile di suo zio nell'abilità del ragazzo di cavarsela in situazioni pericolose ed emotivamente estenuanti, specialmente in una situazione mortale, come certamente era un parto, Alec non desiderava veder finire la carriera di Tam prima ancora che fosse cominciata, nel caso in cui la nascita non fosse andata a buon fine.

«Signore? Milord?»

Era Tam. Aveva accostato la porta della stanza ma non l'aveva chiusa. Si pulì il volto arrossato e poi le mani con un asciugamano umido, che poi gettò da parte. Era in disordine, con i riccioli rossi appiccicati allo scalpo, la camicia bianca stropicciata spinta sopra i gomiti e bagnata di sudore. Si leccò le labbra secche, guardandosi attorno, come cercando qualcosa in particolare. Gli occhi si spalancarono vedendo il vassoio sulla credenza, con un boccale e una caraffa di birra, e fu Alec, alzandosi dal sofà, e non Jeffries, che si fece avanti e gli versò una birra, porgendogliela. Ma prima che uno dei due potesse parlare, il valletto disse, rispondendo a un precedente commento di Alec:

«Se avete finito, milord, posso sparecchiare? E vi assicuro, milord, che preferisco restare, nel caso vi serva aiuto, se dovesse succedere qualcosa di imprevisto. Sarò più utile a vostra signoria qui che altrove.»

L'accento sulla parola *imprevisto* non passò inosservato ad Alec e a Tam ma, dato che era l'unico che stava guardando verso il valletto, Tam fu l'unico a vedere le sopracciglia di Jeffries inarcate e la bocca stretta, per aggiungere ulteriore enfasi all'insinuazione che Tam non era all'altezza della situazione in quell'occasione. Ma Tam era troppo stanco, e troppo coinvolto nell'evento che si stava svolgendo nella stanza accanto, per preoccuparsi di un piccolo battibecco con qualcuno che, dopo tutto, era solo un cameriere momentaneamente promosso a un livello superiore. Comunque, non poteva permettere a Jeffries di cavarsela per quella sfacciataggine, quindi diede a Hadrian-sono-più-bravo-io-Jeffries un'occhiata di assoluto disprezzo, un'occhiata che Alec colse e scelse di ignorare, dicendo a Jeffries, senza voltarsi:

«Siate tanto cortese da sparecchiare, versarmi un caffè e andarvene per una mezz'ora, mentre parlo con il signor Fisher in privato. Andate a passare un po' di tempo con il signor Halsey. Vorrei sapere come se la sta cavando e se c'è qualcosa da riferire dall'altra parte della porta. Ora, Tam,» disse, prendendo la tazza di caffè col suo piattino da Jeffries, «la cameriera della signora Bourdon ti ha lasciato uno spuntino. Credo, almeno, anche se sembra fare di tutto per non guardarmi, come se avessi due teste e potessi spaventarla. Stai bene? C'è qualcosa che posso fare per te?»

Tam scosse la testa. «No, signore. Cioè, sto bene. Non c'è niente che si possa fare. La natura deve fare il suo corso e quindi aspettiamo. Secondo me non manca più molto.»

Alec notò preoccupato la stanchezza negli occhi del ragazzo e la linea dura della bocca.

«Mi dispiace che il medico non sia ancora arrivato a darti il cambio.»

«Per quello, signore, io…»

Si fermò bruscamente, rendendosi conto che Jeffries era ancora nella stanza, quindi bevve la birra, gli era venuta sete di colpo, con un occhio sul suo sostituto che, secondo lui, ci stava mettendo un po' troppo ad accatastare i resti della cena del suo padrone su un vassoio, per poi darsi inutilmente da fare con il bricco di caffè sul suo supporto, alzandolo e poi appoggiandolo nuovamente, come se fosse necessario controllare che la candela nello scaldavivande fosse ancora accesa.

Quando Jeffries chiuse finalmente la porta, Tam alzò il coperchio d'argento dal piatto con un'occhiata ad Alec, che gli fece segno di mangiare, e guardò le fette di roast beef freddo, carote e patate, qualche fetta di pane e una fetta di formaggio, mentre il suo stomaco vuoto brontolava in risposta. Eppure, stranamente non sentiva il bisogno di mangiare. Ma sapeva che doveva restare in forze per un travaglio che avrebbe potuto durare per tutta la notte. Prese una forchettata di roast beef.

«La signora Bourdon non vuole un medico, signore. Me l'ha fatto promettere. Ma io le ho fatto accettare che se le cose dovessero andar male, se ci fossero complicazioni, o la vita sua e del bambino fossero in pericolo, allora avrei chiamato un medico per aiutarla. Non posso infrangere una promessa.»

«Certamente no, ma ti ha dato una grossa responsabilità.»

«È terrorizzata, signore. Ed è normale. È stata testimone della morte di sua cugina nella più orribile delle circostanze; entrambi ne siamo stati testimoni. Il medico ha estratto la bambina dalla pancia, tagliandola; ha salvato la bambina ma ha ucciso la madre. Il fatto è, signore, che la ragazza non era morta, era moribonda, ma non morta, quando l'ha macellata.»

Alec impallidì. «Buon Dio! Che cosa orribile… Ma… sicuramente la signora Bourdon dovrebbe essere certa che non succederà a lei, visto che è il suo secondo parto.»

Tam deglutì a vuoto. Avrebbe tanto voluto confessare tutto al suo padrone ma esitava a farlo perché sarebbe stato un abuso di fiducia. Però doveva confidarsi con sua signoria; non riusciva a pensare a nessun altro che sarebbe stato così comprensivo in quella situazione, eccetto, forse, il signor Halsey. E se qualcosa fosse andato male durante il parto? Era stato il primo figlio di sua cugina Miriam e l'aveva uccisa; sarebbe potuto succedere anche a Miranda Bourdon. Ma non avrebbe permesso a nessuno di farle quello che avevano fatto a sua cugina, mai. Aveva bisogno che Alec se ne rendesse conto, per sostenere la decisione di Miranda e la propria.

Uno sguardo agli occhi azzurri di Alec, preoccupati, e al suo sorriso comprensivo e confessò tutto: il travaglio difficile della cugina Miriam, trenta massacranti ore, con Dobbs che non riusciva a far voltare il bambino dalla sua posizione podalica, che lei aveva solo quindici anni, come Miranda; le ragazze così simili da essere inquietante. Erano scappate da casa e il signor Blackwell aveva fornito loro un rifugio, la decisione straziante che il vecchio vicario era stato costretto a prendere, scegliere tra la madre morente e il bambino; che non aveva mai visto niente di così orripilante in vita sua e che sperava di non rivederlo mai; come si era preoccupato e chiesto che cos'era successo a Miranda e al bambino, e che per non farlo impazzire il signor Dobbs gli aveva detto di togliersi l'intero episodio dalla mente, come se non fosse mai successo. E poi la signora Bourdon era rientrata bruscamente nella sua vita e gli aveva rivelato che sua cugina Miriam era la figlia naturale del reverendo Blackwell.

«...così, vedete, signore, non meraviglia che la signora Bourdon sia terrorizzata a morte, visto che questo è il suo primo bambino.»

Alec non rispose immediatamente. Non ci riusciva. Stava ancora tentando di assorbire tutto quello che gli aveva detto Tam. Era come si fosse appena svegliato da un incubo e nella nebbia del risveglio stesse ricordando i dettagli del brutto sogno, senza veramente volerlo. Prese la tazza di caffè, bevendo quello che restava senza rendersi nemmeno conto che era freddo, e annuì distrattamente, con un'occhiata oltre la spalla di Tam alla porta della camera.

«Quella povera donna ha tutte le ragioni per essere terrorizzata... sua cugina, la sua confidente era la figlia *naturale* di Blackwell? E la signora Bourdon e sua cugina... Miriam? La signora Bourdon e Miriam erano talmente simili d'aspetto da poter essere scambiate?»

«Sì, signore. La signora Bourdon ha detto che a volte, mentre crescevano, Miriam faceva finta di essere lei, solo per divertirsi» fece un sorrisino. «Sembra che Miriam fosse una piccola ribelle.»

«A dir poco. La ragazza è rimasta incinta a quattordici anni.»

«Signor Fisher! Signor Fisher!»

Era Janie che lo che lo chiamava dalla camera. Venne in fretta alla porta, con le mani che stringevano le sottane ma, vedendo Alec, fece una riverenza e abbassò gli occhi. «Chiedo scusa, vostra signoria.» Guardò Tam. «Penso che il bambino sia quasi pronto. La signora chiede di voi. Sarebbe meglio che veniste subito.» E tornò in fretta nella stanza quando Tam le fece un cenno affermativo.

«Signore» disse Tam, balzando in piedi ma restando fermo un momento. «La signora Bourdon mi ha rivolto un'ultima richiesta riguardo al bambino. Vuole che dichiari che è una femmina, qualunque sia il sesso.»

«Veramente curioso… ma se questo la mette a suo agio e la spaventa di meno, non c'è niente di male. Potrebbe tranquillamente dare alla luce una bambina. Ora vai. Il signor Halsey e io, e ovviamente la Signora Bourdon, abbiamo piena fiducia nelle tue capacità.» Sorrise. «So che te la caverai splendidamente.»

Tam restituì il sorriso ad Alec, sentendosi più sicuro riguardo al compito che lo aspettava, fece un piccolo inchino ed entrò nella camera, proprio mentre Hadrian Jeffries rientrava nel salotto.

Alec scrisse tre brevi messaggi di invito, per sir Charles Weir, lord George Stanton e lady Rutherglen, chiedendo il piacere della loro compagnia, appena possibile, nel soggiorno del Barr di Trim Street, promettendo loro che avrebbero avuto l'opportunità di incontrare un fantasma.

«E questo dovrebbe farli arrivare come frecce» disse soddisfatto mentre piegava a metà un quarto foglio di carta e passava un'unghia sulla piega per ottenere una linea netta, con l'approvazione e l'ammirazione di Jeffries.

Consegnò al valletto i tre biglietti e tenne il quarto per sé; era indirizzato a Talgarth Vesey.

«Accertatevi che questi siano consegnati immediatamente. Poi informate Barr che avrò bisogno dell'uso esclusivo del soggiorno. Voglio che sia presente anche mio zio…» Quando il valletto restò immobile, ad ascoltare con il volto pallido e terrorizzato le urla e i grugniti e la cantilena incoraggiante di *spingete* che arrivavano dalla camera, Alec si permise un sorriso e un colpetto alla schiena rigida del giovane. «Terrorizzante, vero? Ma necessario per far venire al mondo un bambino.»

«Buon Dio! Che cos'è quell'orribile clamore?»

La dichiarazione arrivava non da Hadrian Jeffries ma dalla porta di servizio e infranse l'incantesimo di cui era preda il valletto, che si precipitò fuori dalla stanza come se lo inseguissero, anche se la sua uscita fu temporaneamente bloccata. Colse la rapida apparizione di un alone di riccioli scomposti color albicocca e il luccichio di un orecchino di diamanti che ondeggiava, prima che la porta di servizio si spalancasse e lui potesse darsi alla fuga senza una seconda occhiata alla donna maestosa che era entrata nella stanza pronunciando quelle parole.

Selina vide Alec accanto al camino e i suoi occhi scuri si addolcirono.

Le due ore di tormento, sballottata su una strada di campagna infangata e piena di buche, confinata in una carrozza con un fratello praticamente sonnambulo, la sua paziente cameriera e una precoce bambina chiacchierona di quattro anni, che non aveva praticamente mai tirato il fiato e non era restata seduta ferma un attimo: dimenticò tutto. Anche la sua decisione di essere ferma e resistere al bisogno che aveva di Alec.

Un sorriso di benvenuto e si sciolse.

Selina si tolse i guanti di capretto e li gettò sul sedile sotto la finestra, con un'occhiata incuriosita al mazzo di fiori appassito, e fece del suo meglio per apparire in ordine.

«State lì come se fosse la cosa più naturale al mondo!»

Alec rise e la attirò a sé. «Beh, il parto è naturale, no? Sono così contento di vedervi qui sana e salva, anche se un po' stanca dopo quella faticata?»

Selina restituì il bacio e fece il broncio. «Una nascita, sì. Intendevo dire, voi qui, composto. E sì, è stata una faticata, ma avevo davanti la prospettiva di vedervi.»

Alec la baciò di nuovo e appoggiò la fronte alla sua. «Oh, non sarò così tranquillo e composto, quando sarete voi ad avere nostro figlio, potete starne sicura. Ed è una facciata. Dentro sto tremando come un budino. Che c'è?» chiese, quando Selina si allontanò dalle sue braccia, con un nodo alla gola.

«Non avrei potuto essere più sconcertata, quando vostro zio mi ha informato che era Miranda che stava avendo un bambino» gli disse, ignorando la gola che si era stretta alla sua frase gentile.

Avrebbe tanto voluto dirgli che aveva perso il loro bambino a Parigi, ma non poteva dirgli con certezza che era suo perché, poco prima di spararsi in testa, il suo violento marito, George Jamison-Lewis, rispettato membro dell'alta società e nipote di un duca, l'aveva violentata, come aveva fatto per tutti i sei anni del loro matrimonio. E così non aveva pianto la perdita di un bambino non ancora formato, come non aveva pianto quella volta che era restata incinta di suo marito solo per mettere fine alla gravidanza il più in fretta possibile;

non avrebbe messo al mondo la prole di un uomo così violento e manesco. Il medico che l'aveva assistita a Parigi era del parere che questo aborto l'aveva lasciata sterile.

E così le urla di una donna che stava partorendo che arrivavano dall'altro lato della porta servivano solo a sottolineare la straziante realtà della sua situazione. Come aveva giustamente sottolineato il duca di Cleveley, gentilmente ma senza mezzi termini, se non c'erano speranze che lei potesse fornire al marchese Halsey un figlio ed erede, allora non aveva il diritto di dargli false speranze sposandolo.

«C'è una vera folla raccolta dall'altro lato di quella porta» aggiunse vivacemente, sforzandosi di non cadere in un pozzo di disperazione e indicando la porta d'entrata, dove il cameriere grande come una montagna era di guardia nel corridoio. «Barr ha rinunciato a cercare di farli disperdere. Ora i camerieri stanno portando delle sedie, tè per le vecchie signore e birra per i gentiluomini. Ovviamente, vostro zio resta il maestro delle cerimonie. Lui e il suo bastone sono al comando e si sta divertendo immensamente! Gli ho fatto notare che esercitare il comando deve sicuramente essere in conflitto con suoi principi repubblicani e mi ha risposto *pussa via, strega*! Ed eccomi qui, avendo sfidato il personale della cucina, sguattere, cuoca e uno sbalordito lavapiatti, che probabilmente non aveva mai visto prima d'ora una signora in cucina o che si intrufolava sulla scala di servizio.» Sorrise soddisfatta. «E siccome non sono mai stata nella cucina di un albergo, siamo in due. Un'esperienza tutta nuova!» Quando Alec rise e scosse la testa, Selina sorrise. «Il vostro irascibile parente repubblicano è diventato alla svelta amico di Orso Bruno…»

«Orso Bruno?»

«Non potete non aver notato il cameriere della stazza di un orso sulla porta vero?» gli rispose retoricamente Selina. «Orso perché ha la stazza di un orso e Bruno perché è il suo cognome. Strano. È al servizio dei Cleveley da sempre. Se la memoria non mi inganna, il duca l'ha salvato da un circo itinerante quando era solo un ragazzo, ma un ragazzo decisamene fuori misura.»

«Spero che Orso Bruno lo abbia raccontato a mio zio. Potrebbe addolcire la pessima opinione che ha del duca.»

«È servito ad addolcire la vostra?» gli chiese un po' troppo in fretta e si morse immediatamente il labbro, arrossendo per la propria impetuosità.

«Selina, *tesoro mio…*»

Un gemito spaventoso, molto più alto dei precedenti grugniti per gli sforzi del parto, li fece voltare entrambi verso la camera, ansiosi ma, quando la porta restò saldamente chiusa e ci fu un periodo di quiete con solo il suono di voci che conversavano, Selina esclamò:

«Non è di Talgarth!»

«Lo so.»

«Oh? allora sapete chi è il padre?»

«Credo di saperlo, ma non sono libero di dirlo. Ce lo deve dire Miranda.»

«Miranda? Allora l'avete conosciuta?»

Alec sorrise alla sua evidente nota di gelosia e davanti al fatto inspiegabile che persino le donne belle soffrissero di incertezze. La attirò dolcemente tra le braccia. «Io vi amo, nonostante la vostra stoltezza. No, non ho ancora incontrato la signora Bourdon. Quel piacere mi sta aspettando. Ditemi del vostro viaggio da Philip St. Norton. Si sono comportati tutti bene oppure siete stata messa a dura prova dalla compagnia e dal viaggio in carrozza?»

«Tutte e due le cose, e sono stata messa a dura prova *proprio perché* tutti si sono comportati come si deve.»

Alec la tirò verso il sedile sotto la finestra, la fece sedere con lui, prendendole la mano, e lei gli raccontò del viaggio verso Bath, con Alec che faceva fatica a sembrare serio e comprensivo per le sofferenze di Selina, obbligata a scorrazzare per la campagna in carrozza.

«Avete riunito Talgarth e Nico?»

«Volete dire se ho lasciato mio fratello a Milsom Street prima di venire qua? No, gli ho ordinato di restare nel salotto dabbasso, per tenere d'occhio Sophie mentre Evans si occupava dei bagagli e delle stanze in un albergo i cui servitori sembrano incapaci di funzionare perché al piano di sopra una donna sta partorendo! Ho bisogno che stia qui finché Sophie potrà essere restituita a sua madre. A parte Evans, Tal è l'unico in grado di tenere occupata quella bambina. E lo fa con una tale languida facilità che mi fa sentire completamente incapace. Non vedo che cosa ci sia da ridere!» esclamò, stringendogli un po' troppo forte la mano quando Alec ridacchiò. «Cinque minuti rinchiusa con una bambina superattiva sono cinque minuti di troppo secondo il mio modo di ragionare; e io ho avuto *due ore* della sua irrequietezza e delle sue chiacchiere. Se non sapessi che è umana, direi che è un orologio meccanico a forma di bambola, con le molle caricate così tanto che ticchetta a doppia velocità!» Scosse i capelli rosso chiaro al suo buffetto di simpatia, dicendo con un sospiro: «Tanto diversa dalla madre, che è la creatura più docile e dolce al mondo.»

«Selina, c'è qualcosa che vi voglio chiedere su Sophie…»

«Milady! La bambina! È stata portata via da un-un mostro.»

Alec e Selina balzarono immediatamente in piedi, con Selina che fissava la porta della camera, ma visto che restava chiusa, che i gemiti, le grida e le parole di incoraggiamento continuavano, si voltò verso Evans, che ondeggiava sulla soglia come se fosse incollata al pavimento, con una mano sottile che attorcigliava le semplici sottane di lino e l'altra che si teneva forte allo stipite della porta, con il volto pallido e spaventato.

«Evans? *Mostro*? Non siate assurda!» disse sprezzante Selina e più bruscamene di quanto intendesse, perché era stanca e le grida che arrivavano dalla stanza cominciavano a darle sui nervi. «Il viaggio vi ha esaurito. Verrò a tenere compagnia al signor Vesey così potrete sdraiarvi per qualche momento, poi vi sentirete subito meglio.»

«No! No! Milady, non posso. Miss Sophie! Miss Sophie è stata portata via da un *demonio* butterato.»

«Portata via? Che cosa volete dire, Mary?» chiese Selina allarmata. «Chi l'ha portata via? Dov'è?»

Evans fissò Selina, afflitta. «Pensavo che la stesse tenendo d'occhio il signor Vesey…»

«È in salotto dove l'ho lasciato, vero?» chiese Selina.

Evans annuì. «Sì, milady. Addormentato.»

«È proprio da lui!» esclamò Selina, irritata. «Probabilmente Sophie è andata in giro a cercare qualcuno con cui giocare. Sono sicura che i servitori dell'albergo la troveranno…»

«Oh, no, milady» rispose Evans con fermezza inconsueta. «Non la troveranno.»

«Perché mai?»

«Perché l'hanno portata via.»

«Prima una certa Miss Musgrave mi informa che c'è un fantasma in questo albergo e ora voi, Evans, la persona più ragionevole che abbia mai conosciuto, dichiarate che c'è un mostro o è un demonio? Quale dei due? Forse quella creatura è entrambe le cose? Povero signor Barr. Presto non avrà più clienti davanti ai quali profondersi in inchini!»

Evans scoppiò a piangere e si coprì il volto.

«Non siate così dura, è sconvolta» mormorò Alec all'orecchio di Selina, facendola arrossire, perché Alec aveva frainteso il suo tentativo di alleggerire la situazione, scambiandolo per una critica e, dopo tutto, Evans era la sua cameriera.

«Entrate, Evans» disse Alec con calma. «La signora Jamison-Lewis stava giusto per andare a prendere il tè e ora voi mi direte, tranquillamente, che cosa è successo a Miss Sophie.»

Aveva colto l'uso della parola *butterato* da parte della cameriera e si era tranquillizzato, perché aveva un'idea abbastanza chiara di chi avesse preso la bambina ma quello che doveva accertare era il modo in cui era stata portata via, anche se era piuttosto sicuro che la sua intuizione fosse giusta.

Così era più calmo di quanto avrebbe supposto Selina davanti alla dichiarazione di Evans e quindi, quando chiese alla cameriera di venire avanti e attese che lei andasse a prendere il tè, Selina rimase basita, con la bocca aperta. Prima l'aveva insultata per come si era comportata con la sua stessa cameriera, e poi si aspettava che lei sparisse in cucina. Eppure, quando Alec le sorrise, non riuscì a rifiutarglielo e uscì dalla stanza, precipitandosi giù per le scale nelle sue scarpine di seta, imprecando contro gli uomini attraenti in generale e uno in particolare, e borbottando tra sé che il rumore, il calore e gli odori di una cucina erano decisamente meglio di dover ascoltare le grida di dolore di una donna che partoriva. Almeno quel fato le sarebbe stato risparmiato, pensò con soddisfazione. Ma la soddisfazione si trasformò alla svelta in auto compatimento e la tristezza seguì quasi subito.

Alec fece sedere Evans su una poltrona e le mise tra le mani rigide il suo fazzoletto di lino pulito.

«Grazie, milord.»

«Ditemi che cosa è successo a Sophie e sarò in grado di aiutare.»

«Non… Non dovrebbe seguirlo qualcuno, milord? Scoprire dove l'ha portata?»

«Sì, lo faremo. Ma prima ditemi che cos'è successo.»

Evans annuì, sentendosi meno apprensiva davanti al tono tranquillo ma fermo di Alec.

«Sì, milord. Sono stata via dalla stanza solo per un quarto d'ora» spiegò, attorcigliando il fazzoletto tra le dita. «Una delle cameriere si era offerta di portare una chemise pulita, sottane e calze e, se fosse riuscita, un mantello di lana per Miss Sophie; sua sorella ha una bambina della stessa età ed è cameriera in una casa una via dopo questa. E quindi ho lasciato la piccola… l'ho lasciata… le mie scuse, milord, sono… Lo shock di vedere quell'uomo in sua compagnia…»

«Dite che è butterato. È per quello che lo avete definito un mostro? Perché la sua faccia è rovinata dalle cicatrici del vaiolo?»

Evans annuì. Guardò Alec con rimorso. «Non avrei dovuto chiamarlo un mostro o un diavolo. Non è stato caritatevole. Ma era una visione spaventosa.»

«Forse siete stata più sconvolta dal suo aspetto che non dal vedere Sophie in sua compagnia…?»

Evans ci pensò un momento e spalancò gli occhi, ancora più pentita. «Sì... sì! È vero, milord. Perché quando sono tornata in salotto, Miss Sophie e lui erano seduti sul tappeto davanti al camino e chiacchieravano in francese, come se fosse la cosa più naturale al mondo!» Rabbrividì. «Ha delle cicatrici così orrende che mi meraviglierebbe che una persona adulta gli parlasse, men che meno una bambina.»

«*Molyneux*!» dichiarò Selina dalla porta. In fondo alle scale aveva incontrato una cameriera, le aveva ordinato di portare il tè ed era volata di nuovo di sopra, decisa a non perdere una sola parola dell'interrogatorio di Alec. «Molyneux ha preso Sophie! Deve essere lui perché chi altro ha...»

«Sì, Robert Molyneux, il valletto del duca di Cleveley. Grazie, signora Jamison-Lewis» la interruppe Alec, ammiccando e poi, rivolto a Evans, disse: «Che Sophie stesse chiacchierando con Molyneux e che fossero così a loro agio tra di loro, non vi suggerisce che lei non era per nulla spaventata da lui? Non siete d'accordo?»

«Sì, milord» disse Evans con un sospiro di sollievo. Lanciò un'occhiata alla sua padrona e poi tornò a guardare Alec, sentendosi stupida per essersi agitata. «La signora Jamison-Lewis ha ragione, sono esausta. Non ho pensato... Miss Sophie non era spaventata, né dal suo aspetto né dal suo comportamento.»

«Per favore, pensateci attentamente, Evans, e poi rispondete a questa domanda: Sophie è stata portata via oppure è andata volontariamente con lui? C'è differenza...»

«Ad essere sincera, milord, avevo pensato che questo Molyneux si stesse comportando un po' troppo familiarmente con la bambina, come per guadagnarsi la sua fiducia per poterla portar via, ma ripensandoci, ora che so che entrambi sapete chi è e che è al servizio del duca di Cleveley, mi sembra proprio che la piccola e il signor Molyneux si conoscessero.»

«È assurdo, Evans!» disse Selina, dal sedile sotto la finestra. «Prima accusate il povero Molyneux di essere un mostro, poi di avere troppa familiarità con la bambina e ora pensate che sia il miglior amico della piccola. Qual è la verità? Davvero, Mary, avete bisogno di una buona notte di sonno.»

«E non è l'unica» mormorò Alec, poi, alzando la voce: «Mia cara signora Jamison-Lewis...»

«Oh, smettetela di chiamarmi con quel nome odioso, Alec!» si lamentò Selina con un sospiro stanco. «Evans è la mia cameriera, non mia madre!» Lo fissò apertamente. «A dire la verità, Evans sa tutto quello che c'è da sapere di me, e molto più di quanto sia un bene per lei, di *noi*.»

«Ci vuole solo una licenza speciale, un vicario e voi, amor mio, per cancellare quel nome» disse sommessamente Alec e sospirò mentalmente quando Selina non riuscì a reggere il suo sguardo, gli unici segni della sua agitazione interiore i denti stretti e il modo in cui tirava dolcemente l'orecchino di diamanti.

«Come fanno a conoscersi?» chiese Selina, con la curiosità che aveva la meglio sulla testardaggine. «Molyneux è il valletto di un duca e Sophie una bambina di quattro anni che ha passato tutta la sua vita in una fattoria nella campagna più sperduta.»

«Non solo è plausibile ma altamente probabile se nell'equazione sostituite il duca al suo valletto.» Spiegò Alec. «Molyneux, in quanto valletto di Cleveley, è un'estensione del suo padrone. E quindi, tutto quello che fa, lo fa in nome del duca.»

«Secondo questo ragionamento, è il duca che ha portato via Sophie dal salotto. È il duca che conosce Sophie e lei che conosce lui?»

«Sì.»

«Ma... No! Non è possibile!»

«È più che possibile. Avete detto voi stessa che Sophie ha vissuto tutta la sua vita in una fattoria. A chi appartiene quella fattoria?» ribatté Alec. «E mi avete detto che il mucchio di pietre ancestrali del duca è sulla sommità di una collina e da una delle finestre, dove lui tiene un telescopio, la fattoria, che vi ha affittato a vita, è perfettamente visibile.»

Selina restò a bocca aperta per l'incredulità. I suoni che provenivano dalla stanza accanto le stavano facendo perdere il senno? «State suggerendo che Cleveley passasse il suo tempo *spiando* la fattoria?»

«Non tanto spiando, quanto certamente tenendola d'occhio.»

«Perché?»

«Perché posizionare lì il telescopio, da dove la fattoria si vede perfettamente, se non per controllare?»

«Non avrei dovuto dirvelo!»

Alec si rannuvolò, senza capire che cosa intendeva dire, finché non gli capitò di guardare Evans, il cui volto era diventato di fiamma e che stava guardando Selina con un'aria comprensiva. Aveva detto tutto alla sua cameriera, pensò Alec con un sorriso amaro.

«Questo non ha niente a che vedere con l'interesse di Sua Grazia per voi,» disse gentilmente. Aggiungendo con un sorriso di scusa: «Non è voi che stava controllando. Anche se sono certissimo che fosse contento che foste lì.»

«State dicendo che Cleveley è interessato a Sophie?»

Alec stava per rispondere quando Evans riempì la pausa scomoda tra i due:

«Sì, milady, perché, ora che ci penso, ci può essere solo una spiegazione: il duca è il padre della bambina.»

Selina scoppiò a ridere, tanto forte da ricadere sui cuscini del sedile, ma si portò una mano alla bocca per impedire alle risatine di continuare: una cosa era ridere della dichiarazione *per se*, ma ridere di un servitore davanti ad altri era inammissibile.

«Prego, continuate, Evans» disse educatamente Alec.

Evans si raddrizzò alla gentile domanda di Alec e si spiegò.

«Allora avevo trascurato il chiacchiericcio di Miss Sophie perché ha solo quattro anni. Mi ha detto in più di un'occasione che avrebbe presto visto Papà Bombo. Presumevo che fosse l'amico immaginario che i figli unici vogliono avere. Me l'ha detto mentre le facevo il bagno alla locanda, di nuovo in carrozza e quando l'ho messa accanto al fuoco nel salotto dabbasso.» Guardò Selina, ora silenziosa, ma si rivolse ad Alec, dicendo: «Quando il signor Molyneux l'ha portata via in braccio, l'ho seguito nel foyer, pregandolo di lasciarla stare, ma in modo cortese perché non volevo causare ansia alla bambina. Ma lei era tutt'altro che sconvolta! Mi ha salutato con la mano e ha dichiarato felice che andava a trovare Papà Bombo. Il mio francese è decente ma non perfetto, milord, e so che voi siete un linguista eccezionale, quindi potete dirmi se ho tradotto correttamente *Père Bourdon*, cioè Papà Bombo in inglese, vero, signore?»

«*Père Bourdon*?» Selina era incredula. «Evans? Come fate a dedurre che il duca è questo Papà Bombo da una simile circostanza? Solo perché il cognome della bambina è Bourdon? È una pura coincidenza che la parola francese per Bombo sia Bourdon e che Miranda e sua figlia portino quel nome.»

«Credo proprio di no.»

Selina sbatté gli occhi alla dichiarazione di Alec e, in tono volutamente scherzoso, continuò:

«Allora credete che Miranda Bourdon, una giovane donna senza famiglia e parentele importanti, che ha una figlia bastarda il cui padre potrebbe o non potrebbe essere George Stanton e che non ha ancora vent'anni, sia Mamma Bombo, mentre Cleveley, questo esimio statista, diretto discendente di Guglielmo il Conquistatore, e oh! un duca, per non parlare del fatto che ha il doppio degli anni di Miranda, sia questo Papà Bombo, e che la piccola Sophie, che il duca ha accettato come figlia… lei sia il loro piccolo bombo?» Selina si agitò sul sedile e raddrizzò le spalle. «Scemenze assurde!»

«E tali resteranno, se continuerete a vedere la questione emotivamente e con il pregiudizio della vostra condizione sociale e non con l'obbiettività che merita.» La ammonì Alec e non fu sorpreso quando il volto di Selina si arrossò e lei alzò il mento nel sentire la critica. Alec si tirò il pizzo sui polsi e disse, senza mezzi termini: «Mio zio soffre degli stessi pregiudizi e mancanza di obbiettività quando si parla del duca, ma per ragioni opposte. Lui, come voi, vede il personaggio del duca come se facesse parte di un teatrino di ombre, piatto e nero. Non ci sono sfumature di grigio e certamente nessuno spessore. Per voi il duca è un anziano statista, su un piedestallo, e voi siete un po' in soggezione. Ai vostri occhi lui non può sbagliare. Oh, la sua armatura si è un po' scheggiata perché una volta ha superato i limiti della correttezza con voi, ma voi lo perdonate perché, in fondo in fondo, sapete che è un uomo buono e decente.»

Quando Selina non fece commenti ma la vide rilassare le spalle, continuò.

«Mio zio, al contrario, crede nell'umanesimo e ritiene che niente dovrebbe essere lasciato alla volontà di Dio. E poiché Cleveley è un duca e discendente da una stirpe di re, lui pensa che dovrebbe scendere dal suo piedestallo e usare la sua posizione sociale e il suo potere politico per il bene dell'umanità, per rendere questo mondo nel quale viviamo un posto migliore. Ed è precisamente perché il duca mette il benessere della sua nazione e la sua importanza nel mondo al primo posto, tralasciando tutte le altre considerazioni personali e sociali, che mio zio ha marchiato Cleveley come un essere senza cuore e un politico della peggior specie, senza coscienza.»

«E voi? Voi come vedete Sua Grazia il duca di Cleveley?»

Alec fece un mezzo sorriso. «Una settimana fa sarei stato d'accordo con mio zio. Non sono d'accordo con molti dei dogmi del duca, ma come diplomatico capisco perché abbia perseguito insistentemente la sua politica per assicurare sicurezza e prosperità al regno. La sua condotta verso di voi, al contrario, dovrebbe aver inciso nella pietra la mia pessima opinione del suo carattere…»

«Quindi il duca è il nero di vostro zio o il mio bianco?»

Alec rise e scosse la testa. «Mia cara, non è né l'uno né l'altro ed è questo che sto cercando di dirvi, come Olivia ha cercato di dirmi all'opera. Cleveley è definito dalla sua classe e dal suo stato sociale, ma è anche un uomo e, come tutti gli uomini, ha le sue sfumature di grigio. Forse non l'ha saputo nemmeno lui per molti anni e poi è successo qualcosa che l'ha cambiato, o almeno gli ha aperto gli occhi sulla possibilità che la sua vita avrebbe potuto essere molto diversa da quella che stava conducendo. E così siamo arrivati dove siamo e proprio in questo giorno.»

Selina aggrottò la fronte. «Che cos'è successo? Che cosa gli ha aperto gli occhi? Non l'assassinio di quel povero vicario. Credete ancora che possa avervi avuto mano?»

«No, cioè la morte del reverendo Blackwell non è il catalizzatore che ha cambiato la vita di Cleveley, ma,» aggiunse Alec con un sorriso enigmatico, «il buon vicario ha aiutato il duca a percorrere la strada attuale. Siete stata voi. Voi gli avete aperto gli occhi sulla possibilità.»

«Io?» Selina era confusa. «Come?»

Non c'era modo di nascondere la nota di tristezza nella voce profonda di Alec.

«Ve l'ha detto lui stesso. E poi voi l'avete detto a me. Voi gli avete dato *speranza*…»

Ci fu un lungo silenzio tra di loro. Tanto lungo che Evans si sentì un'intrusa e chinò la testa sulle mani, perché sapeva esattamente a che cosa stava alludendo Alec. E anche Selina, ma non era tanto forte da riaprire quella vecchia ferita, perché avrebbe portato dolore vero e crepacuore e quindi disse, con una smorfia:

«Ma c'è più di quello che mi state dicendo, specialmente sulla morte del reverendo Blackwell.»

«Sì, non vi ho detto tutto» disse Alec senza scusarsi. «Intendo fornire una spiegazione completa e sarò in grado di rivelare il responsabile dell'assassinio di Blackwell quando avrò parlato con la signora Bourdon e le *dramatis personae* si saranno riunite nel salotto di Barr. Sono sicuro che hanno ricevuto i miei biglietti di invito e che si staranno radunando mentre parliamo.»

La prospettiva di una rivelazione fu sufficiente per distrarre Selina dai pensieri bui e i suoi occhi brillarono, mentre saltava su dal sedile sotto la finestra e si scuoteva le sottane stropicciate. «Meraviglioso! Spero che vostro zio e io abbiamo un posto a questa scelta riunione o solo gli accusati hanno il permesso di entrare in salotto?»

Alec fece un profondo inchino. «Avrete un posto in prima fila, milady.»

«Perfetto. Ma non mi avete ancora convinto che Cleveley, tra tutti i nobiluomini in questo regno, avrebbe mai acconsentito a farsi chiamare con un soprannome ridicolo come Papà Bombo!»

«No?» rispose Alec, accettando la sfida. «Forse non lo avete notato, perché mai avreste dovuto, ma sono sicuro che Evans invece l'abbia fatto, ma una cosa di cui i domestici delle grandi casate sono molto fieri è la loro livrea. La livrea di Cleveley ha un'aggiunta stravagante, inconsueta, direi unica, i bottoni d'argento della redingote hanno un bombo inciso. E non è così bizzarro che una persona si nasconda dietro a un *nom de plume* se non vuole farsi scoprire, o,» aggiunse con un sorriso triste, «che usi un nomignolo affettuoso con la persona amata.»

Gli occhi scuri di Selina si spalancarono quando capì ma poi aggrottò la fronte e disse, decisa: «Ma il duca non può essere il padre di Sophie. È un'impossibilità matematica. I tempi non sono giusti perché, se calcolate la data del concepimento più quattro anni dalla nascita e il fatto che Cleveley e io eravamo…»

«Accidenti alla vostra mente matematica, mia cara» la interruppe Alec, tirandola vicino a sé per baciarle la fronte. «Avete notato come tutto è improvvisamente tranquillo…?»

E poi, come se avesse dato l'imbeccata, il silenzio fu interrotto dal gradito e gioioso suono del primo vagito di un neonato, una lunga, forte protesta per essere stato spinto violentemente nel mondo, fuori dal calore e dalla sicurezza del grembo materno. Fece battere forte il cuore ad Alec, che guardò ansiosamente la porta della camera, come fece anche Selina, che restò in piedi accanto a lui prendendogli la mano. Alec alzò le loro dita intrecciate e le baciò il dorso della mano. Gli strilli vigorosi del neonato attirarono Evans alle spalle della sua padrona, con lo sguardo incollato alla porta, tutti e tre sorridenti, ansiosi di vedere e festeggiare.

Il pianto continuò, gli strilli forti ed energici di un neonato sano, ma anche l'attesa e, proprio quando i tre occupanti del salotto cominciavano a perdere il sorriso e sentivano il cuore che batteva più forte per l'ansia, la porta della camera si spalancò violentemente, sbattendo contro la parete.

C'era Tam sulla soglia, esausto e assolutamente sollevato che sia la madre che il neonato fossero sopravvissuti alla fatica del parto. Era pieno d'orgoglio per aver fatto nascere da solo un neonato sano, senza l'aiuto di un medico, e sorrideva da un orecchio all'altro. Prese felice la mano che gli tendeva Alec per congratularsi.

«Signore è…»

DICIOTTO

«Mi scuso per le sue cattive maniere» disse Alec a Tam, che lo stava accompagnando nella stanza da letto. «La sua rabbia per non essere ammessa a vedere la signora Bourdon è comprensibile. Ma minacciare di farti squartare…» Ridacchiò e lasciò la frase in sospeso.

«Va tutto bene, signore» disse bonariamente Tam, perché niente e nessuno sarebbero riusciti a rovinargli quella giornata. «Sono sorpreso che la signora Jamison-Lewis fosse così ansiosa di vedere un neonato. La maggior parte delle donne nella sua triste situazione si convincono per un po' che i bambini non gli interessano e di solito evitano le madri e gli infanti, specialmente le neomamme e i neonati. Immagino che la rabbia sia il suo modo di affrontare la perdita.»

Alec si fermò. «Chiedo scusa? Perdita?»

Tam si diede mentalmente dello stupido per la sua linguaccia, finse di essere sordo e attraversò la stanza fino ai piedi del letto a baldacchino. Diede la colpa al misto di stanchezza ed euforia per aver abbassato la guardia. L'espressione di confusione sul volto del suo padrone fu sufficiente a fargli capire che la signora Jamison-Lewis non si era confidata con sua signoria riguardo all'aborto a Parigi. Tam l'aveva scoperto dal lacchè dalla lingua lunga di uno speziale che aveva consegnato un tonico all'appartamento della signora Jamison-Lewis in Rue St. Honoré, alla stessa ora in cui Tam stava consegnando un cambio di abiti per il suo padrone.

«Se non avete bisogno di me, signor Fisher, vado a prendere il tè e qualche fetta di pane e burro per la signora» disse allegra Janie, con una riverenza a entrambi ma con gli occhi fissi su Tam, per il quale provava un recente rispetto e ammirazione dopo averlo visto far nascere il bambino sano della signora Bourdon. «E farò portare un mattone caldo per il letto. Desiderate anche voi un po' di tè?»

«Grazie, Janie» disse Tam, grato per l'interruzione. «Caffè per sua signoria...»

«... e brandy» disse Alec, mettendosi di fianco a Tam sul lato senza cortine del letto a baldacchino, che aveva le tende tirate sul lato sinistro per evitare la corrente d'aria proveniente dalla finestra aperta.

Trovò la stanza sorprendentemente arieggiata, viste le drammatiche intime ore precedenti. Le tende erano aperte sul cielo notturno e il vetro di una finestra era stato alzato per permettere all'aria fresca di entrare. Nel camino bruciava un bel fuoco e ogni residuo lasciato dal parto era stato portato via, forse nella stanzetta della cameriera. Un candelabro sul comodino gettava un caldo alone di luce gialla sulle coperte e illuminava madre e figlio, sistemati tra i cuscini di piume.

«Hai fatto una cosa meravigliosa, oggi, signor Fisher» disse pacatamente Alec, inesplicabilmente pieno d'orgoglio, mentre fissava la madre e il neonato.

«Grazie, milord.» Rispose Tam illuminandosi in viso, con gli occhi pieni di lacrime di gioia. Era accanto ad Alec e anche lui guardava Miranda e il suo piccolo. «È un bel
maschietto.»

«Un maschietto? Che bellezza! Suo padre sarà doppiamente contento dei tuoi sforzi e di quelli della signora Bourdon. Potrebbe farti nominare cavaliere...»

«Lord Halsey?»

Era Miranda, che cercava di svegliarsi da una felice sonnolenza. Era completamente esausta e, come Tam, non riusciva a evitare di sorridere. Aveva le guance arrossate e i lunghi capelli neri le ricadevano sulle spalle in disordine. Eppure, nonostante i suoi dolorosi e duri sforzi, era radiosa e forse la donna più adorabile che Alec avesse mai visto. Era una bellezza pura e, quando Miranda sorrise, Alec vide che veniva da dentro. Non si sorprese più che suo zio la difendesse così fieramente e che Talgarth si sentisse obbligato a immortalarla nei suoi dipinti. Eppure, nonostante tutta la sua bellezza, Alec non era così attratto da lei, lui preferiva le donne, una in particolare, con più fuoco e ghiaccio e c'era qualcosa nei capelli di oro rosso dell'amore della sua vita che gli scaldava il sangue... Che cosa voleva dire Tam con *perdita*? Che perdita?

Alec si inchinò a Miranda, con il volto che non mostrava i suoi pensieri. «Congratulazioni per la nascita di vostro figlio, Vostra Grazia.»

«Non è il bambino più perfetto in tutto il creato?»

«Suo padre sarà sicuramente d'accordo con voi» rispose Alec con un sorriso, davanti alla speciale adorazione di una madre. Avvicinò una sedia ma non si sedette. Quando aveva salutato Miranda, aveva visto Tam barcollare e guardarlo con gli occhi spalancati e sgomenti, quindi gli spinse gentilmente la sedia dietro le ginocchia e premette sulle spalle con una mano per farlo sedere. «Siediti prima di svenire, ragazzo mio.»

Poteva anche essere stanco ma non era quello che faceva vacillare Tam. Era sconvolto. Si chiedeva se la stanchezza avesse compromesso l'udito, perché era sicuro che il suo padrone avesse salutato la signora Bourdon con un appellativo riservato al rango ducale. Fissò Alec, che gli fece l'occhiolino, poi guardò Miranda, che stava sorridendo al neonato addormentato, dimentica di tutto. Afferrò il sedile imbottito. «Signore lei è...»

«... una duchessa? Sì. Hai fatto venire al mondo con successo il figlio di una duchessa, l'erede del ducato di Cleveley.»

«*Gesù Cristo.*»

Alec sogghignò. «Non credo che nemmeno Sua Grazia pensi di essere Dio, nonostante la bassa opinione che ha mio zio della prepotenza e dell'arroganza del duca. Goditi il tuo momento. Te lo sei certamente guadagnato. Avete pensato al nome per la sua piccola signoria?» chiese educatamente a Miranda.

«Sono stata incerta per molto tempo. Se fosse stata una bambina, l'avremmo chiamata con il nome della nonna del signor Bourdon ma, dato che è un maschietto...» Sospirò felice e si distrasse immediatamente quando il suo bebè si voltò appena verso il calore della sua pelle. Giocò con le piccole dita. «Ma ho deciso per due nomi che mi piacciono veramente. Il signor Bourdon potrà sceglierne un terzo e un quarto, se è necessario che un piccoletto così ne abbia una sfilza così lunga.»

«Il signor Bourdon...?» chiese Alec lasciando la frase in sospeso, sapendo perfettamente che si stava riferendo al duca di Cleveley e per mettere alla prova la teoria che aveva spiegato alla sua dubbiosa Selina.

«Oh, mio marito e io non abbiamo mai fatto cerimonie tra di noi» rispose Miranda, capendo l'allusione di Alec. «Anche prima che ci sposassimo, meno di un anno fa, io lo chiamavo signor Bourdon. Era un nomignolo da bambina che è rimasto. C'è un alveare nello stemma dei Cleveley,» spiegò, «e un bombo sui bottoni della livrea. Il signor

Bourdon dice che le api sono il simbolo dell'industriosità e della perseveranza, e gli si adatta molto bene, non siete d'accordo?»

«Sì. *Aut viam inveniam aut faciam*: troverò una strada o la creerò» disse Alec. Aggiungendo, poiché Miranda lo stava guardando educatamente senza capire: «Il motto sullo stemma dei Cleveley, Vostra Grazia. E, se posso essere sfacciato, molto adatto al duca, per quanto riguarda voi.»

Miranda chinò la testa, senza capire completamente che intendesse Alec e disse educatamente: «Anni fa, il signor Bourdon mi ha dato un bottone con il bombo inciso come segno della sua perseveranza, dicendo che un giorno mi avrebbe sposato.»

«Durante una delle sue visite per ascoltarvi suonare il pianoforte, forse? Voltava le pagine dello spartito per voi.»

«Sì, sì, è vero. Thomas mi ha detto che siete molto intelligente.» Un pensiero improvviso le fece contrarre le sopracciglia, ma solo per un momento, e istintivamente tenne il bambino un po' più stretto. «Miriam rideva, quando le confidavo i miei sentimenti per il mio signor Bombo. Sospetto anche che l'abbia raccontato a George; gli confidava tutto. Diceva che l'unico interesse del signor Bourdon per me era di-di alzarmi le sottane...» Miranda deglutì, impacciata, nel fare queste rivelazioni. «Non è mai stato così. Quando ero ancora a scuola non si-si è mai comportato in modo meno che appropriato né ha mai-mai fatto commenti inadeguati. Il nostro primo bacio è stato il giorno del matrimonio.»

«Posso tranquillamente credervi, Vostra Grazia» confermò Alec. Aggiungendo, con un tocco di ironia, pensando a Selina: «Come marito sono sicuro che sia stato un vero modello di rettitudine e nobiltà.»

«È vero. Grazie. Sapevo che avreste capito. Lord Halsey, il motivo per cui volevo parlare con voi era per chiedervi un favore.» Quando Alec inclinò la testa, Miranda aggiunse: «Mi piacerebbe veramente molto che foste il padrino di mio figlio. Per favore,» aggiunse in fretta, quando vide svanire il sorriso di Alec, «per favore, prendete in seria considerazione la mia offerta, perché non riesco a pensare a qualcuno che possa proteggere meglio mio figlio, nel caso in cui capitasse qualcosa ai suoi genitori.»

«Vostra Grazia. Ne sono veramente onorato ma... voi non mi conoscete.» Disse Alec, disorientato da quel gesto incredibile. «Dovete consultarvi con il duca, che certamente avrà le sue idee riguardo a chi sarebbe un padrino adatto per suo figlio e...»

«Ma io vi conosco» lo interruppe Miranda, con un sorriso a Tam.

«Thomas mi ha raccontato tutto di voi e, a meno che voi mi diciate il contrario, io credo che lui sia sincero e degno di fede. Il signor Bourdon potrà scegliere un secondo padrino, come è suo diritto; ma siete voi quello che ho scelto io.»

Alec non sapeva che cosa dire. Come poteva rifiutarglielo? Come poteva rifiutare la sua protezione alla piccola nuova vita annidata nell'incavo del braccio di sua madre, se mai ne avesse avuto bisogno? Chinò la testa accettando, con un'occhiata a Tam e un sopracciglio inarcato, come per chiedergli *che cosa diavolo sei andato a dirle di me?* «In questo caso, come posso rifiutare? Sarei onorato di accettare... C'è qualcos'altro che possa fare per assicurarmi che siate comoda, finché arriverà Sua Grazia?»

Per la prima volta da che Alec era entrato nella stanza, Miranda sembrò agitata.

«Non so che cosa lo stia trattenendo lontano da me... Eravamo d'accordo che avrei partorito a Bratton Dene e poi è arrivata la sua lettera in cui mi diceva di venire qua e aspettarlo. E io ho aspettato e lui non è venuto...»

«Arriverà molto presto, Vostra Grazia» le assicurò Alec, anche se non era per niente sicuro. Era sicuro che il duca fosse a Bath, quella montagna di cameriere alla sua porta e la presenza di Molyneux per portare Sophie dal duca glielo confermavano. Ma perché restasse lontano da Miranda, e in un momento così fausto, lo lasciava perplesso. «Voi e il vostro bambino siete al sicuro qui. Ve lo prometto. Nessuno può superare quella soglia con l'invalicabile Orso Bruno e mio zio a guardia della porta esterna; Orso Bruno con tutta la sua stazza e mio zio, armato del suo bastone di malacca, sono una squadra formidabile. C'è una folla che si è raccolta per sentire la notizia della nascita ma dovrebbe essersi dispersa oramai, la signora Jamison-Lewis ha dato loro la buona novella che avete dato alla luce una bambina.»

«Grazie» disse Miranda con un sospiro di sollievo, sorrise al neonato addormentato. «Dovrebbe essere suo padre a dire al mondo che ha un figlio... E il mio piccolino adesso sarà al sicuro...»

«Perché, Vostra Grazia?» chiese francamente Alec. Conoscendo la risposta, la reazione di Miranda non lo deluse, ma lo sorprese.

«Il cugino George non sarà felice. Potrebbe addirittura essere furioso. Non ho modo di saperlo finché non parlerò con lui. E vorrei essere io a dirgli che suo padre ora ha un figlio suo. La nascita di mio figlio altera considerevolmente le sue prospettive. Anche se mi sono sempre chiesta se, dentro di sé, George volesse veramente diventare duca. Tutte le volte che ne parlava con noi, con Miriam e me, era sempre quello che volevano gli altri da lui, ma non ha mai detto che era quello che voleva lui. Certamente non ha mai desiderato sposarmi, come pretendevano sua madre e la mia. Mi amava come cugina ma non in *quel* modo. Era innamorato di Miriam. Mi ha detto che l'avrebbe sposata, che non gli importava un bel niente di quello che mia madre e la sua pensavano di quel matrimonio, né gli interessava che fosse di nascita vile. La gravidanza di Miriam ha cambiato tutto...»

Una piccola interruzione domestica sospese la conversazione. Janie era entrata con un vassoio con il tè e dietro di lei veniva una domestica con un mattone caldo. Alec prese il brandy che gli offriva, sentendosi di colpo stanco. Sapeva bene che Miranda aveva bisogno di riposare, perché presto il suo bambino avrebbe chiesto di essere allattato, e che Tam e la cameriera erano anche loro esausti, eppure, se doveva affrontare le persone ora riunite nel salotto, dove aveva mandato Selina per tenerli occupati fino al suo arrivo, doveva accertarsi di avere capito tutto correttamente, per essere in grado di lanciare un'accusa di omicidio.

Aspettò che Miranda bevesse il tè, dopo aver consegnato con riluttanza il piccolo a Janie, che faceva le moine e schioccava la lingua sopra la piccola signoria al sicuro in una poltrona nell'angolo della camera.

«Questa mattina, sir Charles Weir è uscito terribilmente agitato. In effetti, ha dichiarato di aver visto un fantasma.»

«Sì, l'aveva visto. Ho passato gli ultimi quattro anni della mia vita, se non essendo un'altra, almeno non essendo me stessa» confessò in tono piatto Miranda, appoggiando la tazza sul piattino. «Mi dispiace se l'ho spaventato, ma può solo biasimare se stesso per aver creduto che fossi Miriam. Non era irragionevole da parte sua pensarlo, perché ero morta quattro anni fa, ma quando mi ha minacciato, accusandomi di ricattare George... Non sapevo che cos'altro fare per convincerlo che non era vero! Non capisco ancora perché pensasse che volessi far del male a George?»

«La vostra morte di polmonite è stata un'idea del duca?»

Miranda annuì.

«E il corpo nella cassa era di Miriam?»

«Sì. È un sollievo che voi lo sappiate. Spero solo che la signora Jamison-Lewis mi perdoni, *ci perdoni*, per il nostro inganno, ma il signor Bourdon era categorico che restassi nella mia tomba finché non fossimo sposati e al sicuro, e questo non poteva accadere che dopo la morte della duchessa. Era molto malata, pensavamo che fosse questione di mesi, ma lei ha tirato avanti.»

«Tre anni sono un tempo molto lungo da aspettare, quando due persone sono innamorate» commentò Alec, pensando alla propria situazione. «Legalmente non c'era alcun motivo di aspettare. Dopo tutto, il duca e la duchessa non erano mai stati legalmente sposati, anche se hanno vissuto come marito e moglie per vent'anni.»

«Oh? Allora sapete anche quello? Siete *proprio* intelligente! Non potevamo, non *volevamo* sposarci mentre sua moglie era ancora in vita. E lei *era* sua moglie, nonostante il suo precedente matrimonio con il signor Blackwell, una faccenda molto triste. Il signor Bourdon mi ha confidato che sapeva da molti anni che la duchessa era in realtà la moglie di un altro, ma che non aveva avuto alcun motivo di cambiare il suo modo di vivere finché… finché…»

«… finché si è innamorato di voi.» Alec avrebbe voluto aggiungere, ma non lo fece: *E perché restando incinta del suo bambino, Selina gli ha dato la speranza di poter avere figli suoi.*

«Sì, ci siamo innamorati. E io l'ho fatto aspettare. Anche dopo sposati, sono restata nella fattoria, mentre il signor Bourdon ha passato un anno pubblicamente in lutto per la duchessa. Non era importante che la duchessa fosse vissuta in stato di bigamia con il signor Bourdon. Per me, per mia madre, per Miriam e George, e anche per il signor Bourdon e l'intera società, era la duchessa di Cleveley.»

«Pensate che lady Rutherglen avesse idea del precedente matrimonio di sua sorella, che era la moglie di Blackwell, prima ancora di essere la moglie del duca di Stanton e poi quella del duca di Cleveley?»

Il volto di Miranda arrossì di imbarazzo. Diede un'occhiata a Janie, che però era occupata con il bambino, e poi cercò Tam, ma si era congedato ed era andato nella stanzetta della cameriera con la domestica che aveva consegnato il mattone caldo, per occuparsi della rimozione delle lenzuola sporche e per assicurarsi che la vaschetta di rame che conteneva la placenta fosse lasciata perché il medico potesse esaminarla.

«Vorrei potervi dire che mia madre non ne aveva idea, che credeva che sua sorella fosse legalmente sposata con il duca di Cleveley, ma sarebbe una bugia. Lo sapeva. Sapeva anche che la duchessa era incinta del signor Blackwell prima di sposare il duca di Stanton e che George era il figlio di Blackwell, non di Stanton. Sapeva anche che la duchessa e il signor Blackwell si erano rincontrati brevemente, dopo il suo ritorno dalle Indie Occidentali, e che nove mesi dopo quella riunione dolceamara era nata Miriam, in campagna e in segreto. E, sapendolo, non ha comunque fatto niente per impedire a George di andare a letto con Miriam.»

«Perdonatemi, Vostra Grazia, ma come avete fatto a scoprire la verità? Forse Sua Grazia...?»

Miranda scosse la testa.

«No, ho sentito per caso mia madre e la duchessa che discutevano animatamente.» Guardò fisso Alec. «Non è facile per me dirlo, ma è una verità che conosco da quando ero una bambina. lady Rutherglen, mia madre, è una donna malvagia e meschina, capace di grande crudeltà. Io non ero il maschio che voleva disperatamente e quindi sono stata considerata senza valore, segregata, come si può mettere in fondo a un armadio polveroso un ornamento che si riceve in regalo ma che si considera senza valore. Ha passato anni a incoraggiare i tratti peggiori di mio cugino, cercando la sua approvazione e dedicando quel poco amore che possedeva al suo benessere, a discapito di mia zia e con sua enorme tristezza, perché non è mai riuscita a staccare George dall'influenza corruttiva di lady Rutherglen. E poi, quando lady Rutherglen si è resa conto che George era interessato a Miriam, mia cugina naturale, gliel'ha consegnata come si dà un cucciolo a un bambino; Miriam avrebbe dovuto essere il giocattolo di George. Quello che lady Rutherglen non poteva capire, e non ha mai capito, era che George si era innamorato di Miriam. La amava veramente.

«Ovviamente, la mia povera zia era inorridita sapendo che George stava portandosi a letto Miriam; ed era stata ancora più sgomenta quando lady Rutherglen aveva riso di lei. Sì, milord, ha riso crudelmente quando la duchessa l'ha pregata di allontanare Miriam prima che fosse troppo tardi. E che cosa disse mia madre? Che era la punizione di Dio per la malvagità di sua sorella, per aver sposato una nullità senza un soldo e per essersi presentata in società come una duchessa, senza averne il diritto. Che cosa credete che abbia fatto mia madre? Incoraggiò George e Miriam, dando loro ogni opportunità per mettere in moto gli eventi che poi sono successi. Credo che lady Rutherglen odiasse Miriam proprio perché George la amava. La salute della mia povera zia è deteriorata in fretta, dopo. È rimasta allettata e non si è più ripresa.

«Milord,» aggiunse Miranda, sbattendo gli occhi per frenare le lacrime, «è sempre stato un mio fervente desiderio che George non scopra mai la vera natura del suo rapporto con Miriam...»

Alec disse a voce alta quello che Miranda non avrebbe mai potuto e voluto dire.

«Che lui e Miriam sono in realtà fratello e sorella e Sophie la loro bambina?»

«Il signor Bourdon e io non permetteremo mai a Sophie di conoscere l'orribile verità. È iscritta nella parrocchia di St. Jude come figlia mia; ci ha pensato il signor Blackwell. Sophie non dovrà mai soffrire per la mancanza di amore e avrà tutti i vantaggi che potremo procurarle. Ma George non dovrà mai sapere...»

«Temo che sarà molto più facile tenerlo all'oscuro della paternità di Sophie, Vostra Grazia,» disse Alec con un sorrisino, «che indovinare quale sarà la sua reazione alla notizia che suo padre si è risposato e che voi, sua cugina, avete dato al duca un legittimo erede.»

«OHI! NON POTETE PRECIPITARVI QUA DENTRO COME SE QUESTO posto fosse vostro, solo perché pensate di essere Sua Grazia-il-signore-Dio-onnipotente! Un po' di buone maniere! Lasciate in pace quella donna! Ha appena partorito...»

Era Plantagenet Halsey e Alec si era appena congedato da Miranda inchinandosi, quando gli strilli di suo zio erano filtrati dal salotto. Si voltò, aspettandosi che il vecchio si precipitasse dentro brandendo il suo bastone. Gli altri occupanti continuarono con i loro compiti, due cameriere, sotto la direzione di Janie, stavano sgombrando la stanzetta della cameriera, Tam stava frugando nella sua cassetta da speziale cercando una pomata o un altro balsamo medicinale per la neomamma, mentre Miranda stava soddisfacendo le pressanti necessità di nutrimento del piccolo lord.

Sua Grazia il duca di Cleveley entrò a grandi passi nella stanza, con il vecchio alle calcagna che teneva alzato il bastone e ripeteva le sue minacce. Il duca era come sordo e cieco a tutto, la sua attenzione era concentrata sul letto a baldacchino. In disordine, con una redingote di lana e stivali impolverati, con i folti capelli castani striati di grigio tagliati corti sopra le orecchie e completamente scarmigliati, si fermò di colpo ai piedi del letto senza cortine. Alec sbatté gli occhi, come per assicurarsi che quel gentiluomo, vestito alla buona e in preda al panico, fosse veramente lo stesso nobiluomo sicuro di sé vestito in tutta la magnificenza di velluti e parrucca incipriata che aveva esaminato all'opera.

Comodamente appoggiata ai cuscini di piume, Miranda alzò lo sguardo che aveva fissato sul suo bambino che succhiava al seno e gli occhi azzurri si illuminarono. Sorrise e disse, come se fosse la cosa più naturale del mondo: «Signor Bourdon! Siete arrivato, finalmente. Venite a conoscere vostro figlio Thomas.»

Il duca barcollò e si lasciò cadere accanto alla colonnina del letto, con Alec che si precipitò da lui in due passi, casomai svenisse. Fu la volta di Plantagenet Halsey di sbattere le palpebre e restare a bocca aperta per la meraviglia, non solo per il cambiamento che era avvenuto nella sua nemesi politica ma alla scoperta che questo nobile disprezzato, *il grand'uomo*, un uomo di cui vituperava la politica, altri non era che il marito della dolce Miranda Bourdon. Per lui non aveva senso. Doveva aver sentito male. Si ritirò verso il sedile sotto la finestra e si sedette, appoggiandosi al bastone di malacca come se gli avessero tolto il fiato.

«Sono andato fino a metà strada fino a Londra per cercare voi e Sophie» disse finalmente il duca mentre avanzava cautamente verso il letto, con una gamba premuta contro il materasso, come se gli servisse un sostegno per tenersi diritto. «Robert non sapeva più che pesci pigliare, ha cercato in lungo e in largo per tutto il Somerset, oltre a consumare le suole delle scarpe per le vie di Bath. Perché Sophie non è alla fattoria? Pensavo che fossimo d'accordo… Ma niente di tutto questo è importante adesso. Siete entrambe al sicuro e così anche… così anche nostro figlio. Un figlio! Mimi! Mia preziosa, carissima…»

«Per favore, signor Bourdon, Ninian non dovete agitarvi» lo sgridò scherzosamente Miranda, con la mano libera che si tendeva sopra le coperte perché lui la prendesse. «Siamo entrambi al sicuro e stiamo molto bene, grazie agli sforzi e alle cure di Thomas, Janie e Lord Halsey. Oh! E il signor Halsey, il cui bel nome ho inflitto al nostro bambino. E aggiungeremo anche il vostro nome. Thomas Plantagenet Justinian Beaumaris. È un tal peso per un bambino così piccolo. Ma non per un duca. Fino ad allora possiamo chiamarlo Thomas Bourdon?»

«Come volete… Thomas… Un bel nome…»

Fu tutto quello che il duca riuscì a dire mentre fissava sua moglie e il suo bambino appena nato. E poi l'emozione lo travolse e non riusciva a farla passare. La realtà che la donna che amava oltre la ragione e loro figlio, aveva un figlio! erano vivi e stavano bene, erano al sicuro e illesi, lo colpì al petto così forte da sopraffarlo. Rabbrividì tirando il fiato, cadde in ginocchio e singhiozzò contro il copriletto.

Plantagenet Halsey pensava di aver visto tutto nella sua vita. Se era rimasto senza parole scoprendo che il duca di Cleveley era l'elusivo signor Bourdon, ora era irrigidito dallo stupore vedendo un uomo che riteneva non provasse sentimenti e avesse il temperamento di un merluzzo, ridotto a un emotivo rottame tremante. Fece quello che ogni uomo decente avrebbe fatto in un momento simile. Offrì al nobiluomo il suo fazzoletto pulito con una frettolosa pacca sulle spalle curve che si scuotevano, le sue congratulazioni di cuore e un inchino a Miranda degno del suo rango come Sua Grazia la nobilissima duchessa di Cleveley, poi si voltò verso suo nipote e, prendendogli il braccio, andò in salotto con lui, ancora stordito per le novità e molto più mogio.

«Non so se riesco veramente a credere a quello che sta succedendo là dentro e se mi dicessi di darmi un pizzicotto così mi sveglio, lo farei. Ma vedo da quel sogghigno che tu hai accettato tutto tranquillamente. Ho bisogno di un brandy. Andiamo a prenderlo nel soggiorno, dove non sarai sorpreso di scoprire un assortimento di individui interessanti. E, fermi nel corridoio di servizio ad attendere le tue istruzioni, parecchi gendarmi, sotto il comando di un pomposo e spocchioso essere di nome Rawlinson, che ha detto a Barr di essere il magistrato locale.» Si guardò alle spalle mentre Janie chiudeva la porta della camera e colse la visione del duca seduto sulla sponda del letto con suo figlio appena nato in braccio. «Oh, e questo,» aggiunse, raggiungendo il nipote nel corridoio, con un cenno a Orso Bruno, che era ancora al suo posto, indicando con il bastone un piccoletto robusto in abiti scuri e parrucca castana, che si stava avvicinando a loro con un passo d'anitra, le guance rotonde arrossate, «è il segaossa, Ketteridge, con la sua borsa nera e il flacone di sanguisughe. Gli ho detto che non lo vogliono ma non vuole andarsene.»

«Signore! Milord. Devo poter andare dalla donna in questa stanza. Se ha in effetti partorito un bambino vivo, allora, per legge, lei, il bambino e la placenta devono essere esaminati...»

Plantagenet Halsey smise di ascoltare il medico dopo la parola *placenta*, lasciandolo nelle capaci mani di suo nipote. Ma mentre scendeva lentamente le scale con l'aiuto del bastone di malacca, sentì il medico che recitava la sfilza delle sue qualifiche, la sua esperienza, e la legge alla lettera e scosse la testa brizzolata compatendo suo nipote. Sperava che Alec lo raggiungesse presto in salotto, in modo da arrivare alla svelta a una soluzione e che giustizia fosse fatta. Aveva avuto abbastanza emozioni da durargli per un mese. E, dopo quello che aveva visto di sopra, non voleva altre sorprese.

Sarebbe rimasto deluso.

Alec entrò furtivamente nel salottino cinese del Barr di Trim Street, in mezzo a un'esplosione di voci alterate. La stanza era così chiamata per il disegno di gru e boccioli di fiori di loto della tappezzeria, la credenza cinese laccata di nero e decorata, e i sofà rivestiti di *toile de Jouy* che riproducevano l'idea francese di un panorama cinese con pagode, lanterne e ponti di bambù. L'effetto sarebbe stato gradevole in una stanza grande quattro volte tanto ma, in quel piccolo spazio, la mezza dozzina di individui stizzosi che lo occupavano sembrava una folla e Alec non si meravigliò di trovarli irritabili. Avrebbe voluto alzare il vetro della finestra per avere un po' d'aria e schiarirsi le idee, perché stava per smascherare un assassino, ma, dato che era una notte fredda e c'era il fuoco che bruciava nel camino, frenò il suo desiderio e andò direttamente alla credenza, si versò un brandy ed esaminò gli occupanti della stanza.

Lady Rutherglen e sir Charles Weir erano seduti fianco a fianco sul sofà, entrambi con la schiena diritta e ciascuno con un bicchiere di liquore in mano. Talgarth Vesey era sprofondato in una poltrona, con le lunghe gambe magre incrociate alle caviglie, la testa appoggiata a un pugno e gli occhi chiusi. Selina gli teneva l'altra mano, appollaiata sul bracciolo rotondo della poltrona, e si stava sventolando con un ventaglio d'avorio e pizzo biondo mentre conversava a bassa voce con suo zio. Non c'era bisogno di indovinare l'argomento della conversazione: erano entrambi uniti dalla mutua incredulità e dall'affronto del matrimonio clandestino del duca di Cleveley. L'ultimo occupante, e Alec fu sollevato di vedere che aveva accettato il suo invito, era anche lui sdraiato scompostamente su una poltrona accanto al camino. Lord George Stanton aveva il mento sprofondato nella cravatta e una mano ficcata nella tasca del panciotto di velluto ricamato con filo d'argento, e stava facendo roteare il brandy in un bicchiere, con lo sguardo meditabondo sulle fiammelle che saltellavano tra i ciocchi che bruciavano sulla grata.

Fu a lord George che Hadrian Jeffries, l'unico altro occupante della stanza, indirizzò una significativa occhiata di traverso quando Alec si avvicinò alla credenza. Continuò a versare da bere per gli ospiti e consegnò i bicchieri su un vassoio d'argento con il volto debitamente impassibile ma, sospettava Alec, con le orecchie ben aperte. Alec assaporò il suo brandy e rivolse come per caso l'attenzione a lord George, chiedendosi che cosa ci fosse nel pensieroso e corpulento nobiluomo, che aveva richiesto quella particolare occhiata di avvertimento, poi notò che sua signoria aveva ancora al fianco la spada.

«Halsey, ascoltate! Perché siamo qui?»

Era lady Rutherglen che, per aggiungere enfasi alla sua domanda, batté sul bicchiere con le stecche del ventaglio chiuso.

«Non siete venuta per vedere un fantasma, milady?»

«Fantasma? Scemenze ridicole!» sbuffò lady Rutherglen. «Io non credo agli spettri.»

«Eppure, quando sir Charles vi ha informato che c'era un fantasma qui al Barr, non vedevate l'ora di arrivare qua. Avete addirittura ordinato a Barr di mostrarvi il fantasma.»

«In realtà, io non ho detto a sua signoria che c'era un fantasma,» lo corresse sir Charles, «ma che avevo visto un morto.»

«Probabilmente avete colto il vostro riflesso in uno specchio, Charlie» borbottò lord George, senza distogliere gli occhi dal fuoco scoppiettante.

«Vedere un morto o vedere un fantasma. Solo un esercizio di semantica, no?» lo punzecchiò Selina. «Anche se penso che sua signoria e sir Charles non abbiano visto né l'uno né l'altro.»

Lady Rutherglen e sir Charles aprirono la bocca per negare, quando lord George si alzò di colpo e si avvicinò a Selina con una smorfia.

«Non fingete di sapere che cosa diavolo sta succedendo qui, *signora* J-L, perché non è così.»

«Ohi, attento al vostro linguaggio, Stanton» ringhiò Plantagenet Halsey, con il bastone alzato e puntato minacciosamente.

«Fantasmi e spettri e morti! Ah! Voi e il vostro fratellino impregnato di oppio siete così dannatamente fieri! Non ne sapete nemmeno la metà» continuò a inveire lord George come se il vecchio non avesse parlato. «E potete togliervi quell'orecchino! Solo la duchessa di Cleveley ha il diritto, *il diritto* di portare i diamanti Beaumaris.» Si rimise seduto e agitò un polso coperto di pizzi verso Alec. «Forza, Halsey, facciamola finita. La milizia aspetta e voi sembrate scoppiare dalla voglia di dimostrare che siamo tutti degli impostori, dei furfanti e dei bellimbusti da strapazzo. Avanti, fateci vedere quanto siete intelligente!»

Ci fu un momento di silenzio imbarazzato e nessuno osò parlare. Tutti gli occhi erano puntati su Alec, che svuotò il suo bicchiere e lo appoggiò.

Lady Rutherglen si chinò in avanti e tese una mano a suo nipote.

«George, basta bere...»

«No! Basta! È troppo tardi per salvarmi *adesso*, non c'è più niente da salvare, *adesso*.»

«Ma, George...»

«Milady, posso consigliare di ascoltare che cos'ha da dire lord Halsey» le disse sir Charles. «Potremo capire tutti perché ci tengono prigionieri contro la nostra volontà.»

Lord George emise una serie di grugniti animaleschi. «Smettetela, Charlie. Non pensate che fingere salverà il *vostro* collo o il mio! Halsey? Avanti!»

Alec chinò la testa verso lord George e, con una breve occhiata a Selina e a suo zio, disse, pacatamente: «Vi ho riuniti perché siete tutti collegati in un modo o nell'altro con la morte del reverendo Kenneth Blackwell.»

«Hurrah, hurrah!» esclamò lord George con un grugnito da maiale. «Questo è arrivare al punto!»

«*Cosa? Tutti* noi?»

La seconda esclamazione arrivava da Selina.

«Sì.»

«Mia cara, ha detto collegati, non colpevoli» le fece notare il vecchio. Aggiungendo, con un'occhiata intorno alla stanza: «Ma oserei dire che l'assassino è in questa stanza, altrimenti i gendarmi non starebbero lì a perdere tempo in corridoio.»

«Prima di tutto, vorrei riandare alla mutilazione del ritratto di Talgarth di una giovane donna e di sua figlia.»

«Per l'amor del cielo, Halsey, dobbiamo proprio?» frignò lord George, che non riuscì a reprimere un rutto. «Non mi importava niente di quella mostra allora, perché dovrebbe importarmene adesso?

Sono sicuro che non interessa nemmeno al pittore. Ha gli occhi chiusi, drogato fino ai capelli!»

«Voi sapete chi è stato, milord,» disse sir Charles ad Alec. «Ve l'ho detto. È stato George. L'ha fatto in un accesso di rabbia.»

«Sì, me l'avete detto, Charles, ma non è quello che è successo in realtà» ribatté Alec. «E prima che lo diciate, potete anche aver creduto che fosse stato lord George, ma credo di sapere che sia stata lady Rutherglen a dirvelo. Mentre in realtà siete stata voi, milady, che avete rovinato il ritratto in un accesso di rabbia, anche se non avevate la scusa di essere ubriaca.»

«Non sono mai stata ubriaca una sola volta in tutta la mia vita!» dichiarò sua signoria, senza però respingere l'accusa.

«Avete ricevuto una richiesta di pagamento per un ritratto vostro e di vostro marito, che avevate commissionato a Talgarth Vesey. Non l'avevate pagato perché non approvavate il ritratto. A dire il vero, era molto somigliante e quindi poco lusinghiero. Avete ordinato che lo ridipingesse secondo quello che volevate e, quando siete andata nel suo studio per vedere come procedevano i lavori, vi è venuto incontro il valletto italiano di Vesey, Nico, l'autore della richiesta di pagamento.»

Alec fece una pausa per vedere se Vesey stava ascoltando ed ebbe la soddisfazione di vedere che il pittore aveva aperto un occhio. Continuò.

«Quello che avete ottenuto è stato un grosso colpo, perché tra le tele e gli schizzi a carboncino ce n'era uno in particolare che ha attirato la vostra attenzione. Era il ritratto di Miriam, o così avete pensato. Eppure, come poteva essere? Era morta di parto cinque anni prima. Da Nico avete saputo che la donna del ritratto era l'amante del suo padrone. Lui sapeva che non era vero, ma non guasta mai dare ai pittori una certa reputazione con le donne e Nico presumeva che una simile reputazione avrebbe fatto aumentare le commissioni. Normalmente è così che succede. Vostra signoria ha subito immaginato che le avessero mentito riguardo alla morte di Miriam e che la ragazza avesse passato gli ultimi cinque anni vivendo dei suoi mezzi e che era certamente la puttana di un pittore...»

«La puttana di un pittore! Ah! La zietta ha detto proprio così; ma la *sua* puttana?» esclamò furibondo lord George, alzandosi dalla poltrona e fissando furioso Talgarth. «Non lo credo proprio!» Si sedette nuovamente solo quando Alec si disse d'accordo con lui.

«È vero, è una bugia. Ma ci arriveremo. Proseguiamo con la visita di lady Rutherglen allo studio del signor Vesey. Voi, milady, credendo alla bugia, e credendo che Miriam fosse sfuggita alla giusta punizione per il suo libidinoso passato, vi siete lasciata prendere dalla rabbia. Nico mi ha detto che gli agitavate contro un coltello. Volevate colpire qualcosa, se non altro per estinguere la vostra furia immediata, quindi avete sfogato il vostro risentimento sul ritratto a olio di Miriam che doveva essere esposto alla mostra.»

«No!» Era Selina e aveva solo mormorato la parola. Guardò in fretta Alec e poi Talgarth, che non si era mosso, prima di fissare lady Rutherglen, che non cercò nemmeno di respingere l'accusa. «Come avete potuto distruggere qualcosa di così bello?»

«Era Miriam…» Chiese lord George e fu interrotto.

«Certo che è lei!» ribatté lady Rutherglen. «Chi altri potrebbe essere? Non fare il somaro, George! Ti ha ingannato, ci ha ingannato ed è scappata.»

«No, zietta, non credo che lo avrebbe fatto…»

«Lasciamo continuare sua signoria,» ringhiò Plantagenet Halsey, «e voi due potete accapigliarvi sul tappeto più tardi!»

«Dato che lady Rutherglen non nega di aver colpito con il coltello il quadro del signor Vesey, passiamo all'ulteriore cancellazione della persona nel ritratto con l'applicazione di vernice rossa. Avendo sfogato la sua rabbia, sua signoria se n'è andata dallo studio. Nico era fuori di sé e non sapeva che cosa fare. Se lo avesse detto al suo padrone, avrebbe rischiato di dovergli parlare delle lettere minatorie che aveva scritto a suo nome e anche cercare di spiegare la rabbia particolare di lady Rutherglen alla sua affermazione che la donna nel ritratto era l'amante del pittore. E siccome era la sua lettera che aveva portato lady Rutherglen nel suo studio, si sentiva in colpa per la distruzione del ritratto.

«Spaventato, fece l'unica cosa che riuscì a pensare. Fece caricare il ritratto sul carro, coperto da un drappo nero, dicendo al suo padrone di lasciare il drappo al suo posto fino alla presentazione alla galleria. Oserei dire che Nico sperava che succedesse qualcosa al quadro tra Bath e Londra che gli avrebbe permesso di non dover mai confessare. Il quadro è arrivato sano e salvo a Londra e il resto lo sapete.»

«Allora è stata un'idea di Nico di drappeggiare un panno nero sul quadro?» chiese Selina a suo fratello.

Talgarth scrollò le spalle. «Non ha importanza, Lina. Non importa niente.» Aprì un occhio per fissare lady Rutherglen, che si stava sventagliando languidamente. «Non è che avesse anche la minima speranza di difendere il quadro con una vecchia brutta come il peccato che brandiva un coltello.»

«La vernice rossa…?» sollecitò Plantagenet Halsey.

«Quando Tam e io siamo usciti dallo studio di Milsom Street dopo aver parlato con Nico, ho notato che la proprietà accanto era in fase di restauro. C'erano ancora le impalcature che coprivano la facciata. La porta era appena stata dipinta. Un rosso vivo. Posso solo presumere che Molyneux abbia trovato un barattolo di vernice accanto alla porta appena verniciata. Ha schizzato la vernice sul ritratto, usando le mani per spalmare bene la vernice dappertutto. Lasciare la tela tagliata avrebbe comunque permesso a chiunque vedesse quel disastro di identificare la modella.»

«Molyneux? *Robert Molyneux*? Il *valletto* di sua grazia di Cleveley?»

Alec fece un cenno affermativo a sir Charles, che aveva espresso a voce alta l'incredulità di tutti gli altri.

«Sì, Nico mi ha riferito che un uomo con delle brutte cicatrici da vaiolo aveva visitato lo studio in diverse occasioni e si era offerto di comprare tutti i disegni raffiguranti la donna del ritratto distrutto. E che aveva individuato Molyneux dall'altra parte della strada il giorno della visita di lady Rutherglen. Potrebbe non aver notato che lady Rutherglen aveva sfregiato il ritratto con il coltello ma ha sicuramente visto gli uomini che caricavano la tela distrutta sul carro sotto la direzione di Nico e quest'ultimo che la copriva con un telo nero. Molyneux ha sicuramente capito subito perché lady Rutherglen avesse pugnalato la donna nel ritratto. Ha fatto l'unica cosa possibile per proteggere non solo il suo padrone, ma anche la donna e la bambina nel ritratto. Si è assicurato che nessuno potesse riconoscerle e poi ha riferito tutto quello che aveva visto e che sapeva al duca. Molyneux è molto astuto. È anche appassionatamente leale e, sotto il freddo aspetto esteriore,» aggiunse Alec con un sorriso, «in cuor suo, è un romantico.»

«Che cosa? Molyneux un-un *romantico*?» esclamò lord George. «Che scemenze! Quell'uomo è un *valletto* per l'amor del cielo. Fa quello che gli si dice. Non è in servizio per avere *sentimenti*. State dicendo cose senza senso, Halsey. E se tutti quanti mi ascoltassero…»

«Stai zitto, George!» disse di scatto lady Rutherglen, agitando violentemente il ventaglio. «Ovviamente, non potete provare niente di tutto questo» disse ad Alec con una sbuffata altezzosa. «Nessuno crederà alla parola di quella piccola scimmia straniera e del suo suonatore d'organetto drogato, contro la mia.»

«Oh, non sottovaluterei l'intelligenza degli altri, milady. Credo proprio che tutti in questa stanza vi credano capace di usare un coltello contro una tela in un accesso di furia parentale.» Quando nessuno negò, Alec aggiunse: «Una volta scaricata la vostra rabbia sul ritratto, avete deciso di ottenere vendetta. Per farlo dovevate scoprire dove abitava Miriam e quindi avete avuto l'idea del ricatto. La lettera di richiesta di Nico vi ha dato l'idea. Avete parlato a vostro nipote George e a sir Charles del ritratto, e detto loro che avevate fatto la sconcertante scoperta che Miriam era viva. Avevate la prova che l'amante attuale di Miriam, il pittore Talgarth Vesey, stava chiedendo soldi, o lord George sarebbe stato denunciato al mondo come stupratore. Naturalmente, sir Charles ha offerto il suo aiuto. Essendo il consumato politico che è, non l'ha fatto per ragioni altruistiche...»

Plantagenet Halsey sbuffò. «Sorprendente!»

«... ma per assicurarsi che lord George, il futuro duca di Cleveley, fosse in debito con lui. Le voci che circolavano nei saloni e nei salotti di Westminster erano che l'attuale duca di Cleveley aveva intenzione di rassegnare le dimissioni dalla sua carica. Nessuno sapeva perché ma tutti presumevano che la morte della sua duchessa l'anno prima avesse avuto un effetto negativo sulla sua salute. Dato che il *grand'uomo* non aveva mai fatto commenti, né in un senso né nell'altro, le voci a poco a poco sono diventate una convinzione.» Alec guardò sir Charles, con un sorriso amaro. «Sapevate con certezza che Cleveley era sul punto di dimettersi, avevate ricevuto l'informazione dal rivale politico di Cleveley, lord Russell, di cui stavate coltivando l'amicizia e il patrocinio da un po' e che speravate diventasse vostro suocero, permettendovi di sposare sua figlia, lady Henrietta...»

Lord George esplose in una risata incredula.

«*Che cosa*? *Tu* e *Hatty Russell*, Charlie? Andiamo! Non puoi essere serio! Le prospettive matrimoniali di Hatty sono labili a dir poco, ma perfino Russell non si abbasserebbe tanto da maritare sua figlia a un infimo segretario diventato membro del parlamento, per quanto la merce possa essere guasta.»

Sir Charles balzò in piedi, con i pugni e i denti serrati.

«Ritrattate quelle parole, milord! Ritrattatele o io-o io...»

«Ritrattare cosa? Che siete un infimo segretario o che Hatty è merce guasta?» chiese lord George con una scrollata di spalle. Svuotò il suo bicchiere di brandy e lo porse a Hadrian Jeffries perché glielo riempisse. «No, Charlie, non lo farò perché è tutto vero.»

Lady Rutherglen afferrò le falde della redingote di sir Charles e lo tirò indietro, prima che potesse fare due passi avanti. «Seduto e zitto!»

«Milady, non posso permettere a lord George di insozzare il nome della donna che io...»

«Zitto!» sibilò lady Rutherglen. «State zitto se sapete che cos'è meglio per voi!»

Lord George rise allo scambio tra sua zia e il segretario mentre Selina, il vecchio e suo fratello ne furono sconcertati. Alec capiva e quindi non fu sorpreso quando lord George disse senza mezzi termini:

«Per l'amor del cielo, segretario, devi essere l'unico uomo a Londra che non ha idea che sono stato io a trombare Hatty dietro il parafuoco, durante i fuochi di artificio dei Cavendish. Belle cosce paffute, Hatty, e ridacchia sempre» aggiunse con un sorriso al ricordo, prendendo il bicchiere di brandy dal vassoio d'argento che gli offriva Hadrian Jeffries, che aveva quasi rovesciato il vassoio alla dichiarazione soddisfatta di sua signoria. «Le piacciono gli uomini dalle cosce grosse. Immagino sia per quello che è tornata per il bis al raduno nel Devonshire...» Sogghignò guardando sir Charles. «Scommetto che siete snello dappertutto, eh, Charlie? Non soddisfereste proprio Hatty, nemmeno un po'.»

Sir Charles fece un balzo verso lord George che rideva compiaciuto e Hadrian Jeffries tese il piede. Fu un movimento istintivo, che una volta fatto non era possibile disfare. Quindi, quando sir Charles inciampò e cadde diritto sulla faccia, non solo Selina ansimò, ma anche Hadrian Jeffries. Lord George rise più forte e puntò un grasso dito accusando il valletto, che era rimasto impietrito. Con uno scatto della testa, Alec mandò Jeffries di corsa verso la credenza, con il volto in fiamme. Alec aiutò il suo vecchio compagno di scuola ad alzarsi, lo accompagnò al divano e si rivolse a lord George: «Ora terrete a freno la lingua finché avrò finito. A nessuno interessa la vostra volgare condotta, eccetto a lord Russell e a vostro padre, e il significato del loro incontro pubblico all'opera ora è palesemente ovvio!»

Non era così ovvio per gli altri nel salotto, che stavano ancora cercando di capire, quando Plantagenet Halsey disse a bassa voce:

«Stavi parlando del segretario che ha aiutato lady Rutherglen nel ricatto a Stanton...»

«Sì, grazie, zio. Lady Rutherglen era decisa a scoprire dove si nascondesse Miriam e aveva bisogno di trovare il modo di stanarla» continuò Alec. «Il ricatto è stato il modo e io il mezzo. Charles ha chiesto il mio aiuto, il suo vecchio compagno di scuola, pensando che fossi abbastanza credulone da mandar giù la loro storia di ricatto e sapendo che sarei sempre corso in aiuto di un vecchio amico.» Incontrò lo sguardo fisso di Selina e, quando lei sorrise, le sorrise anche lui. «Hanno usato i miei rapporti con la famiglia Vesey, in particolare il mio attaccamento alla signora Jamison-Lewis e il suo amore per il fratello, per persuadermi a collaborare. Sir Charles era sicuro che il ricattatore fosse Talgarth Vesey. Il piano è andato avanti nonostante la morte del reverendo Blackwell. Dico nonostante perché è cambiato tutto quando sono capitato accanto al reverendo Blackwell a tavola e il buon vicario è morto ai miei piedi.»

«Urrah! Era quasi ora che arrivassimo allo squallido vicario!» esclamò lord George schioccando le labbra, mentre prosciugava un altro bicchiere di brandy. Chiuse immediatamente la bocca all'occhiataccia di Alec e fece il broncio come uno scolaretto dispettoso.

«Perché dite che siete *capitato*?» chiese Selina, scambiando una smorfia con Plantagenet Halsey. «Come se il vicario fosse morto senza preavviso, quando sospettavate che fosse stato assassinato? È stato assassinato poi?»

«Sì.»

«Avvelenato, come sospettava Tam?» chiese il vecchio.

«Sì.»

«Io non vedo proprio,» dichiarò lady Rutherglen con una sbuffata, «che cosa questa nullità ha a che fare con quella puttana di Mir...»

«Smettetela di chiamarla così!»

«Davvero, milady!» disse freddamente Alec, ignorando l'esclamazione emotiva di George. «Sì che capite benissimo. Sapete perfettamente che il reverendo Blackwell era in realtà Kenneth Dempsey-Weir, secondo figlio di un visconte e l'unico uomo che vostra sorella Ellen abbia mai amato. E se volete preservare il suo ricordo, e quindi la reputazione della vostra famiglia, nonché la salute mentale di vostro nipote, non sfidatemi a dire tutto quello che so. E quando dico di sapere tutto su vostra sorella e Blackwell, potete credermi.»

Lady Rutherglen smise di agitare il ventaglio alla menzione di sua sorella e diede un'occhiata furtiva agli altri occupanti della stanza, prima di riportare lo sguardo sugli occhi azzurri di Alec. Lo fissò con rabbia controllata ma subito sotto la superficie ribollivano il rancore, il risentimento e l'odio. Alec vide che agognava di entrare in scena ed esprimere i suoi sentimenti sulla sorella e il dimesso vicario, e soprattutto su Miriam, ma la minaccia di Alec di rivelare tutto e la rovina della famiglia che ne sarebbe seguita furono sufficienti per farla riflettere. Alec lo vide quando lady Rutherglen guardò lord George, forse l'unica persona su cui avesse riversato un sentimento vicino all'amore, prima di riportare lo sguardo sui suoi occhi azzurri. Ci fu un momento di indecisione e poi chiuse la bocca con riluttanza, strinse i denti e riprese a sventolarsi. Ellen, duchessa di Cleveley, e il reverendo

Kenneth Blackwell, il loro matrimonio segreto e la loro prole dovevano riposare in pace.

«Blackwell non era la vittima predestinata» disse Alec con una nota di tristezza, rivolgendosi a suo zio. «È solo successo che avesse una tabacchiera identica a quella del duca di Cleveley. Forse regalata dalla stessa persona, non lo so.»

«Buon Dio, pover'uomo» mormorò Selina, con una mano alla gola bianca. «Il veleno era destinato a Cleveley?»

«È quello che credo.»

«Ma chi? E come?» chiese Selina. «E *perché*?»

«Dopo cena, quando gli uomini erano seduti a bere porto, lord George e Charles sono andati verso un armadietto chiuso a chiave che conteneva barattoli di tabacco da fiuto» spiegò Alec. «Diversi gentiluomini si sono fatti riempire le tabacchiere. All'inizio ho pensato che fosse questo il momento in cui sono state scambiate le tabacchiere, o quando è stato introdotto il veleno nella tabacchiera del duca. Ma né il duca né il vicario hanno consegnato la loro tabacchiera per farsele riempire. Il duca sembrava possessivo nei riguardi della sua e il vicario ha estratto la propria per prendere un pizzico di tabacco, mentre Charles e lord George erano in piedi davanti all'armadietto. Quindi, le tabacchiere devono essere state scambiate inavvertitamente prima che il duca e il vicario arrivassero a cena. Forse quando i due uomini erano nella biblioteca del duca da soli, in precedenza, quel giorno, come si lamentava lord George durante la cena.

«La morte del duca non doveva aver luogo in un'occasione così pubblica. Avrebbe dovuto essere un affare tranquillo; doveva sembrare un infarto, com'è apparso quando è stato avvelenato Blackwell. Il veleno ha avuto successo nella sua applicazione, non nell'esecuzione. Se Cleveley fosse morto a casa sua, nessuno avrebbe messo in dubbio la diagnosi del medico che aveva sofferto di un infarto fatale. Per l'assassino sarebbe stata una soluzione nitida e per il suo erede un modo semplice, senza problemi, di diventare duca.»

«Stanton! Lo sapevo!» dichiarò il vecchio con soddisfazione. «Bastardo assassino!»

«Che-che cosa! Io non ho ucciso mio padre!» piagnucolò in falsetto lord George. «Perché avrei dovuto fare una cosa del genere? È mio padre, per l'amor del cielo! Non avevo nessuna ragione per volerlo morto. Non saprei nemmeno dove procurarmi del veleno. Dio, non so che veleno causa un infarto. Per che cosa mi prendete, per un dannato speziale? Questa è roba da Halsey! Lui conosce questo abracadabra più di chiunque altro! Zietta! Charlie! Diteglielo! Dite ad Halsey che non potrei uccidere una mosca! Diteglielo zia!»

«È il cappio del boia, per voi, Stanton» lo punzecchiò Plantagenet Halsey, scuotendo tristemente le ciocche grigie, anche se sembrava tutt'altro che triste. Ammiccò al nipote e disse, tutto allegro: «È ora di chiamare i gendarmi così possiamo andare tutti a letto. Una fine soddisfacente per la serata, non credete?»

Quando lady Rutherglen e sir Charles continuarono a restare in silenzio e impassibili, come il resto degli occupanti, il labbro inferiore di lord George cominciò a tremare, le lacrime a riempirgli gli occhi e il naso a colare. Lo prese il panico e gli occhi si sgranarono per il terrore.

«No, non direi proprio!» ribatté lord George. «Halsey, voi siete uno in gamba. L'ho sempre detto. Non potete seriamente credere che intendessi uccidere mio padre e abbia ucciso un misero vicario per errore, vero? No?»

«Oh, per l'amor del cielo, milord, smettetela di far soffrire questo povero cristo!» esclamò Selina, esasperata oltre la sopportazione dalle patetiche preghiere e dal naso colante di lord George.

«No, non lo credo, né l'ho detto» dichiarò Alec.

«Eh? Voi non credete e non l'avete detto?» ripeté lord George e si pulì inconsciamente il naso con la manica della giacca. «Allora chi è l'assassino?»

«Charles.»

Ci fu una breve pausa di silenzio e poi lord George, riprendendo immediatamente coraggio quando Alec pronunciò il nome, batté i braccioli imbottiti con le mai e i piedi sul pavimento con palese sollievo.

«Lo sapevo! *Sapevo* che eri stato tu, Charlie! Lo sapevo. Ho detto alla zietta che Charlie era una serpe e un bastardo e che non c'era da fidarsi. Ed è vero, è proprio così!»

«Sarà bene che sia molto sicuro di te, quando mi accusi, milord» dichiarò sir Charles a bassa voce, con lo sguardo che non lasciava il volto di Alec. «Ti sfido a produrre una prova di qualunque tipo che possa resistere in tribunale. Non è possibile.»

«Sentiamo che cosa ha da dire sua signoria, in ogni modo» disse allegramente il vecchio.

Quando sir Charles scrollò le spalle e gli altri annuirono, Alec disse senza mezzi termini:

«Ti serviva che il duca fosse fuori dai piedi. Temevi che fosse sul punto di cambiare il suo testamento, di diseredare lord George per quello che gli aveva confidato Kenneth Blackwell. Se avesse diseredato George, tutto il tuo duro lavoro nell'assecondare un nobile che consideravi un parassita e un rifiuto dell'umanità, ma che potevi influenzare per fargli fare quello che volevi, e lui avrebbe sicuramente mantenuto le tue sinecure, sarebbe stato sprecato. Non volevi che accadesse. Certamente non volevi che il duca lasciasse le sue cariche, ti avrebbe lasciato con un introito minimo, senza influenza, e non c'era la certezza che lord Russell ti offrisse un posto, men che meno la mano di sua figlia. Quindi, per continuare, avevi bisogno che lord George ereditasse il titolo.

«Quello che non avevi calcolato o previsto era che il duca sapesse da anni la verità sulla duchessa e il reverendo Blackwell. Quando Blackwell e il duca si sono incontrati di recente, ti sei ancor più convinto che il duca stesse per dimettersi. E sei stato informato, forse da lord Russell stesso, di un incontro clandestino a notte fonda tra il duca e lord Russell. Hai cercato di intervenire prima che ci fosse un annuncio, ma è morto il vicario invece del tuo mentore e la tregua molto pubblica al teatro dell'opera tra Cleveley e Russell è andata avanti come programmato. Tu e tutti gli altri avete presunto che la tregua significasse che il duca stava per risposarsi; che lord Russell avesse concesso la mano di lady Henrietta, ed è vero, ma non al padre, al figlio, lord George...»

Lord George era quasi in piedi. «*Cosa*? Mio padre mi vuole legato a vita a *Hatty Russell*? Zietta...»

«Stai zitto, George! È socialmente una tua pari in ogni senso. Poteva andarti molto peggio. Plaudo all'astuzia di Cleveley. Andate avanti Halsey.»

Alec chinò la testa, accettando la secca dichiarazione di lady Rutherglen e, dato che nessuno sembrava essere in disaccordo con lei, lord George si rimise seduto con un broncio e borbottò nella cravatta, con un cenno ad Alec di continuare.

«Quindi, Charles, hai frainteso perché questi due uomini si fossero incontrati e perché il duca voleva mettere in ordine i suoi affari per un futuro che non potevi assolutamente immaginare per lui, tra tutti... Ma sto divagando e i gendarmi aspettano... Il buon vicario morto sul colpo alla tua cena e il duca ben vivo era il risultato peggiore in assoluto per te, Charles. Non solo avevi ucciso l'uomo sbagliato ma il duca si era reso conto della reale possibilità di essere lui quello che avrebbe dovuto inalare quella roba velenosa. Se n'è reso conto subito dopo la morte di Blackwell, quando il medico mi stava facendo delle domande. Cleveley è andato a prendere una presa di tabacco. Ha aperto il coperchio della sua tabacchiera ma un'occhiata, forse a un'iscrizione all'interno del coperchio, ed è impallidito. Ha lasciato cadere la tabacchiera e il suo contenuto su tutto il pavimento della sala da pranzo. Aveva capito di essere lui la vittima predestinata, non Blackwell, e si è precipitato fuori dalla stanza.»

Sir Charles fece un gesto sprezzante con la mano. Ma Alec vedeva il filo di sudore alla tempia. «Tutte congetture e niente prove. Diteglielo, milady. Sicuramente non crederete a queste stupidaggini?»

Lady Rutherglen scrollò le spalle con indifferenza e disse noncurante: «Perché lo chiedete a me, Sir Charles? Io sono solo una vecchia ignorante che non sa niente di politica.»

Sir Charles sbatté gli occhi a questo tradimento molto ovvio; era rimasto da solo. Eppure, riuscì a dire con una patina di sicurezza: «Non convincerai una giuria, Halsey. Niente di questa melma mi resterà attaccata, niente!»

«Ha convinto me!» dichiarò giovialmente Plantagenet Halsey. «E voi, signora?»

Selina sorrise dietro il ventaglio ma tenne la voce seria. «Gli argomenti di lord Halsey sono molto persuasivi, signore.»

Alec li ignorò entrambi. Tolse i suoi occhiali e la lettera ancora sigillata della duchessa di Romney-St. Neots dalla tasca della redingote, mise gli occhiali sulla punta del lungo naso sottile e alzò la lettera.

«È stato molto perspicace lord George a sottolineare che so parecchio dell'abracadabra dei farmacisti. Grazie a Thomas Fisher che era, fino a poco tempo fa, il mio valletto e all'ultimo anno del suo apprendistato, si sono fatte indagini discrete sui recenti acquisti di veleni, di cui ogni speziale deve tenere un registro. Questa lettera... Jeffries!» urlò. «Il piede!»

Prima che Alec avesse il tempo di urlare il nome del suo incaricato, sir Charles Weir si era alzato dal divano. Si era lanciato verso la porta. Ci fu un trambusto generale. Lady Rutherglen balzò in piedi, ventaglio e reticella che cadevano al suolo, Plantagenet Halsey e Selina Jamison-Lewis fecero lo stesso, anche se restarono fermi in piedi. Talgarth Vesey aprì un occhio, vide sir Charles che cercava di scappare, vide il valletto di Alec che lo inseguiva e richiuse l'occhio, con un sorriso soddisfatto che gli divideva la faccia in due.

Tenendo in equilibrio un vassoio pieno di bicchieri vuoti che tintinnavano e una bottiglia di brandy, Hadrian Jeffries fece tre lunghi passi attraverso la stanza e tese il piede destro. La sua lucida scarpa di pelle nera con la semplice fibbia d'argento entrò in contatto con lo stinco rivestito di seta di sir Charles, che inciampò di colpo proprio mentre si stava lanciando verso la maniglia. Il fuggitivo sembrò restare sospeso per qualche momento e poi cadde piatto sulla faccia, questa volta fu il mento a colpire forte il pavimento, prima che il resto della persona franasse rovinosamente. Guaì per il dolore, quando la mascella si chiuse di colpo e i denti sbatterono. Guaì un po' più forte, quando fu colpito in testa da un pesante bicchiere. Erano scivolati tre bicchieri dal vassoio di Jeffries. Uno colpì sir Charles, l'altro si infranse sul pavimento e il terzo fu afferrato a mezz'aria.

«Ben fatto, Jeffries!» si complimentò Alec, prendendo il terzo bicchiere e rimettendolo sul vassoio, mentre una mezza dozzina di gendarmi con il loro capitano in testa si precipitavano attraverso la porta, tutti brandendo le spade.

«Complimenti anche voi, milord» rispose Jeffries, mentre raccoglieva dal tappeto gli occhiali di Alec e glieli restituiva, pieno d'ammirazione per la prontezza d'occhio e la coordinazione fisica del suo padrone. «Una presa di cricket da maestro, come se ne vedono poche!»

«Grazie, Jeffries» Alec sorrise, rimettendosi in tasca gli occhiali e la lettera della duchessa di Romney-St. Neots; uno stratagemma ma, per fortuna, aveva funzionato.

«Non è finita, Halsey!» grugnì sir Charles, mentre due gendarmi lo rimettevano in piedi rudemente, gli tiravano le braccia dietro la schiena e lo accompagnavano fuori dalla porta. «Dirò a tutti quello che so! Lady Rutherglen! Stanton! Farò sapere a tutti quello che so! E mi ascolteranno! A nessuno interessa un misero vicario! Ma tutti saranno molto interessati...»

«E io che pensavo che questa serata sarebbe stata deprimente» esclamò lord George con un sorriso soddisfatto, con le dita grasse allargate davanti al fuoco, mente Alec seguiva i gendarmi fuori dalla stanza e Hadrian Jeffries chiudeva la porta. «Charlie è diretto a Newgate e io a letto. Venite, zietta?»

«La serata non è ancora finita, Stanton» sottolineò Plantagenet Halsey. «Ci sono ancora alcune domande che aspettano una risposta e voi potete proprio essere la persona che può rispondere!»

«Io? Che cosa dovrei mai sapere?» sbuffò lord George. «Era Charlie quello intelligente. E guardate dove l'ha portato il suo cervello, alla fine!»

«Mi piacerebbe sapere chi mi ha fatto dare una botta in testa da un paio di omaccioni con la livrea dei Cleveley» disse Plantagenet Halsey, con gli occhi socchiusi in direzione di lord George. Fece un cenno a Hadrian Jeffries, che fu svelto a spostarsi e mettersi di fronte alla porta. Sorrise al valletto, prima di dire al resto della stanza: «Hanno lasciato il biglietto da visita: un bottone della livrea dei Cleveley. Volevano farmi pensare che fosse vostro padre ad avercela con me. Io e un giovane avvocato vestito di giallo canarino, siamo stati aggrediti entrambi. Ne sapete qualcosa, Stanton?»

«Io?» Lord George sembrava sbalordito. «Neanche per sogno! Oserei dire che sia stato Charlie a scatenarvi contro i servitori. E non gli do torto. A mio padre non piacete nemmeno un po'. Siete un dannato repubblicano e un seccatore. Andiamo, zietta, lasciate che vi aiuti ad alzarvi.»

«E quello che vorrei sapere io, mio caro signore, è chi ha ucciso il povero Billy Rumble,» disse Selina a Plantagenet Halsey, «e perché. Le sue sorelle e sua zia hanno diritto a una spiegazione. Un tale spreco di una giovane vita…»

«Siediti George» ordinò lady Rutherglen e aprì di scatto il ventaglio. «Resteremo finché non avrò visto con miei occhi quella puttana e ladra che c'è di sopra.»

La porta si aprì e Alec tornò nella stanza, dopo aver accompagnato fuori dall'edificio il magistrato, i gendarmi e il loro prigioniero che si dibatteva, proprio mentre lady Rutherglen faceva la sua dichiarazione e in tempo per essere testimone della reazione esplosiva di lord George. Ci fu nell'aria il fruscio quasi impercettibile di una lama e la punta di una spada punse la pelle cadente sotto il mento di lady Rutherglen, prima che qualcuno nella stanza si rendesse conto che lord George aveva sguainato la spada dal suo fodero ingioiellato.

«Milord, per favore, mettete via la spada» chiese Selina a bassa voce, con uno sguardo terrorizzato ad Alec, che attraversava lentamente la stanza. «Lady Rutherglen non merita…»

«Voi non avete idea di che cosa si meriterebbe la zietta!» esclamò sdegnoso lord George. Fissò minacciosamente sua zia. «Ritrattate! Ritrattate quello che avete detto, zia, o, lo giuro su Dio, vi infilzerò!»

Lady Rutherglen non batté ciglio.

«Non posso ritrattare la verità, George» replicò lady Rutherglen in tono paternalistico, quello che si usa con i bambini piccoli. «Miriam era una ladra e una bugiarda e una sgualdrina. Ha rubato i gioielli di tua madre ed è scappata. La signora Jamison-Lewis ha uno dei suoi orecchini. Guarda. E hai recuperato tu stesso l'altro orecchino dal quel ladro di ragazzo di stalla. Non è una prova sufficiente del suo inganno?»

«Buon Dio, Stanton, avete ucciso *voi* Billy Rumble?» chiese Selina. «Per che cosa? Qualche *gingillo*? Era solo un ragazzo!»

«Erano i diamanti Cleveley» dichiarò, offesa, lady Rutherglen. «Valgono una fortuna e il *ragazzo* li aveva rubati a Miriam, che li aveva rubati a mia sorella. Quindi, era in possesso di merce rubata. Ha meritato quello che gli è successo.»

«Gli avevano promesso poche ghinee per farlo. Com'è che ha meritato di essere abbattuto e lasciato morire da solo?» sostenne Selina. «Vostro nipote ha assassinato quel povero ragazzo a sangue freddo!»

«Assassinato?» esclamò lord George, guardando sua zia con sorpresa, prima di rivolgersi ad Alec, l'unica persona nella stanza che non lo aveva accusato di omicidio. La punta della spada restò ferma sul collo di sua zia. «Io non ho ucciso nessuno! Dio! Perché avrei dovuto uccidere un ragazzo di stalla perdigiorno? Perché fare quella fatica? Halsey? Voi mi credete, vero?»

«Andiamo, George, di' la verità» disse insinuante lady Rutherglen. «Charles mi ha detto tutto e non ti biasimo assolutamente per aver abbattuto un trafficante di carne umana. Lo storpio ha cercato di vendervi una bambina, quindi ha meritato quello che ha avuto.» Guardò Alec. «Vi sfido a trovare un magistrato che dica il contrario.»

«Non meritava di morire! Nessun bambino merita di morire!»

All'esclamazione di Selina, lady Rutherglen fece un sorriso a labbra strette. Attenta alla punta della spada del nipote, guardò diritto davanti a sé e disse: «Mia cara, voi siete l'ultima persona che ha il diritto di lanciare una pietra. Allo storpio è andata bene, perché sarebbe sicuramente stato impiccato per il suo crimine e ricordato per sempre dalla sua famiglia e dalla sua parrocchia come un ladro e un rapitore di bambini. Agli occhi della società, George ha semplicemente fatto giustizia. Voi, invece, non avete nessuna scusa per le vostre deplorevoli azioni contro i vostri bambini mai nati e la legge sicuramente non sarebbe dalla vostra parte!»

«Io non ho ucciso nessuno!» Piagnucolò lord George nel silenzio generale.

Selina barcollò e si afferrò allo schienale della poltrona. Non osava guardare Alec. «È stato un aborto… ho perso il bambino…»

«Allora accettate le mie scuse. Anche se ci sono state altre volte, vero? Lady Cobham mi ha informato, in tutta confidenza, ovviamente, che durante il vostro matrimonio le vostre azioni sono state deliberate e per la perdita di quei bambini mai nati non avete scuse.»

«Perdinci, siete proprio una serpe senza cuore!» gridò Plantagenet Halsey con gli occhi fissi su lady Rutherglen. Prese Selina per il gomito e la aiutò a sedersi sulla poltrona. Anche lui non osava guardare Alec, mentre suo nipote attraversava la stanza per mettersi accanto a lord George, senza un'occhiata a Selina.

«Andiamo, signore!» esclamò lady Rutherglen. «Sapete bene quanto me che le azioni della signora Jamison-Lewis sono un crimine da forca. Quindi proprio lei, tra tutte le persone in questa stanza, non può puntare il dito su mio nipote.» Alzò il mento verso Alec. «Vi suggerisco di dimenticare la morte di un insignificante ragazzo di campagna e io a mia volta dimenticherò quello che mi ha detto lady Cobham. Che ne dite, milord?»

Ci fu un lungo silenzio nella stanza, così lungo che Selina osò guardare Alec, e desiderò di non averlo fatto. La stava guardando con una tale espressione addolorata sul volto e, quando lei lo guardò nei suoi occhi azzurri, distolse in fretta lo sguardo e si rivolse a lord George, con una traccia del tumulto che sentiva dentro di sé nel tono di voce.

«Stanton, siate buono, riponete la spada… è stata una notte lunga e penso che siamo tutti d'accordo che questa faccenda finisca qui.»

«Io non ho ucciso nessuno!» piagnucolò ancora lord George e ringuainò la spada come gli aveva chiesto Alec. «Voi mi credete, vero, Halsey?»

«Non è importante, George» disse soddisfatta lady Rutherglen, scuotendo le sottane di velluto e cotone trapuntato. «Quello che importa è portare di sopra tua zia per affrontare una volta per tutte quella puttana.»

Lord George fissò Lady Rutherglen e si allontanò di un passo. «Quindi voi mi credete un assassino di bambini, zia? Pensate che possa uccidere uno storpio? Dio, ma il vecchio ha ragione! Siete una serpe senza cuore!» Fece per prendere nuovamente la spada ma prima che la sua mano toccasse l'elsa ingioiellata, Alec disse con calma:

«Vi credo, milord. E sono sicuro che la verità su quello che è successo a Billy Rumble verrà a galla durante l'interrogatorio di sir Charles.» Fissò Lady Rutherglen. «E anche come mai i gioielli Cleveley sono capitati nelle mani di vostra zia.»

George guardò minacciosamente sua zia. «Ve l'avevo detto! Ve l'avevo detto che era stato Charlie!»

«Quello che voglio sapere è chi è stato a darmi un colpo in testa e ha scatenato due furfanti, vestiti con la livrea dei Cleveley, contro quel povero Fanshawe?» chiese a voce alta Plantagenet Halsey, guardando significativamente lord George.

«Assicurandosi di lasciare i bottoni d'argento come biglietto da visita?» aggiunse Alec, sorridendo alla reazione di lord George, che fu di aprire la bocca, incredulo che continuassero ad accusare lui. «Sono sicuro che quando interrogheranno Charles, sarà chiaro che ha usato la livrea dei Cleveley e i bottoni per rinforzare l'idea che fossero il duca o lord George che volevano mettere le mani sul testamento di Blackwell...»

«Che cosa me ne facevo del testamento di un vicario...»

«... ma in verità era Charles che voleva il testamento di Blackwell...» Continuò Alec, interrompendo l'esclamazione sconcertata di lord George, solo per essere interrotto a sua volta.

«... perché una volta che il testamento di Blackwell fosse stato distrutto, nessuno avrebbe saputo la verità che conteneva e Stanton, qui, avrebbe potuto succedere al titolo e nessuno ne avrebbe saputo niente.» Dichiarò Plantagenet Halsey e sorrise soddisfatto al cenno affermativo di Alec. «Che volpe astuta!»

«Ehi, vecchio, ascoltatemi!» ordinò lord George. «Io non so di che cosa state parlando ma nessuno mi ha mai chiesto che cosa voglio io! *Mai.* E quello che voglio è andare a letto e dormire per una settimana! Il guazzabuglio di stanotte mi ha fatto venire un dannato mal di testa.»

Ci fu un mormorio generale di consenso e gli astanti cominciarono a muoversi come per andarsene ma, nonostante tutta la sua spavalderia, lord George non si mosse. Fece segno ad Alec di avvicinarsi.

«Halsey, voi siete una persona in gamba. L'ho sempre detto» disse a voce bassa. «Ditemi la verità. È Miriam o Miranda che c'è di sopra? Devo saperlo. *Devo.*»

«È vostra cugina Miranda e questa è la verità.»

«Andiamo, milord!» lo schernì lady Rutherglen, afferrando il braccio del nipote. «Non potete produrre delle prove irrefutabili per farmi credere che la donna di sopra sia la mia defunta figlia. Mimi è morta cinque anni fa di polmonite, dopo essere stata fuorviata dalla sua orribile cugina. È Miriam che c'è di sopra. Ho visto il ritratto. L'ho vista all'abbazia. È stato un colpo, lo ammetto, ma comunque avrei riconosciuto mia figlia. Voi non la conoscete, né l'avete mai vista. George e io sappiamo entrambi che c'è Miriam di sopra. Quella puttana vi ha imbrogliato alla grande.»

Lord George se la scrollò di dosso.

«Se Miriam era una puttana è stato perché io l'ho resa tale! Esattamente come ho fatto con Hatty. Ma Miriam e io... Io... Chiudete *voi* il becco, zia!»

«Certamente non è la mia puttana» dichiarò Talgarth Vesey, stiracchiandosi languidamente e alzandosi dalla poltrona. «La signora Bourdon è candida come il giorno in cui l'ho incontrata.»

«Signora Bourdon, certo! Non può nascondere il suo passato! Si chiami come vuole, resta sempre Miriam, *non* Miranda.»

Lord George la ignorò e fissò Alec.

«Devo saperlo, Halsey» implorò con la voce che tremava. «È scappata da me. Non sapevo perché ma penso di saperlo adesso. È stato perché l'ho messa incinta, vero? *Aye*, Halsey, è questa la verità. Ma non me l'ha detto. Non lo sapevo! Nessuno me l'ha detto. Restare costantemente ubriaco la tiene lontana dai miei pensieri, ma se potessi almeno sapere la verità... vi prego...»

Alec guardò quell'aristocratico obeso, disordinato e assolutamente ripugnante e si chiese se ci fosse una possibilità di redenzione per quell'orrendo campione di umanità, pateticamente immaturo nei pensieri e nei fatti e che, se Alec avesse potuto decidere, avrebbe dovuto essere spedito nel mondo a guadagnarsi da vivere facendo un mestiere utile, per imparare il valore del lavoro onesto. Ma doveva suo malgrado ammettere che, nonostante la sua inettitudine sociale e la sua inutilità, lord George era una vittima del suo milieu come chiunque altro. Sua madre, il suo padre adottivo e certamente lady Rutherglen l'avevano viziato e avevano soddisfatto ogni suo capriccio. Di fronte a lui c'era un lazzarone piagnucoloso, un ubriacone rubizzo ma, per quello che valeva, innocente da ogni colpa se non quella di aver amato sua sorella senza saperlo. Forse la vita di lord George Stanton poteva cambiare e significare qualcosa; almeno sottrarsi all'insidiosa influenza di sua zia e di gente interessata come sir Charles Weir. Il duca aveva cominciato in qualche modo a indirizzarlo sul sentiero giusto, combinando un fidanzamento con la figlia di lord Russell. Forse, se fosse stato possibile mantenerlo su quella strada, c'era ancora speranza per lui. Conosceva proprio la persona giusta per aiutarlo.

«GEORGE! CARISSIMO GEORGE, COME MI SIETE MANCATO! Entrate! Entrate a conoscere il vostro fratellino.»

Lord George Stanton continuò a restare immobile sulla soglia della camera da letto, emozionatissimo. Orso Bruno spostava il peso da un piede all'altro, tenendo la porta spalancata. Fu il duca che si fece avanti e invitò il figliastro a entrare nella stanza dove Miranda era a letto, appoggiata ai cuscini con in braccio il bambino appena nato.

Alec fece un cenno al servitore grosso come una montagna,

mentre tornava nel salotto dell'appartamento dell'Arco, sorridendo mentre la porta si chiudeva sulla riunione di famiglia. Non sorrideva più quando incontrò Selina al braccio di suo zio, che stavano salendo le scale, dieci minuti dopo.

«Milord! Alec! Io… Noi dobbiamo parlare, voglio spiegare…»

«No! No» disse piano, eppure non poteva nascondere la freddezza nella sua voce. «Non adesso.» Dalla tasca della redingote tolse la lettera della sua madrina. «Domani, forse. Ho bisogno di un po' di tempo… da solo. Buona notte signora Jamison-Lewis. Zio.»

Selina e il vecchio guardarono Alec salire le scale e sparire lungo il corridoio verso le sue stanze.

EPILOGO

Da solo, nella pace e nel silenzio, seduto davanti a un fuoco appena acceso, con una vestaglia di seta sopra la camicia da notte, Alec ruppe il sigillo e distese l'unico foglio di pergamena che aveva ricevuto dalla sua madrina, e lesse.

Carissimo Alec,

dovete venire a Londra, immediatamente. Non posso enfatizzare a sufficienza quanto ho bisogno di voi. La guerra civile è esplosa nuovamente nel Midanich. Il Margravio ha saldamente in mano il nord mentre suo fratello, il principe Viktor, con l'aiuto delle truppe francesi, ha preso il controllo del sud. A nessuna famiglia è stato risparmiato lo spargimento di sangue. Ci sono rapporti di migliaia di morti e di migliaia di persone che scappano verso le frontiere. Ma tutte le frontiere sono chiuse, nessuno entra o esce dal principato.

Perché vi sto scrivendo di un piccolo principato europeo? Riesco a vedervi aggrottare la fronte. Che cosa importa a questa vecchia di quanti abitanti del Midanich vengono uccisi nei loro letti? Ora state ridendo di me! In verità, sono talmente sconvolta che tremo tutta e riesco a malapena a tenere in mano la penna per dirvelo. La vita di Emily è in pericolo. È a Midanich. Lei e Cosmo sono prigionieri di questo Viktor. C'è stata una richiesta di denaro e gioielli... Mi hanno mandato una ciocca dei capelli della mia cara ragazza come prova. Se non facciamo quello che chiedono, mi dicono che il prossimo sarà un dito, per provare che fanno sul serio.

Carissimo ragazzo, venite subito a Londra. Ho bisogno di voi...

DIETRO LE QUINTE

Andate dietro le quinte di *Relazione Mortale*—esplorate i posti, gli oggetti e la storia del periodo su Pinterest.

www. pinterest.com/lucindabrant

CASTELLO DI HERZFELD, PRINCIPATO DI MIDANICH (FRISIA ORIENTALE), TARDO AUTUNNO 1763

La stanza da letto era buia e senz'aria. L'odore di urina stantia, catarro sanguinolento e medicinali pervadeva tutto. Un solo candelabro, sul comodino, gettava una fioca luce giallognola sul copriletto ricamato. Sarebbe stato necessario regolare gli stoppini ma nessuno si era premurato di chiamare un servitore. Erano tutti concentrati sulla persona nel grande letto con l'imponente testiera intagliata, dove tutti i margravi di Midanich venivano a morire.

Leopold Maxim Herzfeld stava esalando gli ultimi respiri.

Raggrinzito e debole, era appoggiato a morbidi cuscini di piume. Una camicia da notte bianca, con pizzo prezioso ai polsi e al collo, copriva la carne devastata e nascondeva le vene collassate in entrambe le braccia. Lo avevano salassato tante volte che le gonfie sanguisughe non riuscivano nemmeno più a succhiare. Era cosciente solo a tratti, il respiro raschiante, gorgogliante, la testa gettata all'indietro e la bocca aperta, mentre cercava di immettere aria nei polmoni pieni d'acqua attraverso la gola secca come un deserto.

Un servitore devoto aveva tolto al suo padrone il berretto da notte di seta e aveva sistemato al suo posto una magnifica parrucca, con le ciocche fluenti impomatate, incipriate e arricciate, come si confaceva all'importanza di chi la indossava. In vita, un simile artificio alla moda si addiceva ai forti lineamenti del margravio Leopold. In quelle sue ultime ore, la parrucca era una volgare forma di vanità. Serviva solo a sottolineare lo stato in cui si era ridotta la sua salute da quando era tornato al castello di Herzfeld, sei mesi prima e perché persistessero i sussurri che parlavano di veleno.

Mille candele illuminavano la cappella del castello, dove si pregava giorno e notte. Devoti membri della corte andavano e venivano, affollando i banchi. Alcuni restavano per ore, in ginocchio, a pregare per un miracolo, che il margravio Leopold guarisse. Se non ce l'avesse fatta, era probabile che ci sarebbe stata una guerra civile, dopo una decade di guerra che aveva visto la nazione occupata prima da un nemico e poi da un alleato, una decade che aveva visto la rovina sia della terra sia dei suoi abitanti.

Altri membri della corte, che non desideravano lasciare il futuro nelle mani di Dio, ritenevano più prudente, politicamente, attardarsi nella magnifica anticamera, piena di marmi e mobili dorati, fuori dagli appartamenti reali. Si raggruppavano secondo le loro fazioni e discutevano bisbigliando con furia, per decidere se avrebbero sostenuto uno o l'altro dei principi, o se sarebbero rimasti neutrali allo scoppiare della guerra civile. Nessuno poteva permettersi di lasciare l'anticamera, perché non solo temevano di essere traditi dai loro amici, durante la loro assenza, ma anche perché sapevano che i loro movimenti erano attentamente controllati dalle guardie allineate lungo le pareti della grande stanza e da quelle che stavano sull'attenti davanti alla porta della camera.

Parecchi nervosi cortigiani si erano sdraiati su brande improvvisate e mandavano avanti e indietro i lacchè a cercare cibo e bevande e a svuotare i pitali. Scribacchiavano messaggi per tenere aggiornate le mogli, le amanti e le figlie che camminavano avanti e indietro nei loro appartamenti all'interno del complesso del castello, pronte a fuggire nelle loro residenze di campagna, con tutti i loro beni, senza preavviso. Alcuni avevano deciso di intraprendere il drastico passo di passare la frontiera e andare nell'Hannover, l'unica scelta che restava loro se volevano mantenere la testa attaccata al collo.

Anche i dignitari stranieri e i burocrati entravano e uscivano dall'anticamera, chiedendo notizie. Nessuno poteva dir loro qualcosa, quindi uscivano di nuovo, e mandavano i loro sottoposti a mescolarsi con la folla imparruccata mentre loro scrivevano rapporti indirizzati ai loro superiori per avere istruzioni: sostenere il principe Ernst, avvicinare il principe Viktor o andarsene in tutta fretta finché le frontiere e i porti del paese erano ancora aperti.

La morte del margravio era una conclusione scontata. E avrebbe dovuto esserlo anche il successore. Il figlio succedeva al padre, come accadeva da tredici generazioni. Il principe Ernst era il figlio maggiore del margravio. Eppure c'era chi avrebbe preferito che fosse il più carismatico principe Viktor a prendere il posto del padre. Ma il fratellastro minore del principe Ernst era escluso dalla successione a causa della sua nascita comune. Il secondo matrimonio del margravio era stato morganatico.

La guerra dei sette anni aveva cambiato tutto.

Il principato di Midanich era stato sconfitto dai francesi e poi occupato dagli inglesi. C'erano stati caos, guerra e spargimento di sangue ovunque. La fine della guerra aveva significato la cessazione delle battaglie, ma non la fine delle difficoltà per i sudditi del margravio. E più lontano, oltre le frontiere, si stavano ridefinendo e riscrivendo alleanze politiche ed economiche, e non a favore di Midanich. Molti, a corte, volevano una rottura completa con il vecchio ordine, cui apparteneva il principe Ernst, e stavano rischiando la vita scommettendo sul cambiamento. Dal suo palazzo nel sud del paese, il margravio Leopold aveva ascoltato le voci che chiedevano cambiamenti e dato ascolto anche ai cortigiani che raccomandavano lo *status quo*. Poi era andato a nord, al castello di Herzfeld, dov'era stazionato il principe Ernst come capo dell'esercito di Midanich, aveva attraversato il ponte levatoio ed era entrato nella piazza principale con il suo entourage tra le acclamazioni del popolo stanco della guerra, gli inchini ossequiosi dei cortigiani e le braccia aperte in segno di benvenuto del figlio maggiore.

Il principe Ernst, che aveva combattuto valorosamente durante la guerra, era stato insignito in una cerimonia pubblica della più alta onorificenza militare del paese, il Minotauro di Midanich, una stella e una giarrettiera attribuite molto raramente. Era stata l'ultima volta che il margravio si era visto in pubblico. Non aveva più messo piede fuori dalle mura fortificate del castello. Pochi mesi dopo, il diciassettesimo Herzfeld a regnare in una linea ininterrotta di padre in figlio, stava morendo.

Il medico di corte non aveva idea di che cosa avesse causato la malattia del margravio, ma era certo che fosse fatale. Eppure il margravio si aggrappava ostinatamente alla vita, e i suoi sfoghi intermittenti, carichi di terrore, indicavano che la sua mente stava lottando con un conflitto interno che solo lui conosceva. Il medico diceva che stava delirando. Il prete, che stava purgando la sua anima dalle colpe. Suo figlio era d'accordo con entrambi. Ma nessuno sapeva che cosa lo stesse tormentando.

Quando il capitano della guardia aveva riferito che gli abitanti del castello erano sempre più irrequieti nell'attesa di notizie sul loro sovrano, e che le voci su un avvelenamento si facevano di giorno in giorno più forti, il principe Ernst aveva ordinato di schierare un altro distaccamento di truppe nel castello. Ciò che accadeva fuori dalle spesse mura del castello di Herzfeld non contava, almeno per il momento.

Il ciambellano di corte si era appellato al principe Ernst perché facesse leggere un proclama, qualunque cosa, almeno ai cortigiani nell'anticamera, anche se solo per placare l'inquietudine crescente. Il principe Ernst aveva detto che la corte poteva aspettare; la morte sarebbe sopraggiunta ben presto.

Quando il medico personale del margravio dichiarò che la morte era imminente, il principe fece sgombrare la stanza da tutti i suoi occupanti. Il margravio avrebbe passato i suoi ultimi momenti terreni con la sola famiglia presente.

Arrivato alla porta, il ciambellano si guardò alle spalle, per dare un'ultima occhiata al margravio, che aveva fedelmente servito per tre decadi. Ciò che vide lo fece voltare e fermare. Non perché il suo padrone fosse irriconoscibile in quella figura scheletrica coperta dalla pelle sottile e giallastra, ma perché il margravio Leopold aveva raccolto tutte le poche forze rimastegli per alzare un braccio e puntare un dito verso di lui. Allarmato, il ciambellano si affrettò a tornare indietro, nella penombra, solo per sentire il capitano sibilare: «Lasciate perdere, signor barone. Non ragiona.»

Il ciambellano lo ignorò. Andò ai piedi del letto, con il capitano alle calcagna. Il margravio alzò a fatica la testa dai cuscini, lo fissò, come se volesse che il suo fedele servitore gli leggesse nella mente. Il ciambellano si spostò, avvicinandosi ancora.

«Vi prego...» Piagnucolò il margravio, guardando il ciambellano, ignorando suo figlio che gli aveva preso la mano. «Non... lasciatemi... Non... *con lei*.»

«Vostra altezza, resterò, ovviamente, se è quello che desiderate.»

«Sta delirando, Haderslev. Non sa che cosa sta dicendo» disse stancamente il principe Ernst, poi si rivolse al capitano della guardia. «Westover! Portatelo fuori di qui. Lo sta solo facendo agitare.»

«Certo, vostra altezza» rispose il capitano Westover, afferrando Haderslev per la spalla. «Signor barone, è ora di uscire.»

«Sua altezza vuole che resti» replicò il ciambellano, liberandosi dalla stretta del capitano per avvicinarsi al letto. «Quindi resterò!»

«Non preoccupatevi, padre. Lei non è qui» sussurrò rassicurante il principe Ernst a suo padre.

«Io non...» Mormorò il margravio agitato e ricadde tra i cuscini. «Ernst. Non... permetterle...»

«Vi ho fatto una promessa.»

Il margravio chiuse gli occhi, ma la sua agitazione non diminuì. «Questo... non *la* fermerà... Lei... mi odia. Odia Viktor... *tutti noi*.»

Il principe Ernst si accorse che il ciambellano e il capitano erano dietro di lui e si guardò intorno in fretta. «La mia matrigna» dichiarò, come se glielo avessero chiesto. Guardò il capitano Westover. «La contessa Rosine è agli arresti domiciliari, vero?»

«Come avete ordinato, altezza» gli assicurò il capitano. «Non può ricevere visite e nessuno entra o esce senza il vostro permesso.»

Il principe Ernst annuì. «E mio fratello?»

Prima che il capitano potesse rispondere, il margravio aprì gli occhi e voltò la testa sul cuscino per fissare suo figlio a occhi sgranati, esclamando: «Controllala, Ernst, non permetterle di... dominarti.» Emise un gemito di dolore e di frustrazione e richiuse gli occhi. «Oh, Dio, fai finire questo tormento!»

«State calmo, padre» rispose il principe, stringendogli la mano. Guardò di nuovo il capitano e il ciambellano. Aveva gli occhi pieni di lacrime. «Per l'amor del cielo. Permetteteci di passare questi ultimi momenti da soli!»

Entrambi gli uomini impallidirono e si inchinarono. Con un cenno della testa, si ritrassero entrambi nell'ombra, verso la porta. La stanza era così buia che solo il clic della serratura permise al principe Ernst di capire che entrambi i cortigiani erano usciti. Sapeva anche che la sorella gemella era lì, appostata nell'oscurità, in attesa, ad aspettare che gli altri uscissero prima di mostrarsi, prima di mostrare chi era il più forte dei due. Il principe Ernst, il grande condottiero senza paura, vittorioso in battaglia, era un debole davanti alle astuzie femminili di Johanna.

La principessa Johanna emerse dall'oscurità e si chinò sopra il padre che l'aveva bandita dalla corte, dalla società e l'aveva tenuta virtualmente prigioniera in quella fortezza per oltre dieci anni. Lo guardò agitarsi nel grande letto alla debole luce giallastra delle candele e gli batté gentilmente la mano sottile.

«Padre, sono qui» sussurrò, baciandolo e poi passandogli una mano fresca sulla fronte calda e sudata. «Sono Johanna, padre. Il vostro caro uccellino è scappato dalla sua gabbia per salvarvi. Padre...?»

Il margravio sbatté gli occhi e cercò il figlio. Ma era Johanna che lo fissava con un sorriso amorevole. Fu talmente sopraffatto che cominciò a piangere. E quando Johanna gli baciò nuovamente la fronte, mormorando parole tenere, il suo fragile corpo fu scosso da grandi, silenziosi, singulti dolorosi. Johanna gli rimise le braccia sotto le coperte e tolse gentilmente uno dei cuscini da sotto la testa, assicurandosi di non disturbare l'elaborata parrucca, in modo che la testa giacesse piatta sul letto.

«È ora, padre» disse.

Il margravio scosse la testa, ma era così debole e, con il corpo ora avvolto dalle lenzuola, non poteva fare nulla. Il residuo di volontà di vivere che era riuscito a raccogliere per implorare il ciambellano era svanito. Eppure, aveva ancora la voce, per sottile che fosse.

«Ernst!» implorò, cercando il figlio nell'ombra. «Sei qui?» Ma quando il figlio non rispose, si appellò a sua figlia, anche se sapeva che era inutile. Doveva cercare di arrivare alla sua mente... quello che ne era rimasto. «Johanna. Ascolta tuo pa...»

«Non lo faccio per me ma per Ernst, caro padre» disse con calma la principessa Johanna, coprendo la faccia del margravio con il cuscino e tenendolo fermo finché il padre non rimase completamente immobile. «Voi lo capite, vero, padre? Per Ernst.»

Fu il principe Ernst a rimuovere cautamente il cuscino, vedendo il padre, piccolo e fragile nel grande letto, con la bocca aperta e la magnifica parrucca incipriata tutta di traverso che gli copriva un occhio. Ansimò per il colpo, senza riuscire a credere che il padre non respirasse più. Avvicinò l'orecchio alla sua bocca, gli toccò la guancia e poi la fronte. Ma sapeva, aveva capito che era morto appena lo aveva guardato.

Il margravio Leopold Maxim Herzfeld, che aveva governato il piccolo principato di Midanich per trentacinque anni, era morto. Assassinato nei suoi ultimi momenti di vita. Il principe Ernst, l'eroe militare decorato dell'ultima guerra, governatore del castello di Herzfeld e figlio maggiore di Leopold Maxim, gli sarebbe succeduto come margravio e avrebbe governato Midanich.

E sua sorella, la principessa Johanna, avrebbe governato lui.

Scoppiò in lacrime.

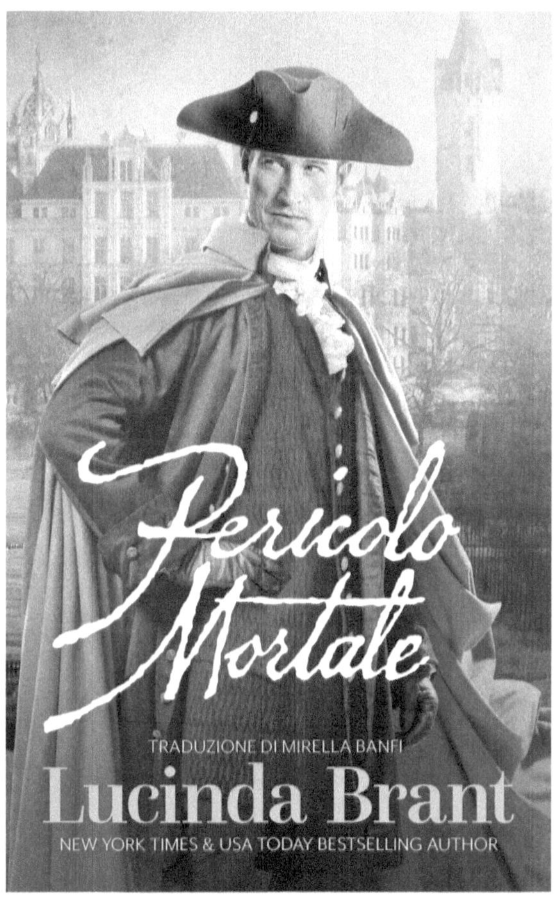